Friedrich Ani

Hinter blinden Fenstern

Friedrich Ani

Hinter blinden Fenstern

ROMAN

Büchergilde Gutenberg

Lizenzausgabe für die Büchergilde Gutenberg,
Frankfurt am Main, Zürich, Wien
www.buechergilde.de
Mit freundlicher Genehmigung
des Paul Zsolnay Verlags, Wien

Satz: Eva Kaltenbrunner-Dorfinger, Wien
Druck und Bindung: Ebner & Spiegel, Ulm
Printed in Germany 2008
ISBN 978-3-7632-5897-0

Wie gäbt, befragt, ihr rechte Antwort aus euch selbst,
wenn nicht der Funke lebte, tief ins Herz gesenkt?

ANICIUS MANLIUS SEVERINUS BOETHIUS,
»TROST DER PHILOSOPHIE«

We all wear the same thorny crown.

BOB DYLAN, »WHEN THE DEAL GOES DOWN«

ERSTER TEIL

I

In einem eisigen Sommer

An manchen Abenden betrachtete er sein Leben als eine Abfolge von Schnappschüssen, und auf jedem einzelnen fehlte etwas: er selbst.

Diese Vorstellung gefiel ihm immer wieder. Er schenkte sich noch einen Calvados ein, schwenkte das Glas vor seiner Nase, trank einen winzigen Schluck und hob den Arm, als proste er jemandem zu.

Wenn er lange allein im Wohnzimmer saß, fing er an, Grimassen zu schneiden und zu kichern. Das passierte ihm seit einigen Monaten, und es störte ihn nicht. Sogar seine Frau verkniff sich inzwischen ihre Bemerkungen und verschwand wortlos in die Küche. Sie saß dort, er saß hier. Sie trank Apfelsaft, er trank Apfelbranntwein. Sie dachte an das gleiche wie er.

Seit einem halben Jahr dachten sie in verschiedenen Zimmern an das gleiche. Manchmal redeten sie darüber, später, im Bett, kurz bevor jeder sich auf seine Seite drehte und weiter darüber nachgrübelte, was geschehen war und warum sie es nicht geschafft hatten, die Schmach abzuwenden.

Sie nannte es Schmach, er nannte es Geschäftsaufgabe. Sie weinte, er weinte nicht. Sie hatte begonnen, Tabletten zu nehmen, er hatte keine neuen Gewohnheiten angenommen, außer zu kichern und einem imaginären Gegenüber zuzuprosten. Sie verstand sein Verhalten nicht, was, wie er wußte, daher kam, daß sie es falsch einschätzte, sie glaubte, er wäre gelassen, beinah gleichgültig.

Aber es loderte in ihm.

»Ich hab einen riesigen Scheiternhaufen in mir«, sagte er zu Clarissa.

»Sind die Knoten zu fest?«

»Ich rede mit dir.«

»Du hast einen Scheiterhaufen in dir. Hab ich verstanden.«

»Keinen Scheiterhaufen, einen Scheiternhaufen.«

Mit der Spitze ihres rechten Stiefels stieß Clarissa gegen seine nackte Wade. »Du sollst die Beine spreizen.«

»Ich glaub, es geht heut nicht«, sagte er und zog an den Lederriemen, mit denen er an das Andreaskreuz gefesselt war. »Ich hätt heut nicht kommen sollen.«

»Zu spät. Hörst du das?«

Er hörte das Zischen der Gerte. Er hörte das vertraute Geräusch, und nichts passierte mit ihm. Und als sie zuschlug, zuckte er zusammen und drehte den Kopf und brachte keinen Ton heraus. Der Schmerz, den sie ihm zufügte, und die Worte, mit denen sie ihn erniedrigte, befeuerten ihn nicht wie sonst, sondern schmerzten und erniedrigten ihn auf eine Weise, die er sofort als beschämend empfand. Wie das Weinen seiner Frau drei Stunden zuvor.

Sie mußte mindestens eine Minute in der Tür gestanden haben, bevor er sie bemerkt hatte. »Gehst du schon?« fragte er und richtete sich, benommen von Gedanken, im Sessel auf.

Karin antwortete nicht.

»Was ist?« Er beugte sich vor, sein Bauch wölbte sich über dem Gürtel, und er streckte den Rücken. »Ich schau hernach noch bei Luis rein. Wer kriegt das Geschenk?«

In der linken Hand hielt sie eine weiße Plastiktüte mit etwas darin, in der rechten ihren blauen Knirps. Seit Anfang Juni regnete es fast ununterbrochen. Es war kalt. Auf den Balkonen ertranken die Geranien in den Blumenkästen.

Weil sie weiter stumm dastand, schüttelte er den Kopf.

Dann stemmte er sich mit einem Ruck in die Höhe, warf einen Blick zum Fernseher, in dem ein Fußballspiel ohne Ton lief, und stopfte sich die Vorderseite seines blaßgrünen Hemdes in die Hose. Strumpfsockig schlurfte er durchs Zimmer. An der Tür betrachtete er seine Frau, ihren beigen Popelinemantel, ihre Wollmütze, ihre braunen Schuhe. Sie kam ihm klein und alt vor, ihre Wangen waren bleich und ihre Augen verschwommen.

»Was ist?« fragte er ein zweites Mal.

Und da stieß sie diesen Ton aus, der ihn noch eine Stunde später so erschütterte, daß er in einem Anfall von Panik einen Zwanzig-Euro-Schein vor Luis auf den Tresen knallte und, ohne auf das Wechselgeld zu warten und seinen verwunderten Mittrinkern eine Erklärung zu geben, überstürzt das Lokal verließ. Er hatte nur noch ein Ziel vor Augen, den *Club Dinah* in der Levelingstraße, fünfzehn Minuten von seiner Wohnung und seiner Stammkneipe entfernt. Nichts als die Stimme seiner Frau, bildete er sich ein, trieb ihn dorthin, das Beben in ihrer Stimme, der von Verzweiflung zerrissene Klang ihrer Stimme, ihre ganze trostlose Erscheinung.

Er sah, wie ihre herunterhängenden Arme schlenkerten. Sie hörte nicht auf zu schluchzen. Ihr Körper schien jede Träne unter Qualen hervorzupressen. Alles an ihr vibrierte und schlotterte, ihr Mantel, ihre Beine, ihre Mütze, ihr Kopf, ihre Schultern, die Plastiktüte, der Schirm. Sie stand einfach nur da, vor ihm, in Atemnähe, und ihr Atem fegte über ihn hinweg wie ein fremder Wind und roch nach Pfefferminz.

»Karin«, sagte er und räusperte sich. »Karin.« Er wollte, daß sie sich zusammenriß. Auf die Idee, sie zu umarmen, kam er nicht.

Erst hinterher, als sie schon draußen war und er mit ihrem durchnässten Papiertaschentuch im Flur ausharrte und sein Blick in den Spiegel mit dem Silberrahmen fiel und sein Spiegelgesicht ihn zittern ließ. »Willst du einen ... Soll ich dir einen ... ein Glas ...«

Sie schüttelte den Kopf. Oder ihr Kopf zuckte von innen her, was er für möglich hielt. »Bitte«, sagte er und wußte, daß seine Stimme in ihrem Seufzen unterging.

Eine Weile weinte sie lautlos. Dann schniefte sie wie ein Mädchen und griff mit der rechten Hand, an der der kleine Schirm baumelte, in die Manteltasche. Sie zog ein Taschentuch hervor, tupfte sich das Gesicht ab und hielt es ihm hin und lächelte. Über dieses Lächeln wunderte er sich lange. Er nahm das Taschentuch, zerknüllte es in der Faust und nickte. Er nickte mehrmals hintereinander, als wäre er mit etwas einverstanden, das er nicht begriff, und überlegte, ob er sie zur U-Bahn begleiten sollte. Lust dazu hatte er nicht, aber er würde es tun. Wegen des Augenblicks, wegen der Situation, vielleicht nur wegen des Regens und weil er sowieso noch zu Luis wollte.

»Ich muß gehen«, sagte Karin. Ihre klare Stimme verblüffte ihn. »Ich nehm auf jeden Fall die letzte Bahn.«

»Und wenn's länger dauert, nimmst du ein Taxi«, sagte er.

»Es dauert nicht länger.«

»Bis jeder seine Geschichte erzählt hat, ist es drei in der Früh«, sagte er.

»Die Fuhrmann Britta ist auch schon tot.«

»Das hast du mir erzählt.«

»Wirklich?«

»Als du die Einladung zu dem Treffen gekriegt hast.«

»Stimmt. Entschuldige.« Sie sah ihm in die Augen, hielt inne, wand – ziemlich umständlich, wie er fand – ihr Handgelenk aus der Kordel, nahm den Schirm in die andere Hand mit der Tüte, zog seinen Kopf zu sich heran und küßte ihn auf den Mund, fest, beinah leidenschaftlich, und ihr Lippenstift schmeckte nach Kirsche.

Er wollte noch einmal fragen, für wen das Geschenk bestimmt sei, doch sie hatte schon die Wohnungstür geöffnet und einen Schritt ins Treppenhaus getan. An die Sekunden zwischen dem Kuß und ihrem Weggehen erinnerte er sich nicht mehr.

»Grüß Luis von mir. Und mach dir was zu essen.« Bevor sie die Tür von außen schloß, sagte Karin: »Und zieh dir was drüber, damit du dich nicht erkältest in diesem eisigen Sommer.«

In diesem eisigen Sommer rannte er durch die Nacht. Und als er den *Club Dinah* erreichte und sich den Regen aus dem Gesicht wischte, mußte er an die verdutzten Gesichter in Luis' Kneipe denken. Und er fing an zu kichern, wie zu Hause, und als Mika die Tür aufstieß und ihm auf die Schulter klopfte und ihn zur Bar begleitete, kicherte er noch immer.

»Bist du betrunken?« fragte Clarissa.

»Nein.«

»Dann bist du heut lustig.«

»Ja«, sagte er, »ich bin heut lustig.«

»Warum?«

»Weiß ich nicht.«

»Du bist noch nie am Samstag hier gewesen.«

Cornelius Mora trank Pils, das billigste Getränk im Club. Es war nach elf und er der einzige Gast. Außer bei Messen oder in der Zeit des Oktoberfests tauchten in den unscheinbaren Etablissements im Münchner Osten, die sich von den Einfamilienhäusern in der Nachbarschaft höchstens durch den asphaltierten Parkplatz im Hinterhof unterschieden, an den Wochenenden nur vereinzelt Gäste auf.

Den Abend hatten Clarissa und ihre Kolleginnen mit Kartenspielen, Fernsehen und Lesen verbracht.

»Ist deine Frau nicht zu Hause?« Clarissa rührte mit einem roten Strohhalm in ihrem Sektglas.

»Laß das, bitte« sagte Mora.

»Ich muß das machen, das weißt du genau, sonst geht die Kohlensäure nicht weg.«

»Dann trink Wasser ohne Gas.«

»Jetzt bist du nicht mehr lustig. Wollen wir gehen?«

»Noch nicht.«

Seit seinem ersten Besuch im *Club Dinah* folgte er ihr, nachdem er ein oder zwei Biere und sie ihren Sekt getrunken hatte, in das schwarze Zimmer im oberen Stock, wo sie ihm Befehle erteilte und er ihr gehorchte. Eines Abends hatte er damit begonnen. Und wenn er heute, zwei oder drei Jahre später, bei einem Glas Calvados in seinem Wohnzimmer darüber nachdachte, warum, fand er keine Antwort. Als junger Mann hatte er solche Spiele mit mäßigem Interesse in Pornofilmen verfolgt und dann nach seiner Heirat vergessen. Wenn seine Frau ihn fragte, ob er zufrieden sei, nahm er sie in den Arm oder küßte ihren Busen und schlief mit ihr ein. Auf die Idee, ihr bestimmte Experimente im Bett vorzuschlagen, wäre er nie gekommen.

»Ich hab was vergessen«, sagte er und hob sein fast leeres Bierglas.

»Du zitterst ja.«

»Ich bin ein Depp.«

Ihre Hand glitt über seinen Oberschenkel, er sah nicht hin.

»Sie hat geweint«, sagte Mora. »Ich hätt sie umarmen müssen.«

»Warum hast du's nicht getan?« Sie packte den Hosenstoff zwischen seinen Beinen.

»Hab's vergessen.«

»Dann umarmst du sie später.« Sie spürte seine Erregung und wollte keine Zeit mehr verlieren. Außerdem war sie müde und mißgelaunt und bis zum Hals wütend über den Mann, den anderen, der sie heimlich beobachtete und glaubte, sie würde nichts bemerken. »Komm jetzt«, sagte sie hart und schlug auf seine Hose, fester als beabsichtigt.

Mora sprang vom Barhocker und knallte das Glas auf die Theke. »Zahlen! Ich muß gehen!« rief er, fingerte in der Innentasche seines Jacketts nach dem Portemonnaie und ließ es beim Herausziehen fallen. Er wollte sich bücken, doch Clarissa stellte sich nah vor ihn. Ohne ihn zu berühren, ging sie in die Hocke, griff nach dem Geldbeutel und richtete sich in einer langsamen, geschmeidigen Bewegung auf. Den Duft, den er einsog, kannte er gut, auch das Geräusch ihrer Stiefel, ihren lauernden Blick, die Forderungen ihrer Finger, er kannte Clarissas Technik und Tricks, und er hatte sie von Anfang an akzeptiert und nie verstanden, wieso.

Und er verstand nicht, wieso er ihr auch an diesem eisigen Sommerabend in den ersten Stock folgte, obwohl er eben noch bezahlen und keinen Cent mehr für etwas verschwenden wollte, dessen tieferer Grund ihm so fremd war wie der seiner Geschäftsaufgabe, die seine Frau eine Schmach nannte.

»Fünfunddreißigjähriges Abiturjubiläum«, sagte er, während er seine Kleidungsstücke auf den Eisenstuhl unter das mit schwarzem Tuch verhangene Fenster legte. Im griesligen blauen Licht bemerkte er nicht, wie Karins zerknülltes Taschentuch aus seiner Hose rutschte. »Irgend jemand bekommt ein Geschenk. Ich weiß nicht, wer. Ich hab sie gefragt. Vielleicht ein Verehrer von früher. Sie ist nie zu den Treffen gegangen, nur einmal, vor ungefähr fünfzehn Jahren. Sie hatte keinen Kontakt mehr mit ihren Schulkameradinnen. Die eine oder andere ist manchmal in unsren Laden gekommen, auch mal ein Ehemann, um einen Film entwickeln zu lassen. Er hat dann gesagt, wer er ist und daß seine Frau demnächst meine Frau unten in der Parfümerie besuchen möchte. Sie hat aber nie darüber gesprochen. Lange her. Heute hat Karin erwähnt, daß eine ehemalige Schulkameradin gestorben ist. Britta Fuhrmann. Ist auch schon tot, hat sie gesagt. Wieso ›auch‹? Das fällt mir jetzt auf. Sie hat gesagt: auch schon tot. Wer noch? Wer noch? Und für wen ist das Geschenk? Ich hab nicht in die Tüte geschaut. Ich bin ganz sicher, daß es ein Geschenk war, Karin hat auch nicht widersprochen. Was soll denn sonst drin gewesen sein?«

»Knie dich hin!« befahl Clarissa.

Er kniete sich hin.

»Steh auf.«

Er stand auf.

»Beweg dich.«

Er bewegte sich.

»Halt still.«

Er hielt still.

»Hörst du das?«

Er hörte das Zischen der Gerte und drehte den Kopf.

Und er sah seine Frau an der Tür, sie blickte durch den matt erleuchteten Flur und flüsterte ihm etwas zu, das er nicht verstand. Er hätte den Calvados nicht trinken dürfen, dachte er und wollte einen Schritt machen und stieß mit dem Fuß gegen den Rahmen der Wohnzimmertür. Der Schmerz jagte seine Wade hinauf, er hatte nur Socken an, und ihm war kalt, und seine große Zehe brannte. Und er wollte jetzt wissen, wem Karin das Geschenk mitbrachte. Aber sie war verschwunden.

In diesem Moment, am Lederkreuz im schwarzen Zimmer, sah er seine Frau an der U-Bahn-Station, und sie wartet nicht auf den Zug, sie geht ihm entgegen. Sie läßt die Plastiktüte und den Schirm fallen und kümmert sich nicht weiter darum. Kümmert sich nicht um die anderen Leute. Sie steigt zu den Gleisen hinunter und läuft auf den schwarzen Schacht zu. Und der Wind der nahenden Bahn fegt ihr die Mütze vom Kopf und wirbelt ihre grauen Locken auf. Mit gefalteten Händen, so, wie sie oft unten in der Parfümerie gestanden und auf Kunden gehofft und nicht bemerkt hat, wie er sie von oben, von der Fotoabteilung aus, mit klammem Herzen beobachtet, verschwindet sie im Tunnel und erwartet das Heranrasen der beleuchteten Kabine und fürchtet sich nicht und spürt nicht einmal den Schmerz.

»Sie hält doch die Schmach nicht aus«, schrie Cornelius Mora und zerrte an den Schnüren, die um seine Handgelenke gewickelt waren.

Zum drittenmal holte Clarissa aus.

Da löste sich die Fessel an seiner rechten Hand – Clarissa hatte keine Erklärung dafür, auch später nicht, alles war wie immer gewesen, die Knoten wie immer, der Ablauf wie immer –, und sein Kopf fuhr herum, sein Oberkörper kippte zur Seite. Und er streckte den Hals, weil sein Schreien noch nicht zu Ende war. Das begriff sie. Aber die Gerte trieb ihren Arm nach vorn, sie hatte keine Kraft, den Schwung zu bremsen, keine Kontrolle. Mit unbändiger Wucht traf die Spitze der Gerte seine Halsschlagader. Und wie aus einem geplatzten, prallgefüllten Ballon spritzte das Blut aus ihm heraus, ihr mitten ins Gesicht.

»Halt den Zug auf«, schrie er mit röhrender Stimme.

Dann gurgelte es in seinem Hals, und ein roter Schwall schoß aus seinem Mund.

Noch immer hielt sie die Gerte in der Hand. Sie starrte den bleichen, schräg hängenden, über und über bespritzten Männerkörper an, die eigenartig übereinander lappenden Fettringe, den einen schlenkernden Arm mit der aus der Schlinge gerutschten Hand und den wie abgeknickt baumelnden Kopf.

Und es war still wie noch nie im schwarzen Zimmer.

Als die Tür aufging und Mika mit einer Pistole in der Hand eintrat, taumelte Clarissa. Sie ließ die Gerte fallen und schlug die Hände vors Gesicht, rang nach Luft, sank auf die Knie und kippte auf die schwarze Plane, die den Fußboden vollständig bedeckte. Sie zog die Beine an den Körper und weinte in sich hinein.

Aus einem der Nebenzimmer holte Mika eine Seidendecke und breitete sie über Clarissas zuckenden Körper. Obwohl er kurz davor war, den Leichnam von den Fesseln zu befreien und ihn trotz des Blutes irgendwie abzuhängen und auf die Erde zu legen, scheuchte Mika statt dessen die Barfrau Eva, die vor Clarissa kniete und ihr den Kopf streichelte, und ihre zwei Kolleginnen, die, fröstelnd vor Fassungslosigkeit, einander umarmten, hinaus in den Flur.

Nachdem er Eva angewiesen hatte, die Eingangstür abzusperren, rief Mika über sein Handy die Polizei. Bis zu deren Eintreffen redete er auf Clarissa ein. Aber sie wimmerte nur und weinte und brachte kein Wort heraus.

Erst, als jemand ihren Namen nannte, hob sie die Schultern und blinzelte in das grelle Licht einer Taschenlampe.

»Sie sind Clarissa Weberknecht?« sagte eine Stimme hinter dem weißen Schein.

»Ja.« Sie keuchte mit offenem Mund, schloß einen Moment die Augen und streifte die Decke ab. »Und wer sind Sie?«

»Ich bin von der Kriminalpolizei. Mein Name ist Polonius Fischer. Haben Sie den Mann getötet?«

2

Eine sanftmütige Lügnerin

Das winzige Fenster führte auf einen Innenhof und war verriegelt. Früher diente der acht Quadratmeter große Raum als Abstellkammer, heute legten Menschen darin Geständnisse ab, schrien, fluchten, heulten ohne Unterlaß oder standen nur da, starr vor Furcht oder fassungslos beim Gedanken an ihre zerbeulten Träume. Sie befanden sich in einem Zimmer, in denen nichts als ein Nagel an den Wänden hing und über der Tür ein Kruzifix aus Eichenholz. Unterhalb des Fensters standen ein viereckiger Tisch mit zwei Stühlen und bei der Tür ein Bistrotisch mit einem Baststuhl, auf dem eine Frau vor einem Laptop saß. Sie schrieb jedes Wort mit, das in dem Raum gesprochen wurde. Manchmal notierte sie auch Pausen und Gesten und ungewöhnliche Bewegungen. Es konnte passieren, daß sie zwei Stunden lang ununterbrochen tippen mußte, oft Sätze, die sie anekelten oder wütend machten und deren Wirkung sie nur mühsam kontrollieren konnte.

Und dies war nicht der einzige Raum, in dem Valerie Roland als Protokollantin arbeitete, und es passierten hier nicht weniger furchtbare Dinge als einen Stock höher, wo es ein größeres Zimmer für die gleichen Zwecke gab, dazu mit einer verspiegelten Wand, einer Mithöranlage und drei digitalen Kameras, und doch fühlte sie sich in der beengten Umgebung mit Blick auf die graue, abweisende Hauswand vor dem Fenster nie bedroht. Auch dann nicht, wenn Zeugen oder Verdächtige so nah vor ihr standen wie diese nach einem rauhen, teuren Parfüm duftende Frau im schwarzen Hosenanzug. Seit mindestens zwei Minuten hatte sie kein Wort gesprochen, und sie schien nichts wahrzunehmen als das gelbe Licht der Schreibtischlampe über dem Computer.

Valerie legte die Hände in den Schoß und warf einen Blick auf die Zeiteinblendung am unteren Bildschirmrand. Zehn Uhr fünfzig. Um Punkt acht Uhr hatte die Vernehmung begonnen. Nach Valeries Einschätzung gab es für ein Verbrechen keine Anhaltspunkte, es war ein Unglück, die Frau traf keine Schuld.

»Warum haben Sie den Schlag nicht zurückgehalten, Frau Weberknecht?« fragte Polonius Fischer von seinem Platz am Tisch aus.

Hastig beugte Valerie sich nach vorn und schrieb mit. Die Frage hatte der Hauptkommissar schon einmal am Anfang gestellt.

»Das hab ich Ihnen doch erklärt«, sagte Clarissa Weberknecht. Sie drehte sich zu ihm und steckte die Hände in die Hosentaschen und machte einen Schritt auf ihn zu. »Ich dachte, wir sind jetzt fertig.«

»Bitte setzen Sie sich wieder.«

»Ist das nötig, daß der Club geschlossen bleibt? Kann ich nicht wenigstens die Bar öffnen? Nur Getränkeausschank und die übliche Animation in den Nischen. Ich garantiere Ihnen, niemand geht nach oben, nicht mal die Putzfrau. Ich kann mir eine Schließung nicht leisten, die Geschäfte laufen nicht mehr so gut wie früher, das müssen Sie doch wissen.«

»Woher soll ich das wissen?«

»Kriegen Sie keine Statistiken aus dem Milieu oder Informationen von Ihren Informanten?«

»Sie sind hier bei der Mordkommission, Frau Weberknecht. Setzen Sie sich bitte.«

Sie riß die rechte Hand aus der Hosentasche und schlug durch die Luft. »Ich will mich nicht setzen. Ich will gehen. Ich will arbeiten.«

Fischer deutete auf den Stuhl, so lange, bis die Frau, ohne die andere Hand aus der Hosentasche zu nehmen, widerwillig seiner Aufforderung folgte. Sie schlug die Beine übereinander und starrte die Wand an.

»Sie betreiben den Club seit acht Jahren«, sagte Fischer. »Sie hatten nie die Polizei im Haus ...«

»Doch.« Sie wich seinem Blick aus. »Zwei-, dreimal wegen Ruhestörung, betrunkene Gäste haben sich dumm benommen. Wir haben die Nachbarn beruhigt, und die Sache war erledigt. Außerdem sind wir nicht der einzige Club in der Straße.«

»Sie sind der kleinste der drei.«

»Ja, und?« Sie hob das Kinn und sah ihn mit Stolz im Blick an.

Fischer lächelte. Auf seiner durch ihre enorme Krümmung hervorstechenden, wuchtigen Nase bildeten sich Fältchen, die seinen ernsten, konzentrierten Gesichtsausdruck augenblicklich entspannt wirken ließen. Da er seine ergrauenden Haare streng nach hinten gekämmt hatte, traten seine fleischigen Wangenknochen stärker als sonst hervor und verliehen seinem schmalen Gesicht einen Ausdruck von Entschlossenheit und Willensstärke. Seine schwarzen Augen, die gelegentlich eine eigenartig braune Färbung annahmen, verfolgten jede Geste seines Gegenübers, ohne die geringsten Anzeichen von Ungeduld oder Berechnung. Mit leicht gebeugtem Rücken, die eine Hand auf dem Tisch, während er den anderen Arm baumeln ließ, wirkte Polonius Fischer wie ein mit unerschöpflicher Neugier und auch mit einem für die abseitigsten Ereignisse grenzenlosen Verständnis gesegneter Zuhörer.

In Wahrheit marterte ihn der Zwang zu Verständnis, Neugier und Geduld oft mehr als die Fragen nach dem Hintergrund und präzisen Ablauf eines Verbrechens. Wäre er nicht neun Jahre lang Tag für Tag zu harter Disziplin und religiösem Respekt erzogen worden, hätte er vor, in und nach manchen Ermittlungen Flüche durch die Flure des Kommissariats geschickt, die seine abgebrühten Kollegen nie für möglich gehalten hätten.

Aber wenn er lächelte, hatte niemand etwas zu befürchten. Zumindest eine Weile nicht. »Sie haben sich behauptet«, sagte er.

»Ja, das hab ich, und ich arbeite hart dafür, daß wir den Status erhalten, den wir erreicht haben, meine Frauen und ich. Wir sind nur zu viert, das bedeutet, wir können uns Nachlässigkeit und übertriebenes Gehabe nicht leisten. Wir sind eine Art Familienbetrieb, jeder verläßt sich auf den anderen, jeder übernimmt Verantwortung, jeder hat das gleiche Interesse, nämlich das Geschäft. Und wenn wir übernächstes Jahr unser Jubiläum feiern, dann wissen wir, was wir in den zehn Jahren geleistet haben. Unsere Kunden sind treu, und wir haben Gäste aus ganz Deutschland und auch aus der Nachbarschaft. Und wer nur ein Bier trinken und eine schöne Frau anschauen möchte, ist bei uns genauso willkommen wie jemand mit Sonderwünschen. Bis zu einer bestimmten Grenze. Wir machen nichts, was wir nicht wollen, egal, was der Mann dafür bezahlen würde. Wir haben schon Gäste verloren, das können Sie mir glauben. Wir bleiben bei unserem Prinzip. Also, was wollen Sie noch von mir? Glauben Sie immer noch, ich hab den Mann absichtlich ... absichtlich ...«

»Sie haben ihn getötet.« Fischers Stimme war tonlos.

Clarissa hielt sich die Hand vor den Mund. Ihr zuversichtliches Empfinden, das ihr soeben noch das Sprechen erleichtert hatte, verwandelte sich in einen Alpdruck, der ihrem Zustand unmittelbar nach dem Geschehen glich, als sie sich das fremde Blut aus dem Gesicht wischte und den Blick nicht von dem Mann abwenden konnte.

Ja, er starb durch ihre Hand.

Ja.

Trotzdem war das eigentlich nicht möglich. Er hatte sich falsch verhalten, ganz falsch. Er hatte die Regeln verletzt, er hatte die Hand aus der Schlinge gezogen, er hatte alles vermasselt.

Genauso hatte sie es dem Kommissar erzählt. Gestern nacht. Heute früh. Hans hatte sie nichts erzählt. Er war besoffen nach Hause gekommen, und als die Polizisten um halb acht bei ihr geklingelt hatten, schnarchte er einfach weiter.

Sie hatte einen Mann getötet. Den freundlichen Herrn Mora.

»Warum hat sich der Mann bei Ihnen auspeitschen lassen?« fragte Fischer und bemerkte, wie Valerie auf die Uhr an ihrem Handgelenk zeigte. Aber er wollte jetzt keine Pause einlegen.

»Was?« Clarissa verschluckte sich und hustete. »Entschuldigung. Warum? Das weiß ich nicht.«

»Sie haben ihn nie gefragt?«

»Doch. Ich glaub schon. Ich weiß es nicht mehr. Irgendwann wollte er es ausprobieren, und es gefiel ihm. Nie ist was passiert. Das wär doch Irrsinn. Wir mißhandeln doch niemanden.«

»Herr Mora war Stammgast bei Ihnen.«

»Das hab ich doch schon gesagt. Er kam alle zwei, drei Monate. Jetzt fällt mir etwas ein. Ich hab's vergessen gehabt, ganz vergessen.« Sie ruckte mit dem Stuhl und umklammerte die Tischkante. Strähnen ihrer hellblonden Haare, die sie, ähnlich streng wie der Kommissar, zurückgekämmt und mit einem schwarzen Band zusammengebunden hatte, fielen ihr vors Gesicht. »Er hat noch was gesagt, bevor er ... bevor er nicht mehr sprechen konnte ... Er hat gesagt ... Halt den Zug auf! Wieso hab ich das vergessen? Halt den Zug auf. Und noch was. Irgendwas von Schmach, ich weiß nicht mehr genau. Schmach. Das war, als ich ihn schon … als er schon … Das fällt mir jetzt wieder ein.«

»Gut, daß Sie noch nicht gegangen sind«, sagte Fischer.

Clarissa nickte und wagte ein dürres Lächeln. »Halt den Zug auf. Haben Sie seine Frau vernommen?«

»Sie wird psychologisch betreut, ich spreche später mit ihr.«

»Halt den Zug auf«, sagte Clarissa leise.

»Sie haben ausgesagt, Herr Mora war angetrunken, stärker als sonst.«

Sie nickte, mehrmals hintereinander, in Gedanken verstrickt.

Die meisten Männer, die zu ihr kamen, waren angetrunken, und die, die nüchtern waren, benahmen sich nicht zwangsläufig besser, eher fordernder, herablassender, gönnerhaft oder einfach nur dumm und selbstgefällig. Alltag.

Der Herr Mora. Cornelius. Ein unscheinbarer Gast, der aus Gründen, die außer ihm niemand kannte, Gefallen am schwarzen Zimmer gefunden hatte.

Wieder sah sie ihn da hängen, mit schaukelndem Arm. Sie hörte das Ploppen des Blutes auf die Kunststoffplane. Sie hielt die Gerte fest umklammert, den geriffelten Gummigriff. Sie hielt eine Mordwaffe in der Hand.

Nein. Das war keine Mordwaffe.

»Herr … Jetzt hab ich Ihren Namen vergessen.«

»Fischer.«

»Entschuldigung. Ich erkläre Ihnen jetzt zum letztenmal, Herr Fischer: Herr Mora hat sich nicht so verhalten wie verabredet, offensichtlich wollte er die Behandlung abbrechen, ohne mir seinen Entschluß rechtzeitig mitzuteilen. Er befreite sich, und das war sein Todesurteil.«

Sie wandte den Kopf zu Valerie und wartete, bis diese zu Ende geschrieben hatte, dann schob sie den Stuhl ein Stück zurück und stand auf. »Ich hab alles gesagt. Meine Mitarbeiterinnen und auch Herr Petrov haben Ihnen bestätigt, wie der Abend verlaufen ist und daß Herr Mora, wie schon öfter, auf dem Andreaskreuz bestanden hat. Ich hab ihn auf seinen eigenen Wunsch hin festgebunden, und er hat in die Behandlung eingewilligt. Sein Tod war ein schreckliches Unglück.«

Einen Moment lang fragte sich Fischer, ob ein Anwalt ihr diese Sätze vorgegeben hatte.

Er stand ebenfalls auf. Bei einer Größe von einem Meter zweiundneunzig berührte sein Kopf beinah die Zimmerdecke. »Sie müssen das Protokoll noch lesen und unterschreiben. Sie dürfen die Stadt nicht verlassen. Wenn die Ermittlungen abgeschlossen sind, wird der Staatsanwalt mit Ihnen sprechen und anschließend Anklage erheben.«

»Wegen Mordes?« sagte sie laut.

»Das wissen wir noch nicht. Bis dahin bleibt Ihr Club geschlossen. Sie sind die alleinige Geschäftsführerin?«

»Natürlich.« Wieder schlug sie mit der rechten Hand durch die Luft. Schon die ganze Zeit betrachtete Fischer ihre blassen, kräftigen Finger und die Narben auf beiden Handrücken. »Ich bin doch keine Mörderin! Was passiert denn jetzt? Tauchen jetzt Reporter bei uns auf? Wie läuft das?«

»Unsere Pressestelle gibt jeden Tag einen Polizeibericht heraus, das kennen Sie aus der Zeitung. Wir werden Ihren vollständigen Namen nicht nennen, aber Geschichten aus dem Milieu sind für Journalisten immer brauchbar, sie werden Ihre Identität aufdecken.«

»Und was soll ich dagegen tun? Ich laß mich doch nicht öffentlich ausstellen. Ich hasse das. Verdammte Presse. Ich verklag die alle, wenn die irgendwas über mich schreiben.«

»Sprechen Sie mit niemandem. Geben Sie über Ihren Anwalt eine einmalige Erklärung ab, das genügt. Haben Sie eine Vorstellung, wie sich Ihre Kollegen oder Konkurrenten aus der Levelingstraße verhalten werden?«

»Weinen werden die nicht, wenn mein Club zu ist.«

Fischer öffnete die Tür. In einem der Zimmer diskutierten die Hauptkommissare Sigi Nick und Emanuel Feldkirch über ihre laufenden Recherchen. Als sie die Tür hörten, verstummten sie.

»Was bedeutet das?« Clarissa Weberknecht deutete auf das kleine weiße Schild mit den zwei Buchstaben neben der Tür.

»Meine Kollegen nennen mich P-F, und deshalb heißt auch dieser Raum so, ich bin der einzige, der ihn benutzt.«

»Sie haben einen eigenen Raum für Ihre Verhöre?«

»Ich mache keine Verhöre«, sagte Fischer. »Ich führe Gespräche. Warum heißt ihr Club Dinah? Wer ist Dinah?«

»Eine Freundin hieß so«, sagte Clarissa. »Sie ist gestorben. Darüber möcht ich nicht sprechen.«

Sie verzog ihren blaßrot geschminkten Mund zu einem scheuen Lächeln und streckte die Hand nach Fischers Kopf aus, ohne ihn zu berühren. »Sie sollten Ihre Haare färben, Schwarz steht Ihnen besser als Grau.«

Valerie schüttelte den Kopf und stellte den Laptop auf ihren Schreibtisch gegenüber dem P-F-Raum. Fischer warf den Kopf hin und her und schien ernsthaft über Clarissas Vorschlag nachzudenken.

»Aber Sie kleiden sich gut«, sagte Clarissa.

Kurz darauf, nachdem sie das fünfunddreißig Seiten umfassende Protokoll unterschrieben und das schmiedeeiserne Tor vor der Haustür des Kommissariats hinter sich geschlossen hatte, dachte sie nicht mehr an den großgewachsenen Mann mit der hervorspringenden Nase. Sie dachte an ihre Freundin. Und sie wunderte sich, daß sie nach allem, was in der Nacht geschehen war und nie hätte geschehen dürfen, jene Straße in der Altstadt betrat, in der Dinah und sie früher gemeinsam gearbeitet und gewohnt und ihre Zukunft ausgeschmückt hatten.

In der Ledererstraße gab es nur noch eine einzige Nachtbar, dafür ein neues Designerhotel, ein auf italienisch gestyltes Café, ein herausgeputztes chinesisches Restaurant, ein Musikgeschäft mit internationalem CD-Angebot und eine Handvoll kleiner Läden, an denen die architektonischen Modernisierungen in der Umgebung des Marienplatzes ebenfalls nicht spurlos vorübergegangen waren.

Von der ältesten Stadtmauer Münchens, an der das Kommissariat 111 in einem mittelalterlichen Gebäude untergebracht war, schlenderte Clarissa Weberknecht die schmale, einhundertfünfzig Meter lange Einbahnstraße entlang, wich den Touristengruppen aus, die mit Fotoapparaten und Videokameras wie ferngelenkt das nahegelegene Hofbräuhaus ansteuerten, und versuchte, ihre Erinnerungen zu verscheuchen.

Doch je länger sie ging, je öfter sie innehielt und Reste alter Zeiten entdeckte – ein Klingelschild mit handgeschriebenen Namen an einem Hauseingang, eine blaue Gardine an einem Fenster im vierten Stock, den Geruch nach frischgebackenem Kuchen –, desto schwermütiger wurde ihre Stimmung. Sie wünschte, es würde wieder anfangen zu regnen und der Regen sie aus diesem Viertel vertreiben, in dem sie als junge Frau gemeinsam mit Dinah das Glück erfunden hatte.

Clarissa Weberknecht war sechsundvierzig Jahre alt, einen Meter achtundsechzig groß und hatte auffallend breite Schultern und Hüften, die sie kraftvoll nannte, und einen Bauch, den sie mit seinen weichen Ausformungen »wirkungsvoll« fand. Ihren Busen bezeichnete sie als »absolut frauig« und ihren Körper als »maßgeschneidert«, besonders ihren Hintern, mit dem, wie ihre Kolleginnen im Club behaupteten, neunzig Prozent aller Frauen die grausamsten Diäten und Massagetechniken auf sich nehmen würden.

Über ein Wort wie Übergewicht hatte Clarissa sich schon

mit Dinah amüsiert. Das war zu einer Zeit, als nicht einmal Models Kleidergröße null trugen, worüber sich die beiden jungen Bardamen in der Ledererstraße vermutlich totgelacht hätten.

Manche Gäste hatten sie für Schwestern gehalten.

»Wie alt seid ihr?«

»Ich bin vierundzwanzig«, sagte Clarissa.

»Ich neunzehn«, sagte Dinah.

»Glaub ich nicht.«

»Willst du's nachprüfen?«

»Wie denn?«

»Ich bin noch Jungfrau.«

Irgendwann hatte Clarissa aufgehört zu zählen, wie oft ihre Freundin diesen Satz mit unschuldigster Miene geflüstert hatte und anschließend mit dem Gast im Separee verschwunden war, wo sie sich, wie Clarissa wußte, auf sanftmütigste Art für ihre kleine Lüge entschuldigte.

Heute hieß die einzig noch verbliebene Bar in der Ledererstraße »Madame Cabaret«, sie befand sich im selben Haus wie damals das »Lucy«. Schräg gegenüber, anstelle des Hotels, hatte Trude Severin ihre »Lederstubn« betrieben, ein bayerisches Lokal mit Oben-ohne-Bedienung, einerseits benannt nach der Ledererstraße, hauptsächlich aber nach Trudes Vorliebe für martialische Kleidung. Eigentlich hatte in ihrem Laden nichts so richtig zusammengepaßt und die meisten Gäste waren auch vollkommen ausgelastet mit dem Anblick der Brüste vor ihrem Gesicht und hatten keine Kraft mehr für Phantasien anderer Art. Aber wenn Clarissa und Dinah wichtige Dinge besprechen mußten, für die ihr Zimmer im dritten Stock zu eng und das »Lucy« zu hellhörig war, vertrauten sie sich Trude an, egal, ob es um Männer, seelische oder körperliche Beschwerden, Ängste und Depressionen oder sensationelle Zukunftsvisionen ging. Trude besaß die

Gabe des heilenden Zuhörens. Wenn sie sich Zeit nahm, empfanden die Besucher ihre Nähe wie eine Obhut, die sie mit schönerem Blick und gereinigtem Herzen wieder verlassen würden. Manchmal saßen Clarissa und Dinah zwei oder drei Mal in der Woche bei ihr und tranken spanischen Kräuterschnaps, und wenn sie gegen drei Uhr morgens noch in der »Baby's Bar« auf einen Absacker einkehrten, wunderten sich ihre Kolleginnen dort über ihre beschwingte Stimmung zu so später Stunde.

Als das »Lucy« den Besitzer wechselte und Clarissas und Dinahs Wege sich trennten, ohne daß sie den Kontakt verloren und ihren gemeinsamen Plan aufgaben, führte Trude ihre ersten Kriege mit dem städtischen Ordnungsamt, der Polizei, der Ausländerbehörde und den Nachbarn. Nach eineinhalb Jahren dumpfer Auseinandersetzungen, von denen die Gegenseite einige über die Presse lancierte, beschloß Trude, daß sie mit Anfang sechzig für die fehlgeleiteten Testosteronschübe bestimmter Männer nicht mehr verantwortlich war. Sie sperrte die Lederstubn zu, gab in den fünf Tageszeitungen eine Anzeige auf, in der sie sich – wie sie formulierte – »bei namhaften Münchner Männern aus Politik und Wirtschaft« für die jahrelange Treue bedankte, und zog nach Pasing, wo sie im Blumengeschäft ihrer Schwester arbeitete, nicht ohne in ihrer Wohnung gelegentlich die Lederkleidung hervorzukramen und Besucher zu empfangen. Unter ihnen waren auch ehemals namhafte Münchner.

Was Clarissa bis heute nicht verstanden hatte, war, wieso Trude trotz mehrerer Anrufe und Einladungskarten nicht zur Eröffnung des Club Dinah und nicht einmal auf der Beerdigung von Dinah erschienen war. Immer war Trudes Schwester ans Telefon gegangen und hatte erklärt, Trude läge krank und unansprechbar im Bett oder sei verreist.

Von der gegenüberliegenden Straßenseite aus betrachtete

Clarissa die Fensterfront des Hotels. Sie fand, es sah einladend und abweisend zugleich aus, genau wie das Café, vor dem sie stand. Italienische Popmusik erklang aus den Lautsprechern. Es kam Clarissa so vor, als würden Kellner wie Gäste mit aller Macht südländische Lässigkeit simulieren oder das, was sie dafür hielten.

In ihren fast dreißig Jahren im Nachtgeschäft hatte Clarissa Alltagsschauspieler zur Genüge kennengelernt, Männer, die andere Männer kopierten, Frauen, die andere Frauen kopierten, besessen von der Vorstellung, sie hätten nun eine eigene Identität. Bis sie stolperten oder die Sonnenbrille ihnen um Mitternacht vom Kopf rutschte und ins Cocktailglas fiel und sie – in dieser einen Sekunde entblößt von aller Maskerade – wie beim Rauchen erwischte Kinder rot anliefen und eine Weile ihre Rolle vergaßen.

An diesem grauen, windigen Sonntagmittag im Juni unterdrückte Clarissa Weberknecht ihr Verlangen nach einem doppelten Espresso und einem gerösteten Tramezzino. Aber nicht, weil das heitere Getümmel in dem engen Café ihre gedrückte Stimmung nur noch verschlimmert hätte. Es war das Lied, das sie von der halbgeöffneten Tür zurück in Richtung Kommissariat trieb und vor der ansteigenden Gasse nach links weiter ins Tal. Ein alter Celentano-Schmachtfetzen jagte sie aus der Ledererstraße bis zum Viktualienmarkt, zwischen hupenden Autos hindurch über die Blumenstraße auf den Reichenbachplatz, obwohl sie ihr Auto in der Nähe des Isartors geparkt hatte. Der Song hallte in ihr nach wie das Echo eines Fluchs, brachte sie außer Atem, scheuchte sie zweimal um den begrünten und bepflanzten Gärtnerplatz herum, bevor sie sich keuchend auf eine Bank fallen ließ, neben einen Obdachlosen, der ihr sofort seine Weinflasche hinhielt.

Bei diesem Lied hatte sie Cornelius Mora endlich so weit gehabt, daß er ihr hinauf ins schwarze Zimmer folgte und aufhörte, von seiner Frau zu erzählen, die angeblich auf ein Klassentreffen gegangen war und jemandem ein Geschenk mitbrachte, das sie vor ihm verheimlichen wollte. Im Treppenhaus war Celentanos Stimme nur noch dumpf zu verstehen gewesen, aber Clarissa hatte ihr nachgehorcht, das wußte sie später noch, als plötzlich der Kommissar mit der wuchtigen Nase vor ihr auftauchte und ihr mit der Taschenlampe ins Gesicht leuchtete. Und sie wußte es jetzt, auf der Parkbank vor dem Supermarkt, neben dem übelriechenden Mann mit der grünen Flasche. Sie hörte ihre Schritte im Treppenhaus und die von Mora hinter ihr, und sie hörte die monotone Melodie des italienischen Schlagers. Und als sie die Tür des schwarzen Zimmers schloß, zögerte sie einen Moment und summte mit.

Und nun saß sie hier und hatte womöglich ein Verbrechen begangen.

»Nein«, sagte sie zu dem Mann im schäbigen roten Anorak, der sie unentwegt angaffte. »Er ist selber schuld, ich hab nichts getan. Er hätt zu Hause bleiben sollen und auf seine Frau warten. Wenn er sein ganzes Geld bei uns läßt, kann ich nichts dafür. Seine familiären Verhältnisse gehen mich nichts an, seine nicht und die von niemandem. Zu uns kommt jeder freiwillig. Was er getan hat, war unverantwortlich. Er hat die Regeln verletzt, er hat mich in die schlimmste Lage meines Lebens gebracht. Wegen ihm bleibt mein Laden geschlossen, zum erstenmal seit acht Jahren. Wer bezahlt mir meinen Ausfall? Seine Frau? Sie haben pleite gemacht. Und wenn ich wegen ihm ruiniert bin, dann wend ich mich an seine Frau, dann zieh ich sie zur Rechenschaft, dann wird sie büßen für das, was ihr Mann mir angetan hat. Starren Sie mich nicht so an. Ich werd mich nicht wegdrängen lassen. Durch die Dummheit und Verantwortungslosigkeit eines Mannes wird das, was Dinah und ich uns aufgebaut haben, nicht zerstört werden. Das laß ich niemals zu. Kaum ist seine Frau auf einem Klassentreffen, schleicht er zu uns und will spielen. Männer sind so. Ich kenne alle Sorten von Männern, auch wenn Dinah immer behauptet hat, es gäbe nur zwei Sorten von Männern, die vor und die nach dem Orgasmus. Das stimmt nicht. Man darf Männer nicht unterschätzen, und das haben wir auch nie getan. Sonst würden wir nicht mehr existieren, in unserem Job, im wahren Leben. Männer sind wie japanische Kugelfische, wenn du sie genießen willst, darfst du keinen Fehler machen, sonst stirbst du jämmerlich an ihrem Gift. Ich hab Dinah am Totenbett versprochen, unser Haus zu hüten, solange es irgendwie geht, und es gegen alle Widerstände zu verteidigen. So wie Trude ihren Laden verteidigt hat bis zum Schluß. Aber ich geb nicht so schnell auf wie Trude. Und einer wie Mora ist kein Gegner, der ist nur ein Dummkopf. Und Dummköpfe, glotz nicht so, können einer Frau wie mir schon lang nicht mehr das Kreuz brechen.«

»Genau«, sagte der Mann und trank aus der Flasche und spuckte aus. Er brauchte eine Zeitlang, bis er begriff, daß die Frau nicht mehr neben ihm saß.

3

Ein Geschenk für niemanden

»Das war sein Sessel«, sagte sie. »Und da steht noch die Flasche, aus der er getrunken hat, und sein Glas. Und da, in der Fernsehzeitung hat er sich Sendungen angestrichen, die er interessant fand. Aber angeschaut hat er sie sich selten. Seit wir unser Geschäft schließen mußten, ist es still geworden hier in der Wohnung. Bitte setzen Sie sich. Möchten Sie wirklich nichts trinken? Sie auch nicht, Herr ... Jetzt weiß ich Ihren Namen nicht mehr.«

»Schell.«

»Schell, wie der Schauspieler. Sind Sie womöglich verwandt?«

»Nein. Warum mußten Sie Ihr Geschäft schließen, Frau Mora?«

»Warum? Warum? Das kann man nicht sagen. Mein Mann hat sich diese Frage hundertmal am Tag gestellt. Und ich auch. Er gab vor allem sich die Schuld.«

»Warum gab er sich die Schuld?« fragte Polonius Fischer, der seine langen Beine umständlich unter dem Couchtisch ausstreckte. Auf einem unlinierten Block notierte er sich Stichpunkte.

Karin Mora trug eine lange, gehrockartige schwarze Strickjacke und einen schwarzen Rock und knetete zwei Papiertaschentücher in ihren Händen. Sie stand im Wohnzimmer wie in einer ungewohnten, unbewohnten Umgebung, ratlos sah sie sich um. Ihr Blick schien nach etwas Vertrautem zu suchen, nach einem Anhaltspunkt.

Karin Mora war dreiundfünfzig Jahre alt und ihr Gesicht

so grau wie ihre lockigen Haare, in den Pausen zwischen ihren Sätzen biß sie sich auf die Lippen und atmete schwer.

»Er redete sich ein«, sagte sie, »seine Kunden wären als erste weggeblieben. Die Leute, die Fotoapparate kauften oder Bilder zum Entwickeln brachten. Das war sein Bereich, oben, im ersten Stock. Ich hatte meine Parfümerie unten, mein Sortiment war vielfältig, es kamen sogar Prominente zu mir, nicht jemand wie Maximilian Schell, das nicht, aber Prominente aus der Stadt, und zwar über Jahre sind sie gekommen und waren immer zufrieden. Dann nicht mehr.«

Sie tupfte sich die Nase und schluckte mehrmals hintereinander.

»Bitte setzen Sie sich zu uns«, sagte Fischer.

Sie schüttelte den Kopf. »Gleich. Dann kamen sie nicht mehr. Mein Mann kannte sich auch gut aus mit Videokameras und mit den neuen digitalen Apparaten, den kleinen, von denen Sie die Bilder auf Ihren Computer laden können. Er hat sich immer weitergebildet, abends, sonntags. Sogar einen Quickservice hatten wir, fertige Bilder in zwei Stunden, wir schickten einen Boten ins Labor, und der brachte sie auch wieder zurück. Ein Spitzenkundenservice. Und ich hab Seminare besucht, Ayurveda, spezielle Hautpflegetechniken, Aromatherapien, alles mögliche. Wir haben uns nie ausgeruht. Sechs Tage die Woche haben wir geöffnet gehabt, das war unvermeidlich, die Leute wollten das so. Auch wenn samstags ab zwölf kaum noch jemand gekommen ist. Die Leute fahren dann lieber in die Innenstadt, wir sind hier in der Peripherie, in Berg am Laim. Da gibt's viele, die denken, in der Stadt kriegen sie eine bessere Qualität von allem, Kosmetika, Fotoapparate, Bilderrahmen. Und billiger. So denken die Leute. Kann schon sein, daß sie in einem Kaufhaus fünfzig Cent sparen, oder auch mal zwei Euro. Aber dafür müssen sie fürs Parkhaus bezahlen, oder den Strafzettel, und sie müssen essen gehen, und sie müssen die U-Bahn bezahlen, oder das Benzin fürs Auto. So rechnen die Leute aber nicht. Mein Mann schon. Ich auch. Wir schon. Sechsundzwanzig Jahre haben wir unser Geschäft geführt. Und dann sind die Kunden nicht mehr gekommen. Als hätten sie sich verabredet gehabt und beschlossen, wir gehen jetzt woanders hin. Nach Haidhausen. Nach Bogenhausen. In die Innenstadt. Man kann nicht sagen, daß sie von einem Tag auf den andern wegblieben, aber heut würde ich behaupten, die Schmach ist innerhalb von ein paar Monaten über uns gekommen und nicht mehr verschwunden. Vier Monate, fünf Monate, länger dauerte das nicht, und wir waren erledigt. Mein Mann oben in seiner Abteilung und ich unten bei mir. Und wir haben morgens aufgesperrt und Löcher in die Luft gestarrt. Und mein Mann hat kein Wort gesagt, und ich hab kein Wort gesagt. Und wenn ein Kunde gekommen ist, haben wir ihn bedient, als wär nichts, und dann haben wir wieder geschwiegen, jeder in seiner Abteilung. Früher hatten wir zwei Angestellte. Schon lang nicht mehr.«

Sie drehte den Kopf zum Fernseher, kniff die Augen zusammen und machte einen wackligen Schritt auf die Couch zu. Als Fischer sie ansprach, wirkte sie eine Weile vollkommen abwesend.

»Für Sie ist das Ende Ihres Geschäftslebens eine Schmach. Hat Ihr Mann das auch so empfunden, Frau Mora?«

Mit einer Faust stützte sie sich auf der Couchlehne ab, beugte sich zur Seite und ließ sich wie jemand, der nach einem strapaziösen Weg ausgelaugt sein Ziel erreicht hat, aufs Polster fallen. Sie wankte mit dem Oberkörper vor und zurück, atmete mit offenem Mund und legte die beiden Papierknäuel neben sich. Eine Zeitlang sah sie die Kommissare stumm an.

»Ich hab Ihnen gar nichts angeboten.«

»Doch«, sagte Fischer. »Wir wollten nichts trinken. Sie haben heute nacht meiner Kollegin erklärt, Sie würden die Frau, bei der Ihr Mann gestorben ist, nicht kennen. Trotzdem wissen Sie, wo sich der Club befindet. Hat Ihr Mann Ihnen davon erzählt?«

Ihr Mund zuckte, wie kurz vor einem Lächeln. »Ich bin ihm nachgegangen. Nur ein Mal. Ein einziges Mal. Er hat nichts gemerkt, er war wohl sehr in Gedanken an das, was er vorhat. Ich will das nicht wissen. Ihre Kollegin, ihren Namen weiß ich nicht mehr ...«

»Frau Barbarov«, sagte Fischer.

»Sie hat mir Einzelheiten genannt, und ich hab sie aufgefordert, still zu sein. Was mein Mann da getrieben hat, geht nur ihn was an. Er dachte, ich weiß nichts. Und ich weiß ja auch nichts. Ich weiß nur, daß diese Frau ihm das Leben genommen hat. Wie, das will ich nicht wissen, er ist tot, und ich bin allein. Und wenn ich an die Berichte in den Zeitungen denke, wird mir schlecht. Dann sind unsere sechsundzwanzig Jahre Geschäftsleben bloß noch einen Dreck wert. Stellen Sie sich vor, das wäre früher passiert. Die Leute hätten uns die Zunge rausgestreckt. Da steht mein Mann in seinem weißen Kittel hinter der Theke und verkauft Filme und redet mit seiner sanften Stimme über Brennweiten und so, und am nächsten Tag lesen die Leute in der Zeitung, wo er sich nach der Arbeit herumgetrieben hat. Wenn das passiert wär, dann hätt ich mich umgebracht, das wär schlimmer als die Schmach gewesen, mit der wir am einunddreißigsten Dezember für immer zugeschlossen haben. Den Schmutz, der dann über uns ausgegossen worden wär, hätt ich nicht ertragen, da wär ich vorher in die Isar gegangen. Jetzt können die Leute reden, was sie wollen, sie müssen mir nicht mehr ins Gesicht sehen, wenn sie sich ekeln. Nein, Herr Fischer, für meinen Mann war die Pleite keine Schmach, er tröstete sich damit, daß andere Geschäftsleute in der Stadt das gleiche Schicksal erleiden, die Konkurrenz wird immer härter, und billiger. Die Kunden werden launischer und geiziger. Die Materialien werden teurer, die Nebenkosten steigen, wir können nicht so viele Rabatte geben wie andere, größere Läden. Für mich ist das kein Trost. Wir leben seit mehr als dreißig Jahren in diesem Viertel, in der Josephsburgstraße, ich bin hier zu Hause, ich kenne jeden Nachbarn, wenn ich einkaufen gehe, werde ich gegrüßt, und wenn ich nach der Arbeit bei Luis mal einen Wein trinke, gehts mir gut. Sie finden das bestimmt banal oder sentimental, aber ich rede hier von meinem Leben, mehr hab ich nicht. Und jetzt hab ich noch weniger.«

Mit einem Ruck neigte sie sich zum Tisch hin, griff nach der Flasche, warf den Kommissaren einen Blick zu, nickte entschlossen und goß einen Schluck Calvados in das von ihrem Mann benutzte Glas. Sie legte den Korken neben die Flasche und hob das Glas. »Prost. Ich bin jetzt Witwe, ich darf um diese Uhrzeit Schnaps trinken.« Sie trank, unterdrückte ein Husten, nickte wieder und stellte das Glas hin. »Wird die Frau ins Gefängnis kommen?«

»Nach unseren bisherigen Ermittlungen war es ein Unfall«, sagte Fischer. Er beobachtete das nervöse Flattern der Finger von Karin Mora und begann, sich auf Verse zu konzentrieren, die er aus der maßlosen Stille seiner Vergangenheit holte. »Aber unsere Spurensuche ist noch nicht abgeschlossen. Haben Sie noch einmal über das nachgedacht, worum meine Kollegin, Frau Barbarov, Sie gebeten hat?«

Sie rieb die Lippen aufeinander. »Ja«, sagte sie, ohne Fischer anzusehen, nur das Glas, an dessen Rand sie den blassen Abdruck ihres Lippenstifts entdeckte. »Die halbe Nacht habe ich überlegt, aber mir ist nichts eingefallen, mein Mann hat keine Andeutungen gemacht, nichts. Wie immer. Nur, daß er noch bei Luis was trinken wollte. Warum ist das so wichtig? Glauben Sie, es war kein Unfall, sondern ... sondern was anderes? Was denn? Was hätte er denn sagen sollen, vorher? Er hat nie was gesagt, wenn er dorthin gegangen ist. Und nachher auch nicht. Das ist doch Ihr Job, rauszukriegen, warum die Frau ihn ... Warum die nicht aufgepaßt hat ...«

Sie streckte den Arm nach der Flasche aus, senkte ihn und rieb mit beiden Zeigefingern an den Daumen. »Nein. Ich bin weggegangen, und er ist weggegangen, und wir haben kaum ein Wort gewechselt. Ich hab ihm noch gesagt, er soll aufpassen, daß er sich nicht erkältet. Sinnlos, wissen Sie. Er ist nie erkältet gewesen. Wir beide nicht. Pumperlgesund. Schauen Sie, wie meine Hand zittert. Ob ich noch ein Glas trinken soll? Gut, daß die Psychologin nicht mehr hier ist, die hätt es mir bestimmt verboten.«

Als sie gegen halb eins in der Nacht vom Klassentreffen zurückgekommen war, hatten Karin Mora vor dem Haus ein Streifenpolizist und eine Frau angesprochen, eine Mitarbeiterin des Kriseninterventionsteams der Polizei, die dann bis zum frühen Morgen bei ihr blieb. Allerdings redete Karin Mora weniger mit ihr als mit Hauptkommissarin Esther Barbarov, wobei sie keine Einzelheiten über den Tathergang erfahren, sondern offensichtlich nur plaudern und belanglose Anekdoten vom vergangenen Abend weitererzählen wollte. Die Psychologin berichtete hinterher, sie habe selten eine Witwe erlebt, die nach dem gewaltsamen Tod des Ehemanns anfangs zwar phasenweise von Trauer überwältigt schien, alles in allem jedoch kontrolliert und auf eine gewisse Weise sogar zwanghaft gleichgültig reagiert habe wie Karin Mora.

»Stimmt das?« sagte Micha Schell, der seit einer Weile an seine kleine Tochter denken mußte, die allein zu Hause war, weil er eigentlich dienstfrei und nicht mit einem Einsatz gerechnet hatte. »Sie haben jemandem beim Klassentreffen ein Geschenk mitgebracht?«

Überrascht blickte sie auf. »Wer sagt denn das? Woher wissen Sie das?«

»Ihr Mann hat im Club darüber gesprochen«, sagte Schell. Nicht nur er, auch Polonius Fischer wunderte sich über die heftige Reaktion. Schweigend warteten sie ab.

Karin Mora ließ den Blick nicht vom beschmutzten Glas, zwei Minuten lang. Dann sah sie zur Tür, in einem Anflug trauriger Erschöpfung. »Ach«, sagte sie leise. »Ach ja.« Sie stemmte sich in die Höhe, holte Luft und ging in den Flur hinaus.

Die beiden Männer sahen ihr hinterher, hörten das Rascheln einer Plastiktüte. Mit einem rechteckigen, in gelbes Papier eingeschlagenen Päckchen kam Karin Mora zurück. Sie setzte sich auf die Couch, strich mit zuckenden Mundwinkeln über das Geschenk und hielt es Fischer hin.

»Auspacken«, sagte sie.

Fischer legte seinen Block und den Kugelschreiber auf den Tisch und zog die Klebestreifen vom Papier. Karin Mora ließ ihn nicht aus den Augen.

Ein grauer Plastikbehälter kam zum Vorschein, mit einem Klappverschluß an der Seite. Fischer schüttelte und wog ihn in den Händen. »Darin bewahrt man Wurst oder Käse im Kühlschrank auf«, sagte er. »Wem schenkt man so etwas?«

»Niemandem«, sagte Karin Mora, nahm ihm den Behälter aus der Hand, öffnete ihn und holte eine belegte Semmel heraus. »Mein Proviant fürs Klassentreffen. Zwei Semmeln, eine mit Käse, eine mit gekochtem Schinken. Wenn Cornelius mitgekriegt hätt, was ich da mach, wär er böse geworden. Aber ich wollte kein Geld für Essen ausgeben, wir müssen sparen jetzt, und da hab ich überlegt, ich pack die Schale wie ein Geschenk ein, und wenn er mich fragt, für wen das ist, sag ich den Namen einer Freundin. Im Gasthaus sind wir dann aber alle vom Wirt eingeladen worden, der ist nämlich der Mann einer meiner früheren Klassenkameradinnen, das wußte ich nicht. Die beiden haben uns alle eingeladen, und wir waren zu zwanzigst. Das war sehr nett. Also hab ich die Schale wieder mitgebracht. Die Semmeln sind ganz lätschert geworden, ich eß sie heut abend, falls ich einen Hunger habe. Guter Trick, oder nicht?« Sie legte die Semmel zu der anderen, klappte den Verschluß zu und stellte den Behälter behutsam neben das Schnapsglas.

Nach einem langen Schweigen sagte Fischer: »Hat Ihr Mann Sie nicht gefragt, für wen Sie das Geschenk mitnehmen?«

»Doch. Ich hab ihm einfach keine Antwort gegeben. Mir ist nämlich nicht gleich ein Name eingefallen.« Sie senkte den Kopf und schüttelte ihn mit einem Seufzer.

»Halt den Zug auf«, sagte Fischer. »Haben Sie den Ausspruch schon mal gehört?«

»Bitte? Nein. Möglicherweise in einem Bahnhof, da sagt man so was schon mal. Warum?«

»Sind Sie und Ihr Mann in letzter Zeit verreist?«

»Dafür haben wir kein Geld. Außerdem …« Sie tippte auf den Rand des Glases. »Den Zug kann man nicht aufhalten. Der fährt weiter und kümmert sich nicht um die Zurückbleibenden. Der läßt sich nicht beirren, der Zug.«

Fischer wartete, bis sie bemerkte, daß er sie ansah. »Wenn Sie nichts dagegen haben, möchte ich gern einen kurzen Psalm zitieren«, sagte er.

Unbewußt faltete sie die Hände im Schoß.

»Der Herr ist mein Hirte«, begann Fischer.

Zwar hatte Micha Schell schon davon gehört, daß der ehemalige Benediktinermönch Polonius Fischer, der seit vierzehn Jahren im Kommissariat 111 arbeitete, bei Vernehmungen gelegentlich die Bibel zu Hilfe nahm, aber er war noch nie dabeigewesen. Und nie hätte er gedacht, Fischer würde die Stellen auswendig aufsagen.

Nun fühlte Schell sich unbehaglich, auch ein wenig eingeschüchtert. Er wußte nicht, wohin mit seinen Händen, und klemmte sie schließlich unter die Oberschenkel.

Fischers Stimme klang so bestimmt wie immer.

»Nichts wird mir fehlen. Er läßt mich lagern auf grünen Auen und führt mich zum Ruheplatz am Wasser. Er stillt mein Verlangen, er leitet mich auf rechten Pfaden, treu seinem Namen. Muß ich auch wandern in finsterer Schlucht, ich fürchte kein Unheil, denn du bist bei mir, ein Stock und dein Stab geben mir Zuversicht. Du deckst mir den Tisch vor den Augen meiner Feinde. Du salbst mein Haupt mit Öl, du füllst mir reichlich den Becher. Lauter Güte und Huld werden mir folgen mein Leben lang, und im Haus des Herrn darf ich wohnen für lange Zeit.«

Karin Mora strich über ihren Rock und sah zur Tür. »Ja. Aber heut nacht hatte der Herr wohl Ausgang. Er hat nicht aufgepaßt auf meinen Mann. Und ich auch nicht. Güte und Huld. Kann man immer brauchen. Ich koch uns jetzt einen Kaffee, und dann möcht ich, daß Sie mir was über diese Frau erzählen. Damit ich versteh, warum mein Mann unser Geld bei der gelassen hat. Ich will soviel wie möglich von der Frau erfahren. Ich will wissen, warum mein Mann sich vor der Frau nackt ausgezogen hat. Ich will das verstehen. Ich will das verstehen.«

Angeklagt wegen Körperverletzung mit Todesfolge, verteidigte die sechsundvierzigjährige Clarissa Weberknecht, Geschäftsführerin des *Club Dinah* im Stadtteil Berg am Laim, im Prozeß vor dem Schwurgericht München I ihre Unschuld am Tod des Ladeninhabers Cornelius Mora. Wiederholt wies sie darauf hin, daß der Mann fahrlässig die bei solchen »Behandlungen« üblichen Sicherheitsregeln verletzt und sich auf diese Weise selbst in Lebensgefahr gebracht habe.

Nach vier Verhandlungstagen vor vollbesetzten Zuschauerbänken, auf denen auch zwei unscheinbare Frauen in grauen Mänteln und mit dicken Brillengläsern saßen, verurteilte der Vorsitzende Richter Lutz Zimmermann die Barbesitzerin zu zwei Jahren Gefängnis. Da Clarissa Weberknecht keine Vorstrafen aufzuweisen habe und trotz ihrer jahrelangen Tätigkeit im Milieu nie auffällig geworden sei, werde das Urteil zur Bewährung ausgesetzt, erklärte Zimmermann. Eine formelle Entschuldigung bei der Witwe lehnte Clarissa mit der Begründung ab, sie habe sich nichts vorzuwerfen.

In der Nacht nach der Urteilsverkündung, an einem Freitag im November, herrschte im *Club Dinah* Hochbetrieb. Wegen Überfüllung mußte Mika dreißig Gäste wegschicken, unter ihnen einen Mann, der seit mehreren Monaten die Ermordung von Clarissas Lebensgefährten Hans Fehring plante.

4

Etwas zum Abbeißen in der Nacht

Ein Jahr später, am Sonntag, 23. September, verließ Clarissa um halb fünf Uhr morgens als letzte den Club und fuhr mit ihrem roten Mazda MX 5 in ihre Wohnung in der Anhalter Straße 14 im nördlichen Stadtteil Milbertshofen. Für den Abend hatte sie eine Verabredung, von der ihr Lebensgefährte nichts wußte.

Sie schlief bis kurz vor eins, badete und stellte sich nackt ans Fenster zum Innenhof, ohne hinauszusehen. Gedankenverloren trank sie eine Tasse Kaffee, schaltete die Lampe mit dem Keramikschirm auf dem Fensterbrett ein, zupfte an den Blättern der Topfpalme, strich sich über den Bauch und ging zurück ins Schlafzimmer. Sie zog eine weite Jeans und einen grauen Wollpullover an, keine Unterwäsche.

Wie jeden Sonntag, wenn es nicht gerade schüttete oder schneite, spielte Hans Fehring mit Freunden an der Isar Fußball, manchmal kehrten sie anschließend in einem Gasthaus ein und versumpften. Gestern hatte Hans zwar davon gesprochen, er müsse dringend noch umfangreiche Steuerunterlagen zweier Klienten fürs Finanzamt fertig machen, aber Clarissa rechnete nicht damit, daß er früher nach Hause kommen würde. Im Moment hatte er wieder eine seiner Aushäusigkeitsphasen, in denen er sein Alter vergaß und sich hinterher wunderte, wieso der Bierkonsum ihn derart schlauchte und in eine trübsinnige Stimmung versetzte. Kasperl, du, sagte Clarissa dann zu ihm und drückte ihren neunundvierzigjährigen, schmächtigen, vor sich hin murrenden Lieblingsmann so lange an ihren Busen, bis er wehrlos zum Vergnügen bereit war.

Ohne ihn hätte sie die Zeit vor und nach dem Prozeß vermutlich nicht durchgestanden.

Ohne ihn hätte sie die Zeit vor und nach Dinahs Tod bestimmt nicht durchgestanden.

Und ohne ihn wäre sie von Bert nie losgekommen.

Ohne Hans wäre sie heute vielleicht eine Hausfrau in einem Häuschen am Chiemsee, eine geblümte Ehefrau in einem gepflegten Garten, die sich von ihren geblümten Nachbarinnen in ihren noch viel gepflegteren Gärten nur dadurch unterschied, daß sie bei den regelmäßigen Nachbarschaftstreffen mehr Alkohol vertrug als andere und am Ende des Abends von vor Eifersucht glühenden Megären umgeben wäre, weil deren Männer ihre Blicke nicht hatten zügeln können.

Für so ein Leben hätte Dinah sie zuerst verlacht und dann verachtet.

Bert hatte ihr seine Pläne in allen Einzelheiten dargelegt. Wieder und wieder beschrieb er mit schönsten Worten die Vorzüge des zweistöckigen, zweihundertfünfzig Quadratmeter großen Landhauses, das seine Eltern, offenbar wohlhabende Apotheker, ihm vererbt hatten. Er spendierte Champagner, erheiterte Clarissa und ihre Kolleginnen mit Anekdoten aus seinem Dorf, wo er als Bub aufgewachsen war, und ließ Clarissa tatsächlich für einige Stunden den Schmerz vergessen, in dem sie wie in einem lichtlosen Kerker hauste.

Das Zimmer war immer hell, wie mit glitzerndem, verheißungsvollem Schnee ausgekleidet. Als würde gerade die Kindheit beginnen. Dinah wollte es so. Und sie war doch noch ein Kind, ein kleines Mädchen in einem viel zu großen Bett.

Jedesmal, wenn Clarissa hereinkam, leise, ohne Schuhe, in Dinahs selbstgestrickten feuerroten Socken, dachte sie im ersten Moment, jemand habe ihre Freundin gegen ein Kind getauscht, und es schlafe heiter und still.

Und Clarissa stellte sich vor, wie Dinah durch die Stadt spazierte, schön und beschwingt, und auf dem Rückweg eine Tüte mit frischen Leberkässemmeln vom Meyerling mitbrachte, die sie am liebsten mochte. Dann aßen sie in trauter Runde und zwickten sich in die Hüften und amüsierten sich über ihre Geschlechtsgenossinnen, die glaubten, der Verzehr von Salatblättern förderte ihre Attraktivität. »Leberkässemmeln essende Frauen sind erotisch«, sagte Dinah zu den neuen Mädchen in der *Lucy*, »Salatblätter essende Frauen sind bloß geschminkte Kühe, merkt euch das.« Und sofort verschlang sie eine zweite Semmel mit süßem Senf, leckte jeden Finger einzeln ab, strich mit der Zunge über ihre Lippen, massierte sich sanft den Bauch und rief: »Ich bin soweit.« Dann klatschten alle.

Und es kam Clarissa so vor, als wäre das verrauchte, karge, ein wenig schmuddelige Hinterzimmer ein wunderbarer Stall voller übermütiger Hühner, deren Zukunft kein Mann, kein Mensch zerrupfen und zerstören könnte.

Und es war kein Mann, kein Mensch, der Dinah eines Nachts vor neun Jahren zerstörte und zerrupfte. Es war ein unsichtbares Monster, es war ein Tier, neidischer als alle Frauen, gehässiger und erbarmungsloser, und es ließ ihr nicht einmal Zeit zu hoffen. Das Monster verschlang ihre Hoffnung in der ersten Nacht. Und als Dinah längst im Zimmer in der Anhalter Straße lag, weil sie es so wollte, begriff Clarissa noch immer nicht, wieso das Monster ihrer Freundin nicht wenigstens eine Hoffnung gelassen hatte, etwas zum Abbeißen in der Nacht, wie eine Leberkässemmel.

Das Zimmer muß so weiß sein, sagte Dinah, wie mein Blut weiß ist, dann schmelz ich wie Schnee, und es wird Frühling wie früher.

Und Clarissa hielt ihre winzige Hand und sah zum Fenster, zur neugekauften weißen Gardine und der Vase mit den elf weißen Rosen und dachte an den Vertrag, den sie gemeinsam unterschrieben hatten, und an das Haus in Berg am Laim, in dem ihre Zukunft beginnen sollte. Und sie dachte an die vergangenen acht Jahre, in denen sie sich beinah aus den Augen verloren hatten, aber dann doch nicht. Und sie wandte den Kopf ab und sah hinunter auf das in verzweifeltem Staunen erstarrte Gesicht ihrer besten Freundin, die dreiunddreißig Jahre alt und ein Mädchen war, bleich und dürr und verhärmt, als hätte sie sich ihr Leben lang von Salatblättern ernährt.

In der letzten Nacht legte Clarissa sich zu ihrer Freundin ins Bett und weinte in Dinahs weit aufgerissene Augen hinein.

Und Dinah blinzelte und leckte sich die Lippen und schmatzte ein wenig und zitterte wegen des vielen Schneebluts in ihr.

Und Clarissa drückte sie an ihren Busen und hörte ein Schnuppern oder bildete es sich ein und umarmte zwei Stunden lang einen von jedem Frausein Lichtjahre entfernten Körper. Dann legte sie ihn behutsam wie ein Neugeborenes aufs Laken zurück, küßte Dinah auf die Stirn und setzte sich neben das Bett still auf einen Stuhl.

Alles in Clarissa war aus Haß. Und nur wenig davon verschwand im Lauf der Jahre, die folgten, in dem Club in Berg am Laim, der Dinahs Namen trug.

In ihrer Wohnung, die früher Dinah gehört und die sie Clarissa vererbt hatte, gab es kein weißes Zimmer mehr. Acht Wochen nach der Beerdigung hatte Clarissa die Laken, mit denen sie nicht nur das Bett bezogen, sondern auch die Möbel verhängt hatte, und die Gardinen, die sie auf Wunsch ihrer Freundin gekauft hatte, abgehängt, gewaschen und im Schrank verstaut.

An manchen Sonntagen, wenn sie allein im Zimmer saß, in dem Dinah gestorben war, versank sie in Erinnerungen und wunderte sich, wie ungeniert die Zukunft begonnen und ihr Glück in Gestalt eines Lieblingsmannes gebracht und ein solides Einkommen in Gestalt tausender fremder Männer beschert hatte.

Nur einer störte. Einer hatte sich in ihre Gegenwart geschlichten, und dort gehörte er nicht hin. Er, von dem Hans nur flüchtig das Gesicht kannte und dessen Namen er wieder vergessen hatte, lauerte ihr seit mindestens eineinhalb Jahren auf, genau wußte sie es nicht. Durch Zufall hatte sie sein Gesicht an einem Schaufenster in der Theatinerstraße vorbeihuschen sehen, und als sie nach ihm Ausschau hielt, war er verschwunden.

Wenige Tage später überfiel sie beim Verlassen ihrer Wohnung eine seltsame Ahnung, und sie beschloß, nicht in ihr Auto zu steigen und statt dessen zu Fuß zu gehen, um herauszufinden, ob sie sich getäuscht hatte. An der Ecke zur Riesenfeldstraße, die Milbertshofen in nördlicher Richtung bis zur Moosacherstraße durchquert, zögerte sie. Sie drehte den Kopf nach rechts und links, als würde sie auf eine Gelegenheit warten, zwischen den heranpreschenden Fahrzeugen auf die andere Seite zu gelangen, und setzte dann ihren Weg auf dem Bürgersteig fort, bis sie an der Keferloherstraße erneut stehenblieb. Mit einem Ruck wandte sie sich um.

In etwa zweihundert Metern Entfernung huschte ein Mann in einen Hauseingang. Er trug einen grauen Mantel und einen karierten Hut, und Clarissa hatte keinen Zweifel, um wen es sich handelte. Sie bewegte sich nicht von der Stelle. Passanten kamen ihr entgegen. Sie achtete darauf, daß niemand ihr die Sicht versperrte. Nach fünf Minuten machte sie sich auf den Rückweg. Dort, wo der Mann sich versteckt hatte, befand sich ein Durchgang zu einem Innenhof.

Sie ging an einem Schreibwarenladen und einem Backshop vorbei zur Rückseite der Wohnanlage. Niemand außer ihr hielt sich dort auf. Ein verlassener Sandkasten, ein altes, hölzernes Klettergerüst, eine mit Graffiti besprühte Parkbank, eine verwitterte Tischtennisplatte aus Stein und eine Reihe halbverrosteter Eisenhalterungen für Fahrräder bildeten ein trostloses Ensemble. Es glich dem, das Clarissa von ihrem Wohnzimmer aus sah und über das hinweg ihr Verfolger sie von seiner Wohnung aus mit einem Fernglas beobachtete. Warum er das tat, wußte sie nicht, ebensowenig, wann er dort drüben eingezogen war. Auf der Klingeltafel an der Haustür stand nicht sein Name, allerdings waren zwei Schilder unbeschriftet.

Lange hatte sie nicht mehr an ihn gedacht, und darüber war sie froh. Denn er hatte begonnen, sie zu belästigen und zu bedrängen und sie nachts, nach der Arbeit, auf der Straße abzupassen. Sein Bekenntnis änderte sich nie: Sie sei die wahre Frau für ihn, seit er sie getroffen habe, begreife er den Sinn seines Daseins, und er könne ihr eine Existenz bieten wie sonst niemand. Und wenn sie ihn verstoße, würde sie auch sich selbst verstoßen und eines Tages auf ein verkehrtes Leben zurückblicken und als gescheiterter Mensch sterben müssen, so wie auch er ein gescheiterter Mensch sein würde.

Er wurde nie laut, wenn er so redete. Anfangs fand sie ihn charmant und die Art, wie er sich ihr gegenüber verhielt, aufrichtig und anrührend. Doch nach einigen Monaten, nachdem sie ihm wiederholt und eindringlich erklärt hatte, daß sie weder seine Frau noch seine Freundin oder Geliebte werden würde, er aber weiter Gast im neu eröffneten Club Dinah sein dürfe, steigerten seine trotzigen Annäherungsversuche ihren Zorn bis zu dem Augenblick, als sie ihm auf offener Straße zwei schallende Ohrfeigen verpaßte und ihm drohte, die Polizei zu holen, wenn er noch ein einziges Mal in ihre Nähe käme. Und weil ihre eigenen Worte sie zusätzlich aufgewühlt hatten, ohrfeigte sie ihn ein drittes Mal. Daraufhin setzte sie sich in ihren Mazda, ließ den Motor aufheulen, gab Gas und fuhr direkt auf ihn zu. Mit einem Schrei sprang er zur Seite. Sie reckte die Faust aus dem offenen Cabrio, bog mit quietschenden Reifen in die Weihenstephanerstraße ein und hörte und sah nie wieder etwas von ihm. Bis vor ungefähr eineinhalb Jahren.

Seither bildete sie sich ein, von ihm verfolgt zu werden, von morgens bis abends, ohne daß sie auch nur seinen Schatten zu sehen bekam. Erst, als sie eines Nachts von ihrem dunklen Zimmer aus die Gestalt mit dem Fernglas hinter dem Fenster im Haus gegenüber bemerkte, fand sie ihre Ruhe wieder und hatte keinen Zweifel mehr an der Person ihres Verfolgers und an dessen Absichten.

Sie war überzeugt, seine Besessenheit habe ihn so weit getrieben, eine Wohnung in der Riesenfeldstraße 61 zu mieten, mit Blick auf den Innenhof, der auf der gegenüberliegenden Seite vom Wohnblock Anhalter Straße 12 und 14 begrenzt wurde.

Bertold Gregorian, den alle Bert nennen durften, müßte inzwischen, so schätzte Clarissa, fast siebzig sein, ein Mann, der schon damals, in den ersten Wochen des *Club Dinah* viel älter als sechzig wirkte und wie jemand, von dem man sich nicht vorstellen konnte, wie er als junger Mann oder als Jugendlicher gewesen sein mochte.

Siebzig, dachte sie an diesem Sonntagnachmittag und blickte vom Sofa aus hinüber zu den rostbraunen Balkonen. Siebzig, und auf dem Weg in eine unheilbare Verrücktheit.

Vor ihm gefürchtet hatte sie sich in den eineinhalb Jahren nie, trotz des manchmal mulmigen Gefühls und ihres Ärgers beim Gedanken an den fremden Schatten irgendwo. Vielleicht, weil sie ihn aus Situationen kannte, in denen er nicht nur körperlich nackt vor ihr gelegen oder gekniet hatte und sie sich sicher gewesen war, daß er nicht zur Abteilung der Unberechenbaren gehörte.

Vielleicht hatte sie keine Furcht vor Bert Gregorian, weil sie ihn nicht ernst genug nahm und, wenn sie ehrlich war, nie ernst genug genommen hatte, höchstens für Momente eines schönen Blicks oder einer sachten wortlosen und unaufdringlichen Berührung.

Natürlich hätte sie ihn längst zur Rede stellen müssen.

Doch weil sie sich nicht bedroht fühlte und ihn nach einer Weile lächerlich und den Aufwand, den er betrieb, peinlich und seines Alters unwürdig fand, ließ sie ihn gewähren. Sie blieb wachsam, aber gelassen und plante die Konfrontation für einen Tag, an dem er am wenigsten damit rechnen würde.

Dann wieder hatte sie keine Zeit, keine Lust, keinen Elan, und sie verdrängte alle Gedanken an ihren Verfolger.

Dann passierte die Sache mit Mora.

In den Monaten nach dem Prozeß schien ihr, als halte ihr Verfolger Abstand und stehe auch nicht mehr mit dem Fernglas am Fenster. Vermutlich täuschte sie sich. Denn eines Nachts – und dann immer wieder – fuhr ein grauer Opel Vectra von Berg am Laim bis nach Milbertshofen hinter ihr her. Es war *sein* Wagen, und wenn sie im Fenster auf der anderen Seite des Innenhofs ein flüchtiges Blinken sah, wußte sie, daß *er* da stand und seinen Phantasien nachhing.

In all der Zeit hatte Hans, ihr Freund, nichts mitbekommen, und sie hatte ihm nichts erzählt. Und so sollte es bleiben.

Und heute war der Tag, den alten Mann zur Rede zu stellen. Unmißverständlich und mit dem einzigen Ziel, ihn für alle Zeit aus ihrem Leben zu verbannen.

Und wenn er sich weigerte?

Bei dieser Frage lächelte sie und sagte laut: »Er wird sich nicht weigern.«

Clarissa Weberknecht plante bereits die Feier zum zehnjährigen Bestehen ihres Clubs im nächsten Jahr. Und niemand, kein Mann, kein Mensch, würde dieses Jubiläum auf irgendeine Weise stören. Und falls doch, dann würde er die Störung, so gering sie auch sein mochte, mit dem Leben bezahlen. Das hatte Clarissa ihrer Freundin Dinah an deren erstem Todestag geschworen.

*

Sie hatte einen merkwürdigen Verdacht.

»Du bist nicht bei der Sache«, sagte sie und richtete sich neben ihm auf und lehnte sich an das Bettgestell.

»Natürlich bin ich bei der Sache«, sagte er.

»Ich weiß nicht.«

»Meinst du, ich habe den Orgasmus nur vorgetäuscht?«

»Na ja.«

»*Du* bist nicht bei der Sache«, sagte er und sah zu ihr hinauf. »Ich weiß, woran du denkst.«

»An dich, mein Herzensriese.«

»Du denkst an deine Arbeit und ob du nicht doch am Wochenende hättest fahren sollen.«

Nachdem Ann-Kristin Seliger aus ihrem Beruf als Journalistin ausgestiegen war – freiwillig und unfreiwillig zugleich, weil sie nicht länger unter ihrem Niveau und noch dazu schlecht bezahlt arbeiten wollte –, hatte sie die Prüfung zum Taxischein bestanden und fuhr seither für das Unternehmen Isarfunk, meistens bei Nacht. Seit dreizehn Jahren übte sie diesen Job aus, und es gab Phasen, in denen verdiente sie nicht mehr als fünfzehnhundert Euro im Monat, und jeder Mann, der bei ihr einstieg, versuchte sie anzugraben oder mit zweideutigen Bemerkungen aus der Reserve zu locken. Es gab Nächte, in denen sie an den beleuchteten Schaufenstern der Designerboutiquen und den in Zweierreihen geparkten

Karosserien vor angesagten Restaurants und Bars vorüberfuhr und nicht anhalten konnte, wenn jemand am Straßenrand winkte, weil sie sich unzugehörig vorkam, alt und einsam und ausgelaugt und arm. Aber dann dachte sie an die Dinge, die sie aus ihrem früheren Beruf getrieben hatten, und sie wußte, nicht für fünftausend Euro im Monat würde sie dahin zurückkehren und auf die Reisen durch die Träume ihrer Stadt verzichten, und auf die Freiheit ihrer Existenz, in einer Wirklichkeit aus erster Hand.

Außerdem, fand sie, hatte sie mit ihrer letzten Reportage für die Seite 3 einer großen Tageszeitung mehr erreicht als jede andere Nacherzählerin von Wirklichkeiten – das wahre Herz eines Menschen.

Dieser Mensch hatte nach neun Jahren in einem Benediktinerkloster beschlossen, seinen alten Beruf wieder aufzunehmen und eine zusätzliche Ausbildung zu absolvieren, um schließlich in eine Abteilung zu wechseln, in der er schon als junger Mann gern gearbeitet hätte. Mit dem Auftrag, ein Porträt über diesen Mann zu schreiben, der nach fünf Jahren als einfacher Streifenpolizist zum Mönch wurde und nach seinem Ausscheiden aus dem Orden zum Hauptkommissar in der Mordkommission aufstieg, hatte sie in der Presseabteilung des Polizeipräsidiums um einen Termin gebeten.

Inzwischen waren dreizehn Jahre vergangen, und ihre Liebe hatte nicht gelitten.

»Ich bin froh, daß ich am Wochenende nicht fahr, wenn Oktoberfest ist«, sagte sie.

»Du verschenkst jedes Jahr viel Geld.«

»Sonst sorgst du dich immer, wenn ich nachts unterwegs bin, aber die Besoffenen sind dir egal.«

Polonius Fischer drehte sich zur Seite, legte den Arm um sie und küsste ihren Busen. »Nein, ich sorge mich trotzdem. Du hast dich nur beklagt, daß die Geschäfte schlecht laufen.«

»Wird schon wieder besser.« Wenn er sie so küßte, zerplatzten ihre Gedanken und sie bekam unbändigen Durst.

Nach einer Weile hörte er auf.

»Kannst ruhig weitermachen«, sagte sie mit geschlossenen Augen.

Aber er stand auf, ging zum Tisch und trank aus einem Wasserglas. Er hielt die Flasche hoch. Ann-Kristin schüttelte den Kopf.

Sie verschränkte die Arme und zog die Beine an den Körper. »Neulich hab ich einen Mann in den Club gefahren, wo der Mann verblutet ist. Da ist mir wieder eingefallen, was du mir damals über die Frau erzählt hast, die ihn mißhandelt hat.«

»Sie hat ihn nicht mißhandelt. Was habe ich dir erzählt?«

»Daß die Frau was verbirgt und du sie eigentlich für schuldig hältst.«

»Das habe ich bestimmt nicht gesagt.« Er blieb vor dem Bett stehen.

»Jedenfalls haben dich ihre Hände beschäftigt.«

»Hände erzählen Geschichten«, sagte er. »Und oft nicht dieselben wie der Mund.«

Nach einem Blick auf seinen Körper befeuchtete sie mit der Zunge ihre Lippen, rutschte ein Stück nach unten, drehte sich auf den Bauch und spreizte die Beine. »Dann fang an zu erzählen, und zwar mit allem, was du hast.«

Hinterher blieb er auf ihr liegen, bemüht, sie mit seinem Gewicht nicht zu arg zu beschweren, den Kopf in ihren verschwitzten Haaren.

Und er dachte wieder an die Hände von Clarissa Weberknecht, an die weißen Narben auf ihren Händen und an die Art, wie sie damals im P-F-Raum durch die Luft geschlagen hatte. Als würde sie nicht eine bestimmte Person meinen, sondern sich selbst.

5

Einer, der nicht mehr dazugehört

Mit soviel Glück hatte er nicht gerechnet. Er sah aus dem Fenster und sah *sie*. Irritiert trat er einen Schritt zurück und streckte den Kopf vor, von einer Erregung erschüttert, die er nicht erwartet hatte. Die Frau an der Tür hinter ihm beobachtete ihn eine Weile, dann hüstelte sie und raschelte mit den Blättern in ihrem Aktenordner.

Bertold Gregorian stand weiter wie erstarrt da, nach vorn gebeugt, keuchend.

»Entschuldigung?«

Er reagierte nicht.

»Herr Gregorian?«

Er atmete aus, wie jemand, der lange die Luft angehalten hat, schüttelte den Kopf, kratzte sich am Hals und wandte sich halb um. »Bitte? Ja?«

»Alles in Ordnung, Herr Gregorian?«

»Sind wir dann fertig?« fragte er mit belegter Stimme.

»Wir können gehen.«

»Ich bleib noch.«

Er streckte der Maklerin die Hand hin und begleitete sie durch den schmalen Flur. Dann schloß er die Wohnungstür und kehrte in das leere Zimmer zurück und stellte sich wieder ans Fenster und blickte hinüber zum nackten Rücken der Frau.

Das ist sie doch nicht! dachte er plötzlich.

Er schaute hinunter in den Innenhof mit den schäbigen Bänken und Spielgeräten, und als er den Kopf hob, war die Frau verschwunden

Aber daß er eine Wohnung ausgerechnet im zweiten Stock

der Anlage bekommen hatte, auf gleicher Höhe mit *ihrer* Wohnung, versetzte ihn in eine Stimmung, in der er am liebsten in die Luft geboxt und gierige Laute ausgestoßen hätte.

Ursprünglich hatte er nur nach einer Bleibe in ihrer Nähe Ausschau gehalten, in einem der Blocks in ihrer unmittelbaren Umgebung – Konstanzer Straße, Pommernstraße, Anhalter Straße, keine bestimmte Hausnummer. Bald konzentrierte er sich auf die Anhalter Straße. Doch die einzige Wohnung, die dort im Lauf eines Jahres frei wurde, bekam ein anderer Bewerber, allerdings lernte er auf diese Weise eine Maklerin kennen, die er bat, sich bei ihm zu melden, falls ihr ein entsprechendes Angebot vorläge. Trotzdem suchte er auf eigene Faust weiter und fand ein Appartment in der Usedomer Straße, das er gemietet hätte, wenn nicht am selben Tag die Maklerin angerufen und ihm von einer Zwei-Zimmer-Wohnung in der Riesenfeldstraße erzählt hätte, die ab nächstem Monat frei wäre.

Er sagte sofort zu und versprach der Maklerin eine Bonuszahlung von tausend Euro, verknüpft mit der Bitte, das Objekt niemandem sonst anzubieten. Was reizt Sie an dieser nicht gerade prickelnden Ecke Münchens? fragte sie bei der ersten Besichtigung, und er: Ich bin hier aufgewachsen, mitten im Krieg. Verstehe, sagte sie. Und er lächelte und reichte ihr ein Kuvert mit fünf Zweihunderterscheinen.

Und zu seiner absoluten Überraschung lag die Wohnung im zweiten Stock, sie war heruntergekommen und roch nach Schmutz und Schweiß. Überall standen Plastiktüten mit Abfall und braune Kartons mit Dingen, die niemand mehr brauchte. Der Vormieter war nach einer Räumungsklage verschwunden, und die Maklerin mußte mehrere Telefongespräche mit der Vermietungsgesellschaft führen, bevor diese sich bereit erklärte, sowohl eine Umzugsfirma als auch einen Putzdienst zu engagieren und die Wohnung in einen vermietbaren Zustand zu bringen. Die Wände ließ Gregorian auf eigene Kosten weiß streichen, er beauftragte einen Bekannten, der Maler von Beruf war und schwarz für ihn arbeitete. Einen Nachmieter für seine alte Wohnung in der Plinganser Straße fand er innerhalb weniger Tage über eine Firma, für die er einmal gearbeitet hatte, und der Mann übernahm sein Sofa, seinen Wohnzimmertisch und ein paar kleinere Einrichtungsgegenstände. So konnte Gregorian sich in der Riesenfeldstraße aufs Nötigste beschränken, und er achtete darauf, nur Möbel zu kaufen, die wenig Platz beanspruchten. Er brauchte Luft um sich, er ging gern auf und ab, stundenlang, die Hände in den Hosentaschen, formte Gedanken, schmiedete Pläne, fokussierte seine Konzentration auf ein bestimmtes Vorhaben, auf eine Idee, auf eine Tat. Auf eine große Befreiung.

Am Tag der Schlüsselübergabe blieb er eine Stunde in dem leeren Zimmer und überlegte. Ob auf der anderen Seite tatsächlich Clarissa am Fenster gestanden hatte? Nackt hatte er sie noch nie gesehen. An der Bar trug sie meist eine weiße, durchsichtige Bluse und darunter einen schwarzen BH, der ihre schweren Brüste, wie er jedesmal von neuem hingebungsvoll gedacht hatte, schweben ließ. Er hatte sie angestarrt, und sie hatte ihn gewähren lassen, aber wenn er ins Séparée wollte, mußte er sich meist für eine ihrer Kolleginnen entscheiden. Das ärgerte ihn, und dann knallte er manchmal seine Kreditkarte auf den Tresen, bezahlte seine Zeche und verschwand.

Am Anfang war er einer ihrer bevorzugten Kunden gewesen, sie hatte ihn mit in den ersten Stock genommen, und er hatte sich – auf ihren Wunsch hin – behandeln lassen. Nur wegen ihr. Solche Spiele erregten ihn nur mäßig. Er schlief lieber mit Frauen, als sich von ihnen quälen zu lassen. Er hatte lieber echten Sex als eingebildeten. Aber Clarissa zwang ihn dazu. Er begehrte ihre Nähe, ihren Geruch, ihre Hände, das Aneinanderklatschen ihrer Brüste. In der Stunde, die er mit ihr im ersten Stock verbrachte, durfte er sie nicht ansehen. Sie verband ihm mit einem schwarzen Tuch die Augen und band ihn ans Kreuz oder an die Bettpfosten, und er fügte sich und gab untertänig die Antworten, die sie erwartete. Und er schaffte es im richtigen Moment zum Höhepunkt.

So unerklärlich ihm sein sexuelles Verhalten in Clarissas Gegenwart geblieben und obwohl er sich oft gedemütigt und lächerlich und unmannhaft vorgekommen war, so unvorstellbar belanglos erschien ihm sein Leben ohne sie. Und er meinte nicht nur das Leben als Mann in erregtem Zustand, sondern sein Leben überhaupt, jeden Tag, innerhalb und außerhalb des Clubs Dinah, vor allem außerhalb, mit geregeltem Einkommen und normalen Angewohnheiten. Das Leben, das ihm gehörte und das bis zu dem Moment, als ihm in der Zeitung die Anzeige eines neu eröffnenden Clubs aufgefallen war, aus einer Abfolge absolut durchschnittlicher Handlungen bestanden hatte.

Dieses Leben, das ihn bald maßlos überforderte – und er benötigte vier Jahre, um zu begreifen, was mit ihm geschah –, verwandelte ihn jedoch in einen geprügelten Hund, der in seiner windigen Eineinhalbzimmerwohnung in der Plinganser Straße heulte und hechelte und auf allen vieren durch seine Einsamkeit kroch. In seinen Träumen winselte er, wenn *sie* ihm wieder erschien und ihn zum Teufel jagte.

Jahrelang.

Dreihundertfünfundsechzig Tage im Jahr.

Bis er vor Selbstekel keine Luft mehr bekam. Bis er beinah aus dem Fenster gesprungen wäre. Er kniete schon auf dem Fensterbrett und fürchtete sich nicht.

Dann fürchtete er sich doch. Er streckte die Beine ins Zimmer zurück, glitt auf den Teppichboden, legte sich vor das kalte Gerippe der Heizung und verschlief den Tag und die folgende Nacht.

Dann stand er auf und beschloß zu handeln.

Es war August und die Stadt ein großer Süden. Und er schlenderte durch die nach Asphalt riechenden, besonnten Straßen und spürte, wie er wuchs und wieder ein Mann wurde. Ein Mann außerhalb des Durchschnitts. Ein Mann mit Bestimmung.

Am ersten Tag in Milbertshofen hatte er keine Eile.

Nachdem die Frau – Clarissa oder eine andere – nicht mehr zu sehen war, setzte er sich auf das beige Sofa, das man zum Schlafen ausklappen konnte, streckte die Beine aus und legte die Arme auf die Rückenlehne. Außer dem Sofa hatte das Möbelhaus einen runden weißen Wohnzimmertisch aus Kunststoff, zwei Korbstühle mit Armlehnen, einen verspiegelten, dreitürigen Schlafzimmerschrank, einen viereckigen Küchentisch und zwei Holzstühle geliefert.

Bertold Gregorian blickte zur Tür. Eine banale Wohnung, immerhin mit einer vollständig eingerichteten, von der Putzkolonne eindrucksvoll gesäuberten Küche und einem Badezimmer mit Wanne und einer neuen Toilettenschüssel. Sogar der graue Auslegeteppich sah nach dem Shamponieren beinah ansehnlich aus.

Gregorian strich mit den Schuhsohlen über den Teppich und erschnupperte den Geruch nach Reinigungsmitteln und neuen Möbeln. Der Mietvertrag lief unbefristet. Bei der Verabschiedung hatte die Maklerin ihm in die Augen gesehen, länger, als es nötig gewesen wäre. Eine Alleinige wie die meisten, dachte er und nickte.

Er beugte den Oberkörper nach vorn, verharrte und stand mit einem Ruck auf. Er wollte jetzt rausgehen und unauffällig sein. Er wollte den Nachmittag in »seinem« Viertel verbringen. Und wenn *sie* das Haus verlassen hatte, würde er eine Zeitlang in ihrer Straße auf und ab laufen, aus Übermut.

Das tat er dann nicht.

Sich übermütig zu verhalten paßte nicht zu ihm. Und aus Wut, weil er tatsächlich schon in Richtung Anhalter Straße unterwegs gewesen war, kehrte er in einem Stehausschank ein und trank hastig ein kleines Bier und einen Kräuterschnaps. Und als die Wirtin ihn fragte, bestellte er noch einmal dasselbe.

Die Kneipe hieß Marienstüberl.

Obwohl er sein Leben lang vermieden hatte, irgendwo Stammgast zu werden, führte ihn sein Weg während der nächsten Tage und Wochen immer wieder in die verrauchte Kneipe mit den zwei blinkenden Spielautomaten, dem trostlos vor sich hin grünenden Gummibaum und den fünf am Tresen festgeschraubten Männern, von denen einer – das fiel Gregorian sofort auf – weniger redete als die anderen. In der Nische bei der Eingangstür stand ein Stehtisch mit einem Hocker, auf dem nie jemand Platz nahm. Gregorian fand die Ecke passend für sich. Und so kam es, daß er vom ersten Mal an dort sein Bier trank, im Stehen, neben dem Hocker.

Bei seinem dritten oder vierten Besuch stellte er sich automatisch wie ein Stammgast an seine Stelle, und Maria brachte ihm unaufgefordert sein kleines Bier und verlor weiter kein Wort.

Einen Tag vor Heiligabend – am ersten Dezember war Gregorian in die Riesenfeldstraße gezogen – wandte sich der schweigsame Mann, der immer am Rand des Tresens saß, zu dem einsilbigen Gast bei der Tür um, schien einen Moment zu überlegen, griff nach seinem Glas und rutschte vom Hocker. Ohne das geringste Anzeichen von Freundlichkeit oder Kumpelhaftigkeit stellte er sein Weizenbier auf dem Stehtisch ab.

»Fallnik«, sagte er, »wir wohnen im gleichen Haus.«

Das wußte Gregorian. »Wirklich? Das wußte ich nicht.«

Danach schwiegen sie.

Wenn sie zufällig gleichzeitig tranken, prosteten sie sich stumm zu. Aus den Lautsprechern erklang Radiomusik, deutsche und englische Schlager, dazwischen Nachrichten, die die Wirtin leiser stellte, während sie mit einem Gast am Tisch weiterwürfelte. Ab und zu ertönte aus einem einarmigen Banditen eine Melodie. Die Männer am Tresen redeten in Intervallen aufeinander ein, niemand schien dem anderen zuzuhören. Dann schwiegen sie wie beleidigt, bevor einer von ihnen eine neue, grimmige Bemerkung fallenließ und die anderen zu eigenartigen Kommentaren herausforderte. An diesem späten Nachmittag wetterte einer gegen etwas, das Gregorian nicht verstand, weil alle durcheinander redeten und Maria die Musik mit der Bemerkung lauter drehte, ohne die Tremeloes hätte sie ihre Jugend nicht überstanden.

»Was halten Sie davon?« fragte Fallnik.

»Wovon?«

»Von der Kamera.«

»Welche Kamera?«

Fallnik leerte sein Weißbierglas und hielt es hoch. Und weil die Wirtin mit Würfeln beschäftigt war, ging er zum Tresen und stellte das Glas geräuschvoll neben die Spüle. Außer Maria sahen alle zu ihm hin.

»Die Kamera am Ring«, sagte Fallnik, als er zum Stehtisch zurückkam. »Die Polizei läßt unser Viertel überwachen.«

»Warum?«

»Wir sind neuerdings ein Brennpunkt.«

»Was brennt?« Plötzlich mußte Gregorian daran denken, daß morgen Weihnachten war. Sein Magen begann zu rumoren, seine rechte Hand zitterte, er versteckte sie hinter dem Rücken und hielt mit der linken sein leeres Glas fest.

»Der Dealer und der Penner«, sagte Fallnik.

»Bitte?«

»Bei uns wird gedealt, und die Dealer sind alle unter dreißig. Auswüchse. Deswegen: Kontrolle und Abschreckung.« Sein Blick streifte die Wirtin, die aufgestanden war und ihren Würfelbecher im Stehen auf den Holztisch knallte. Ohne die Miene zu verziehen, hob Fallnik die Hand. »Gute Sache. Was meinen Sie?«

Sein halbes Leben hatte Gregorian mit den unterschiedlichsten Arten von Überwachung verbracht. Er hatte sein Geld damit verdient und selten darüber nachgedacht, welchen Zweck seine Arbeit erfüllte, abgesehen von dem einen, ihn zu ernähren. Kameras auf öffentlichen Plätzen nahm er schon lange nicht mehr wahr, genausowenig wie Zivilpolizisten oder seine ehemaligen Kollegen, die vor gefährdeten Gebäuden oder in U- und S-Bahnen patrouillierten. Er gehörte nicht mehr dazu, er hatte keinen offiziellen Auftraggeber mehr. Er war in Rente. Und das einzige, was ihm noch Antrieb verschaffte, ging niemanden etwas an.

»Auch noch eins?«

Vor lauter Gedanken hatte er seine Umgebung vergessen. Das passierte ihm in jüngster Zeit öfter, und es beunruhigte ihn.

»Und einen Underberg«, rief er.

»Schon gut, schrei nicht so«, sagte Maria hinter dem Tresen.

Jetzt erst fiel Gregorian auf, daß es ruhiger geworden war. Die Männer am Tresen stießen nur noch selten finstere Laute aus, und im Radio sang eine Frau mit samtener Stimme eine Cowboyballade.

Gregorian spürte den Alkohol, seine Hand zitterte stärker, er wollte bezahlen, aber er wagte nicht, sich von der Stelle zu bewegen.

»Morgen mach ich um sieben zu, merkt euch das.« Maria stellte die Getränke hin und sah die beiden Männer an.

Gregorian schätzte sie auf Mitte fünfzig. Sie hatte wellige braune Haare mit rötlichen Strähnen und rote, rissige Wangen. Sie versuchte, ihr Alter zu überschminken, aber wenn sie redete oder lachte – beides tat sie oft und eindringlich –, traten ihre Falten aus der dick aufgetragenen Schminkschicht hervor und ließen ihr wahres Aussehen erahnen. An jedem Finger trug sie einen Ring, auch an den Daumen, und das Rot auf ihren Lippen verschwand den ganzen Abend ebenso wenig wie der süßliche Duft ihres Parfüms. In ihren Bluejeans wirkte sie übergewichtig, aber wenn sie sich durch ihre Kneipe zwängte, schubste sie mit dem Hintern Hocker und Männer locker zur Seite. Und wenn sie sich nach etwas bücken mußte, wackelte sie absichtlich mit dem Hintern, weil sie wußte, daß die Männer darauf warteten.

»Sind Sie verheiratet?« Mit dem erhobenen, schaumgekrönten Glas wartete Fallnik, bis sein Gegenüber den Blick von der Wirtin loseiste, die hinter dem Tresen überfüllte Aschenbecher in einen grünen Plastikkübel leerte.

Gregorian schüttelte den Kopf und leerte die kleine Schnapsflasche in einem Zug. Dann stieß er mit seinem Pilsglas gegen das Weizenbierglas.

»Wohlsein.«

»Prost.«

»Ich leb auch allein«, sagte Fallnik mit verkniffenem Gesichtsausdruck. »Mir geht's gut.« Wieder trank er mit einer hastigen Bewegung und plazierte das Glas genau in der Mitte des Bierdeckels. Nach einem Schweigen sagte er: »Ich hab nix zu verbergen. Die können in mein Schlafzimmer leuchten, da passiert nix.« Offenbar grinste er. Gregorian war sich nicht sicher. »Blöd ist, ich hab den ganzen Tag die Vorhänge zu und die Rollos runter. Angewohnheit. Da ist nicht viel zu holen für die Jungs an den Monitoren. Alles digital und ferngesteuert. An den Brennpunkten. Waren Sie mal am Milbertshofener

Platz? Da hängen die rum. Zwei Tote in fünf Monaten. Diverse Schwerverletzte. Überfälle auf alte Omas. Diebstähle. Belästigungen. Mindestens acht Vergewaltigungen seit dem Sommer. Da sind Sie in eine saubere Gegend gezogen. Wieso eigentlich? Sind Sie mit dem Zeugner befreundet?«

»Mit welchem Zigeuner?« Ich muß raus, dachte Gregorian. Sein Glas war schon wieder leer.

»Zeugner. Ihr Vormieter«. Fallnik bohrte mit dem kleinen Finger der linken Hand in seinem Ohr. »Der hat da fünf oder sechs Jahre gewohnt, ohne Probleme. Dann haben sie ihn bei der Stadt entlassen, angeblich wegen Alkohol im Dienst. Glaub ich nicht. Sie haben ihn entlassen, weil er bei den falschen Leuten mitgemacht hat, und das haben die rausgekriegt. Er hat sich bei der NPD auf die Liste setzen lassen, für die nächsten Stadtratswahlen. So was geht natürlich nicht. Er war bei der Stadtgärtnerei. Normaler Typ. Und von einem Tag auf den anderen: Servus. Das hat den zerbröselt. Hat seine Miete nicht mehr bezahlt, aus Trotz. Hier hat er gestanden, da, wo Sie stehen, genau da. Aufrechter Mann. Total zerbröselt. NPD. Ich hab ihm abgeraten. Er wär sowieso nicht in den Stadtrat gekommen, wer wählt heut noch die NPD? Die Leute im Osten, das ist klar, die müssen irgendwo ihre Wut loswerden, die kotzen immer noch, wenn sie den Namen Kohl bloß hören. Ohne den Kohl gäb's die NPD da drüben gar nicht. Die sind ausgemustert worden von der Regierung. Deswegen rufen die nach einem starken Staat, nach einer Politik, die was tut, die Entscheidungen trifft, die ihre Bürger schützt und versorgt. Sind Sie verheiratet? Hab ich Sie schon gefragt, entschuldige. Ich bin übrigens der Arthur.«

Schon hielt er sein Glas hoch.

Gregorian, der knapp zwanzig Jahre älter war, wollte sich nicht duzen.

»Bertold«, sagte er.

»Prost, Bertold.« Fallnik leerte sein Glas. »Also, du kennst den Zeugner überhaupt nicht.«

»Nein.«

»Ich hab dich ein paarmal im Hinterhof gesehen, sah aus, als würdst du was suchen.«

»Ich war nur Luft schnappen.«

»Bist du noch im Beruf?«

»Nein.«

»Was hast du gemacht, wenn ich fragen darf?«

»Verschiedenes.« Gregorian preßte die rechte Hand an seinen Rücken, sie zitterte nicht mehr so stark. Oder doch?

»Laß stecken.« Fallnik wandte sich zum Tresen um, und als er Maria am Tisch sitzen sah, wieder an Gregorian. »Geht mich nix an. Entschuldige, Bertram.«

»Bertold.«

»Ich arbeit in der Modebranche.« Er zwinkerte mit dem linken Auge, der Rest seines Gesichts blieb regungslos. »Modehaus Weinher in der Fußgängerzone, Herrenabteilung. Oder was davon übrig ist.« Er stellte sein Glas zurück auf den Stehtisch. »Ich bin Verkäufer. Und wenn ich fünfzig werd und immer noch Verkäufer bin, dann häng ich mich auf, aber eine Boss-Krawatte nehm ich nicht dafür her, darauf kannst du wetten.«

»Gefällt dir der Beruf nicht?« Es gelang Gregorian, sein Portemonnaie aus der Innentasche seiner Wildlederjacke zu ziehen und es zu umklammern.

»Wir hatten schon Jahre ...« Fallnik senkte die Stimme, obwohl die Musik wieder lauter geworden war. »... Da bin ich in der Mittagspause in den Dom und hab mich nicht erblödet, mich hinzuknien und so was wie ein Gebet aufzusagen. Lieber Gott, wirf einen anderen Job vom Himmel, stell dir das vor. Ein erwachsener Mann, der sich anstellt wie ein Hutzelweib vom Land, das jeden Sonntag seinen Rosenkranz abstaubt und dem Pfarrer Oblatten aus der Hand frißt. So tief unten war ich, ich schwör's dir, Bertram. Bertold. Aber ...« Er nahm das Glas, setzte es an die Lippen und schlürfte. »... Wer nix Gescheites lernt, wird auch nicht gescheit. Alte Weisheit. Trinkst noch eins?« Er war schon unterwegs.

»Ich muß gehen«, sagte Gregorian.

Am Tresen wartete Fallnik auf die zwei Biere und brachte sie dann zum Stehtisch. »Prost. Jetzt weißt du Bescheid. Jetzt bist du dran.«

In wenigen Schlucken trank Gregorian sein Glas zur Hälfte aus. Er winkte der Wirtin. »Ich hatte mal bei Weinher zu tun«, sagte er. »Sicherheitsdienst. Allerdings in der Damenabteilung.«

»Die klauen sich ja gegenseitig die Fetzen vom Leib«, sagte Fallnik mit keifender Stimme. »Die sind so raffiniert ... Sicherheitsdienst? Bist du bei der City Security?«

Gregorian legte einen Zwanzig-Euro-Schein auf den Tisch. »Da war ich auch, aber hauptsächlich bei kleineren, privaten Firmen. Ich bin nicht mehr im Dienst. Wieviel?«

Maria brachte einen sauberen Aschenbecher und stellte fest, daß keiner der beiden Männer rauchte. »Genau zehn«, sagte sie. »Ihr seid die einzigen Passivraucher bei mir. Ihr schädigt die Tabakindustrie, wißt ihr das?«

»Dreizehn«, sagte Gregorian.

»Zahl morgen«, sagte Maria. »Oder kommst du morgen nicht? Es gibt frische Fleischpflanzerl. Aber nur bis sieben, dann sperr ich ab und fahr zu meiner Mutter ins Altersheim.«

Morgen komme ich bestimmt nicht, wollte Gregorian sagen. Aber er sagte nichts. Er steckte den Schein in die Hosentasche, verabschiedete sich und ging.

Auf der Straße verlor er für einen Moment die Orientierung. Nach einigen Metern blieb er stehen, schlug den Fellkragen seiner Jacke hoch. Er hatte die verkehrte Richtung eingeschlagen, auf die Kreuzung zu, von der Fallnik gesprochen hatte, wo angeblich die Kamera stand. Oder hing.

Eigentlich war er neugierig. Aus alter Gewohnheit, aus geübtem Interesse an den Möglichkeiten der Täterabschrekkung. Gefühlte Sicherheit, nannten seine Kollegen heute das, was ihre Auftraggeber erwarteten. Nein: Sie erwarteten absolute Sicherheit, und was sie in Wahrheit bekamen, war gefühlte Sicherheit. Zu seiner Zeit waren sie zu genau demselben Zweck engagiert worden, nur die Formulierung lautete anders. Damals hieß es Schutz für Leib und Leben, oder: Rundumbewachung. Vorher redeten sich die Leute Angst ein, hinterher, nachdem sie den Vertrag unterschrieben hatten, redeten sie sich Sicherheit ein. Und die Branche boomte und eine Handvoll Firmen sahnte ab. Für ein solches Unternehmen hatte er nie gearbeitet. Die Gründe dafür lagen auf der Hand, aber er wollte sie lange nicht wahrhaben, zu lange. Und als er endlich kapierte, weshalb die großen, aufregenden, gefährlichen Einsätze ohne ihn stattfanden, weigerte er sich immer noch, die Wahrheit zu akzeptieren. Statt dessen schickte er weiter Bewerbungen ab oder sprach persönlich vor oder bat Kollegen, ein Wort für ihn einzulegen.

Er fror. Ein eisiger Wind blies ihm Staub in die Augen. Er schrie auf vor Schmerz. Auf der anderen Straßenseite blieb ein Mann stehen, der seinen Hund ausführte, und rief: »Hallo?«

»Hallo«, schrie Gregorian zurück, während er mit der linken Faust wütend in seinen Augen rieb und ausspuckte.

Diese Situation kannte er bis zum Erbrechen. Und unwillkürlich krümmte er den Oberkörper und würgte und hustete mit aufgerissenem Mund Schleim auf den Asphalt.

Das waren die Situationen, in denen er vor Verachtung keine Luft bekam, in denen er alles ausspucken wollte, was in ihm steckte, Eingeweide, Gedärme, seine verdreckten Lungen, seinen vergifteten Magen, seine verschrumpelte Leber, den ganzen verfluchten Kleinmut, sein Deppengehirn, seinen Zorn und den Ekel, wenn er in den Spiegel schaute und ihm dieses eingefallene, schäbige, nichtsnutzige Gesicht entgegenglotzte mitsamt seinem Blödheitsblick zwischen den unförmigen Ohrwascheln.

Vor seinen Augen flimmerten Sterne. Und er trat, wie trotzig, von einem Bein aufs andere, stapfte mit den Füßen auf und spuckte immer noch aus und schlenkerte mit den Armen, und er war vor Selbsthaß unfähig, damit aufzuhören.

6

Welt außerhalb der Welt

»Warum tust du das?« fragte sie und streichelte seine Hand mit den verkrümmten Fingern.

Er richtete sich auf. Aus wässrigen Augen sah er durch den nur von Kerzen erleuchteten Raum, der erfüllt war von den Düften der verschwundenen Frauen, dem Zigaretten- und Zigarillorauch der Männer, von denen kein einziger an diesem Abend guter Laune gewesen war.

Er streckte die Zunge heraus und gab ein kindisches Geräusch von sich.

Von allen Männern – es waren genau vier –, die heute hier getrunken und faltenlose Mädchenkörper mit Speichel bestrichen hatten, war er derjenige mit dem bodenlosesten Abscheu gewesen.

»Ich stink vom Herzen her«, sagte Gregorian.

Er zog seine Hand weg und rutschte an den Rand des Plüschsofas, dessen bunte Kissen ihn anwiderten. Er nahm eines davon und schleuderte es auf den Boden.

»Laß das, Bert«, sagte Clarissa.

Er grinste. »Wie hältst du das mit mir aus? Mit so einem verkrüppelten Sack? Huhu.« Er fuchtelte mit der rechten Hand, bog sie nach innen und vollführte eckige, abstoßende Bewegungen. »Nervenwrack. Die drei Finger hängen bloß noch so dran, Sehnenverkürzung. Hat nicht mehr gereicht, der Sehnenvorrat. Ich bin deswegen Linkshänder geworden.«

»Das hast du mir schon erzählt.«

Inzwischen bereute sie, daß sie mit ihm im Club geblieben war. Sie fragte sich, wie sie überhaupt auf die Idee hatte verfallen können, an Weihnachten geöffnet zu haben. Dinah hätte ihr das verboten.

Dinah. Dinah.

Dinah war nicht mehr da. Es war das erste Weihnachten ohne sie. Und Bert quatschte und benahm sich wie eine Arschgeige. Und wenn sie sich nicht täuschte, dann war er nicht einmal betrunken. Dann war er wirklich so. Sie kannte ihn anders, geduldig, auch beim Zuhören.

»Und deswegen taugt auch meine linke Hand nichts mehr.« Er spreizte die Beine und streckte sie von sich und keuchte. »Alles gut verborgen. Ich hätte doch keine Waffe halten dürfen, dann hätte ich nie einen Job gekriegt. Weißt du, daß ich schon als Vierjähriger Detektiv werden wollte? Weißt du das?«

»Das wollen wahrscheinlich viele Buben.« Unter ihrem weißen, weiten Seidenkleid war sie nackt, ihre Schenkel rieben aneinander und ihre Brustwarzen zeichneten sich überdeutlich unter dem Stoff ab. Doch Gregorian vermied jeden Blick. Das war ihr nicht entgangen, und sie verstand nicht, was in ihm vorging und wieso er nicht mit den Mädchen den Club verlassen hatte.

Und wieso sie ihn nicht endlich rauswarf, begriff Clarissa am allerwenigsten.

»Glaubst du, ich wollt schon als Kind Leute bespitzeln? Glaubst du das?« Er drehte den Kopf, schaute ihr wie versehentlich auf den Busen und schüttelte sich.

Sie stand auf, strich ihr Kleid glatt, indem sie mit einer langsamen, herausfordernden Geste über ihren Hintern fuhr, und ging zum Tresen. Sie nahm die Champagnerflasche aus dem Kübel, goß ihr Glas voll, trank einen Schluck und mußte wieder an Dinah denken.

Gregorian redete weiter, als bemerke er nichts von dem, was um ihn herum passierte.

»Wenn ich ein Spitzel hätte werden wollen, hätte ich mich

beim BND gemeldet oder wäre in den Osten ausgewandert. Weißt du, was ich wollte? Ich wollte unter Menschen sein. Ich wollte einer sein, den niemand bemerkt und der doch dazugehört. Ich habe mir immer vorgestellt, ich schmuggele mich ein, in die Masse, in die Menge, in eine Gruppe. Verstehst du das, Clarissa? So habe ich mir das zukünftige Leben vorgestellt, ist das normal? Nein, das ist nicht normal. Mein Vater hat immer zu mir gesagt: Du bist doch nicht normal, das ist doch nicht normal, was du da tust, so handelt doch kein normaler Mensch.«

Ruckartig hob er den Kopf und sah zu Clarissa hinüber.

»Das ist doch nicht normal!« schrie er. »Das ist doch nicht normal. Das ist doch nicht normal. Du bist doch nicht normal.«

Ein Husten zerschmetterte seine Stimme, er gurgelte und röchelte.

Clarissa stellte ihr Glas auf die Theke und fürchtete, Gregorian würde sich übergeben. Aber er preßte die linke Hand auf seinen Mund, warf den Kopf in den Nacken, wippte in den Knien und zwang sich, das Spucken zu unterdrücken und seine schäbigen Gedanken zu zügeln.

Zwei Minuten würgte er mit zurückgeworfenem Kopf und der Faust im Mund in sich hinein. Dann lächelte er gequält.

»Normal«, sagte Gregorian, und seine Stimme klang wie das Echo einer Stimme. »Das war das Wort meiner Jugend. Einmal habe ich ihn gefragt, wer bestimmen würde, was normal ist und was nicht. Da hat er mir die Hand gebrochen. Die rechte. Die hier, die eh schon kaputt war. Er packte sie, drehte sie rum und es knackte. Manchmal wache ich von diesem Knacken heut noch auf. Drei Wochen Krankenhaus. Meine Mutter hat mich angesehen, als wäre ich schuld, daß sie jeden Tag kommen muß und mich trösten. Viel geweint. Vor Einsamkeit. Ich war aber nicht allein im Zimmer, ist ja logisch.

Aber ich war allein im Bett. Habe mir eingebildet, ich wäre der Oberalleinigste auf der Welt. Kinder bilden sich so was ein. Kein Problem. Meine Hand ist schlecht geheilt, die war eh kaputt schon. Ich hab den Gips nicht vertragen, hab einen Ausschlag gekriegt. Auch das noch. Mein Vater hat mich nicht besucht, das war normal. Dafür mußte meine Mutter jeden Tag mindestens zwei Stunden an meinem Bett sitzen, weil ich sonst nicht aufgehört hätte zu heulen. Mir liefen die Tränen automatisch aus den Augen. Und ich war schon dreizehn. Ein Junge. Eine einzige Heulboje. Im Dezember war das, alle waren Schlittenfahren im Luitpoldpark auf dem Schuttberg. Ich mußte im Bett bleiben. Am zwanzigsten Dezember bin ich rausgekommen, aber es gab sowieso keine Geschenke. Kein Geld, hieß es. Als Sekretärin bei dem Doktor Wink hat meine Mutter nicht viel verdient, der hat sie ausgenutzt, das hat jeder gewußt, bloß sie nicht. Mein Vater war Portier, angeblich konnte er gut mit den Gästen umgehen, auch mit den vornehmen, die sind ja die wichtigsten. Verdient hat er auch nicht viel. So war das, normal. Ich wollte unter Menschen sein, Clarissa, und so hab ich eine Ausbildung als Detektiv gemacht, das hab ich dir schon erzählt. Heut ist Weihnachten, da darf man Sachen auch zum zweiten Mal erzählen. Jetzt hätt ich gern was zu trinken, am liebsten ein kaltes kleines Bier. Warum bist du von mir weggegangen?«

Wie ein Kind kniff er die Augen zusammen und schürzte die Lippen. Mit seinen übereinandergeschlagenen Beinen und der Art, wie er sich in die Sofaecke zwängte, sah er aus wie jemand, der sich vor etwas Schrecklichem fürchtet. So verknotet hatte Clarissa ihn noch nie erlebt.

Sie brachte ihm ein Pils, und als er nicht reagierte, stellte sie das Glas auf das Tischchen neben der Couch.

Der niedrige viereckige Tisch war aus demselben Material wie die meisten anderen Einrichtungsgegenstände, mit Ausnahme der Betten und der Geräte im Behandlungszimmer: aus grün schimmerndem Plexiglas. Auch der Tresen, der allein neunzigtausend Euro gekostet hatte. Das ist ein Spezialpreis, hatte Dinah beschwingt erklärt, die auf der Ausstattung bestanden und jeden Hinweis auf die nach Clarissas Meinung teilweise aberwitzig hohen Vorkosten mit der Bemerkung weggewischt hatte: Plexiglas hat Stil und ich will, daß unsere Zukunft Stil hat.

Am Tag der Eröffnung hatte Clarissa unentwegt an ihre Schulden gedacht, die auch deswegen nicht weniger wurden, weil einer der Mitarbeiter der Bank, bei der sie den Kredit aufgenommen hatten, unter den Gästen war. Und Clarissa dachte daran, die Einrichtung wieder zu verändern und die Bar ein wenig normaler auszustatten.

Normal. Nichts in diesem Haus war normal, dachte sie. Vom ersten Tag an, von der ersten Minute ohne Dinah war dieses Haus eine Welt außerhalb der Welt. Nicht wegen des Milieus, sondern: weil Dinah fehlte.

Weil Dinah von ihrer Welt aus den Club Dinah nicht sehen konnte.

Seit Dinahs Tod hatte Clarissa aufgehört, an das Glück zu glauben.

Sie glaubte an das Kreisverwaltungsreferat, an das Ordnungs- und das Gesundheitsamt, an das Finanzamt, an die Qualität von Latex und gekühltem Sekt. Sie glaubte an das Wohlergehen ihrer Angestellten und die unsichtbaren Funktionstasten an männlichen Geschlechtsteilen. Sie glaubte an den Brief ihrer Bank, in dem ihr Schuldenstand irgendwann schwarz auf weiß bei null lag. Sie glaubte an die Treue ihres Geliebten Hans und an den Abschied von ihm eines Tages. Sie glaubte an den Augenblick und dessen Willkür. Sie glaubte an das, was sie glaubte, und daran, daß die Welt außerhalb der Plexiglaswelt in der Levelingstraße von Wesen aus Plastik bevölkert war, die ihr Herz zu wichtig nahmen und sich einbildeten, sie bekämen Pfand dafür.

»Hörst du mich?« sagte sie. »Ich muß dir was Wichtiges mitteilen.«

Da er keine Reaktion zeigte, ging sie zum Tresen zurück und setzte sich auf einen der mit rotem Samt überzogenen Barhocker. Dinah hatte die Hocker weiß streichen lassen, nachdem Clarissa sie in heftigen Nachtdiskussionen davon abgebracht hatte, Edelstahl- statt Holzhocker zu bestellen.

Clarissa stützte die Hände auf die Oberschenkel und ließ ihren Gast nicht aus den Augen. »Ich möchte, daß du in nächster Zeit nicht mehr kommst.«

Seine Gleichgültigkeit spornte sie an.

»Wir waren uns sehr nah und das möchte ich nicht mehr. Verstehst du mich? Bertold.«

Er verstand jedes Wort. Den ganzen Abend war ihm kein Wort, kein Blick, kein Seitenblick, kein Schweigen entgangen. Seit er den Club gegen halb sieben betreten hatte, befand er sich in einem Ausnahmezustand. Er wußte, er durfte keinen Augenblick versäumen und ahnte den Grund und fürchtete sich über alle Maßen vor dem, was passieren könnte.

Deswegen trank er fast nichts, ein Glas Bier zur Begrüßung, und am Champagner, den Clarissa den Gästen, ihren Mädchen und ihm spendierte, hatte er nur genippt. Das Pils, das sie ihm gerade gebracht hatte, würde er nicht anrühren, obwohl er es bestellt hatte.

Nur nüchtern würde er diesen Abend überstehen, wieder einmal. Nur nüchtern ertrug er seit jeher den Schraubstock der Zeit, nur nüchtern verhielt er sich so, daß niemand bemerkte, wie er weinte, wieder einmal. Als wäre jeder seiner Finger einzeln gebrochen. Nur nüchtern traute er sich ehrliche Sätze zu.

»Du bist der erste Mensch, bei dem ich Luft kriege«, sagte er in ihr Sprechen hinein.

»Was?« fragte sie irritiert.

Im Grunde war er erleichtert, daß sie nicht zugehört hatte.

»Was hast du gesagt?«

»Nichts.«

»Spiel nicht den Beleidigten, das kann ich nicht gebrauchen. Sei nicht lächerlich, Bertold.«

Immer hatte sie ihn Bert genannt. Er sah sie an und verzog den Mund. »Schluß«, sagte er.

»Ich hab keine Zeit für ein Privatleben. Du warst ein Gast und dann bist du so was wie ein Freund geworden. Du hast mir sehr geholfen, das vergesse ich nicht. Und du darfst auch wiederkommen, irgendwann, wenn du genug Abstand hast. Zur Zeit bist du sehr aufdringlich, ich werf dir das nicht vor. Ich bin nur nicht die Richtige für deine Bedürfnisse, für deine ganz normalen Wünsche.« Sie strich sich über das Bein. »Du weißt, was ich damit meine, dasein, reden, trinken. Hörst du mir zu, Bert?«

»Ja«, sagte er und stand auf, und es sah aus wie ein ungelenker Sprung. »Du bist der einzige Mensch, bei dem ich Luft gekriegt hab. Ich werde bestimmt nicht aufhören, dich zu lieben.«

»Das mußt du aber, Bert.«

Weil er nüchtern war und die übriggebliebenen Gerüche der Mädchen und der Männer ihm Übelkeit verursachten, sagte er: »Dann versuche ich's. Frohe Weihnachten, Clarissa.«

»Trink doch noch dein Bier.« Sie richtete sich auf und warf ihm einen bekümmerten Blick zu.

Er ging zu ihr und küßte sie auf den Mund. Im Stehen war er keinen Zentimeter größer als sie im Sitzen. »Auf Wiedersehen und viel Glück.«

»Auf Ihrem weiteren Lebensweg«, sagte sie mit einem kleinen Lächeln.

»Bitte?«

»Wo gehst du jetzt hin?«

»Ich fahre nach Hause.«

»Mit deinem alten Käfer, den du so pflegst.«

»Ich kaufe mir bald ein neues Auto, gebraucht.«

»Warum denn?«

»Es ist billig.«

Dann fiel ihnen nichts mehr ein, was sie sagen konnten.

Clarissa saß reglos auf dem Barhocker. Gregorian stand reglos vor ihr. Und weil kein Souffleur ihnen ein Stichwort gab, drehte Gregorian sich um, nahm seine Wildlederjacke von der Garderobe und umklammerte sekundenlang den Plexiglashaken. Er schob den schweren Vorhang beiseite und verließ ohne ein weiteres Wort den Club.

Bis zum Parkplatz schaffte er es, die Luft anzuhalten.

Neben seinem Auto sackte er auf die Knie und übergab sich vor den Gartenzaun des Nachbargrundstücks.

Danach wäre er am liebsten in den Club zurückgekehrt und hätte Clarissa ans Andreaskreuz gefesselt und zu Tode gepeitscht.

Acht Jahre vergingen, bis sein treuer Parasit, der Haß, einen neuen Wirt fand.

7

Vor dem Verbrechen

Was Fallnik ihm alles erzählte – über Datenspeicherung in der Europäischen Union, über die fürs Allgemeinwohl gefährliche Furcht vieler Bürger vor modernen Überwachungstechnologien, über den Schutz vor Terroristen durch flächendekkend angebrachte Monitore und die weltweite Ausweitung von Handydaten, über das Sicherheitskonzept der Stadt München – der unaufhörliche Redefluß strömte durch Gregorians Kopf wie die sentimentalen Schlager aus dem Radio. Wenn Fallnik innehielt, um ein neues Bier zu bestellen, hatte Gregorian alles vergessen.

Am Ende war er vermutlich der erste Gast im Marienstüberl, der einen Abend lang nur zwei kleine Biere konsumiert hatte, noch dazu am Heiligen Abend.

Unfaßbar, daß er tatsächlich gekommen war. Bei der Verabschiedung drückte Maria ihn an ihren Körper, den er sofort als abstoßend empfand, küßte ihn auf die Wange und strich ihm mit dem Zeigefinger über den Scheitel. Am liebsten hätte er geschrien. Über ihre Mutter, die sie eigentlich im Altersheim besuchen wollte, verlor die Wirtin kein Wort mehr, und niemand fragte sie danach, auch Gregorian nicht, obwohl es ihn interessiert hätte. Er traute ihr zu, daß sie ihre Mutter einfach vergessen hatte. Er traute jedem Menschen zu, jemanden zu vergessen.

Nur ihm gelang das nicht.

Er bildete sich ein, jedes Gesicht, in das er jemals hatte schauen müssen oder das ihn niedergeglotzt hatte, im Notfall wiedererkennen zu können, bis zurück in seine frühe Kindheit, die er überlebt hatte, ohne daß er bis heute begriffen hatte, wieso.

Vom ersten Weihnachtstag an bis zum dritten Januar verließ Bertold Gregorian seine Wohnung nur nach sechzehn Uhr, wenn es schon dunkel war. Er kaufte Konserven, abgepacktes Brot und Sixpacks, füllte seine Vorräte von löslichem Kaffee, haltbarer Milch und süßen Oblaten auf und blieb wachsam. Unter keinen Umständen wollte er jemandem begegnen oder mit jemandem sprechen müssen. Bevor er die Tür öffnete, warf er jedesmal einen Blick durch das Guckloch und lauschte ins Treppenhaus, das Ohr an die Tür gepreßt.

Am achten Januar, einem Montag – das Wochenende hatte er mit nichts als Fernsehen und der Beobachtung des Fensters auf der anderen Seite des Innenhofs verbracht –, brauchte er dringend Toilettenpapier. Und weil er über seine Schlamperei, daß er nicht rechtzeitig daran gedacht hatte, sofort zornig wurde, riß er die Wohnungstür auf und stürzte ins Treppenhaus.

»Servus«, sagte Arthur Fallnik.

Noch Tage danach erschien Gregorian die rundliche Gestalt im schwarzen Anorak und mit der beschirmten Mütze wie ein Gespenst, das, schlecht riechend, aus der Finsternis kam und ihm den Weg versperrte.

Im Treppenhaus war es dunkel. Fallnik stand so dicht vor Gregorian, daß dieser wegen des Geruchs nach billigem Rasierwasser niesen mußte und sich in einem Reflex die Nase zuhielt. Dafür genierte er sich im nächsten Moment, aber der Schrecken raubte ihm jede Kontrolle.

Gregorian machte einen Schritt zur Seite, wandte den Kopf zur halbgeöffneten Tür, streckte den Arm aus, ließ ihn sinken und trat einen Schritt zurück. Dann schnellte sein Arm zur Wand. Hastig tastete er nach dem Lichtschalter, fand ihn nicht, schniefte und starrte seinem Nachbarn aus dem dritten Stock, der ihn reglos musterte, ins Gesicht und blieb mit der Schuhspitze an der Kante des Fußabstreifers hängen. Er gab einen kehligen Laut von sich, hüpfte auf die Tür zu und benötigte beide Arme, um am Türrahmen gerade noch Halt zu finden.

Mit einer unkontrollierten Drehung fuhr Gregorian herum, wankte und drückte aus Versehen mit der rechten, flatternden Hand auf den Lichtschalter.

»Ich wollt dich nicht erschrecken, Big Bert«, sagte Fallnik ausdruckslos.

Den Spitznamen überhörte Gregorian zuerst.

»Wir haben dich vermißt«, sagte Fallnik, immer noch ohne Anzeichen einer Bewegung.

»Wo vermißt?« Die zwei Worte kamen Gregorian mit größter Anstrengung über die Lippen.

»Im Stüberl, wo sonst? Alles gut, Big Bert?«

Seit wann, fragte Gregorian sich verwirrt, wurde er so genannt? Er dachte nach, während der andere weiterredete.

»Rappelvolle Hütte an Silvester. Und Susi hat einen Strip hingelegt, da wär sogar dir die Hose geplatzt.«

»Welche Susi?« Sein Herz raste, in seinem Kopf herrschte Aufruhr.

»Die Kusine von der Maria. Die auch schon Weihnachten kommen wollt, aber dann mußt sie arbeiten. Arbeiten. An Weihnachten. Die ist doch Krankenschwester, und wenn die sich die Kleider vom Leib reißt, wünscht du dir, du wärst ewig krank, bloß da unten nicht. Ich muß weiter. In nächster Zeit werd ich nicht so oft ins Stüberl kommen. Muß für einen Kollegen einspringen. Der hat sich bei einem Autounfall beide Haxen gebrochen. Direkt am Stachus, Ecke Bayerstraße. Ein Wahnsinn. Nachts um drei. Kaum was los. Der Hannes, mein Kollege, stocknüchtern wohlgemerkt, will nach rechts abbiegen, blinkt, fährt rüber und bumm. Wollt von hinten einer rechts vorbei, in vollem Tempo, volle Kanne. Das Blöde: Hannes war nicht angeschnallt. Ging nicht aus bestimmten Gründen. Und seine alte Kiste hat dieses Warnsystem noch nicht eingebaut, wo der Piepton so laut wird, daß du durchdrehst, wenn du dich nicht anschnallst. Hat natürlich massive Nachteile, das System.«

Das Licht ging aus.

Fallnik bewegte sich nicht.

Auch Gregorian zögerte. Dann schloß er seine Wohnungstür und drückte wieder auf den altmodischen roten Kunststoffknopf. Erleichtert stellte er fest, daß sein Herz langsamer schlug und er allmählich seine Konzentration wiederfand.

»Welche Nachteile?« fragte er, überzeugt, nie wieder einen Fuß ins Marienstüberl zu setzen.

»Angenommen«, sagte Fallnik und zog seine Hände hinter dem Rücken hervor, wo er sie die ganze Zeit verschränkt gehalten hatte, und rieb sie sich. Gregorian sah, daß er schwarze Lederhandschuhe trug. »Du hast eine wie die Susi neben dir sitzen, und ihr fahrt durch die Gegend und deine Hose platzt gleich, was machst du da? Dann mußt du den Sicherheitsgurt von der Susi natürlich losmachen. Anders kommt die mit dem Kopf ja nicht da hin, wo sie hinmuß. Und was passiert? Es piept. Und piept, und du fährst. Und sie macht rum, und das Ding hört nicht auf zu piepen. Verdammter Sound. Kannst du nicht abstellen. Das ist der Nachteil an dem Warnsystem. Jedenfalls war der Hannes nicht angeschnallt. Der Depp brettert in ihn rein, die Kiste vom Hannes dreht sich im Kreis, und er schlägt mit den Haxen gegen das Armaturenbrett und an die Fahrertür und was weiß ich. Crash. Der Depp ist weg. Verstehst du, Big Bert, der Depp begeht Fahrerflucht. Direkt am Stachus. Haut der ab und denkt, niemand merkt was. Volldepp.«

Gregorian machte wieder einen Schritt auf die Treppe zu. »Haben sich Zeugen gemeldet?« fragte er, als würde es ihn interessieren. »Haben sie den Mann identifiziert?«

»Keine Sau hat sich gemeldet.« Fallnik hörte auf, sich die Hände zu reiben und ruckte mit dem Kopf. »Nach unten? Ich auch. Was treibst du eigentlich den ganzen Tag? Hab ich dich schon hundertmal gefragt. Du bist irgendwie zwielichtig, Big Bert.«

»Ich bin Rentner.« Gregorian ging schräg hinter Fallnik die Treppe hinunter. Er war kurz davor, sich wieder die Nase zuzuhalten.

»Das ist ja klar, aber was machst du so? Deine Sache. Der Hannes ...« Abrupt blieb Fallnik stehen. Gregorian hielt ebenfalls inne und umklammerte das Geländer. »Der profitiert jetzt von der Digitaltechnik. Der Hannes spürt jetzt am eigenen Leib, was es heißt, wenn der Staat, in dem Fall die Stadt, auf ihn aufpaßt. Wann warst du zum letztenmal am Stachus?«

Gerade, als Gregorian auf die Frage irgendeine Antwort geben wollte, ging Fallnik weiter in den ersten Stock hinunter.

»Hast du dich am Stachus schon mal umgeschaut? Ich mein nicht den Weibern zuschauen, die am Brunnen ihre Röcke hochheben oder dir auf der Rolltreppe zum Untergeschoß die Zunge rausstrecken. Schon mal eine probiert? Eine sechzehnjährige Zunge? Oben, verstehst du, Big Bert, auf dem Dach vom Königshof ist eine Kamera. Nie gesehen, stimmts? Auf dem Dach von dem Hotel, kannst du von der Straße aus sehen. Und diese Kamera schwenkt um dreihundertsechzig Grad, die hat also die Bayerstraße genau im Visier, die Sonnenstraße bis runter zum Lenbachplatz und natürlich den ganzen Stachus bis in die Neuhauser rein. Was, glaubst du, ist da los jeden Tag? Das reinste Neapel. Drogenhandel, Diebstahl, Prostitution, illegale Ausländer, Schlägereien, Totschlag, die ganze Palette. Deswegen die Videokamera. Wie bei uns vorn am Ring, die schwenken alles ab. Also paß auf, wenn du dir in der Nase bohrst. Oder Damen anbohrst.« Im Gehen drehte er den Kopf und verzog den Mund und redete mit tonloser Stimme weiter. Nebenher klatschte er mit der flachen Hand auf den Lichtknopf.

»Der Volldepp ist voll drauf auf den Bildern. Die Kamera wird ja nachts nicht abgeschaltet. So haben sie ihn erwischt. Ein EDVler aus Tutzing. Ausgerechnet. Unfall mit Fahrerflucht, das Opfer schwer verletzt, gibt minimal fünf Jahre Führerscheinentzug und Freiheitsstrafe von drei Jahren. Volldepp. EDVler. Was wär jetzt, wenn wir die Überwachung nicht hätten? Bei einem wie dem Hannes fängt's an und bei den Leuten, die von Terroristen in der U-Bahn in die Luft gesprengt werden, hört's auf. Nach dir, Big Bert.«

Fallnik hielt Gregorian die Haustür auf. Sie traten in einen kühlen trockenen Morgen hinaus.

»Wenn die bei uns eine Bombe in der U7 hochgehen lassen«, sagte Fallnik und hielt Ausschau. Auf der Riesenfeldstraße fuhren die Autos Stoßstange an Stoßstange. »Weißt du, was dann ist? Großes Geschrei ist dann. Und zwar nicht nur da unten, wo wir alle verrecken, wenn wir grade drinsitzen, das Geschrei ist hier oben. Im Rathaus. Bei der Polizei. Warum? Weil's in der U-Bahn keine Kameras gibt! Ist dir das klar, Big Bert?«

Gregorian nickte und wußte nicht, wieso.

»Sechzig Kameras im Hauptbahnhof. Sechshundert bei den Verkehrsbetrieben insgesamt, sechshundert! Aber keine Kameras in den U-Bahnen. Wollen die Verkehrsbetriebe nicht, halten die für übertrieben. Die meinen, das wär zu Big-Brother-mäßig, verstehst du, Big Bert? Die lehnen das ab. Gegen den Willen der Polizei. Zum Glück hat die Polizei ihre eigenen Kameras und Systeme, die unsere Sicherheit garantieren. Da drüben steht die Kiste. Wieder vergessen, wo ich sie gestern geparkt hab. Alzheimer wahrscheinlich. Servus.«

Bevor Gregorian den Gruß erwidern konnte, rannte Fallnik auf die Fußgängerampel zu und tauchte in einem Pulk von Passanten unter. Erleichtert und mißgestimmt wischte Gregorian sich über die Stirn. Wo er seinen Wagen hingestellt hatte, wußte er ebenfalls nicht mehr. Seit zwei Wochen war er nicht damit gefahren.

In einem Drogeriemarkt kaufte er zwei Zehnerpackungen Toilettenpapier. Anschließend eilte er nach Hause, kauerte sich in die Badewanne, ließ minutenlang kaltes Wasser über seinen Körper laufen und begann, seinen Plan zu strukturieren, mit dessen Entwicklung er in der Plinganser Straße zahllose Nächte verbracht hatte und an dessen Richtigkeit, Unvermeidlichkeit und einzigartiger Bedeutung er nicht den geringsten Zweifel hegte. Zumindest seit mehr als einem Jahr nicht mehr, seit er in die Wohnung in Milbertshofen gezogen war.

8

Vielleicht vier Tränen im Fahrtwind

Anfang Februar fuhr er ihr zum erstenmal in seinem gerade gekauften, gebrauchten Opel Vectra hinterher. Auch im dichtesten Verkehr war ihr rotes Cabrio nicht zu übersehen, und wenn er sie einmal aus den Augen verlor, folgte er seiner Ahnung.

Nie zuvor hatte er über seine Ahnung oder etwas Ähnliches nachgedacht. Die Dinge passierten oder sie passierten nicht. Er stellte sich etwas vor und wurde enttäuscht, weil seine Vorstellung an der Wirklichkeit zerschellte wie die Titanic am Eisberg. Immer war er sofort einverstanden gewesen.

Logisch ist, was geschieht, dachte er voller Überzeugung, idiotisch bin nur ich.

So wie er sich als Dreizehnjähriger im Krankenhaus gewünscht hatte, sein Vater möge zur Tür hereinkommen und ihn bitten, ihm zu verzeihen, und ihm vielleicht einen Apfel mitbringen, oder Stachelbeeren, für die er sich verzehrte. Was sollte an so einem Wunsch logisch sein? Hinterher trommelte er mit dem Kopf aufs Kissen und weinte vor Wut auf sein blödes Gedenke und schlug mit der Gipshand gegen das Bettgestell und schrie und wurde von der Schwester beschimpft. Das war logisch. Mein Vater hat recht, dachte er dann in der Nacht mit grauenhaften Schmerzen im Arm und tief unter der Bettdecke vergraben, ich bin unnormal und er ist normal, und das war logisch.

Über etwas wie eine Ahnung, sein Standpunkt könne ein großer Irrtum sein, hätte er als junger Mann lauthals und verächtlich gelacht.

Auch ahnte er erst kurz vor seinem Tod, daß er zwar Detektiv geworden war, um unter Menschen zu sein – und diese Vorstellung erschien ihm im nachhinein plötzlich völlig unnormal –, daß er jedoch nie unter den Menschen angekommen war. Allenfalls ein einziges Mal und für sehr kurze Zeit. Vielleicht begnügte er sich deshalb bei seiner Gegenwehr im letzten Moment mit dem Heben der rechten, verunstalteten Hand und einem kindlichen Ausruf, für den er sich dann nicht mehr zu schämen brauchte.

Bei der Verfolgung Clarissas aber versetzte ihn seine neuentdeckte Ahnung in eine Art Rauschzustand.

Egal, ob sie von der vierspurigen Leopoldstraße überraschend in die Hohenzollernstraße einbog, wo sie ihren Wagen halb auf dem Bürgersteig parkte und wahllos durch Boutiquen bummelte. Egal, ob sie mit neunzig Stundenkilometern durch den Altstadttunnel raste und im dichten Verkehr ständig die Spur wechselte. Immer fand er sie wieder, zuerst ihr Auto, dann sie selbst, wenn sie ausgestiegen war. Immer blieb er ihr auf den Fersen, ohne daß sie Verdacht schöpfte oder er in Deckung gehen mußte.

Nur einmal, auf der Riesenfeldstraße, war er von einer anderen Frau, die ihn auf offener Straße ungeniert anlächelte, irritiert und abgelenkt und er bemerkte erst in letzter Sekunde, daß Clarissa sich umwandte. Er huschte in eine Einfahrt und rannte durch einen Innenhof, der genauso aussah wie der vor seinem Fenster, zum gegenüberliegenden Haus und erreichte durch eine weitere Zufahrt die Straße. Er lief so lange weiter, bis er sicher war, Clarissa würde ihn nicht verfolgen. Er haßte die Frau, die ihn abgelenkt hatte.

Dann passierte die Sache mit dem Gast im Club Dinah.

Gregorian las in der Zeitung darüber und wußte eine Zeitlang nicht, was er davon halten sollte. Der Mann war am Kreuz gestorben, nackt und freiwillig. Armes Schwein, dachte

Gregorian, ich bemitleide ihn nicht. Clarissa hat den Mann geschlagen, gnadenlos, wie es ihrer Art entspricht, dachte Gregorian. Niemand kann mir einreden, der Mann sei einem Unfall zum Opfer gefallen.

Irgend etwas, vermutete Gregorian, wurde vertuscht, und nur Clarissa kannte die Wahrheit.

Wochenlang verließ Gregorian seine Wohnung nur einmal am Tag, nach Einbruch der Dunkelheit, um alle fünf in der Stadt erscheinenden Tageszeitungen zu kaufen. Bald fand er keine neuen Informationen mehr über den Toten im Club Dinah, überhaupt schien das Ereignis niemanden so zu beschäftigen wie ihn. Keine Nachbarn kamen zu Wort, keine Kunden, niemand aus dem Umfeld der Tatverdächtigen, die nicht einmal so genannt wurde, sondern *unglückliche Geschäftsfrau*, die *untröstlich über das Geschehen* sei.

Gregorian glaubte kein Wort. Warum hatte sie immer weiter zugeschlagen? Hätte sie nicht innehalten und den Mann verschonen können? Ja. Aber sie wollte ihn nicht verschonen.

So wie sie ihn, Gregorian, ihren Freund, zu dem sie Bert gesagt und der ihr ein unbeschwertes Leben auf dem Land in Aussicht gestellt hatte, aus Verärgerung nicht nur einmal, sondern zweimal geohrfeigt hatte, und dann noch ein drittes Mal. So, als genieße sie seine Verurteilung. Abgestraft hatte sie ihn, gnadenlos, und er war wehrlos gewesen. Wie der Mann am Kreuz. Warum hatte sie ihn getötet?

Gregorian spielte mit dem Gedanken, als unerkannter Zuschauer in den Gerichtssaal zu gehen.

Da Clarissa nicht in Untersuchungshaft kam, nahm er nach einem Monat seine Beschattung wieder auf. Ihre Wege führten sie vor allem in Cafés, wo sie entweder allein saß, telefonierte, in Zeitungen blätterte oder mit ihrem Anwalt oder einer der Frauen verabredet war, die für sie arbeiteten. Den Club hatte sie vorübergehend schließen müssen.

Und nie tauchte ein fremder Mann auf. Nicht in dieser Zeit und nirgendwann sonst. Auch ihre Treffen mit Mika Petrov, ihrem Türsteher und Aufpasser, verliefen unspektakulär.

Clarissa hatte, das stand für Gregorian spätestens am Tag der Urteilsverkündung fest, kein Verhältnis, keine Affäre außerhalb ihrer Beziehung mit Hans Fehring, dem trinkfesten, fußballspielenden Steuerberater, mit dem sie die Wohnung in der Anhalter Straße teilte.

Wegen ihm hatte Gregorian sein Leben umgekrempelt.

Wegen ihm jagte er Clarissa hinterher.

Fehring war der Kern seines Planes, nicht Clarissa, sie war die Spur und die Voraussetzung für das Gelingen des Plans.

Hätte es einen anderen Mann in Clarissas Leben gegeben, wäre dieser in der Welt verkehrt gewesen und hätte verabschiedet werden müssen. Das war normal.

Fehring.

Der Tod des Mannes am Kreuz bedeutete eine Verzögerung. Alles war durchdacht gewesen, die entscheidenden Vorgespräche waren geführt, die Abläufe exakt festgelegt. Gregorian hatte alles in der Hand und konnte nicht handeln.

Also wartete er. Las Zeitung. Ließ die Verbindung zu dem Mann, der nichts ahnte, nicht abreißen. Ernährte sich von vorgeschnittenem Brot und Oblaten. Lachte nie.

Die Zeit verging trotzdem, und ihm wurde wieder einmal bewußt, daß es ihm seit seiner frühen Jugend nie gelungen war, sich mit der Zeit zu versöhnen. Sie war immer schon aus, wenn er gerade anfangen wollte dazusein, bei einer Begegnung, auf einem Fest, in einer Umarmung. Bevor er sich versah, winkte er auf dem Bahnsteig dem abfahrenden Zug hinterher. Dem Zug und nicht jemandem am offenen Fenster mit einem weißen wehenden Taschentuch, in dem vielleicht vier Tränen im Fahrtwind trockneten.

Gregorian winkte Eisen. Keinem Blick. Seit jeher. Clarissa sagte: Es ist aus, und es war aus. Später ohrfeigte sie ihn, weil er durch die verkehrte Zeit irrte, aus Dummheit. Weil er Eisen mit Antlitz verwechselte. Das war ihm früher ständig passiert. Und er hatte geglaubt, er wäre mittlerweile normal geworden.

Bald, dachte er, während er still dasaß, bald ist es soweit.

Die Zeit verging, und seine rechte Hand und sein linkes Bein schmerzten, er nahm Tabletten, die guten, die er immer genommen hatte, wenn die Nerven verrückt spielten. Und der Genuß der Oblatten tröstete ihn nicht.

Als er in der Zeitung las, daß *Clarissa W.* zu zwei Jahren auf Bewährung verurteilt worden war, öffnete er die erste Bierflasche seit Wochen und trank sie aus. Die zweite Flasche hielt er mit beiden Händen fest und ging zum Fenster, stieß mit dem Flaschenhals gegen die Scheibe und prostete in den Innenhof hinunter, wo zwei Jungen zwei anderen Jungen zusahen, die sich prügelten.

Nicht, weil er das Urteil zu mild oder ungerecht fand, leerte Gregorian vier Flaschen hintereinander, sondern weil die Nachricht ihn in eine Hochstimmung versetzte. Nach der Entscheidung des Gerichts würde Clarissa in absehbarer Zeit wieder ihren Club eröffnen, und alles wäre wie vorher. Und bald wäre jemand nicht mehr verkehrt in der Welt.

In einem gestärkten grünen Hemd unter der Wildlederjacke, in seiner gereinigten grauen Hose und in einem außerordentlich gelockerten Zustand reihte er sich an einem Freitag im November in die Schlange der Männer vor dem Club Dinah ein.

Sehr lange war er nicht mehr hiergewesen. Und er hatte auch nicht vor, lange zu bleiben. Er wollte ein kleines Bier trinken und Clarissa sagen, wie sehr er bedauere, sie damals belästigt und angelogen zu haben, seine Eltern wären keine wohlhabenden Apotheker gewesen und hätten ihm auch kein Haus vererbt, aber gesorgt hätte er dennoch für sie, Clarissa, hundertprozentig. Und er wollte ihr sagen, daß er sich über ihren Freispruch freue und ihr weiterhin großen Erfolg als Geschäftsfrau wünsche, etwas in der Richtung.

Er bemerkte, wie der Mann vor ihm seinen goldenen Ehering vom Finger zog und in die Hosentasche steckte.

Kurz darauf wies Mika, der Türsteher, den Mann mit der Begründung ab, der Club sei voll, das gleiche gelte auch für ihn, Gregorian, den Mika nicht wiedererkannte. Auch Gregorian hatte ihn zunächst für jemand anderen gehalten. In den vergangenen acht Jahren war Mika bulliger, finsterer geworden, er trug einen schwarzen Anzug und darunter ein schwarzes Hemd, das über seinem Brustkorb spannte.

»Alles ausgebucht, mein Herr«, sagte er zu jedem Neuankömmling. Auf Bemerkungen oder Bitten reagierte er mit einem stummen, entschlossenen Kopfschütteln.

Gregorian hatte nichts erwidert. Er hatte nicht einmal genickt. Er war zur Seite getreten, hatte überlegt, eine Nachricht für Clarissa zu hinterlassen, und sich dagegen entschieden.

Aus seinem Auto beobachtete er das Kommen und Gehen vor dem einstöckigen Gebäude. Er öffnete das Handschuhfach und tastete nach der Plastiktüte mit dem Messer. Zeit zu handeln, dachte er und begann zu frieren.

Innerhalb von Sekunden stieg die Kälte von seinen Füßen die Beine hinauf und breitete sich in seiner Brust wie eine Eisschicht aus.

Seine rechte Hand zitterte so stark, daß er unfähig war, das Handschuhfach zu schließen. Er rang nach Luft. Er versuchte, den Knopf für die Fensterentriegelung zu drücken, und tappte mit dem Finger daneben. Er wollte den Zündschlüssel drehen, aber er brachte den Arm nicht in die Höhe. Er schwitzte.

Gekrümmt von Krämpfen, ließ Gregorian den Motor an, betätigte den Scheibenwischer, obwohl es nicht regnete, wendete wie in Trance den Wagen und vergaß, das Licht einzuschalten. Das Hupen eines Autos, das ihm auf der Levelingstraße entgegenkam, schreckte ihn aus seiner Benommenheit auf. Aber er fuhr bis zur nächsten Ampel und schaltete erst dann das Licht ein.

Nachdem er in der Riesenfeldstraße geparkt hatte, schwankte er über den Bürgersteig. Als er die Treppe in den zweiten Stock hinaufstieg, stolperte er und schlug mit der Stirn auf die Stufenkante und rutschte nach unten.

Auf Händen und Füßen robbte er auf der Treppe nach oben, stemmte sich am Türrahmen in die Höhe, ließ den Schlüssel fallen und kauerte sich erschöpft an die Wand.

In der Wohnung schaffte er es nicht, die Couch auszuziehen. In Kleidung und Schuhen legte er sich hin und fror erbärmlich. Wenn er für kurze Zeit einschlief, geriet er in verwirrende Geschehnisse voller Menschen und Stimmen, die niemals endeten.

Er hatte Durst und war zu schwach aufzustehen, er zog die Beine an den Körper, um sich zu wärmen, und hielt die Arme über den Kopf, als könne er so das unaufhörliche Hämmern abstellen.

Einmal torkelte er ins Bad, trank Wasser aus der Leitung und wusch sich das Gesicht und übergab sich in die Toilettenschüssel.

Gregorian konnte sich nicht erinnern, wann er zum letztenmal krank gewesen war. Er hatte geglaubt, er wäre zu alt, um auf diese Weise krank zu werden. Er lag auf der Couch und wimmerte. Kaum schloß er die Augen, versank er in einem Strudel von Gesichtern, von denen er jedes einzelne wiedererkannte. Alles, was sie sagten, hatte er schon einmal gehört. Und sie hörten nicht auf zu sprechen.

Im vollbesetzten Biergarten auf dem Nockherberg klirren die gläsernen Maßkrüge. Von der Abendsonne beschienene Trinker prosten einander zu. Die Kronen der Kastanien sind angefüllt mit Schwärmen von Stimmen. Auf einem Podest zwischen den durch einen geteerten Weg zum Gasthaus abgetrennten Teilen des Biergartens spielt eine Blaskapelle. Die Klänge der zwei Trompeten, der Tuba, der Klarinette und des Schlagzeugs vermischen sich mit dem Kreischen von Kindern, die über die Kieswege rennen. Ihr Geschrei und die Musik sind so laut, daß Gregorian die Worte seines Gegenübers nur teilweise versteht.

»Was?« schreit er. »Was für ein Zelt? Rieber?«

»Sieber.«

»Was?«

»Kennst du den Metzger nicht? Sieber.«

»Hab ich noch nie gehört«, schreit Gregorian. Seine Stimme dröhnt ihm in den Ohren und ist ihm peinlich.

»Gehst du nie auf die Wiesn?«

Hans Fehring, denkt Gregorian, brüllt genauso wie er, aber er verzieht den Mund überhaupt nicht und wirkt nicht angestrengt, er öffnet den Mund nicht einmal richtig, trotzdem ist seine Stimme in dem Trubel unüberhörbar.

»Ich war vor zwanzig Jahren zum letztenmal da.« Seine eigene Stimme kommt Gregorian schrill und fremd vor.

»Dieses Jahr kommst du zu uns«, sagt Fehring und hebt seinen Maßkrug und schlägt ihn gegen den von Gregorian, der sich unter den Geräuschen duckt, als prasselten Kastanienigel auf ihn herab.

Neben ihm und gegenüber sitzen Fehrings Fußballfreunde, Männer zwischen Ende zwanzig und Anfang fünfzig. Sie essen große Brezen und Wurstsalat und Hendl, und sie unterhalten sich und lachen und rauchen und scheinen sich schon ewig zu kennen.

Den Platz an der Isar, wo sie Fußball spielten, in der Nähe der Eisenbahnbrücke, hatte Gregorian schnell gefunden. Fehring zu verfolgen ist ein Kinderspiel, hatte Gregorian gedacht. Kinderspiel.

Er hört das Wort Kinderspiel, immer wieder. Er sieht die Kinder über den knirschenden Kies flitzen, sie bewerfen sich mit Kieseln, sie kreischen aus vollem Hals.

Kinderspiele.

»Kinderspiel«, sagt er, doch seine Stimme ist zu leise, niemand hört ihn. Kinderspiel.

Er ist Fehring hinterhergefahren und hat zugesehen, wie sie auf die Tore schießen, über die Uferwiese dribbeln und sich Befehle und Warnungen zurufen. Er ist nicht der einzige Zuschauer, auch junge Frauen stehen am Rand des nicht genau definierten Spielfelds und klatschen und gehören dazu. Er steht abseits. Einmal rollt der Ball auf ihn zu, er kickt ihn zurück. Einer der Männer, der eine kurze rote Hose und ein gelbes Trikot trägt, bedankt sich, ohne ihn anzusehen, und schießt eine Flanke und hetzt auf das gegnerische Tor zu. Nach dem Spiel treffen sie sich auf dem Nockherberg, zehn Minuten Fahrzeit, bei schlechtem Wetter im Gasthaus, bei schönem Wetter draußen. Ein Sonntagsritual, drei-, viermal im Monat. So kam er mit Fehring ins Gespräch, wie zufällig, er fragte ihn aus und erfuhr Dinge, die er schon wußte.

»Heuer kommst du aber mit, Maxe«, schreit Fehring.

Unter diesem Namen ist Gregorian in der Runde bekannt.

»Kinderspiel«, sagt er. Oder er sagt es nicht, das Wort schwimmt durch seinen Kopf.

Das Wort schwamm immer noch durch seinen Kopf, als er die Augen aufschlug, schweißgebadet, nach Luft ringend. Die Luft im Wohnzimmer war trocken und heiß.

Er lag auf der Couch, Gesicht zur Rückenlehne, sein Herz

schlug heftig, seine Beine zitterten, er spürte ein Stechen in der Brust.

Wie ein fernes Echo klang das Wort Kinderspiel in ihm nach. Und er hörte Fehring sagen: Wo warst'n du? Wir haben auf dich gewartet. Und obwohl er überzeugt war, sie hätten keine Sekunde auf ihn gewartet, erwidert Gregorian: Ich war krank, Sommergrippe, nächstes Jahr komme ich bestimmt mit. Und Fehring sagt: Sonst holen wir dich ab, Maxe.

Gregorian hatte Fehring dafür verachtet, daß er mit seinen Kumpanen das Oktoberfest besuchte, während seine Geliebte Clarissa unter Anklage stand. Nächstes Jahr, hatte Gregorian gedacht, sehen wir uns.

Und immer wieder dachte er jetzt: Wir sehen uns. Wie er das Wort Kinderspiel dachte, wieder und wieder: Wir sehen uns.

Nach drei Wochen bekam er unbändigen Hunger auf große salzige Brezen und viereckige Stücke saftigen Leberkäs.

Barfuß lief er durch die Wohnung, öffnete das Fenster zum Innenhof, warf einen Blick nach drüben, wo der Vorhang vorgezogen war, atmete gierig die kühle Dezemberluft.

Wenig später fuhr er mit dem Auto in die Innenstadt. Am Promenadenplatz fand er einen Parkplatz. Er sprang aus dem Wagen und eilte in Richtung Theatinerstraße, folgte den Straßenbahnschienen und stürzte wie ein Verdurstender und Verhungernder um halb zehn Uhr morgens in die Franziskaner-Gaststätte.

In der renovierten Schwemme nahm er an einem der kleinen Fenstertische Platz und winkte sofort der Bedienung, was diese erst einmal standesgemäß übersah.

Er aß zwei Portionen Leberkäs, dazu drei Löffel süßen Senf aus einem weißen Keramiktöpfchen, und drei Brezen, zu trinken bestellte er ein Glas Mineralwasser und nach dem Essen einen Kaffee mit Zucker, ohne Milch. Danach mußte er dringend auf die Toilette.

Als er zurückkam, saß am Nebentisch ein älteres Ehepaar und ereiferte sich über die Hausdurchsuchung in den Geschäftsräumen des Ehemannes ihrer Tochter, dessen Betrügereien zu durchschauen ihre Tochter einfach zu dumm sei.

Gregorian bezahlte und verließ, wütend über die Belästigung vom Nebentisch, die Gaststätte.

Auf dem Weg zurück nach Milbertshofen kaufte er abgepacktes Brot, drei Sixpacks Bier und zwei Schachteln Oblaten in einem Supermarkt, wo eine Kassiererin mit roten Strähnen ihn anlächelte und nicht damit aufhörte, bis er wortlos das Wechselgeld einsteckte und seinen Einkaufswagen scheppernd in die Reihe der anderen schob.

Abends hörte er im Marienstüberl seinem Nachbarn Fallnik zu.

Am nächsten Tag, Heiligabend, trötete Fallnik ihm wieder ins Ohr, begeistert von den Vorzügen moderner Überwachungstechniken. Und zum Abschied blieb Gregorian nicht einmal der Körper der Wirtin erspart, die ihn an sich drückte, als wäre er ein Stammgast oder schlimmstenfalls ihr Liebhaber.

An Silvester schaltete er den Fernseher nicht ein.

Und hätte er kein Klopapier besorgen müssen, wäre ihm am neunten Januar die Begegnung mit Fallnik im Treppenhaus erspart geblieben, an die er das ganze Frühjahr lang immer wieder voller Verachtung denken mußte.

9

Eine Oblate zur Belohnung

Im März überprüfte Gregorian die Wege von Clarissa Weberknecht und stellte fest, daß sie Fehring immer noch treu war. Dabei war sie doch unfähig, sich mit einem einzelnen zu beschäftigen. Das hatte sie ihm, Gregorian, am letzten Tag erklärt. Es tut mir leid, ich kann mich nicht mit einem einzelnen beschäftigen. Das war der Satz. Er, Gregorian, war der einzelne. Ihm hatte sie den Satz ins Gesicht gelogen, in die Augen, in die Ohren.

Im Nockherberg-Gasthaus hatte er Fehring einmal gefragt, wie lange er schon mit seiner Freundin zusammen sei, und Fehring hatte geantwortet: Ewig, Maxe. Und deswegen, hatte Fehring hinzugefügt und sein Bierglas gegen das von Gregorian gestoßen, braucht's ab und zu ein Schmankerl nebenraus. Eine andere Frau? hatte Gregorian gefragt und kam sich dämlich vor. Fehring zwinkerte und trank und schwieg. Er betrügt Clarissa, dachte Gregorian, und sie betrügt ihn.

Der Sommer kehrte zurück. Manchmal fragte sich Gregorian, wieso er Fallnik in jüngster Zeit kaum noch zu Gesicht bekam. Dann war er froh darüber.

Im Juli nahm die Polizei dank der gestochen scharfen Aufnahmen der Digitalkamera am Petuelring zwei Männer fest, die in der Kantstraße ein Mädchen überfallen und bei einem Vergewaltigungsversuch lebensbedrohlich verletzt hatten.

Für den dreiundzwanzigsten September, den zweiten Wiesn-Sonntag, hatten Fehring und seine Kickerfreunde Gregorian ins Sieber-Zelt eingeladen, und er hatte versprochen zu kommen. Sie waren für sechs Uhr verabredet.

Gregorian saß bereits um halb fünf im Zelt, am Rand einer Bank, von der aus er einen guten Blick zum Eingang hatte. Um ihn herum grölten und schunkelten junge, Unmengen von Bier in sich hineinkippende Italiener, die mit Australiern am Nebentisch um die Wette sangen. Vor sich hatte Gregorian einen Bierkrug stehen, der im Lauf von zwei Stunden nur unwesentlich leerer wurde.

Eine Italienerin packte ihn am Arm und lachte ihm ins Gesicht und bot ihm eine Zigarette an. Er brachte kein Wort heraus. Er hob den Bierkrug mit der linken Hand und trank einen Schluck und lachte nicht. Die Menge tobte zur donnernden Schlagermusik.

Eine Zeitlang redete er mit seinem Nachbarn, einem Mann Anfang zwanzig mit stoppelkurzen Haaren und geröteten Wangen, über etwas, das er sofort vergaß. Der junge Mann verstand ein wenig Deutsch, aber meist lachte er und trank und schrie Gregorian ins Ohr und trommelte mit beiden Händen auf die Holzbank.

In dem Moment, als einer der Freizeitkicker das Zelt betrat – es war der, wie Gregorian gleich erkannte, der im Spiel die rote Hose und das gelbe T-Shirt getragen hatte –, sprangen zwei Italienerinnen auf den Tisch, stürmisch angefeuert von ihren Freunden und anderen Gästen. Gregorian stand auf und reckte den Kopf.

Die Gruppe um Fehring bahnte sich einen Weg durch die dichtgedrängt stehenden Besucher und steuerte einen Tisch in der Nische an, der offensichtlich für sie reserviert war. Die vier Männer, die dort saßen, begrüßten die Neuankömmlinge mit wilden Umarmungen.

Gregorian sah auf die Uhr: fünf nach halb sieben. Sie hatten sich verspätet. Das ärgerte ihn.

Fehring saß mit dem Rücken zu ihm und machte keine Anstalten, nach ihm Ausschau zu halten. Das war normal.

Die Italienerinnen tanzten auf dem langen Tisch.

Gregorian hatte seine Wildlederjacke anbehalten. In der Innentasche trug er die Plastiktüte aus dem Handschuhfach.

Er wartete.

Sein Maßkrug war leer. Jemand mußte daraus getrunken haben. Der junge Mann neben ihm brüllte ihm etwas ins Ohr. Gregorian verstand kein Wort. Die weiße Bluse der einen Italienerin war schweißnaß, Gregorian starrte auf ihren Busen, der sich unter dem Stoff mächtig wölbte.

Mit einem Ruck wandte er sich ab.

Fünf Reihen weiter drängte Fehring sich zum Ausgang.

»Entschuldigung«, rief Gregorian dem jungen Mann mit dem geröteten Gesicht zu und folgte Fehring.

Darauf hatte er spekuliert. Monatelang.

Mehr als ein Jahr lang. Tag und Nacht.

Heute war der Tag.

Heute ist der Tag, dachte er und schob Betrunkene beiseite und behielt die Ordner im Auge und die bewaffneten Polizisten und die Bedienungen mit den vollen Maßkrügen.

Vor den Toilettenwagen hatten sich Schlangen gebildet.

Fehring wurde vorwärtsgeschubst. Er redete auf einen Mann ein, der ihm auf die Schulter klopfte und schwankte und sich an ihm festhielt.

Gregorian wartete in der Entfernung. Hunderttausende schoben sich zwischen den Buden und Fahrgeschäften und Zelten hindurch, von überall her dröhnte Musik. Auf dem Hang zur Theresienhöhe lagen Betrunkene und stöhnten oder schnarchten oder gaben keinen Laut von sich. Hundertschaften von Polizisten patrouillierten auf dem Gelände. Sanitäter stützten junge Frauen, die jede Orientierung verloren hatten. Hinter Zelten übergaben sich Jugendliche in zerrissenen Hosen und Hemden, bekleckert mit Essensresten.

Ungewollt erinnerte Gregorian sich an einen Monolog

Fallniks, in dem es um die zehn oder fünfzehn Kameras ging, mit denen die Polizei das Oktoberfest überwachte. Auf diese Weise, meinte Fallnik, würde die Polizei Taschendieben den Garaus machen.

Taschendiebe.

Gregorian griff in die Innentasche seiner Jacke.

In der Zwischenzeit war Fehring im Toilettenwagen verschwunden.

Das war der Moment.

Jetzt, Clarissa, versöhne ich mich mit der Zeit.

»Hier. Hier.« rief er und torkelte an einem Paar vorbei, das sich sabbernd küßte.

»Maxe.« Fehring wischte sich die Hände an der Hose ab. »Da bist ja! Hab dich schon gesucht. Was ist los?«

»Mir ist nicht gut.« Gregorian lallte. »Hilf mir, da ... da hinten, bitte ...« Ja, dachte er, ja.

»Du verträgst halt nichts«, sagte Fehring. »Bist du schon lang da? Schaust ja übel aus. Warte.« Er legte Gregorians Arm um seine Schulter und führte ihn zur Wiese, die im Halbdunkel hinter ihnen anstieg. »Ich hätt gewettet, daß du wieder nicht kommst, du Einzelgänger. Gehts noch? Halt dich fest, Maxe.«

»Da hin ... da rüber, bitte ...«

Alles war leicht, alles war einfach, alles war normal.

Er sackte auf die Knie. Fehring bückte sich. Und Gregorian stach zu.

Die Plastiktüte hatte er um den Griff gewickelt. Wie geplant, benötigte er nur einen Stich. Fehring knickte auf ihn zu.

Behutsam bettete Gregorian ihn ins Gras. Er zog die Tüte über das Messer und steckte beides in die Innentasche seiner Jacke zurück. Niemand achtete auf ihn.

Gregorian drehte Fehrings Körper zur Seite, bog seinen Arm ab, drapierte die Hand auf dem Ohr, so daß es aussah, als könne der Betrunkene den Lärm und den Trubel nicht mehr ertragen.

Gregorian zog seine Jacke aus und rollte sie zusammen, vermutlich war sie voller Blut.

Sorgsam darauf bedacht, keiner Bierleiche auf Arme oder Beine zu treten, stieg er den Hang hinauf. Oben überquerte er die Straße und erreichte über den Petra-Moll-Weg, durch den unablässig Gruppen neuer Wiesnbesucher strömten, die U-Bahn-Haltestelle.

In den Waggons war ein einziges Gedränge. Gregorian drückte sein Bündel an sich und versuchte, sich an die Zahl der Kameras zu erinnern, die nach Fallniks Aussagen an den einzelnen Stationen installiert waren. Er kam nicht drauf. Ihm fiel ein, daß die Züge ohne Kameras fuhren.

Am Odeonsplatz stieg er aus. Auf der Ludwigstraße, direkt vor dem Odeon-Kino, hatte er seinen Opel geparkt. Er warf das Knäuel auf den Boden vor dem Beifahrersitz und nahm die Schachtel, die auf dem Sitz lag. Vorsichtig zog er eine Oblate heraus und fing an zu knabbern.

Er hielt die süße Scheibe mit beiden Händen fest, wie ein Kind, und leckte sich die Lippen und aß die Oblate vollständig auf. Er zupfte Brösel vom Hemd und griff nach einer zweiten Oblate. Er aß auch diese auf, rieb sich über den Bauch, wie ein Kind, und fuhr nach Hause.

Er wusch sich gerade im Bad die Hände, als es an der Tür klingelte. Gregorian zögerte, sah in den Spiegel, sah sein altes, eingefallenes, unverändertes Gesicht und ging in den Flur. Das Handtuch hatte er noch in der Hand.

Sowie er die Tür öffnete, ergriff ihn eine Ahnung.

Eine unheimliche Ahnung von etwas, das er nicht verstand, breitete sich in ihm aus, wie in einem Kind, das zum erstenmal den nächtlichen Sternenhimmel erschaut.

»Ich muß dringend mit dir reden«, sagte Clarissa Weberknecht und drängte sich an ihm vorbei in die Wohnung.

*

Eingehüllt in eine rote Wolldecke saßen sie im Strandkorb und tranken Rotwein und froren. Ihre halbvollen Gläser standen auf dem kleinen, ausklappbaren Holzbrett, die leere Flasche hatte Polonius Fischer neben den Korb auf den Boden gestellt.

In München – und vermutlich nicht nur in dieser Stadt – war er der einzige Mieter mit einem blauweiß gestreiften Strandkorb auf seinem Balkon. Den Korb hatte er sich aus einem Sylter Dorf liefern lassen. In dem Ort verbrachte er gemeinsam mit seiner Freundin jedes Jahr einige Tage. Manchmal kam Ann-Kristin Seliger mitten in der Nacht auf eine halbe Stunde vorbei, um sich an seiner Seite das Meer vorzustellen. Dann saßen sie auf dem Balkon im sechsten Stock, und unten rauschte statt der Nordsee der Verkehr auf der sechsspurigen Sonnenstraße.

Sie hatten lange genug geschwiegen.

»Du mußt aufbrechen«, sagte er.

Sie reichte ihm sein Glas. Sie tranken und behielten die Gläser in der Hand. »Wahrscheinlich«, sagte sie, »war es eine ganz normale Wiesnstecherei. Du hast doch letztes Jahr schon erzählt, daß die Schläger immer brutaler werden und in den zwei Wochen Oktoberfest mehr als hundert schwere Körperverletzungen passiert sind. Heuer sind die Leute bestimmt nicht friedlicher.«

»Einer Schlägerei, noch dazu, wenn Waffen im Spiel sind, gehen immer verbale Attacken voraus. Dann gibt es Zeugen, und irgendjemand ruft die Polizei. Es kommt selten vor, daß jemand einfach zusticht. Und warum hat diesmal niemand etwas bemerkt?«

»Der Mann war doch mit einer Gruppe da, haben die nichts mitgekriegt?«

»Nein«, sagte Fischer. »Die anderen waren im Zelt, er wollte auf die Toilette gehen.«

»Vielleicht wollte er noch jemanden treffen.« Ann-Kristin stellte das Glas auf das Brett. Sie traute sich nicht, mehr zu trinken, weil ihre Schicht bis sieben Uhr morgens dauerte.

»Er war mit niemandem verabredet, sagen seine Freunde. Morgen werden wir wissen, ob die Tat eine Mordqualifikation hat.«

»Du hast keinen Zweifel daran.«

»Nein.«

Ann-Kristin schälte sich aus der Decke, in der sie sich an Fischer geschmiegt hatte, und stand auf. »Aber du kannst es noch nicht beweisen.«

»Und das einzige, was zählt, ist das, was ich beweisen kann.«

»Viel Glück, mein Herzensriese.«

»Bleib wachsam«, sagte er an der Tür zu ihr, wie so oft.

10

Das verborgene Zimmer

»Grüß dich.«

In dieser Sekunde hatte er ihren Namen vergessen. Als sie aber den Kopf drehte, fiel er ihm zum Glück wieder ein.

Sie blieb stehen und blickte vom gegenüberliegenden Bürgersteig zu ihm her.

»Kennst du mich noch?«

»Ach du«, sagte sie. »Was machst du hier?«

»Krankenbesuch bei einem Freund.« Arthur Fallnik schob seine Schirmmütze in den Nacken. »Der hatte einen schweren Autounfall. Mitten in der Stadt. Der Volldepp, der schuld war, ist abgehauen. Aber die Polizei hat ihn gekriegt. Ich nehm dich ein Stück mit, wenn du willst. Linda.«

»Du weißt ja meinen Namen noch.«

»Ist noch nicht so lang her, seit wir uns getroffen haben. Frierst du nicht in der dünnen Jacke?«

»Die ist gefüttert. Welche Richtung fährst du?«

»Nordbad. Wo wohnst du?«

Er wußte, wo sie wohnte. Er hatte eine Nacht in der Kälte seines alten Passat verbracht, um es herauszufinden.

»Elisabethstraße«, sagte Linda. »Kommst du echt zufällig hier vorbei?«

Sie glaubte es nicht. Aber sie wollte ihn in Sicherheit wiegen. Beinah hätte sie vorhin geseufzt, aus Freude, ihn zu sehen. Sie überquerte die Hiltenspergerstraße.

»Reiner Zufall. Mein Arbeitskollege wohnt Ecke Schleißheimer, in dem braunen Haus zum Park hin.«

Er zeigte in die Richtung.

»Das kenn ich«, sagte sie neben der Fahrertür. Vom Gewicht des Rucksacks tat ihr der Rücken weh.

Fallnik streckte den Kopf aus dem Fenster. »Ich muß weiter, steigst du jetzt ein?«

Aus einer schmalen Seitenstraße kam eine vor sich hin murmelnde alte Frau mit einem weißgrauen Pudel an der Leine. Sie warf einen kritischen Blick auf das Auto. Das Mädchen klappte den Beifahrersitz nach vorn, warf den Rucksack auf die Rückbank, setzte sich neben den Fahrer und schlug die Tür zu. Es war Viertel nach vier und fast dunkel. Die Frau zerrte an der Leine und machte sich, unverständliche Worte auf ihren Hund einredend, auf den Weg zum Luitpoldpark.

Das Auto fuhr im Schrittempo.

An der Einmündung der Hiltenspergerstraße in die mehrspurige Karl-Theodor-Straße, die am Südteil des Parks entlangführt, drehte sich die Alte noch einmal um. Sie sah, wie in der Ferne rote Bremslichter kurz aufleuchteten, aber ob sie von dem Auto stammten, in das das Mädchen eingestiegen war, konnte sie nicht erkennen. Außerdem bellte ihr Pudel und brachte sie zur Weißglut.

Fallnik war mehrmals versehentlich aufs Bremspedal gestiegen.

Das Mädchen wehrte sich immer noch, obwohl er ihren Kopf mit voller Wucht gegen das Armaturenbrett geschlagen und ihr mit der Faust in den Bauch geboxt hatte. Sie brachte nur noch ein Gurgeln hervor. Trotzdem strampelte sie weiter mit den Beinen.

Er brauchte eine Weile, bis er ihr mit dem Paketband den Mund verklebt und ihre Handgelenke aneinandergebunden hatte.

Dann packte er sie im Nacken und drückte sie unter das Handschuhfach auf den Boden. Mit dem Griff seiner Pistole schlug er ihr auf die Schulter und zielte auf sie.

»Still sein oder ich erschieß dich.« Wieder trat er aufs Brems- statt aufs Gaspedal. Und aus Wut über sein ungeschicktes Verhalten verpaßte er dem Mädchen einen Schlag auf den Hinterkopf.

Er trug seinen schwarzen Anorak und seine schwarzen Handschuhe und schwitzte am ganzen Körper.

Über die Clemensstraße fuhr er zur Schleißheimer Straße und weiter stadtauswärts zur Autobahn. Auch beim Schalten richtete er den Lauf der Waffe auf das Mädchen. Sie schluchzte und bewegte sich nicht.

Vor dem Petuelring fädelte er auf die linke Spur ein, weil er auf keinen Fall auf der Schleißheimer Straße bleiben wollte. Er summte, als die Ampel auf grün sprang.

Über ihm, irgendwo, hing die Kamera und überwachte den Stadtteil. Und er war Teil des Stadtteils und Linda bald auch, deren fürsorgliche Eltern in Schwabing bestimmt schon auf sie warteten.

»Wir sind jetzt zusammen«, sagte er an der Kreuzung zum Frankfurter Ring. »Ich wohn sehr bequem, lauter angenehme Nachbarn, die uns in Ruhe lassen. Freust du dich, Linda?«

Seine Stimme kam ihm verändert vor, dunkler, kräftiger, entspannter. Wieder begann er zu summen, und er hörte sich intensiv dabei zu.

»Hörst du mich?« fragte er.

Sie nickte. Das hatte er nicht erwartet.

Manches von dem, was in den vergangenen neun Stunden geschehen war, hatte er eigentlich nicht erwartet. Aber nun, da er zu Hause und niemand ihm in die Quere gekommen war, dachte er nicht weiter darüber nach.

Er ließ sie eine Weile nicken, ohne zu verstehen, warum sie nicht damit aufhörte.

»Laß das.«

Sie hörte auf zu nicken und starrte ihn an. Ihre Hände und Füße hatte er mit einer Paketschnur ans Bettgestell gefesselt, auf ihrem Mund klebte immer noch der breite braune Streifen, und sie trug dieselben Sachen wie am Nachmittag. Er hatte sie nicht ausgezogen. Das hatte er nie vorgehabt. Sie sollte sich erst eingewöhnen.

Er saß auf dem grün lackierten Holzstuhl, dessen Sitzfläche und Rücklehne aus einem geschwungenen Teil bestanden. Den Stuhl hatte er aus einem Hotel in Augsburg gestohlen, mühelos, das wußte er noch. Er hatte ihn im Aufzug in die Tiefgarage transportiert und in den Kofferraum geladen. Er hatte Spaß daran. Einer seiner Kollegen hatte am Abend vorher beim Bier erzählt, daß gewisse Hotelgäste Sofas und riesige Vasen klauten und nie erwischt wurden. Sein Schwager, berichtete der Kollege, betreibe ein angesehenes Hotel in Baden-Baden und klage seit Jahren über die Diebstähle von Leuten, die garantiert nicht arm seien.

Dagegen war der grüne Stuhl ein Furz.

»Liegst du bequem?« Er strich über die weiße, frisch gewaschene Bettdecke. Er hatte das Mädchen bis zum Hals zugedeckt, sie sollte nicht frieren und sich nicht schämen müssen.

Sie nickte wieder.

»Aufhören.«

Sie brummte in sich hinein, ruckte mit dem Arm, zappelte mit den Beinen.

»Wenn ich dir das Klebeband abnehme«, sagte Fallnik. »Bist du dann ruhig?« Er schlug die Beine übereinander und hielt dabei die Pistole fest, die er in den Schoß gelegt hatte.

Linda schnaufte heftig, ihr Gesicht war naß von Schweiß und Tränen.

Fallnik beugte sich so weit nach vorn, wie er konnte. »Ich kann dir nicht glauben.« Er lehnte sich wieder zurück.

Auf dem runden Glastisch neben dem Bett brannte eine

Schirmlampe, sie tauchte das Bett in butterfarbenes Licht. Die grünen Vorhänge waren zugezogen, der Rest der Wohnung lag im Dunkeln.

Lindas schnelles, nervöses Schnaufen war das einzige Geräusch. Kaum hörbar, wie aus weiter Ferne, drang das Brummen des Straßenverkehrs herein. Das Schlafzimmer ging auf den Innenhof, in dem nachts um eins sogar im Sommer alles still blieb, abgesehen vom gelegentlichen Miauen einer verirrten Katze, die niemand im Wohnblock bisher zu Gesicht bekommen hatte. Einige nannte sie das Riesenfeld-, andere das Anhalterphantom, da das Tier offenbar am liebsten zwischen diesen beiden Straßen herumstreunte.

Fallnik strich die Daunendecke glatt. »Ich bin von Haus aus ein eher ungläubiger Mensch. Immer schon gewesen.«

Tränen rannen über Lindas Wangen. Sie zerrte an den Schnüren, warf den Kopf hin und her. Ihre blonden Haare flogen in wirren Wellen durch die Luft. Sie wollte etwas sagen, das Paketband wölbte sich sogar ein wenig.

Rote Flecken bedeckten das Gesicht des Mädchens, ihre Handgelenke hatten angefangen zu bluten. Schluchzend drehte sie den Kopf von Fallnik weg und wimmerte ohne Unterlaß, während er weiterredete.

»Damit du weißt, wo du dich befindest.« Er rückte mit dem Stuhl näher zum Bett. »Direkt unter mir wohnt Herr Gregorian. Rentner. Zwielichtige Person. Führt was im Schilde. Heut morgen hab ich ihn getroffen. Im Treppenhaus. Er raste aus seiner Tür raus und knallte fast mit mir zusammen. Hochroter Kopf. Wo wollte der hin? So früh? Ich wollt in den Baumarkt, Schnüre besorgen, Klebeband. Die nützlichen Dinge. Ich dachte, heut ist es soweit. Mit dir. Mit uns. Gregorian heißt der Mann, Big Bert. Ehemaliger Detektiv. Macht immer noch Aufträge, seine Rente kannst du dir vorstellen. Wahrscheinlich nicht. Du bist zu jung, um dir so was wie

Rente vorzustellen. Wenn du mal so alt bist wie der Gregorian, gibt's keine Rente mehr. Mußt du schauen, wo du bleibst, sonst bist du erledigt mit fünfzig. Und die Plätze unter den Brücken sind dann auch schon alle besetzt. In München kommen auf einen Reichen zwei Arme, und es werden mehr. Der Stadt sieht man das nicht an. Die Leute stehen Schlange bei den Essensausgaben, ohne die würden die Leute reihenweise verhungern. Wühlen in den Müllcontainern, finden nichts und krepieren. Die Leute schmeißen nichts mehr weg. Geh mal bei uns unten im Müllhäusl schauen: Verpackungen, Konserven, Plastik. Nichts zu beißen weit und breit. Früher haben die Penner und Landstreicher überall noch was rausgefischt. Heut ißt jeder alles selber auf bis zum letzten Krümel. Big Bert muß sehen, wie er rumkommt. Wahrscheinlich ist er deswegen so schlecht drauf, der hat Depressionen. Und eine Frau hat er auch nicht. Hab ihn mal gefragt, im Stüberl, wollt wissen, ob er Kinder hat. Nie gehabt. Nicht mal verheiratet gewesen. Immer allein gewesen. So sieht der auch aus. Ist gefährlich, wenn man zuviel allein ist, womöglich von Kindesbeinen an. Besonders, wenn du ein Einzelkind bist. Und du weißt ja, was aus dir wird, wenn du ein Einzelkind bist und nicht aufpaßt. Weißt du das? Bist du ein Einzelkind? Ja?«

Er sah ein schwaches Nicken.

»Ja? Ja? Ach. Ich auch. Weißt du, was aus einem Einzelkind wird, wenn es nicht aufpaßt? Ein Einzelerwachsener. Gefährlich. Denk an meine Worte. Big Bert. Gegenüber ein Jugoslawe mit Frau, Josef heißt der, arbeitet bei der Stadt. Straßenverkehrsamt. Kommt über die Runden. Die anderen kannst du vergessen. Ich red mit niemandem von denen. Die meisten halten eh ihre Tür verriegelt und tauchen nie im Stüberl auf. Wichtiger auf der drüberen Seite vom Hof. Soltersbusch. Frührentner. Exbäcker. Die Konkurrenz hat ihn plattgemacht. Billigläden. Backshops. Die jungen Leute gehen dahin, Schüler, die Nichtreichen. An sich eine soziale Sache. Aber: Für den gelernten Bäcker ein Verderben. Manche können sich halten. Soltersbusch nicht. Außerdem hat er eine Allergie gekriegt. Vielleicht war die Allergie mehr gegen die Konkurrenz als gegen den Teig und den Staub. Ich verrat dir was.«

Überrascht von Fallniks abruptem Schweigen hob Linda den Kopf und horchte und atmete leiser durch die Nase.

Fallnik legte die Hand mit der Pistole auf die Bettdecke, krümmte den Oberkörper, bis sein Mund Lindas Haar berührte. »Er hat eine Geheimloge gegründet.«

Fallnik flüsterte. »Keine echte Loge, wie in Italien. Keine Gruppe von Verbrechern wie diese Politiker damals. Im Gegenteil: lauter aufrechte Bürger. Ja.«

Er schnupperte. Die Haare rochen nach Schweiß und etwas, das er nicht definieren konnte. »Soll ich das Band abreißen?«

Ihr Kopf fuhr herum und sie nickte und sah ihn aus großen, geröteten Augen flehend an.

»Aber wenn du dann schreist?«

Sie schüttelte den Kopf, ignorierte die Schmerzen, die seit unendlichen Stunden von ihrem Nacken in ihr Gehirn drangen, so daß sie glaubte, bei jedem weiteren Wort, dem sie zuhören mußte, würde ihr Schädel zerplatzen.

Nein, dachte sie und drückte die Augen fest zu. Nein, nein.

»Aber wenn doch?«

Nein, dachte sie, bitte, bitte.

»Leg deinen Kopf aufs Kissen«, sagte er.

Sie tat es.

»Wenn du schreist, passieren schlimme Dinge.«

Er hob die Waffe.

Linda machte keinen Mucks. Sie versuchte, nicht zu denken, nicht zu heulen. In kurzen Schüben atmete sie ein und aus, um ruhig zu werden, vernünftig zu bleiben.

Seit er sie in seine Gewalt gebracht hatte, erschütterte ein Beben ihren Körper, das nicht nur von der Angst und der Gewalt, die der Mann ihr zufügte, herrührte.

Das Beben kam aus den Tiefen ihrer Vorstellungskraft, aus dem verborgenen Zimmer ihrer Jugend, von dem ihre Freundinnen nicht die geringste Ahnung hatten und das für ihre Eltern nur eine lächerliche und dumme Provokation gewesen wäre, hätten sie je davon erfahren.

Deshalb hoffte sie, der Mann würde sie nicht weiter mißhandeln, sondern einfach liegenlassen.

Aber vielleicht begriff er ja nichts, und er würde sie vergewaltigen und töten. Und sie hätte ganz umsonst das große Beben gespürt und das Zimmer mit dem glühenden Leben vergebens all die Jahre sorgsam gehütet.

»So gut kenn ich dich noch nicht«, flüsterte er.

Eine Weile spürte sie seinen Atem im Nacken.

Dann berührte seine kalte Hand ihre Wange, sein Zeigefinger strich über ihre Nase, und mit einer schneller Bewegung riß er ihr das Band vom Mund und lachte.

Mit weit geöffnetem Mund schnappte Linda nach Luft und sah zu ihm hinauf.

»Danke«, keuchte sie. »Danke, Herr ...«

Er starrte sie an, die Pistole in der einen, das Klebeband in der anderen Hand.

In ihrem Nacken und an der linken Schläfe bemerkte er Verfärbungen, Schwellungen, Risse. Ihre nach hinten gestreckten Arme sahen im gelblichen Licht abstoßend weiß aus. Unter den Schnüren quoll Blut hervor. Auf dem Kopfkissen waren Blutschlieren.

»Ich hab dich schöner in Erinnerung«, sagte er.

Nach einem Moment stand er auf und ging hinaus, rollte den Klebestreifen zusammen und warf ihn in den Mülleimer in der Küche.

Auf dem Weg zurück ins Schlafzimmer kratzte er sich zwischen den Beinen. Sein Magen knurrte.

An der Tür blieb er stehen und schaute zum Bett.

»Linda«, sagte er leise. »Linda.«

Sie reagierte nicht.

Zum erstenmal, seit er gestern mittag den Baumarkt verlassen hatte, empfand er wieder Furcht. Er war überzeugt, daß es nicht die Furcht vor der Polizei war oder vor dem Verbrechen, das er an dem sechzehnjährigen Mädchen verübte. Nicht die Furcht, erwischt und von der Presse und den Leuten verachtet zu werden. Nicht die Furcht vor etwas, das er in den nächsten Tagen und Wochen in seinen eigenen vier Wänden womöglich tun würde.

Es war die vage und unangenehme Furcht vor dem Mädchen selbst, vor ihrer Art, vor ihrer Stimme, vor ihrer Haut.

Nachdem sie ihn im Dunkel unter dem Baum entdeckt hatte, war sie entschlossen auf ihn zugegangen, hatte ihm eine Flasche Bier in die Hand gedrückt und gesagt: Prost Neujahr, Sie können gern mit uns mitfeiern, ich hab Sie schon die ganze Zeit beobachtet, Sie sind etwas schüchtern.

Er hielt die Flasche noch fest, als sie seine Hand nahm – die mit der Flasche – und ihn zur Gruppe ihrer Freunde führte, die auf dem Schuttberg laute Musik hörten und jede Rakete, die irgendwo in den Himmel schoß, mit Jubelschreien begleiteten. Um das große gußeiserne Kreuz drängten sich Schaulustige, die das Silvesterfeuerwerk über der Stadt beklatschten und mit ihren Flaschen anstießen und sich umarmten.

Wie heißt du? fragte sie und duzte ihn einfach.

Arthur, sagte er.

Und sie: Ich bin Linda, prost, Arthur.

Sie lächelte und trank. Und erst später fiel ihm auf, daß sie offensichtlich zwar eine Menge Leute kannte, aber zu den meisten auf eine besondere Weise Abstand hielt. Sie redete und lachte mit ihnen, doch sie wandte sich oft ab und schien mit ihren Gedanken allein zu bleiben.

Wohnst du hier in der Gegend? fragte sie.

Und er: Nein, bin so rumgefahren.

Bist du allein? fragte sie.

Und er: Ja, macht aber nichts.

Ich bin auch allein, sagte sie und wiegte sich zur Musik und vollführte Tanzschritte um ihn herum.

Heut bist du aber nicht allein, sagte er und trank die Flasche leer und überlegte, wohin damit. Und als hätte sie alles genau registriert, nahm sie ihm die Flasche aus der Hand, ging zu einer Parkbank, auf der Jugendliche hockten, stellte die Flasche in einen der vielen Kästen und nahm zwei neue heraus. Die Deckel schnippte sie mit einem Feuerzeug weg, das sie einem Jungen, der sich gerade eine Zigarette in den Mund steckte, ohne zu fragen, aus der Hand genommen hatte. Mit schmeidigen Bewegungen tänzelte sie zu Fallnik zurück.

Und du bist auch nicht allein, sagte sie, bist du verheiratet?

Nein, sagte er, dein Mantel gefällt mir.

Danke! rief sie, trank und hob die Schultern.

Sie trug einen schwarzen, fast bis zum Boden reichenden Ledermantel und schwarze Stiefel zur blauen Jeans. Ihre blonden Haare leuchteten im Dunkel und bildeten einen eigenwilligen Kontrast zu ihrer nachtfarbenen Kleidung.

Und sie hörte nicht auf, herumzutänzeln. Je länger sie ihn ansah, desto stärker wucherte ein Verlangen in ihm, von dem er augenblicklich wußte, daß es ihn übermannen würde. Zum erstenmal seit zwei Jahren, und damals war es kein echtes Verlangen gewesen, bloß ein Aufbegehren im Rausch. Die Frau – mindestens zwanzig Jahre jünger als er – hatte ihn so lange und so oft in der Kneipe berührt, bis er ihre Hand packte und zwischen seine Beine klemmte. Von da an war ihm alles egal gewesen.

Jetzt, in der Neujahrsnacht, auf dem begrünten Schuttberg im Luitpoldpark, war ihm nichts egal. Nicht ein einziges Wort, kein Blick, kein Lächeln, kein Schluck Bier. Vor allem nicht das Mädchen, das ungefähr dreißig Jahre jünger war als er und diesen Mantel trug, als wäre ihre Haut und das Schwarz ihrer Haut eine einzige Aufforderung, sie zu nehmen, zu besitzen.

Vier oder fünf Flaschen Bier hatten sie zusammen getrunken, zwei oder drei Stunden lang. Und sie erzählte ihm, sie gehe in der Nähe auf ein Mädchengymnasium, in den Weihnachtsferien habe sie ein soziales Praktikum in einem Seniorenheim gemacht und in vier Jahren wolle sie das Abitur schaffen. Sie sei zwar keine besonders gute Schülerin und in der sechsten Klasse durchgefallen, doch nun in der zehnten laufe alles besser als zuvor, und sie sei irgendwie motivierter.

Warum? fragte er.

Sein Herz schlug zu schnell, und er überlegte, ob sie zuschlagen würde, wenn er sie plötzlich küßte.

Ich bin mehr für mich, sagte sie, ich laß mich nicht mehr so ablenken, meine Eltern sind stolz auf mich.

Und du? fragte er, überrumpelt von der Idee, sie zu küssen, bist du stolz auf deine Eltern?

Sie sah ihn an, wie erschrocken, wie ertappt. Dann nahm sie einen langen Schluck aus der Flasche, wischte sich mit dem Handrücken über den Mund und trat einen Schritt auf ihn zu.

Er roch ihren Atem, Alkohol und Nikotin.

Und sie sagte: Ich will spazierengehen.

Er folgte ihr den Hügel hinunter. Sie hatte keinem ihrer Freunde Bescheid gesagt, sie war losgegangen, ohne sich umzudrehen. Er hatte bemerkt, wie einige der Jugendlichen die Köpfe drehten und tuschelten.

Im Park gingen sie quer über die Wiesen. An der Treppe zum südlichen Teil, wo die Karl-Theodor-Straße entlangführte, blieb Linda stehen, küßte ihn auf den Mund und drückte sich an ihn. Und er krallte die Hände in ihren Hintern. Und das Leder des Mantels fühlte sich hart und provozierend an.

So tief er konnte, stieß er mit der Zunge in ihren Mund. Sie ließ es geschehen.

Dann stemmte sie beide Hände gegen seine Brust, beugte sich nach hinten und sah ihn mit verschlossener Miene lange an.

Beim Weggehen drehte sie sich noch einmal zu ihm um. Vielleicht sehen wir uns mal wieder, Arthur, sagte sie.

Und er: Bestimmt, Linda.

11

Das gehorsame Mädchen

Im Türrahmen betrachtete er die Innenflächen seiner Hände, wie vor neun Tagen nach der Rückkehr aus dem Park. Als wäre da der Abdruck ihres ledernen Hinterns. Als wären seine Hände ein Beweis für alles, was geschah, und würden ihn von der Furcht befreien, die auf ihn lauerte, wie schon vor neun Tagen, als er den Entschluß gefaßt hatte, seinem blöden Leben im letzten Moment eine Wendung zu verpassen.

»Hörst du mich?« rief er mit gedämpfter Stimme.

Die Pistole hatte er in den Gürtel geklemmt, die rechte Hand auf dem Griff.

»Ja.« Ihre heisere Stimme war kaum zu verstehen.

»Hast du Angst?« Nach einem Schritt ins Zimmer blieb er stehen.

Sie ließ sich mit der Antwort Zeit, das gefiel ihm nicht. Er zog die Pistole aus dem Gürtel.

»Ein bißchen.« Sie keuchte und versuchte wieder, den Kopf zu heben, trotz der Schmerzen. »Kannst du mir nicht ... die Fesseln ... abnehmen?«

Sie leckte sich die Lippen und schmatzte und wimmerte. »Nur an ... den Händen ... bitte. Ich ... lauf nicht ... weg und schrei ... schrei auch nicht. Ich schwör's dir ... Arthur.«

Er dachte nach. Was sollte sie anstellen, wenn ihre Beine gefesselt blieben? Andererseits, warum sollte sie stillhalten? Und warum schrie sie nicht? Aus Angst? Warum sonst? Er war bewaffnet, er war dreißig Jahre älter als sie, er hatte nichts zu verlieren.

»Arthur.«

Ihre Stimme verwirrte ihn.

»Brauchst keine Angst ... haben, ich schrei ... nicht. Ich tu ... was du willst. Hab doch ... keine Angst vor mir ...«

Denkst du, ich hab Angst vor dir? dachte er und sagte: »Ich erschieß dich, wenn du dich wehrst.«

»Ich wehr mich nicht, Arthur«, sagte sie mit einer Stimme, deren sanfter Klang ihn auf beinah unerträgliche Weise erregte.

Er machte einen Schritt und verharrte.

»Bitte.« Sie ruckte mit der Schulter, schob ihren Kopf auf das Kissen und gab keinen Laut mehr von sich.

Auf Zehenspitzen ging Fallnik zum Bett. Er fuchtelte mit der Pistole, warf einen Blick auf Lindas aufgeschürfte, blutende Handgelenke, überlegte, was zu tun sei, und mußte unwillkürlich an die Frau denken, die in der Kneipe an ihm herumgefummelt hatte. Später in ihrer Wohnung war sie vor ihm auf die Knie gefallen und hatte ihm die Hose heruntergerissen, und er hatte ihr, weil sie ihren Mund nicht wegnahm, mit der Faust auf den Kopf geschlagen. Sie robbte über den Boden und heulte, was ihn nur noch wütender machte. Sie blutete und tastete nach ihm, weil ihr linkes Auge zugeschwollen war. Nie wieder, darauf wettete er, würde diese Frau an einem fremden Mann herumpfriemeln.

Er wollte nicht an die Frau denken.

Er lief in die Küche, holte eine Schere, schnitt die Schnüre an Lindas Handgelenken durch und legte Schere und Pistole auf den Tisch neben dem Fernseher.

Lindas Arme waren kraftlos aufs Laken gefallen. Sie horchte, den Kopf immer noch unter dem Kissen vergraben. Zaghaft steckte sie erst den einen, dann den anderen Arm unter die Decke und hinterließ rote Schlieren auf dem Laken. Vor Erleichterung begann sie zu weinen.

»Ich will deinen Kopf sehen«, sagte Fallnik vom Tisch aus.

Sie schüttelte das Kissen ab. »Danke«, flüsterte sie.

»Wenn du schreist, erschieß ich dich.«

Es kam ihm vor, als würde sie lächeln. Er zog die Stirn in Falten und streckte den Kopf vor.

Linda rieb mit der Wange über das Laken. Sie wollte aufhören zu weinen, aber die Tränen liefen unaufhörlich aus ihren Augen.

Minutenlang vergaß sie, daß sie noch an den Füßen ans Bettgestell gefesselt war und die Schnüre ihre Knöchel aufschürften.

Fallnik bohrte mit dem kleinen Finger in seinem linken Ohr. Er sah zu ihr hinüber.

Linda.

In seinem Bett, gefesselt. Nicht die erste. Keine vorher war so jung. Die meisten waren viel älter, älter auch als er. Die meisten wollten freiwillig gequält werden. Nicht alle. Die meisten. Die, die sich wehrten, hatten keine Chance, und hinterher waren sie nicht einmal unzufrieden. Zwei Frauen hatten gedroht, ihn anzuzeigen. Er war dann zuvorkommend und nachgiebig gewesen. Eine blieb stur. Da argumentierte er, als wolle er einem Kunden bei Weinher unter allen Umständen ein Armani-Jackett für siebentausend Euro verkaufen. Das hatte er schon geschafft, obwohl er gar kein Armani- oder Boss- oder Dergleichen-Verkäufer war, bloß einer für die billigen Sachen von der Stange. Die Frau nahm Vernunft an. Der Kunde hatte das Sakko gekauft, doch Fallnik wußte, zu Hause würde der Mann an sein Konto denken und weinen. Genau wie die Frau. Sie würde im Spiegel ihren Rücken betrachten und weinen. Doch der Kunde tauschte das Sakko nicht um und die Frau ging nicht zur Polizei.

Linda.

Ein Entführungsopfer. Gesprächsstoff im Stüberl.

Er war unverdächtig. Er würde weiter viermal die Woche bei Weinher stehen. Und ab und zu am Wochenende seine Eltern in Fürstenfeldbruck besuchen.

»Ich verrat dir was«, sagte er, ohne sich von der Stelle zu bewegen.

»Ja ...« Sie hustete und sog mit aufgerissenem Mund Luft ein. »Sol... der Herr Sol...«

»Wer? Der Soltersbusch? Der jetzt nicht. Ich bin nicht vorbestraft, darum gehts. Absolut unverdächtig. Willst du was trinken?« Die Frage rutschte ihm so heraus.

Wenn sie ja sagte, würde er ihr nichts bringen.

Mit schmerzverzerrtem Gesicht hob sie den Kopf. »Bitte ein Glas Wasser, Arthur ... mein Hals verbrennt ... verbrennt gleich ...«

Eine Minute später hielt er ihr ein Glas bis zum Rand gefüllt mit Wasser hin.

Ihre Hand zitterte. Sie nahm das Glas in beide Hände und senkte mühevoll den Kopf.

Als sie ausgetrunken hatte, drückte sie das kühle Glas an ihre Wange.

»Danke ... Arthur ...«

Er war es nicht gewohnt, daß jemand ständig seinen Namen sagte. Es störte und erregte ihn gleichzeitig.

»Wer ...« Linda hielt das Glas an die andere Wange. »Wer ist Soltersbusch? Dein Nachbar?«

»Von drüben.« Unschlüssig blickte er zum Fernseher, dann ließ er sich auf den Stuhl neben dem Bett fallen.

Noch einmal sah er zum Tisch und überlegte, ob er die Pistole holen sollte.

Dann schaute er hastig auf seine Armbanduhr. Zwei Uhr fünfzig. Um vierzehn Uhr mußte er in der Arbeit sein. Er würde nicht hingehen. Morgen nicht und auch nicht am Donnerstag. Und am Freitag nur dann, wenn Linda parierte.

Parierte.

Das Wort erschreckte ihn.

»Der wohnt drüben«, sagte er. »Gib das Glas her.«

Sie reichte es ihm, und er stellte es auf den Boden und zog die Hand zurück, wie elektrisiert. »Anhalter wohnt der. Ist bekannt im Karree. Aber was die wenigsten wissen: Er hat eine Geheimloge gegründet. Hab ich dir doch schon erzählt. Heißt AMM. Rate, was das bedeutet. AMM. Hm?«

Sie sah ihn aus wässrigen blauen Augen an. Ihr Blick brachte ihn aus der Fassung. »Leg dich hin. Hinlegen.«

Sehr langsam fiel sie nach hinten. Sie drückte die Augen fest zu und stöhnte laut, als sie endlich auf dem Rücken lag.

»Du sollst die Klappe halten!«

Sie schmatzte und holte tief Luft. »Verzeihung ... Arthur ...«

Er wollte ihr verbieten, noch einmal seinen Namen zu nennen.

Dann hatte er keine Lust mehr dazu. »Achtsamer Mitmensch, das heißt AMM. Schon mal gehört? Soltersbusch hat mich gefragt, ob ich einsteige. Brauch Bedenkzeit, hab ich ihm geantwortet. Man muß regelmäßig zu geheimen Treffen gehen und erreichbar sein für alle Fälle. Ich bin nicht gern erreichbar. Ich gehör mehr zu den Alleinigen. So wie du.«

»Was ... was machen die ... achtsamen Mitmenschen?« Linda versuchte, den Schmerzwellen in ihrem Körper nicht entgegenzuatmen, sondern in sie hinein, wie ihre Freundin Ellen ihr immer riet.

»Die sind achtsam«, raunte Fallnik und grinste. »Die passen auf, was die anderen tun. Halten die Augen auf. Kümmern sich um ihre Mitbürger. Ehrenwert. Die wollen sich hinterher nicht sagen lassen, daß sie nichts mitgekriegt haben, wenn nebenan eine Leiche in der Wohnung liegt, vier Monate lang, und jeder hat anscheinend Schnupfen, weil niemand was riecht. Oder daß da einer rumschleicht und kleinen Mädchen hinterherlinst und die dann verschleppt und umbringt. Oder kleine Jungs. Der AMM will das verhindern. Große Idee von dem Soltersbusch. Angeblich hat er schon Kontakte in allen Stadtteilen, der AMM muß überall präsent sein, sonst hat er keinen Sinn. Vor genau einem Jahr hat er seine Organisation gegründet, am ersten Januar.«

Er ruckte aufgeregt mit dem Stuhl und nickte. »Wir sind hier. Und jetzt wollen wir mal testen, ob der AMM was taugt. Einverstanden? Einverstanden? Einverstanden?«

Sie nickte ein wenig.

»Ob die uns kriegen. Hier im Viertel sind die ja schon vernetzt. Keine Ahnung, wie viele Mitglieder das Bündnis hat. Genaueres erfährt man erst, wenn man direkt dabei ist. Wenn man aufgenommen wird. Glaubst du, der steht morgen früh vor der Tür, der Soltersbusch? Hm?«

»Nein.«

»Was?«

»Nein«, sagte sie mit kehliger Stimme.

»Nein.« Fallnik kratzte sich mit dem Nagel des Zeigefingers am Daumen, immer an derselben Stelle, und leckte einen Blutstropfen ab. »Nein. Uns erwischt der nicht. Wetten?«

»Warum hast du mich entführt, Arthur?«

Er steckte den Daumen in den Mund und sog daran. Er betrachtete die aufgekratzte Stelle und rieb die Hand am Hosenbein.

»Weil ich dich haben wollt«, sagte er. »Und ich hab gehofft, du hast am ersten Schultag wieder deinen Ledermantel an. Warum hast du den nicht angezogen?«

»Meine Eltern ...« begann sie, verschluckte sich und hustete und hielt für Sekunden beide Hände vors Gesicht. »Ich hab ... so Kopfweh ...«

»Kenn ich. Geht weg.«

Sie preßte die Hände aufs Gesicht und nahm sie mit einem Ruck weg. »Meine Eltern ... die hassen den Mantel. Meine Mutter wollt ... wollt ihn schon wegschmeißen ... in den Müllcontainer ... vor meinen Augen. Ich hab ihn ihr aus ... aus der Hand gerissen und eine Woche ... nicht ... mit ihr geredet. Heut hätt sie einen Aufstand ... gemacht, wenn ich den Mantel angezogen hätt ... und ich ... wollt meine ... Ruhe ...« Erschöpft schloß sie die Augen.

»Ich kann ihn ja holen«, sagte Fallnik.

Fast gelang ihr ein Lächeln.

»Ich hol den Mantel morgen. Du hast doch einen Schlüssel für die Wohnung. Oder nicht?«

»Doch«, sagte sie sehr leise.

»Wann sind deine Eltern nicht zu Hause?«

»Meine Mutter ... am Vormittag ...«

»Jeden Tag?«

»Ja. Und mein Vater, wenn er ... einen Auftrag hat, er ist ... Fotograf, freier ... Fotograf für ... Zeitungen und Magazine ...«

»Ist er morgen früh unterwegs? Heut früh, mein ich, ist er da weg?«

»Weiß nicht, ja ... ich glaub ... Ja.«

»Ich hol deinen Ledermantel und den ziehst du dann hier an, jeden Tag. Wo ist der Schlüssel?«

»Im ... im Rucksack in ... der Außentasche ... oben. Aber ... aber ...«

»Was aber?«

»Die Polizei wird doch da sein ... meine Mutter geht bestimmt nicht in die Praxis, wenn ich ... verschwunden bin.«

Angewidert verzog er das Gesicht. »Scheiß auf den Mantel. Ich kauf dir einen neuen. Ich kenn mich aus mit Mänteln. Du hast Größe achtunddreißig, das seh ich. Morgen hol ich den.

Den gleichen wie deinen.« Er starrte ihr ins Gesicht. »Hast du keine Angst?«

»Doch«, flüsterte sie.

»Gut. Mußt du aufs Klo?«

»Ja.«

»Wenn ich dich losbind und du versuchst wegzulaufen, was passiert dann?«

»Dann erschießt du mich.«

»Das glaubst du nicht, oder?«

»Doch.«

»Nein.«

»Doch, du erschießt mich, das ... glaub ich.«

»Hältst du mich für einen Mörder?«

»Nein.«

»Aber wenn ich dich erschieß, bin ich ein Mörder.«

Sie holte Luft, röchelte, preßte unter der Decke die Beine aneinander. »Nein ... Du bist dann nur ... konsequent ...«

»Red nicht so altklug daher.«

»Ich bin so müde.«

»Dann schlaf und halt den Mund.«

»Und du?«

»Was ich?«

»Was machst du?«

»Mußt du immer noch aufs Klo?«

Sie nickte.

Wortlos holte Fallnik die Schere vom Tisch, schnitt die Schnüre an ihren Füßen durch und zeigte mit den Spitzen der Schere auf Linda.

»Beeil dich.«

Bevor sie die Beine auf den Boden stellte, zog sie sie an den Körper und streckte sie wieder. Ihre aufgeschürften Fußgelenke bluteten kaum, und sie wunderte sich darüber.

Beim Gehen taumelte sie. Sie streckte die Arme von sich.

Fallnik beobachtete sie reglos.

Ihr dunkelroter Rollkragenpullover hing ihr bis über den Hintern, den Fallnik in der schwarzen engen Jeans breit und unförmig fand. Er wartete, bis sie im Badezimmer verschwunden war und die Tür hinter sich verriegelt hatte, dann ging er in den Flur und horchte.

Das Plätschern des Wassers im Waschbecken vermischte sich mit ihrem Weinen. Er schlug gegen die Tür.

»Aufhören zu heulen.«

Kurz darauf war es still.

Fallnik lehnte sich an die Wand, sah im Halbdunkel den Rucksack an der Garderobe und dachte, daß er nicht vergessen durfte, den schwarzen Mantel zu kaufen. Er wußte auch schon, wo.

Er hörte, wie Linda gurgelte. Er wollte wieder gegen die Tür schlagen. Er mußte eine neue Schnur aus der Küche holen, das Mädchen konnte unmöglich neben ihm schlafen, ohne gefesselt zu sein.

Der Gedanke gefiel ihm.

Er griff sich zwischen die Beine. Den Moment, sie auszuziehen, wieder zu fesseln und anschließend zu nehmen, wollte er so lange wie möglich hinauszögern, schon deshalb, weil er hinterher, wie immer, wütend sein und in eine miese Stimmung geraten würde. Woher das kam, wußte er nicht. Ein Naturgesetz.

Außerdem war der Sex nicht der Grund, warum er sie entführt hatte.

Oder doch?

Nein.

Er wollte sie haben. Das hieß: Sie hatte zu gehorchen und zu bleiben. Solange er wollte.

Falls sie versuchen sollte abzuhauen, würde er sie erschießen. Und dann sich selbst. Besser, sie gehorchte.

Bisher, mußte er zugeben, parierte sie außerordentlich. Er hatte damit gerechnet, schlimmere Maßnahmen ergreifen zu müssen.

Sie parierte.

Aus dem Badezimmer drang ein Klacken, Metall auf Keramik.

Fallnik stieß sich von der Wand ab und stellte sich nah vor die Tür. Er hörte sie hantieren.

»Komm raus.«

»Ja«, sagte sie.

Ihre Stimme kam ihm verändert vor, wie seine eigene: klarer, selbstbewußter.

Obacht, dachte er.

In dem Moment, als er mit seinem braunen rechten Schuh gegen die Tür treten wollte, drehte Linda den Schlüssel um.

Fallnik zuckte zusammen.

Die Tür ging auf.

Das Mädchen stand direkt vor ihm.

Sie war nackt.

Mit offenem Mund starrte er sie an.

Die blonden Haare fielen auf ihre runden Schultern. Weiße, kleine Brüste. Breite, weiche Hüften. Gewölbter Bauch. Kräftige Oberschenkel. Gekräuselte Schamhaare.

Sie preßte die Beine aneinander und zitterte. Sie war genauso groß wie er.

Sekunden vergingen in Schweigen.

Fallnik atmete lauter als Linda, aber er bemerkte es nicht.

»Tu's gleich«, sagte sie. »Bitte, Arthur.«

Er sah die Verfärbungen an ihrem Nacken und auf ihrer Schulter. Er sah die Striemen an ihren Händen und Füßen. Er sah ihre geröteten Wangen und ihre blauen, großen Augen. Sie roch nach seiner Seife. Sie schwankte ein wenig. Oder er?

Er hörte sein eigenes Keuchen nicht.

Ihr Bauch vibrierte.

Er schnupperte. Aber alles, was er wahrnahm, war der Geruch nach seiner Seife. Als würde er sich selber riechen.

Endlich brachte er ein Wort heraus.

»Was?«

Und während der ganzen Zeit, in der er, vollkommen überfordert von der unbegreiflichen Nacktheit des Mädchens, wie festgezurrt dastand, kratzte er sich den rechten Daumen blutig.

12

So ein schönes Leben

»Wer war der Typ?« fragte Stefanie.

»Weiß nicht.«

»Du kennst den nicht?«

»Nein, reg dich wieder ab.«

»Was wollte der von dir?«

»Nichts. Wieso ist das Bier aus?«

»Wo warst du die ganze Zeit?« fragte Ellen.

»Spazieren.«

»Mit dem Typ?« fragte Ellen.

Linda trat gegen den Kasten mit den leeren Flaschen und sah sich um.

Auf der Aussichtsplattform beim Eisenkreuz drängten sich immer noch Leute. Am Nordhang, wo sie früher Schlitten gefahren waren, hingen nur noch ein paar Jugendliche ab, sie rauchten und ließen die letzten Biere kreisen.

»Hat er dich angemacht?« fragte Ellen.

»Du warst auf einmal verschwunden«, sagte Stefanie.

Leider bin ich wiedergekommen, dachte Linda und sagte: »Das ist ein Bekannter meines Vaters, ein Journalist, der schreibt was über Silvester und was da so abgeht in der Stadt.«

»Wie ein Journalist sah der aber nicht aus«, sagte Stefanie und nahm ihrer Freundin Ellen die Zigarette aus dem Mund und zog gierig daran.

»Hey«, rief Ellen und holte sich die Kippe zurück.

»Der sah eher wie ein Penner aus«, sagte Stefanie.

»Du nervst.« Linda steckte die Hände in die Manteltaschen und fing wieder Nikos Blick auf, der mit seinen Kumpeln einen Joint rauchte und dauernd zu ihr hersah. Sie kannten sich aus dem *Jennerwein*, einer Schwabinger Kneipe, wo Linda fast jeden Samstagabend verbrachte. Niko war ein Jahr älter als sie und seltsamerweise immer zur Stelle, wenn sie gerade Feuer brauchte.

»Jetzt red schon, wer ist der Typ? Will der was von dir?« Mit vier Fingern malte Stefanie Anführungszeichen in die Nachtluft: »Der Freund deines Vaters.«

Weil sie in Gedanken mit Niko beschäftigt war, bemerkte Linda den ironischen Unterton nicht. »Er schreibt was über die Wünsche von Jugendlichen fürs neue Jahr, deswegen hat er mich interviewt«, sagte sie gleichmütig. »Verstehst du das?«

»Und was wünschst du dir?« fragte Stefanie.

Linda schürzte die Lippen und legte den Kopf in den Nakken. »Daß du ein Jahr lang die Klappe hältst, das ist mein sehnlichster Wunsch.«

Und ohne einen Abschiedsgruß ließ sie die beiden Mädchen stehen, warf einen letzten Blick zum Pulk der Jungen, in dem Niko mit dem Rücken zu ihr stand, und folgte dem geteerten Weg den Hügel hinunter.

Sie wollte weg. Weit weg von den anderen, vor allem von Stefanie und Ellen. Wobei Ellen eigentlich ganz in Ordnung war, während Stefanie allmählich zu einer wandelnden Krätze wurde, ekelhaft und überflüssig.

Im Park schlurfte Linda über die Kieswege, stapfte mit den Stiefeln auf und hörte nicht hin, wenn aus der Dunkelheit Jungenstimmen ertönten und Pfiffe gellten und Betrunkene aus dem Hinterhalt Zeug riefen.

Sie wollte weit weg, am besten das Jahr überspringen und gleich mit dem nächsten beginnen, oder mit dem übernächsten. Und dann schon zwanzig sein. Das wäre das einzig Sinnvolle auf der Welt.

Von Wut getrieben, verließ sie den Park, ging quer über die Karl-Theodor-Straße und wußte nicht, wo weiter. Auf keinen Fall nach Hause, dazu war es viel zu früh, noch nicht mal vier Uhr morgens. Außerdem war Neujahr. Und zu Hause ging das alte Jahr einfach weiter, wie jedes Jahr, jedes Jahr dasselbe Jahr.

In der Hiltenspergerstraße kreiste sie vom linken Bürgersteig zum rechten, hin und her. Kein Auto fuhr. Sie hatte freie Bahn.

Sie hatte den Mantel aufgeknöpft und breitete ihn aus, die Hände in den Taschen, kurvte um die geparkten Fahrzeuge und hatte nicht die kleinste Vorstellung von dem, was sie erwartete, erhoffte, nicht einmal von dem, was sie in der Tiefe ihrer Wut verfluchte.

Wenn sie ihren Eltern gegenübersaß, fragte sie sich oft, wer diese Leute seien und was sie von ihr wollten. Sie waren Fremde für sie, flüchtige Bekannte, mit denen sie aus unerfindlichen Gründen ihr Leben verbringen mußte.

Ihre Mutter arbeitete seit hundert Jahren als Helferin in einer Arztpraxis, ihr Vater knipste seit hundert Jahren Leute und Häuser und war wahnsinnig stolz darauf. Sie wohnten in einer Altbauwohnung in der Elisabethstraße und ernährten sich gesund. Und im Dezember besuchten sie seit hundert Jahren den Christkindlmarkt an der Münchner Freiheit, weil da alle Schwabinger hingingen. Und im Sommer fuhren sie mit den Fahrrädern in den Englischen Garten und trafen am Chinesischen Turm tausend andere Schwabinger. Und alle wohnten in Altbauwohnungen und hatten Kinder, die aufs Gymnasium gingen und später bestimmt nicht von Hartz IV leben mußten. So ein schönes Leben, dachte Linda und breitete den Ledermantel weit aus und sog die kalte Luft ein und schlurfte mit ausladenden Schritten über den Asphalt.

An der Kreuzung zur Clemensstraße blieb sie abrupt stehen. Sie drehte den Kopf nach rechts und links, als achte sie auf den Verkehr, legte wie vor ihren Freundinnen den Kopf in den Nacken und sah einen Palast aus Sternen.

Mit so etwas hatte sie nicht gerechnet. Sie blinzelte staunend und vergaß für Augenblicke ihr inneres Grauen.

Einige Sterne bildeten Kreise, andere hingen wie an einem Schweif aneinander, manche blinkten aus einer großen, ewigen Verlorenheit.

So ein Stern, dachte Linda, der bin ich, und ich bin schon lange erloschen und alle bilden sich nur ein, mich zu sehen. Aber es gibt mich nicht mehr, seit Jahrhunderten. Ich bin bloß eine Erscheinung, ein Phantom, ein Trick.

Sie senkte den Kopf, rieb sich über die Augen und stapfte mit den Füßen auf. Sie schniefte. Sie kriegte die Traurigkeit nicht aus sich raus.

Erst nach mindestens zehn Minuten kehrte ihre alte Stimmung zurück, und sie fegte mit den Stiefeln Reste von Feuerwerkskörpern und Böllern über die Straße und trat gegen eine senkrechte Dachrinne, und das Scheppern hallte in einer Einfahrt wider.

»Wir behandeln uns respektvoll und zuvorkommend!« rief sie in den Innenhof. »So stehts in unserer Schulordnung. Wir sind zuverlässige Mädchen und respektieren einander. Wir sind sauber und denken positiv.«

Ihre Stimme wurde immer lauter.

»Wir sind total konstruktiv, wenn mal was scheiße läuft, und wir sind supertolerant gegenüber Arschlöchern und wir engagieren uns total sozial und helfen alten Omas über die Straße. Wir sind mündige Bürger und sprechen Englisch und Französisch und Lateinisch und Spanisch. Wir machen viel Sport und achten auf unsere Gesundheit. Wir trinken nicht und wir kiffen nicht. Hört ihr? Wir spielen Theater und werden alle mal in Altbauwohnungen wohnen und Spitzenberufe haben. Danke, Leute!«

Sie formte mit den Händen einen Trichter vor dem Mund. »Danke. Frohes neues Jahr allerseits!«

Vor der evangelischen Kirche stieg sie auf eine Bank, hockte sich auf die Rückenlehne und trommelte mit den Stiefeln.

Etwas geriet außer Kontrolle. Etwas in ihren Gedanken und Empfindungen stimmte nicht mehr. Es kam ihr vor, als habe sie nicht nur ihre Freundinnen einfach stehengelassen, sondern ein für allemal alle Menschen. Als wäre sie von der Fete nicht vorzeitig abgehauen, um allein zu sein oder weil sie das Geschwätz und die bekifften Gesichter nicht länger ertrug, sondern weil alles und jeder ihr vermittelt hatte: Du gehörst hier nicht her, du gehörst nicht dazu, und du hast nie dazugehört, wir haben immer nur so getan, als wärst du eine von uns.

Und sie hatten recht.

Linda trommelte schneller und wippte vor und zurück und schlug ihren Mantel um den Oberkörper, die Hände in den Taschen.

Das war es, was sie auf einmal begriff: Sie konnte nicht mehr zurück.

Nicht mehr zurück ins alte Jahr, zu den alten Freundinnen, zu den alten Sachen, sie gehörte nicht mehr dazu.

Und der Mann, den sie im Dunkeln beobachtet und den sie angesprochen hatte, weil sie auf der Stelle herausmußte aus dem ewigen Kreis, der sie seit hundert Jahren umschloß, dieser Mann erschien ihr wie ein Bote, der ihr ein Zeichen gab, den Kreis zu durchbrechen, endlich, in den ersten Stunden des neuen Jahres.

Sie hatte ihn nie zuvor gesehen und genau wie ihre Freundinnen gedacht, er wäre einer der üblichen Spanner und Spinner, die in ihrem Alter keine Frauen mehr abkriegen und deswegen jungen Mädchen hinterhergieren.

Natürlich hatte sie das gedacht. Aber dann hatte sie mit

ihm getrunken, und sie hatten geredet, und sie fand seine Stimme angenehm und überhaupt nicht sabberig. Und dann folgte sie ihm den Hügel hinunter und spürte die Blicke in ihrem Rücken, das ganze Unverständnis und hörte das hämische Tuscheln noch in hundert Metern Entfernung. Die anderen kapierten nichts. Wahrscheinlich standen sie immer noch auf dem Schuttberg und zerrissen sich das Maul über sie und hatten keine Ahnung, was wirklich geschah.

Sollte sie dem unbekannten Mann je wieder begegnen, würde sie ihm danken, auch wenn er nicht verstand, wieso und wofür. Sie würde ihn ansehen und wissen: Dieser Mann hat sie aus der Starre erlöst, aus ihrem zwecklosen Leben zwischen Kuschelecke zu Hause und Sitzecke in der Schule, zwischen Schwätzern im Unterricht und Wichtigtuern auf der Straße. Der Mann war gekommen, um sie mitzunehmen, und er ahnte nicht einmal, welchen besonderen Auftrag er in der Silvesternacht erfüllt und welches Glück er ausgelöst hatte. Wahrscheinlich war er nur ziellos durch die Gegend geschlendert, wollte sich am Feuerwerk erfreuen und irgendwo ein Bier trinken und niemandem zu nahe treten. Denn so schätzte Linda ihn ein: Er war ein Mensch, der Abstand hielt und einen anderen nicht belagerte und nicht mit Gelaber zumüllte, sondern ihm ein stilles Leben gönnte.

Sie wollte nicht länger falsch leben, dachte sie auf der Bank vor der Kirche in der Hiltenspergerstraße. Und dieser Mann, den sie hundertprozentig niemals wiedersehen würde, hatte sie gerettet.

»Hey, Arthur«, rief sie über die Straße. »Du hast was gut bei mir, meld dich mal.«

Sie sprang von der Bank, breitete die Arme aus, legte den Kopf in den Nacken und blickte mit fiebrigen Augen hinauf zu den Sternen.

»Was soll das?« sagte Fallnik mit harter Stimme. »Wer hat dir erlaubt, dich auszuziehen?«

»Du hast was gut«, sagte sie.

»Was hab ich? Was hab ich?« Speicheltropfen landeten auf ihrer Haut.

Sie streckte die Hand aus. Er schlug ihren Arm zur Seite, und ihr Handrücken prallte gegen den Türrahmen.

13

Total vermißt

Mit dem tragbaren Telefon am Ohr durchquerte er die Wohnung, vom Wohnzimmer in den Flur, vom Flur in die Küche, von der Küche in sein kleines Büro, von seinem Büro ins Schlafzimmer, von dort zurück ins Wohnzimmer.

Plötzlich hatte er gezögert, die Nummer zu wählen. Er hatte keine Erklärung für seine Zweifel, seine Unsicherheit.

Klemmst du jetzt, wenn es endlich ernst wird, den Schwanz ein? dachte Rupert Soltersbusch vor dem Spiegel und tippte sich mit dem Mittelfinger an die Stirn. Auf sehr eigentümliche Weise vermittelte sein Gesicht, fand er, einen lahmen Eindruck, es fehlte der Ausdruck von unbedingtem Willen, der in den vergangenen Tagen sogar seine Frau ein wenig verblüfft hatte.

Statt dessen schaute er jetzt irgendwie verdruckst drein, fand er, innerlich abgemagert.

Dem Sechsundfünfzigjährigen paßte sein Geschau nicht ins Konzept. Er wandte sich ab, ging ins Wohnzimmer und beugte sich über den Tisch, auf dem dreiundvierzig Fotos ausgebreitet lagen, sortiert nach dem Datum ihrer Entstehung.

»Du bist unser Kandidat«, sagte er.

Er betrachtete das Telefon in seiner Hand. Dann öffnete er die Balkontür und trat hinaus neben den mit Unterhosen, Unterhemden und Büstenhaltern vollgehängten Wäscheständer.

Wie zufällig beugte er sich über die Brüstung und blickte nach rechts zum Nachbarbalkon, auf dem nichts außer einem weißen Plastikklappstuhl stand.

Wie jemand, der nur schnell Luft schnappen wollte, atmete

er demonstrativ tief ein und aus, schaute in die andere Richtung und stellte sich an die Schmalseite der Brüstung.

Seit einer Woche waren vor dem Fenster der Nachbarswohnung im ersten Stock die Vorhänge vorgezogen, nichts regte sich, kein Hinweis auf den Mieter. Tot war er nicht, das hatte Soltersbusch herausgefunden, der Mann holte die Post aus dem Kasten, machte Besorgungen. Aber er redete mit niemandem, schlich mit gesenktem Kopf durch die Straßen und warf immer wieder einen Blick über die Schulter, als fürchte er, verfolgt zu werden.

Soltersbusch fielen die Verhaltensweisen seines Nachbarn aus der Anhalter Straße 16 schon eine ganze Weile auf. Bei den AMM-Gruppensitzungen sprachen sie in jüngster Zeit ausschließlich über ihn und darüber, wann die Indizien für eine offizielle Meldung ausreichten. Zu Testzwecken hatte Soltersbusch sogar einen Nachbarn von gegenüber auf den Verdächtigen angesprochen, und der Nachbar, ein gewisser Fallnik, meinte, er selbst habe sich schon über die Verdrucksthеit, ja Verschlagenheit des Mieters gewundert.

Und seit der Fall der verschwundenen Schülerin Linda Gabriel die Schlagzeilen beherrschte, richtete Soltersbusch sein gesamtes Augenmerk auf den Mann in Nummer 16. Zwei AMM-Mitstreiter hatten ihn bereits ertappt, wie er auf der Straße Mädchen ansprach und offensichtlich zudringlich wurde, jedenfalls war es zu heftigen Wortwechseln gekommen, an deren Ende der Mann wie ein geprügelter Hund davonlief.

Von dem Tag an, als in den Zeitungen die ersten Berichte über das Mädchen erschienen waren, tauchte der Mann nicht mehr im Viertel um die Anhalter und Riesenfeldstraße auf. Er verbarrikadierte sich in seiner Wohnung. Nachts sah man lediglich eine Funzel im hinteren Teil brennen, tagsüber blieb jedes Fenster geschlossen.

Die Fotos auf Soltersbuschs Wohnzimmertisch zeigten den

Mann – er hieß Madaira – in der Zeit vor dem neunten Januar, dem Tag, an dem laut Polizei die Schülerin zum letztenmal gesehen worden war. Die Fotos dokumentierten die Gewohnheiten eines Mannes, der etwas zu verbergen hatte und den eine Aura von Unberechenbarkeit umgab.

»Du hast keine Beweise«, pflegte Anita Soltersbusch zu sagen. Darauf ging ihr Mann nicht ein.

Sie war nicht Mitglied beim AMM und würde es nie werden. Anders als sie teilten die fünf Männer in der Gruppe die Überzeugung ihres Vorsitzenden, Madaira müsse zum Kreis der möglichen Entführer gezählt werden, und der AMM erhalte zum erstenmal die Chance, zu agieren und an die Öffentlichkeit zu treten.

Wieso zögerte er dann?

Sie hatten alles besprochen, und die Abstimmung gestern war das letzte Signal gewesen. Der Mann, dreiundfünfzig Jahre alt, Schauspieler von Beruf und zur Zeit arbeitslos, weil das Fernsehen, wo er jahrelang in einer Serie mitgespielt hatte, ihn nicht mehr haben wollte, ging Tage vor der mutmaßlichen Entführung von Linda Gabriel jedem vernünftigen Gespräch aus dem Weg. Er wechselte die Straßenseite, wenn man ihm entgegenkam, und verstärkte bei seinen Nachbarn – zumindest bei den aufmerksamen unter ihnen – den Eindruck eines Menschen, der etwas ausheckte.

»Schau dich doch um«, sagte Soltersbusch, wenn er nichts Besseres zu tun hatte, zu seiner Frau. »Die Leute rennen aneinander vorbei. Wenn hier nebenan die Schippers ihr Kind verhungern lassen oder auf 16 ein Psychopath hockt, der Mädchen schändet, dann will ich hören, was du zu den Journalisten sagst. Oh, tut mir leid, ich hab nichts gemerkt, eigentlich war der Mann immer sehr freundlich und unauffällig, das hätt ich dem nie im Leben zugetraut, er hat mir oft sogar die Haustür aufgehalten und meine schweren Einkaufstaschen nach oben getragen. So reden dann alle. Ich weiß genau, wieso du nicht Mitglied beim AMM werden wolltest. Weil dir alle Leute egal sind, das war früher schon so, du warst bloß nett zu ihnen, weil sie Kunden waren und das ganze Jahr bei uns eingekauft haben. Aber für ihr Leben hast du dich einen Dreck interessiert.«

»Aber du«, erwiderte sie.

Und er ließ sie stehen, weil er mit ihr nicht diskutierte.

Das ist ein besonderer Moment, dachte Soltersbusch und betrachtete wieder die Fotos auf dem Tisch, den fliehenden Mann, die verhangenen Fenster, den leeren Balkon.

Und er tippte die Nummer der Polizei.

Hoffentlich lebt die Kleine noch, dachte er, hoffentlich greifen wir nicht zu spät ein.

»Hier Soltersbusch, Milbertshofen ...«

Das Mädchen mit dem langen gelben Schal, den sie mehrere Male um ihren Hals gewickelt hatte, blieb unschlüssig stehen. »Ganz schön klaustrophobisch hier«, sagte sie. »Können wir nicht woanders reden?«

Vor seiner Einstellung im Kommissariat 111 hatte Hauptkommissar Polonius Fischer einige Sonderrechte gefordert, die ihm der Polizeipräsident nach intensiven Debatten schließlich zubilligte, zum anhaltenden Erstaunen sämtlicher Kollegen. Zu den Privilegien zählte unter anderem die Erlaubnis, allein Vernehmungen – »Gespräche« – durchzuführen, und zwar in einem Raum, durch dessen Fenster man auf eine kahle Wand blickte. Außer dem Kruzifix über der Tür, das Fischer abnahm, wenn ein Zeuge es wünschte, hing an den Wänden nur noch ein einziger Haken für den Mantel des Kommissars und seinen Stetson, den er im Winter trug.

Die Deckenlampe mit dem blauen Plastikschirm verbreitete gelbliches, unaufdringliches Licht.

»Nehmen Sie Platz«, sagte Fischer.

In dem niedrigen Raum wirkte der breitschultrige, große Mann mit den hervortretenden Wangenknochen, der auffallend gekrümmten Nase und dem nach hinten gekämmten schwarzen Haar noch strenger und einschüchternder als gewöhnlich.

»Ist echt unheimlich hier.« Das Mädchen sah sich zu der Frau am Bistrotisch um, die ihren Laptop aufgeklappt hatte und bereits tippte.

Fischer deutete auf den Stuhl vor dem viereckigen Tisch und setzte sich auf die gegenüberliegende Seite unter das Fenster.

Mit einem Seufzer setzte sich das Mädchen ebenfalls.

Fischer legte die Hände auf den Tisch und faltete sie. »Sie müssen nicht alles wiederholen, was Sie meinen Kollegen schon in der Schule und im Polizeipräsidium erzählt haben, Frau Irgang, mich interessiert Ihre persönliche Sicht, Ihre Meinung, das, was Sie glauben.«

»Was ich glaub? Was soll ich denn glauben?«

»Sie sind eine von Lindas besten Freundinnen, Sie wissen viel über sie.«

»Glaub ich nicht.«

»Sehen Sie.«

»Was? Bitte?«

»Jetzt wissen wir schon, was Sie nicht glauben, Frau Irgang.« Fischer lächelte und bleckte die Zähne, was er oft tat, wenn er intensiv nachdachte.

»Können Sie nicht Ellen zu mir sagen? Frau Irgang klingt irgendwie so alt.«

»Was wissen Sie von Ihrer Freundin? Sie ist heute vor einer Woche verschwunden, und wir haben fast keine Spuren. Nur den Hinweis auf den Mann im Park. Wer könnte das gewesen sein?«

»Hab ich doch alles schon erklärt.« Ellen schüttelte den Kopf. »Ich hab den nie vorher gesehen, und Linda hat behauptet, er wär ein Freund ihres Vaters, ein Journalist. Aber das stimmt ja wohl nicht.«

»Nach allem, was wir bisher ermittelt haben, stimmt es nicht«, sagte Fischer. »Aber wir haben auch keinen Hinweis darauf, daß der Mann in Verbindung mit Lindas Verschwinden steht. Am Wochenende haben wir eine Sonderkommission zusammengestellt, ein Kollege von mir und ich sind aus der Mordkommission mit dabei, deswegen muß ich neue Gespräche führen.«

»Sie meinen Verhöre«, sagte Ellen.

»Verhöre gibt es seit 1945 nicht mehr.«

»Echt? Klingt aber cooler: Verhöre. Schüchtert viel mehr ein.«

»Ich will niemanden einschüchtern.«

»Sie sehen aber so aus.«

»Glauben Sie, Linda wollte von zu Hause weg? Wollte sie abhauen, die Stadt verlassen?«

»Das haben mich Ihre Kollegen schon alles gefragt, ich weiß es doch nicht, ehrlich. Die ist einfach weg in der Silvesternacht, erst ist sie zurückgekommen, und irgendwas war anders mit ihr. Sie hat so komisch geschaut, sie war nicht gut drauf. Und dann ist sie wieder weg, und ich hab sie am nächsten Tag angerufen. Sie hat gesagt, sie ist krank und würd im Bett liegen. Aber ihre Stimme klang nicht erkältet. Ich hab gedacht, okay, sie will ihre Ruhe, und sie wird sich schon wieder melden. Hat sie nicht getan. Also hab ich sie am nächsten Wochenende wieder angerufen, und da hat ihre Mutter mir ausgerichtet, Linda wolle allein sein und lesen und sich auf die Schule vorbereiten. Das hat die noch nie getan, niemand macht das. Wir sind doch keine Streber, bloß weil wir Mädchen sind und auf ein Mädchengymnasium gehen. Spinnt die halt, hab ich mir gedacht, mußt du sie lassen, die beruhigt sich schon wieder.«

Ellen hielt inne, legte den Kopf schief und wandte sich um. »Schreiben Sie alles auf, was ich sag?«

»Ja«, sagte Fischer anstelle von Valerie Roland. »Das bedeutet, Linda hat sich schon öfter irritierend verhalten.«

»Irritierend?« Ellen raschelte mit ihrer Daunenjacke. »Warm ist das hier aber nicht. Irritierend? Kommt drauf an. Sie ist, wie sie ist. Manchmal lernt sie wie blöd, dann wieder nicht, manchmal hilft sie den jüngeren Schülerinnen total intensiv, dann sind ihr alle wieder total egal. Sie kann sehr lieb sein und dann wieder absolut gemein. Als wär sie was Besseres, als würd sie alle anderen blöd finden und irgendwie unreif. Sie kann zickig sein, schlimmer als die Fenchel, das ist unsere Französischlehrerin. Irritierend? Wenn man sich von ihr irritieren läßt, schon, ja.«

»Haben Sie sich irritieren lassen?«

Sie senkte den Kopf, betrachtete mit gerunzelter Stirn das Kruzifix an der Wand, legte wieder den Kopf schief. »Wieso hängt das da? Sind Sie katholisch?«

»Ja«, sagte Fischer.

»Ich auch. Aber wenn ich achtzehn werd, tret ich aus der Kirche aus. Ich geh auch jetzt schon nicht in Religion, sondern in Ethik. Ich glaub nicht an Gott, tut mir echt leid.«

»Und Linda?« fragte Fischer. »Glaubt sie an Gott?«

Ellen lachte auf und wurde sofort wieder ernst. Mit finsterer Miene blickte sie über den Tisch. »Die glaubt höchstens an sich selber. Die geht auch in Ethik. Ob die Linda an Gott glaubt? Wir machen uns lustig über den, mehr nicht. Wenn's einen Gott gäb, säh's anders aus in der Welt, darauf können Sie Ihre Krawatte verwetten. Gott ist eine Erfindung der Kirche, damit die Leute Angst kriegen und kuschen und alles machen, was man ihnen anschafft. Die ziehen sogar in den Krieg wegen ihrem Gott und bringen Kinder um und zerstören alles. Wenn ich den Papst treffen würd, würd ich ihm sagen, er ist der größte Verbrecher aller Zeiten, weil er den Leuten verbietet, Kondome zu benutzen, und deswegen müssen sie Aids kriegen und verrecken, oder sie kriegen Kinder, die sie nicht ernähren können und die dann in ihren Armen verhungern. Und der Papst schaut zu und sagt: Brav, daß ihr euch fortgepflanzt habt, brave Frauen seid ihr. Wenn ich mal sterb, bin ich tot, mehr ist nicht. Und deswegen muß ich dafür sorgen, daß ich vorher richtig leb, sonst hat das alles überhaupt keinen Sinn. Dann könnten wir uns ja gleich umbringen. Das sagt die Linda auch immer: Entweder du traust dich, richtig zu leben, oder du bringst dich um, alles andere ist Zeitverschwendung. Kann ich jetzt gehen?«

»Vermissen Sie Ihre Freundin?« sagte Fischer.

»Klar vermiß ich die, die nervige Kuh. Scheiße, ich vermiß die total. Wo ist die denn? Wann findet ihr die endlich mit eurer Supersonderkommission? Oder ist die tot? Was ist mit der? Wo ist die?«

»Wir werden sie finden.«

»Ehrlich?«

»Im Protokoll steht«, sagte Fischer, »heute vor einer Woche, am Dienstag, dem ersten Schultag, hat niemand in eurer Klasse irgend etwas an Linda bemerkt, sie war wie immer, in keiner Weise irritierend oder seltsam gestimmt. Und dann habt ihr euch verabschiedet, und sie ist allein nach Hause gegangen. Ist Ihnen dazu noch etwas eingefallen? Erinnern Sie sich an etwas, das Linda gesagt oder nicht gesagt hat, was Sie vielleicht erwartet hätten.«

Ellen stöhnte und stützte die Hände auf die Sitzfläche des Stuhls. »Da hab ich mir schon den Kopf drüber zerbrochen. Wir haben gesagt: Bis morgen. Bis morgen. Sie ist vor zur Straße, glaub ich, ich weiß nicht mehr, Stefanie war auch dabei, wie immer, wir haben noch eine geraucht und sind dann zur U-Bahn. Meistens haben wir am Abend noch mal telefoniert, an dem Abend aber nicht.

»Das weiß ich«, sagte Fischer. »Lindas Handy ist ausgeschaltet, wir können es nicht orten.«

»Scheißtechnik«, sagte Ellen.

Fischer hatte den Eindruck, das Mädchen unterdrücke mit aller Kraft ihre Traurigkeit und wollte unbedingt vermeiden, daß ihr die Tränen kamen. Sie preßte die Lippen aufeinander und starrte zu Boden und stemmte die Arme auf den Stuhl.

Nachdem Fischer das Gespräch beendet hatte, wartete Ellen ungeduldig auf den Ausdruck des Protokolls.

Fischer ging nach nebenan ins Büro von Oberkommissar Micha Schell, der wie er zur »Soko Linda« gehörte.

»Merkwürdiger Anruf«, sagte Schell und blätterte eine Seite auf seinem Schreibblock um. »Kennst du einen Verein mit dem Namen AMM? Ich auch nicht. Der achtsame Mitmensch. Wenn ich das richtig verstanden habe, was mir der Mann am Telefon erklärt hat, angeblich der Vorsitzende, dann ist dieser Verein eine Mischung aus Nachbarschaftshilfe und Stasi. Die spionieren ihre Nachbarn aus, weil sie verhindern wollen, daß ein Verbrechen passiert. Daß zum Beispiel Kinder zu Tode kommen. Der Mann behauptet, es gibt einen Verdächtigen in seinem Haus, er, der Ober-AMM, hält es für möglich, daß der Verdächtige etwas mit Lindas Verschwinden zu tun hat, daß das Mädchen möglicherweise bei dem Mann in der Wohnung ist.«

»Der achtsame Mitmensch«, sagte Fischer. »Waren die Kollegen schon dort?«

»Sie haben Sturm geklingelt«, sagte Schell. »Niemand öffnet. Der Mann heißt …«

14

Und niemand, der ihm widersprach

Frohes neues Jahr, Herr Madaira, ich wünsche Ihnen Gesundheit und Gelassenheit und stets eine vernehmliche Stimme. Vernehmlich? Müßte ich Ihnen nicht eine vernehmbare Stimme wünschen, zum Vernehmen allzeit? Damit die Leute Sie hören. Hören können, Herr Madaira. Danke. Danke.

Wie still es ist.

Er blickte auf das Panorama einer Landschaft, auf einen grünen Hang, über dessen Kamm ein Zaun verlief, dahinter grasten drei Kühe, Krähen flogen über sie hinweg. Schilfwiesen säumten drei kleine Seen, in denen sich die grün und rotbraun gefärbten Bäume des Mischwalds im Hintergrund spiegelten. Vereinzelt ragten weiße, magere Birkenstämme in den blaßblauen, von fernen verspielten Wolken durchzogenen Himmel. Die Sonne, die Madaira nicht sehen konnte, tauchte das Schilf, das Gras, die Büsche und den horizontweiten Wald in mildes Herbstlicht, das unverändert blieb.

Welche Vorsätze haben Sie gefaßt, Herr Madaira? Darf ich raten? Sie möchten das Haus verlassen und nicht länger auf das Poster an Ihrer Wand starren und die wirklichen Dinge wieder anpacken. Termine wahrnehmen, zu denen Sie pünktlich erscheinen, ohne vor der Eingangstür zu zögern. Das ist gut. Und welche Vorsätze noch, Herr Madaira? Mal wieder zum Friseur gehen. Haha.

Er lachte nicht, er redete zu sich selber, im stillen.

Am ersten Januar sind Scherze erlaubt, ich wollte Ihnen bestimmt nicht zu nahe treten. Vorsätze. Würden Sie gerne einen Ausflug unternehmen? Aufs Land? Landschaft, Herr Madaira, hat Ihnen immer gutgetan. Die Osterseen. Sie gehen auf den vertrauten Wegen spazieren, durch den Wald, am Ufer entlang, kehren in ein Gasthaus ein, haben keine Eile. Wenn Sie angesprochen werden, geben Sie Autogramme. Sie sollten das Jahr bei den Hörnern packen. Haha. Sie könnten mit einem Telefongespräch beginnen. Wen anrufen? Die Auskunft. Die Frau da soll die Nummer und Adresse von Rudolf von Lodern raussuchen. Rudolf von Lodern in Bad Canstatt. Die Straße wissen Sie nicht, Sie stellen Vermutungen an, die Auskunftsfrau fragt Sie etwas, und Sie antworten. Das ist ein erster Schritt. So beginnt das neue Jahr. Schaffen Sie das?

Auf dem mittleren der drei Seen entdeckte er zwei weiße Tupfer, Schwäne vielleicht, weit entfernt, und auch egal.

Ich muß aufstehen und hinausgehen, dachte er. Um diese Zeit ist noch niemand auf der Straße, alle schlafen ihren Silvesterrausch aus.

Auch Sie waren betrunken, Herr Madaira. Nur am Rand. Nur am Rand. Wenn man nur am Rand betrunken ist, bleibt man im Kern unversehrt und erwacht am Morgen munter und beflügelt.

Worauf warten Sie, Herr Madaira? Auf nichts. Ich bin bereit. Ich ziehe meinen Mantel an und gehe auf die Anhalter Straße hinaus. Das ist nicht schwer. Den Hut darf ich nicht vergessen. Es regnet nicht, aber vielleicht ist es kalt. Geschneit hat es nicht, das steht fest. Auch in diesem Winter wird erst im Februar oder März wieder Schnee fallen, wie im letzten und vorletzten Jahr. Schnee ist egal.

Wie lange sitzen Sie schon hier, Herr Madaira? Zwei Stunden. Ist das nicht zu lange? Nein. Sind Sie sicher? Ich sitze hier, weil ich immer hier sitze, ich schaue in die Natur, in eine unversehrte Gegend, das ist erlaubt. Aber Sie werden nicht gesund davon. Ich bin gesund. Sie sind krank. Ich bin gesund. Nein. Nein. Nein.

Ich weiß ja.

Langsam wachsen meine Haare wieder.

Das ist eine Einbildung.

Das ist keine Einbildung.

Er strich sich über den kahlen Kopf und ertastete eindeutig Stoppeln, hier und da.

Am ersten Mai werde ich mich wieder kämmen können, dachte er. Das ist mein Ziel, das will ich schaffen. Ein lächerliches Ziel, Herr Madaira. Warum denn?

Keine Antwort.

Warum denn?

So ein Ziel ist lächerlich, weil es außer Reichweite liegt, und was außer Reichweite liegt, kann man nicht erreichen, und was man nicht erreichen kann, kann man nicht handhaben, und was man nicht handhaben kann, hat man nicht in der Hand, und was man nicht in der Hand hat, kann man nicht steuern, und ein Ziel, das man nicht eigenhändig ansteuern kann, ist lächerlich.

Und auch egal.

Folgendes gedacht: Der ehemalige Vier-Sterne-Koch, ein zwar angesehener, doch selbstgefälliger, herrischer Mann, kehrt nach Verbüßen seiner Gefängnisstrafe, zu der er wegen Handel mit Kokain, was er, wie wir wissen, immer bestritten hat, verurteilt worden war, zermürbt und willens, sich zu ändern, in die Familie zurück. Er scheut sich nicht vor niederen Arbeiten und erhält bald eine Stelle als Gärtner auf dem Anwesen der Morgenroths. Ausgerechnet er, der überzeugt war, zwei linke Daumen zu haben, und der Pflanzen seit jeher für Grünzeug und Blumen für reine Zierde bei der Dekoration exquisiter Mahlzeiten gehalten hatte.

So wäre die Figur des Rudolf von Lodern zu retten. Und es erschlössen sich – auch nach sechshundertfünfzig Folgen –

neue Spiel- und Entfaltungsmöglichkeiten für alle Beteiligten.

Dumm gedacht. Denken lag nicht in seinem Zuständigkeitsbereich, bei weitem nicht. Rudolf von Lodern, der abgehalfterte, gescheiterte, drogensüchtige Koch bringt die »Morgenroth-Saga« nicht mehr voran, er erhängt sich in der Gefängniszelle, die Fangemeinde weint, das Leben geht weiter.

»Sie mit Ihrem Kaliber«, sagte der Produzent bei der Verabschiedung am 30. April, »Sie können überall einsteigen. Außerdem sind Sie eine Legende als Hörfunksprecher, ohne Sie gäb's das Radio schon gar nicht mehr. Die Leute schalten nur wegen Ihrer Stimme ein. Ich möchte Ihnen ...«

Schon Monate vorher hatte er das Vibrieren in der Luft gespürt. In der Luft auf dem Studiogelände, in der Studioluft. Dann in der Straßenbahn, in der Wohnung. Dann in sich selber, und dort war es geblieben und verwandelte sich nach und nach in einen Furchtklumpen, der ihn jeden Morgen schweißgebadet erwachen ließ. Mit jedem seiner Schritte watete er in flüssigem Beton. Jeder Satz, den er zu sprechen hatte, klang mürbe und wie aus einem verkehrten Mund.

Nicht die Figur, die er seit mehr als zehn Jahren in der wöchentlichen Fernsehserie verkörperte, hatte den Boden unter den Füßen verloren, sondern er, Walter Madaira, der Schauspieler, fand keinen Halt mehr. Die Angst, nicht mehr gebraucht, nicht mehr gefragt und besetzt, nicht mehr gefordert zu werden, entfachte sich aus sich selbst. Er konnte dabei zusehen, wie er schrumpfte.

Er wollte nicht schrumpfen. Er wollte auftreten, spielen, sprechen, agieren, reagieren, die Rolle ausfüllen, den Text modulieren, auf der Straße Autogramme geben.

Statt dessen rechnete er unentwegt mit Absagen. Mit Verschiebungen. Mit der Mitteilung, weshalb die Produktion eines Hörspiels im letzten Moment doch nicht klappte. Weshalb der Dreitagesdreh für einen Spielfilm gestrichen werden mußte.

Am Set vergaß er seinen Text, im Hörfunkstudio verhaspelte er sich. Er schwitzte und bildete sich ein, unangenehm zu riechen. In den unmöglichsten Augenblicken begann seine Haut zu jucken, vor laufender Kamera, in einer konzentrierten, dialoglastigen Szene. Und der Regisseur haßte jede Unterbrechung, Zeit war teuer, und die Darsteller hatten zu funktionieren.

Er war Darsteller und nicht mehr, wie früher, Schauspieler. Er stellte bloß noch dar und schwitzte.

In der Kantine redete er plötzlich mit sich selbst, allein am Tisch, während die anderen wie eine verschworene Clique immer denselben Tisch nahmen, ohne ihn zu fragen, ob er dazukommen wolle.

Dabei wies sein Terminkalender keine leere Seite auf, jeden Tag eine Verpflichtung: Texte im Radio lesen, Synchronisation, Dreh für eine TV-Produktion, die regelmäßige »Morgenroth-Saga«, Abendlesung mit Lyrik oder Prosa namhafter Autoren, Hörbucheinspielungen.

Ausgebucht.

Unterwegs. Gelegentlich bis nach Wien und Hamburg, quer durch die Republik, auch Bern.

Trotzdem Angst.

»Deine Agentur taugt nichts«, sagte Jana, seine Frau.

»Die Sender müssen sparen«, sagte er. »Alle müssen sparen. Junge Gesichter bringen Quoten, oder die alten. Die mittleren Gesichter braucht niemand, die kann man überspringen, ihre Rollen laufen nur so mit. Außer, man hat eine Hauptrolle.«

»Deine Agentur taugt nichts.« Seine Frau sagte auch oft: »Wieso hast du die Hauptrolle in dem Dreiteiler nicht gekriegt? Das hättest du leicht spielen können.« Sie sagte auch:

»So kannst du nicht weitermachen, Walter, du bist nicht mehr dreißig, du bist nicht mehr vierzig, du bist Anfang fünfzig, du mußt dich mehr reinhängen. Das versuch ich schon den Kleinen im Kindergarten zu vermitteln: daß sie sich einsetzen müssen, daß sie Verantwortung tragen, daß von nichts gar nichts kommt.«

»Aber die sind doch erst fünf Jahre alt«, sagte er.

»Die begreifen das schon.«

»Aber wozu?«

»Bitte?«

»Wozu sollen die Kinder so was begreifen? Das ist doch schrecklich.«

»Kümmere dich um dein Leben, bitte.«

Auch seine Frau schüchterte ihn ein, wie das Leben.

Vor lauter Angst zu versagen versagte er nur noch. Vor lauter Angst, zu spät zu einem Termin zu erscheinen, hetzte er sich ab und schwitzte aus allen Poren und mußte sich kratzen. Vor lauter Angst, zu farblos und unauffällig zu wirken, trug er beim Vorsprechen unangebracht schrille Kleidung und manövrierte sich in ein Spielen hinein, das ihm selber peinlich war. Vor lauter Angst, die Rolle noch vor dem ersten Drehtag wieder zu verlieren, nervte er die Produzenten mit irrwitzigen Vorschlägen zur Gestaltung seiner Figur, so daß der niederschmetternde Anruf dann tatsächlich erfolgte. Vor lauter Angst, kein Geld mehr zu verdienen und mit Mitte fünfzig von Sozialhilfe leben zu müssen, fand er keinen Schlaf. Er hatte keinen Hunger mehr, und die Freude kam ihm abhanden. Unter Janas Beschimpfungen duckte er sich weg. Und als sie ihm mitteilte, sie würde ausziehen und die Scheidung einreichen, sagte er kein Wort. Und anschließend blieb ihm zum erstenmal für einige Stunden die Stimme weg.

Panisch klappte er den Mund auf und zu, stieß dumpfe Laute aus und glaubte zu ersticken. Er beugte sich tief übers

Balkongeländer und atmete mit aufgerissenem Mund und bemerkte seinen Nachbarn nicht, der von seinem Balkon herüberschaute und seine Frau aus dem Wohnzimmer herbeiwinkte.

Vor lauter Angst, auch noch aus der Morgenroth-Saga rausgeschrieben zu werden, nahm er sich vor, den vor Gericht stehenden und verzweifelt sein Handeln rechtfertigenden Rudolf von Lodern weniger emotional und polternd zu zeigen. Er wollte einen mehr mit sich ringenden, zur Einsicht und zum Schuldbewußtsein hin drängenden Mann auftreten lassen, der auf diese Weise später, wenn er nach seinem Gefängnisaufenthalt in die Familie zurückkehrt, um so glaubhafter in seiner Demut wirken würde.

»Was spielen Sie da?« fragte der Regisseur. »Wenn Sie anfangen, die Figur zu verändern, werde ich Sie leider verabschieden müssen, Herr Madaira. Für Selbstdarstellungsergüsse haben wir keine Zeit. Und jetzt noch mal von vorn, und zwar vernünftig, Walter.«

Nachdem er vernünftig weitergespielt hatte, dauerte es noch einen Monat bis zum 30. April.

»Du gehörst zu denen, die sich keine Sorgen machen müssen«, sagte der Produzent und erhob sein Bierglas und schwenkte es vor versammelter Mannschaft. »Auf unseren Walter, den Spitzenkoch mit der Supernase.«

Einige Darsteller und Techniker lachten und klatschten, aber ihre Blicke, das sah Madaira, huschten an ihm vorbei, manche verzogen keine Miene. Im Gegensatz zu ihm hatten sie in den nächsten Monaten ein Auskommen. Auf dem Studiogelände grüßten ihn Leute, die er nicht kannte. Auch der Pförtner beim Parkplatz kam ihm fremd vor, er winkte freundlich, aber Madaira war sich sicher, daß er nicht gemeint war.

Er rannte die Zufahrtsstraße entlang bis zur Hauptstraße

und weiter in Richtung Innenstadt, vorbei an Trambahnhaltestellen und Taxiständen. Er lief so lange, bis er keine Luft mehr bekam und ein Husten aus ihm herausbrach, der ihn zwang, sich hinzuknien.

Aus und raus.

Auf der Straße.

Seine einzig konstante Rolle existierte nicht mehr. Bruder der Frau Morgenroth, der seine eigenen Wege ging, nach Frankreich, Italien, Amerika. Koch in renommierten Häusern in Paris, Mailand, New York. Man rief Rudolf von Lodern, und er kam und veredelte mit seinen Künsten das Ambiente. Ein Künstler, leider kein Geschäftsmann, er verausgabte sich, und weil er nicht nein sagen konnte, seine Kräfte aber nicht für jedes Ja reichten, fing er an, das weiße Pulver zu schnupfen. Niedergang. Noch sorgte die Familie sich um ihn, noch gehörte er dazu. Noch schrieben die Autoren Text für ihn.

Nun nicht mehr.

Nie mehr von nun an.

An der Menterschwaige zwischen Grünwald und Harlaching, am späten Nachmittag des dreißigsten April vor zwei Jahren, erbrach er das Wort ERLEDIGT auf den Asphalt.

Dann erhob er sich schwankend und sagte zu einem mit einer blauen Plane ausgeschlagenen Abfalleimer neben der Straße: »Meine Angst hat recht behalten.«

Zu Hause war niemand, der widersprach, nicht der Angst und nicht ihm, dem Ängstling.

An jenem Nachmittag des dreißigsten April tat er etwas, das ihm im nachhinein wie ein Spuk erschien: Er fuhr mit dem Regionalzug an die Osterseen südlich von München. In dem kleinen Dorf, in dem er mit Jana früher fast jedes Wochenende verbracht hatte, ging er vom Bahnhof den Weg bis zum Hotel oberhalb der Seen, deren Schilfufer zwischen grünen, stillen

Hügeln lagen. Krähen flogen darüber hinweg, Kühe grasten hinter Zäunen, und in der Ferne begrenzte dunkler Wald den Horizont.

Er stand auf der Terrasse des Restaurants und fotografierte mit einem geliehenen Apparat seinen Blick. Danach verbrachte er, ohne ein einziges Mal aus dem Fenster zu sehen, die Nacht in einem Zimmer im ersten Stock. Er lag auf dem Bett und schlief nicht ein, er hörte das Schnattern der Enten und die Rufe der Krähen und ein hämisches Lachen. Er stellte Summen zusammen, die er mühsam errechnete, Summen seiner Ausgaben, Miete, Lebensmittel, Wäscherei. Verbissen zählte er an seinen Fingern die Termine ab, die er in den nächsten vier Wochen zu erledigen hatte. Und je mehr er rechnete und verglich, kalkulierte und umschichtete, desto heftiger mußte er sich kratzen, an den Beinen, am Rücken, auf der Brust. Das Jucken wurde immer stärker, er rang nach Luft und schwitzte erbärmlich. Er schüttelte das Kopfkissen auf, die Bettdecke, die schon feucht war.

Als er mit beiden Händen auf seinem Kopf rieb, weil die Kopfhaut aus einem einzigen Kribbeln bestand, hatte er büschelweise Haare zwischen den Fingern.

Maßlos erschrocken sprang er aus dem Bett und betrachtete sich im Spiegel des Badezimmers. Kahle Stellen zwischen den verklebten Fransenhaaren, strohtrockene Haut, hervorquellende Augen, dürrer Schwanenhals, Kuhgesicht.

Er war aus der Rolle gefallen.

Er würde nie wieder in eine Rolle passen.

Erledigt.

Seine Angst hatte recht behalten.

Wenn er könnte, würde er sich unter seinem Schatten verstecken.

15

Draußen ist nichts

Die Miete konnte er noch bezahlen. Er brauchte nicht auszuziehen. Sein Konto war noch nicht überzogen. Er trug saubere Wäsche. Von den Haaren abgesehen, war er unauffällig.

Schlecht.

Als Schauspieler sollte er auffallen.

Sie sind doch kein Schauspieler mehr, Herr Madaira. Nur noch ein Darsteller.

Nicht einmal mehr das.

Jetzt ein Nichtsdarsteller.

Nein. Er hatte Verpflichtungen im Funkhaus, er sprach eine Hauptrolle in einem Hörbuch. Er hatte doch noch seine Stimme. Haare waren egal. Er würde seinen Kopf kahl rasieren, das machten viele in seinem Alter.

Aber aus anderen Gründen, Herr Madaira.

Eine Zeitlang ging er nicht mehr aus dem Haus. Tagelang sprach er mit niemandem. Bis seine Stimme in einem Geschäft versagte und er auf die Straße rannte und zu Hause aus Scham die Wohnungstür absperrte und abends das Licht nicht anknipste und im Dunkeln zitternd auf dem weißen Klappstuhl saß, der früher mit dem anderen auf dem Balkon gestanden hatte, wenn Jana und er ein Glas Wein tranken und den Tag Revue passieren ließen und manchmal auch still sein konnten, ohne sich anzuschweigen.

Heute gehen Sie furchtlos hinaus, Herr Madaira, sagte er zu sich. Heute, am ersten Januar, gehen Sie mal wieder öffentlich essen, Ihr Gesicht ist noch bekannt und Ihre Stimme schmückt die Gespräche der anderen.

Sie sind lächerlich, Herr Madaira.

Nein, das bin ich nicht.

Doch.

Nein.

Sie haben immer noch kein Vertrauen, Sie haben immer noch einen krummen Rücken, die Angst frißt Ihnen immer noch die Haare vom Kopf.

Stimmt doch gar nicht, Sie dreckiger Lügner. Hier, der Beweis.

Er schwieg.

Er war still.

Er setzte den dunkelblauen Hut auf.

Er ging zurück ins Zimmer und stellte sich vor das einen Meter fünfzig mal einen Meter große Poster, das er aus dem mit dem geliehenen Apparat geschossenen Foto auf Papier hatte drucken lassen.

Nach einer Weile streckte er die Hand nach dem See mit den zwei weißen Flecken aus, die vielleicht Schwäne waren.

We live and we die, we know not why. But I'll be with you, when the deal goes down.

Seit neun Uhr abends saß er vor den grünen Hügeln mit den dürren Birken und hörte Dylan und spielte die Songs wieder und wieder und bewegte sich nicht. Und alles floß aus ihm heraus und floß in ihn zurück und brachte alles mit, was je ein Wanderer achtlos in den Bach am Wegesrand geworfen hatte.

The midnight rain follows the train, and we all wear the same thorny crown.

Er hatte es versucht. Jedesmal, wenn er in dieser Nacht ein bestimmtes Lied hörte, war er vor die Tür getreten, ins Treppenhaus, entschlossen aufzubrechen, mit dem Hut auf dem

Kopf und dem bis zum Kragen zugeknöpften Mantel, guten Mutes.

Viermal hatte er es sogar bis auf die Straße geschafft und einmal sogar, zwei junge Frauen, Mädchen, anzusprechen. Er sprach sie nur an, um seine Stimme zu testen, er sagte: Grüß Gott, ich suche das Postamt, können Sie mir bitte weiterhelfen? Sie sahen ihn an, als hätte er etwas anderes, Ekelhaftes gesagt. Er wiederholte seine Frage, und die Mädchen grinsten sich an. Er hatte nicht gewußt, daß Mädchen so grinsen können, es war ein Männergrinsen. Am liebsten hätte er sie zurechtgewiesen. Zum drittenmal sagte er – und er beugte sich näher zu ihnen hin: Grüß Gott, ich suche das Postamt, können Sie mir bitte helfen? »Was ist?« erwiderte das eine Mädchen laut, und das andere betrachtete ihn wie eine Witzfigur, mit vor Verachtung glänzenden Augen. »Sie müssen deutlich reden«, sagte das erste Mädchen. Und er brachte seinen Mund nicht zu.

Soul to soul our shadows roll, but I'll be with you when the deal goes down.

Dann hatte das sprechende Mädchen den Kopf geschüttelt und eine abweisende Handbewegung gemacht. Und er war weggerannt, mit wackligen Schritten und schlenkernden Armen, wie damals auf dem Studiogelände. Außer Atem und durchtost von Panik, wie damals, sank er vor dem Haus auf die Knie und hustete aus vollem Hals und rang nach Luft. Und erst, als er wieder – unendlich lange Zeit später und am ganzen Körper schweißnaß – vor dem Poster saß und über Kopfhörer Dylan hörte, wurde ihm bewußt, daß er auf der Straße kein Wort hervorgebracht und sich nur eingebildet hatte zu sprechen. Und daß nicht die Mädchen schuld waren, sondern er.

Sondern er und er und er.

So blieb er zu Hause und sagte die Termine im Funkhaus ab

und ging nicht ans Telefon und verbrachte die meiste Zeit des Tages in der Stille der Osterseen.

Dylans Stimme war ihm seit seinem dreizehnten Lebensjahr vertraut. Jedesmal in all den Jahren, wenn er glaubte zu sterben, erklang diese Stimme, und er starb dann doch nicht. Und so wurde er dreiundfünfzig Jahre alt, und die Stimme sang immer noch, als wäre sie erhaben über alles Sterben.

Darüber staunte Walter Madaira gerade, als es an der Wohnungstür klopfte. Aber er hörte nur Dylans Stimme. Sie war alles von draußen, was ihm geblieben war.

Andere, dachte er, hatten weniger.

Und in dieser großen Sekunde verschonte ihn die Angst.

In einer Pause zwischen zwei Songs nahm Madaira die klobigen Kopfhörer ab und stützte den Kopf in die Hände. Die mysteriösen Verse klangen in ihm nach, die Melodien hatten ihn in andere Zeiten geleitet, fernab der Kindheit und der Gegenwart. Verloren in ungeahnter Geborgenheit glaubte er zunächst, das Klingeln gehöre zur Musik. Bei geschlossenen Augen horchte er in die Ferne und schreckte auf, als jemand wuchtig gegen die Tür schlug.

Er hatte keine Ahnung, wie spät es war. Seine Uhr, die er tagelang nicht getragen hatte, war stehengeblieben. Er hätte im Schlafzimmer auf den Wecker sehen können.

Das Klopfen hörte nicht auf. Dann schrillte wieder die Klingel.

Sein Rücken schmerzte, sein Nacken war verspannt, im rechten Bein verspürte er einen leichten Krampf. In seinem Kopf herrschte ein Brummen, das ihn auf dem Weg zum Flur wanken ließ.

Vor der Tür blieb er stehen, die Hände in den Taschen seiner braunen abgewetzten Hose. Er fror. Zur Hose trug er ein kariertes graues Hemd, darunter ein ausgewaschenes grünes

T-Shirt, weiße Socken und Sandalen. Die Socken hatte er seit mindestens einer Woche nicht gewechselt. Solange er keinen schlechten Geruch an sich wahrnahm, würde er sich nicht umziehen. Er schnupperte unter seinen Achseln.

Wieder schlug jemand gegen die Tür.

»Ja?« sagte Madaira. Aber die Stimme versickerte in seinem ausgetrockneten Mund.

»Herr Madaira?« Die Stimme im Treppenhaus klang willensstark.

»Ja?« Madaira hustete. »Ja?«

»Kriminalpolizei. Entschuldigen Sie die Störung. Wir müssen Sie dringend sprechen.«

Ohne sich Gedanken zu machen, drehte Madaira den Schlüssel und zog die Tür einen Spaltbreit auf. Vor ihm stand ein hünenhafter, breitschultriger Mann in einem dunkelblauen Mantel, mit einem Stetson auf dem Kopf, der ihn noch größer erscheinen ließ. Hinter ihm bemerkte Madaira einen kleineren, jüngeren Mann in einer gemusterter Steppjacke, der eine Aktenmappe in der Hand hielt.

»Ja?«

»Sie sind Walter Madaira?«

»Ja.«

»Mein Name ist Polonius Fischer.« Er zeigte seinen Dienstausweis. Madaira sah nicht hin.

»Zu mir wollen Sie? Warum?« Er räusperte sich, versuchte, sein Zittern zu kontrollieren.

»Sind Sie krank, Herr Madaira?« fragte Fischer.

Madaira schüttelte den Kopf. Das Brummen in seinem Kopf wurde stärker.

»Wir suchen ein Mädchen«, sagte der Mann hinter dem Hünen. »Sie heißt Linda. Kennen Sie sie?«

»Linda? Nein. Wer ist das, bitte?«

Fischer warf einen Blick an Madaira vorbei in die Wohnung. »Haben Sie das Bild des Mädchens nicht in der Zeitung gesehen?«

»Nein. Ich hab keine Zeitung hier. Ich hör nur Musik.«

»Was für Musik?«

»Dylan.«

»Dürfen wir reinkommen, Herr Madaira?«

Er führte sie ins Wohnzimmer und auf die Bitte des Kommissars, der seinen Hut abgenommen hatte, auch ins Schlaf- und Badezimmer und in das Zimmer, in dem Jana ihre Sachen aufbewahrt hatte, und in die Küche. Der jüngere Kommissar, fiel Madaira auf, schaute in jeden Winkel.

Vor dem Landschaftsposter sagte Fischer: »Hier sitzen Sie und hören Musik.«

Abwesend deutete Madaira auf den weißen Plastikstuhl.

»Den Namen Linda Gabriel haben Sie noch nie gehört?«

»Nein. Ich hör nicht viele Namen. Ich geh wenig aus.«

»Sie sind Schauspieler von Beruf.«

»Sprecher. Ich spreche. Spielen weniger. Hat sich zerschlagen. Würden Sie mich bitte wieder allein lassen? Ich hab gar nicht verstanden, was Sie hier suchen. Was suchen Sie denn, bitte?«

»Warum haben Sie nicht geöffnet, als unsere Kollegen heute Vormittag bei Ihnen geklingelt haben.«

»Ich hab Dylan gehört«, sagte Madaira. »Über Kopfhörer. Vorhin hab ich grad Pause gemacht.«

»Sie sehen sehr müde aus.«

»Ja.« Madaira biß sich auf die Lippen.

Der Kommissar mit der karierten Jacke, der sich noch nicht vorgestellt hatte, betrachtete die halb zugezogenen Vorhänge. »Haben Sie Kontakt mit Ihren Nachbarn?«

»Wir begegnen uns«, sagte Madaira. Plötzlich knurrte sein Magen. Er schluckte ein paarmal hintereinander und blickte zu dem tragbaren CD-Player auf dem Tisch.

»Sie haben seit mehreren Tagen Ihre Wohnung nicht verlassen«, sagte der Kommissar mit der Aktenmappe.

»Draußen ist nichts«, sagte Madaira.

Fischer nahm die CD-Schachtel in die Hand.

Während seiner neun Jahre im Kloster hatte er einen Mitbruder gekannt, der jede freie Minute mit dem Studium der Texte von Bob Dylan verbrachte, er fertigte Übersetzungen an und las diese und das Original manchmal bei den gemeinsamen Mahlzeiten vor. Fischer erinnerte sich an keine einzige Zeile, nur daran, daß sein Mitbruder sogar eine Gitarre gekauft und sich das Spielen selbst beigebracht hatte, er wolle, erklärte er, dem Atem des großen Dichters und Sängers näher sein. Für den Abt – und nicht nur für ihn – war Bruder Laurentius eher ein eigenbrötlerischer Zausel als ein ernsthafter Exeget amerikanischer Folkmusik.

»Modern Times«, las Fischer. Auf dem Schwarzweißcover blinkten Großstadtlichter hinter einem unscharfen vorüberfahrenden Auto, einem Taxi vielleicht.

»Glauben Sie an Gott?« fragte Madaira.

Überrascht lächelte Polonius Fischer. »Ja«, sagte er.

Madaira nahm ihm die Schachtel aus der Hand. »Ja. Aber haben Sie ihn schon einmal singen hören?«

ZWEITER TEIL

16

Ein ganz normaler Mensch

Nachdem die vier für unbekannte Tote zuständigen Kommissare die Leiche aus dem Container gehoben und auf die graue Plane gelegt, den Mann entkleidet, fotografiert, seine Fingerabdrücke genommen, mit einem Wattestäbchen seinen Rachen abgetupft und auf die Hautstellen neben den Wunden kleine Plastikstreifen geklebt und wieder abgezogen hatten, verließen sie das Müllhäuschen.

Draußen nickten sie ihren beiden Kollegen von der Mordkommission zu, die im Innenhof einen Nachbarn vernahmen. Beim Durchgang zur Straße waren uniformierte Polizisten damit beschäftigt, die Fragen von Neugierigen zu beantworten, indem sie ihnen keine Auskünfte gaben. Von den meisten Fenstern der beiden Wohnanlagen, die den Hof säumten, beobachteten Anwohner das Geschehen.

Einige hielten die Fenster geschlossen und schauten hinter Gardinen hervor. Unter ihnen ein Mann, der seit einer Stunde hinter dem Vorhang ausharrte.

Er ließ die Polizisten nicht aus den Augen. Ab und zu wandte er sich kurz um und verzog das Gesicht und preßte krampfhaft die Lippen aufeinander. Im Zimmer roch es nach Schweiß und angebranntem Essen.

Jetzt sah er, wie der großgewachsene Polizist mit dem dunklen Sakko und der roten Krawatte, der ihm schon eine ganze Weile aufgefallen war, weil der Volldepp von Soltersbusch unaufhörlich auf ihn einredete, den Kopf hob und in seine Richtung blickte.

Hastig wich er ins Zimmer zurück. Aber er war sich sicher,

daß der Polizist ihn nicht bemerkt hatte. Kein Polizist hatte in den vergangenen acht Monaten von ihm Notiz genommen. Dieser Gedanke versetzte ihn jedesmal in Hochstimmung.

Unbeschwert trat er wieder an den Vorhang, schob ihn eine Handbreit beiseite und beugte sich zur Scheibe hin. Der große Polizist war verschwunden, und sein Kollege hatte offensichtlich Mühe, den Schwätzer Soltersbusch loszuwerden.

Mit dem Zeigefinger kratzte sich Arthur Fallnik am Daumen, nicht zu fest, fast aus Vergnügen.

»Das weiß ich schon«, sagte Oberkommissar Micha Schell. »Wir haben Ihnen gut zugehört, Herr Soltersbusch.«

»Ich will nur, daß Sie Bescheid wissen.«

»Gehen Sie jetzt bitte nach Hause.«

»Ich bin hier zu Hause.«

»Kümmern Sie sich um Ihre Frau.«

»Die kommt zurecht.«

»Vorhin ging es ihr nicht sehr gut«, sagte Schell.

»Die schafft das.«

»Gehen Sie zu ihr, Herr Soltersbusch.«

»Ungern.«

»Gehen Sie.«

»Vergessen Sie nicht, die Aufzeichnungen der Kamera auszuwerten.«

»Nein«, sagte Schell.

Am Durchgang zur Straße fragte Soltersbusch einen der Polizisten nach seinem Dienstgrad.

Im Müllhäuschen brannte das harte Licht eines Halogenscheinwerfers. Vor den Containern lagen die Scherben und Brocken der Steinamphore, mit der der Mann nach dem ersten Augenschein des Arztes erschlagen worden war.

Die Kommissare achteten auf jeden ihrer Schritte.

»Unter uns und ohne Zeugen«, sagte Dr. Justus Dornkamm zu Polonius Fischer und Micha Schell. »Todeszeit Sonntag nacht.«

»Nacht zum Sonntag?« fragte Schell.

»Nacht zum Montag.«

Mit den Händen in den Hosentaschen, um nicht versehentlich Fingerspuren zu hinterlassen, betrachtete Fischer den von eingetrockneten Wunden und Schorf übersäten Leichnam. Der Schädel war am Scheitel gespalten, der Riß mindestens zwei Zentimeter breit, die Nase ein violett und blau verfärbter Klumpen. Die Augen quollen schief aus den Höhlen, als würde der Mann auch im Tod noch schielen. Runzelige Blasen überzogen seine Füße, Fuß- und Fingernägel waren abgebrochen. Aus dem mageren, eingefallenen Körper wölbte sich eigenartig ein grauer Bauch über dem haarlosen Geschlechtsteil.

Fischer fiel es schwer, das Alter des Mannes zu schätzen. Wie so oft, wenn er angestrengt nachdachte, warf er den Kopf hin und her und bleckte die Zähne.

In solchen Momenten galt seine vollkommene Aufmerksamkeit nicht den Dingen, Kleinigkeiten oder Auffälligkeiten, die geschulte Tatortanalysten gewöhnlich für Erkennungszeichen des Verbrechers halten. Fischers Blick durchdrang die schlichte, eisige, abweisende Gegenwart des Todes.

Scherben, Blut, nutzlos gewordene Kleidungsstücke oder Container: In den Augen von Polonius Fischer verewigte sich nicht der Täter an einem Tatort, sondern dort begann die Ewigkeit des Opfers. Deshalb mußte er still sein und durfte seine Gedanken nicht verschwenden.

Normalerweise bekam er das Opfer nur ein Mal, vielleicht – wenn der Arzt ihn aus Gründen der besseren Anschauung ausdrücklich darum bat – noch ein zweites Mal im Pathologischen Institut zu Gesicht, und dann nie wieder. Dagegen blieb ein festgenommener Täter tage-, wochen-, monatelang anwesend, Fischer mußte ihm mehr Zeit schenken als irgendjemandem sonst.

Manchmal verneigte er sich vor einem Toten und blieb so lange stumm, bis seine Kollegen glaubten, er fange jeden Moment an zu beten. Das tat er nie. Er zollte dem Toten Respekt, er würde sich ihm niemals aufdrängen, auch wenn seine Kollegen ihm aufgrund seiner Vergangenheit das Ausüben religiöser Rituale im Polizeialltag durchaus gestatteten.

Micha Schell deutete auf einen ausgefransten, verwitterten Militärrucksack und eine Ansammlung von Kleidungsstükken, die die Kommissare vom Einhundertzwölfer – »Unbekannte Tote« – auf eine weitere Plane gelegt hatten.

»Dem Mantel und den anderen Sachen nach zu urteilen, war der Mann ein Stadtstreicher. Im Rucksack sind Konserven, das Verfallsdatum ist vor einem Jahr abgelaufen. Wenn Liz und Esther hier im Viertel nichts rausfinden, müssen wir die Brücken abklappern.«

»Und die Notunterkünfte und Sozialdienste«, sagte Fischer. »Viele Obdachlose holen ihr Essen bei der Münchner Tafel, vielleicht kennen die Mitarbeiter den Mann.«

»Glaubst du, er hat sich zufällig in dieser Gegend rumgetrieben?« fragte Schell.

»Nein.«

»Nein. Der Tag-und Nachtwächter von drüben kennt ihn jedenfalls nicht.«

Fischer lächelte. »Eigenartig«, sagte er.

Schell schlug den Kragen seiner Steppjacke hoch, warf einen letzten Blick auf den Toten und ging zur Tür. »Was ist eigenartig?«

Im Hof gab Fischer den drei Männern und der Frau in den weißen Kunststoffoveralls ein Zeichen. Sie nahmen ihre Koffer und gingen ins Müllhäuschen, um Spuren zu sichern.

So wie Polonius Fischer als einziger im Dezernat über einen

eigenen Vernehmungsraum verfügte, durfte er mit ausdrücklicher Erlaubnis des Polizeipräsidenten allein – oder mit nur einem Kollegen – und vor dem Eintreffen der Spurensucher einen Tatort oder Leichenfundort begutachten.

»Wir waren vor einem dreiviertel Jahr schon einmal hier«, sagte Fischer.

»Linda.«

»Der Tag- und Nachtwächter hatte uns angerufen.«

Schell fegte mit den Schuhen Laub über die Steinplatten. »Stimmt. Der wollte diesen anderen Mieter hinhängen. Wie heißt der Verein, den er gegründet hat?«

»Der achtsame Mitmensch«, sagte Fischer. »AMM.«

Schell blickte an der Fassade hinauf. »Was ist daran achtsam, daß ein Mann zwei oder drei Tage lang im Müll liegt, und keiner merkt was? Wir laden die alle vor.« Er drehte sich im Kreis und fuchtelte mit den Händen. »Unterlassene Hilfeleistung, Verdacht auf Beihilfe. Der achtsame Mitmensch. Ist Liz schon Mitglied?«

Obwohl er als einer der geduldigsten und aufmerksamsten Ermittler galt, neigte der fünfunddreißigjährige Oberkommissar zu spontanen, oft rabiaten Ausbrüchen, in denen er seine Meinung vom Menschen herausschleuderte, getrieben vom Schrecken einer Erfahrung, die er mit seiner siebenjährigen Tochter teilte und deren Wucht er bis heute nicht bewältigt hatte.

Auf Schells Frage ging Fischer nicht ein. »Ich möchte noch einmal mit der Frau sprechen, die die Leiche gefunden hat.«

»Die Frau des achtsamen Mitmenschen«, sagte Schell.

Einer der Männer in den weißen Schutzanzügen kam aus dem Müllhäuschen und gab Fischer zwei Polaroidfotos. »Das wird diesmal schwer für uns. Die Container sind alle voll, die sollten heute geleert werden.«

»Danke für die Bilder.« Fischer wandte sich an Schell. »Du

kannst Liz und Esther bei ihren Befragungen unterstützen, wenn du willst.«

»Nein, ich geh zu den anderen Nachbarn in der Anhalter Straße.« Nach einem Moment fügte er hinzu: »Alles in Ordnung, ich bin fit. Jemand verarscht uns, das ist alles. Wie immer. Entschuldige wegen vorhin.«

Sie tauschten ein Lächeln.

Als Fischer das Klingelschild an der Anhalter Straße 14 drückte, wurde die Haustür geöffnet, und ein älterer Mann im braunen Anzug trat auf den Bürgersteig. Er hatte einen Lederkoffer in der Hand. Die beiden Männer begrüßten sich.

»Wie geht's ihr, Herr Doktor?« sagte Fischer.

»Sie wirkt verschlossen«, sagte Dr. Leopold Breuer. »Sie hat sich hingelegt, sie war wohl etwas überbesorgt wegen ihres Zustands.«

»Kennt sie den Toten?«

»Das wissen Sie doch: nein. Sie sagt, sie hat ihn nie vorher gesehen.«

»Sie kennen ihn auch nicht.«

»Bitte?«

»Frau Soltersbusch ist bestimmt nicht Ihre einzige Patientin in Milbertshofen.«

»Nein.« Dr. Breuer blickte zur Straße.

»Und Sie kennen den Mann nicht.«

»Nein. Ich muß zurück in die Praxis, ich bin sehr in Eile.«

Fischer stellte sich auf die Schwelle und hielt die Tür auf. »Was verbirgt sie?«

Der Arzt nahm die Tasche von der linken in die rechte Hand. »Warum sollte sie etwas verbergen? Ich sagte nur, Frau Soltersbusch wirkt verschlossen, das muß nicht zwangsläufig bedeuten, daß sie etwas verbirgt.«

»Da haben Sie recht.«

Zumindest, dachte Fischer, könnte sich durch Breuers Bemerkung ein kleines neues Fenster öffnen und den Blick auf etwas freigeben, das den Ermordeten unmittelbar betraf.

Im Hausflur hing ein Geruch nach gebratenem Fleisch und gedünsteten Zwiebeln, den Fischer genußvoll einsog. Bevor er in den ersten Stock hinaufstieg, sah er auf die Uhr: zwanzig vor elf.

»Hallo«, rief jemand von oben.

Vor der Wohnungstür streckte Rupert Soltersbusch dem Kommissar die Hand hin, noch bevor dieser die letzte Treppenstufe erreicht hatte.

»Herr Fischer. Ich wußte, Sie würden noch mal kommen und weitere Fragen stellen. Trinken Sie Kaffee? Wasser? Hereinspaziert.«

»Ist Ihre Frau wach?«

»Meine Frau? Die ist immer wach. Hier entlang, Herr Hauptkommissar.«

»Fischer genügt.«

Neben dem Kommissar wirkte Soltersbusch gedrungen, fast verhuscht. Er hatte eine graue Hose mit Bügelfalte an, ein beiges Hemd mit kleinen Karos, ein graubraunes Jackett mit Lederaufsetzern und schwarze, ungeputzte Schuhe. Haare und Schnurrbart waren weiß und fransig, sein bleiches, unscheinbares ovales Gesicht vermittelte nicht die geringste Gefühlsregung.

Auf dem Tisch des mit schmucklosen, gediegenen Möbeln eingerichteten Wohnzimmers lagen verschiedene Tageszeitungen, daneben stand ein altes Transistorradio, in dem eine Reportage über die wachsende Armut in Kleinstädten lief. Soltersbusch schaltete ab und schichtete die Zeitungen übereinander.

»Möchten Sie sich hier hinsetzen?«

»Ich möchte gern mit Ihrer Frau sprechen.«

»Vielleicht darf ich Ihnen auch ein paar Fragen beantworten«, sagte Soltersbusch.

»Später. Ist Ihre Frau im Schlafzimmer?«

Die geblümte, weiße Bettdecke hatte sie hochgezogen bis zum Hals, und sie saß kerzengerade da. Ihre Haare, weiß und fusselig wie die ihres Mannes, verdeckten die blauen Augen. Mit ihren geröteten Wangen im wächsernen Gesicht und in ihrer rosafarbenen Strickjacke glich sie einer drapierten Puppe, zumal sie beim Eintreten des Kommissars keinerlei Regung gezeigt hatte.

»Herr Fischer will dich was fragen«, sagte Soltersbusch. »Soll ich die Tür zumachen?«

»Bitte«, sagte Fischer.

Im Schlafzimmer gab es keinen Stuhl, also blieb er stehen, ungeduldig, angespannt.

Hoch aufgerichet, die Hände hinter dem Rücken verschränkt, wartete er auf eine Reaktion von Anita Soltersbusch.

Durch die weißen Vorhänge drang wenig Licht herein, auch der weiße wandbreite Schrank mit den türkisen Verzierungen machte das nach Orangen und gestärkter Wäsche riechende Zimmer nicht heller, im Gegenteil: Fischer kam das Zimmer eng und steril vor.

Und Schweigen, fand er seit jeher, war das Privileg von Mönchen und Mördern.

»Kannten Sie den Toten, Frau Soltersbusch?«

Ihre blassen, wie blutleeren Hände lagen nebeneinander auf der Bettdecke. Fischer betrachtete die faltigen Finger.

»Sind Sie Mitglied im Verein Ihres Mannes?«

Mit einer mechanischen Bewegung wandte sie ihm den Kopf zu.

Während sie antwortete, blinzelte sie nicht. »Das ist kein Verein, das ist ein Zusammenschluß, neun Männer, soweit ich weiß. Was die da treiben, geht mich nichts an.« Sie klopfte mit den Daumen auf die Decke.

»Kannte Ihr Mann den Toten?«

Sie schwieg.

Fischer trat einen Schritt auf das Bett zu. »Hat Ihr Mann die Tat begangen?«

Ein kurzes, hartes Lachen sprang aus ihrem Mund.

»Sie haben heute morgen um kurz nach acht in einem Müllcontainer die Leiche eines Mannes entdeckt, dessen Identität wir noch nicht kennen. Warum lag der Mann in Ihrem Container? Warum haben Sie erst um acht Uhr fünfunddreißig die Polizei informiert? Warum benehmen Sie sich wie jemand, der mehr weiß, als er zugibt? Warum sind Sie nicht daran interessiert, wer der Tote ist, wie er umgebracht wurde und warum kein Mensch in Ihrem Wohnblock etwas bemerkt hat?«

Sie wollte etwas erwidern, aber Fischer ließ sie nicht zu Wort kommen. »Was haben Sie eine halbe Stunde lang getan, nachdem Sie die Leiche entdeckt hatten? Was meint Ihr Mann, wenn er behauptet, Sie wären immer wach?«

»Was?« sagte sie aggressiv.

»Waren Sie und Ihr Mann mit dem Toten befreundet? Und wenn ja, warum verschweigen Sie mir seinen Namen? Warum schweigen Sie? Woher nehmen Sie die Erlaubnis zu schweigen? Warum beleidigen Sie den Toten durch Ihr Schweigen?«

Auf ihrer bleichen Stirn breiteten sich dunkelrote Flecken aus, ihre rosa Wangen begannen zu glühen. Ihre rechte Hand schnellte in die Höhe, fegte mehrmals hintereinander die Haare beiseite und landete, zur Faust geballt, wieder auf dem Laken. Ihre linke Hand zitterte. Die Bettdecke rutschte ein Stück nach unten, und zum Vorschein kam ein kleiner gelber Stofflöwe, der offensichtlich die ganze Zeit auf ihrer Brust gelegen hatte.

»Wie sprechen Sie denn mit mir?« sagte sie tonlos.

Fischer stellte sich ans Fußende des Bettes, damit sie sich nicht länger zu ihm herumdrehen mußte. »Beantworten Sie meine Fragen, Frau Soltersbusch, eine nach der anderen.«

Vielleicht, um ihre zitternde Hand zu beruhigen, schob sie den Daumen zwischen Zeige- und Mittelfinger und preßte die Hand auf die Decke.

»Ich ... Ich kenn den Mann nicht, der ...«

»Warum beleidigen Sie ihn dann?«

»Bitte?« Hinter dem Vorhang ihrer Haare funkelte das Blau ihrer Augen. »Was haben Sie denn dauernd ... Bitte? Ich dulde nicht ... Ich will ... Rufen Sie meinen Mann.«

»Nein«, sagte Fischer.

»Dr. Breuer hat mir Bettruhe verordnet, ich bin nicht verpflichtet, mit Ihnen zu sprechen, jedenfalls nicht im Moment.«

»Doch«, sagte Fischer.

In der Gegenwart von Zeugen, Verdächtigen oder Tätern achtete er besonders auf deren Hände, sie erzählten Geschichten, die den Personen oft entglitten oder die sie nicht einmal bemerkten. Wenn er während einer Befragung die Gesten mit den Blicken verglich, stellte er häufig fest – oder bildete es sich ein –, daß sein Gegenüber aus einer sich verändernden Zahl von Widersprüchen bestand, von denen jede ein neues Fenster zur Wahrheit hin öffnen könnte, sofern er sich nicht verschaute.

»Ich will Ihren Vorgesetzten spechen«, sagte Anita Soltersbusch.

»Ich dachte, Sie müssen das Bett hüten.«

»Sie terrorisieren mich, und Sie ...«

Fischer beugte sich ein wenig nach vorn. Anita Soltersbusch zuckte zusammen. »Der Tote liegt immer noch in Ihrem Müllhaus. Kann es sein, daß Ihr Mann Sie nicht in sein Bündnis aufgenommen hat, weil Sie kein achtsamer Mitmensch sind? Weil Sie über die Mitmenschen hinwegsehen? Weil Sie am liebsten mit einem Plüschtier im Bett liegen und nichts wissen wollen?«

»Sie unverschämter Kerl«, rief sie. »Was mischen Sie sich in mein Leben ein? Verschwinden Sie aus meinem Schlafzimmer.«

»Nehmen Sie Ihr Leben nicht allzu persönlich, Frau Soltersbusch.«

Gewöhnlich benutzte Fischer diesen Satz in Gegenwart von Verbrechern, die sich mit ausschweifenden Geständnissen an den Exkrementen ihrer Kindheit weideten und ihr Verhalten als logische Folge früherer Verrohungen darstellten. Dann schnitt er ihnen das Wort ab und ließ sie in ihrer selbstgezimmerten Latrine allein. Mit solchen Bekenntnissen, erklärte er verblüfften Kollegen, könnten Anwälte, Richter oder Psychologen ihre Strategien und Urteile untermauern, er dagegen benötige als Sachbearbeiter in der Mordkommission prozeßverwertbare Beweise und lückenlose Handlungsabläufe, alles andere sei schlimmstenfalls doppelte Opferschändung. »Dafür, daß du mal Mönch warst«, hatte seine junge Kollegin Liz Sinkel einmal gesagt, »trittst du oft ganz schön hartherzig auf.« Darauf hatte er erwidert: »Ich bin nicht hartherzig, aber Umarmungen sind für Liebende, nicht für Kriminalisten.«

Anita Soltersbusch umklammerte den gelben Stofflöwen. Fischers Satz schien in ihr hin und her zu schlagen wie ein Pendel, ihr Kopf hörte nicht auf zu zucken.

»Was haben Sie in der halben Stunde in der Wohnung getan?« fragte Fischer ruhig.

»Gar nichts.« Sie zog die Decke wieder bis zum Kinn und vergrub die Hände darunter. »Ich hab bloß dagesessen in der Küche. Mein Mann war auch da. Ich hab zu ihm gesagt, ich hätt einen Toten gesehen, da hat er gelacht. Er denkt, wenn hier im Viertel einer einen Toten sieht, dann er, weil er sieht alles, überall. Ich hab dagesessen und dauernd das Gesicht von dem Mann vor Augen gehabt. Wie der so dalag, eingequetscht zwischen den blauen Säcken und den Kartons und Kisten. Die Leute schmeißen alles in eine Tonne, Mülltrennung gibt's hier nicht. Ich hab ja nur das Gesicht gesehen, den Kopf mit den rausstehenden Augen und dem eingetrockneten Blut. Gräßlich.«

»Und das Gesicht«, sagte Fischer, »hat Sie an jemanden erinnert.«

Anita Soltersbusch schüttelte den Kopf. Ein klägliches Nein.

Fischer sagte: »An wen mußten Sie beim Anblick des Gesichts denken?«

»An niemanden.«

»An wen?«

Sie schnaufte, die Bettdecke wölbte sich, anscheinend spielte sie mit dem Plüschtier, knetete es, bewegte es auf und ab.

Für einige Sekunden war es vollkommen still.

Dann hörte Fischer im Flur ein leises Scharren, vermutlich horchte Rupert Soltersbusch an der Tür.

»Wenn Sie den Toten kennen«, sagte Fischer, »dann kennt ihn auch Ihr Mann.«

»Das glaub ich nicht.«

»Soll ich ihm sagen, er soll aufhören zu lauschen?«

»Der kann nicht anders.« Zum erstenmal sah sie dem Kommissar länger in die Augen. »Und ich weiß mehr über ihn als er über mich.« Sie hob das Kinn in Richtung Tür. »Er denkt, er kann Einfluß auf die Dinge nehmen, die passieren. Denkt der allen Ernstes. Früher war er nicht so. Sie wissen wahrscheinlich, daß wir eine Bäckerei hatten, mein Mann ist Bäkkermeister. Am Samstag, und später, als wir auch am Sonntag öffnen durften, standen die Kunden bei uns Schlange bis raus auf die Schellingstraße. Siebzehn Stunden am Tag schuften war üblich. Die Leute kamen von auswärts zu uns. Wir hatten ein älteres Ehepaar aus Garmisch, das kaufte bei uns sein Brot und seine Semmeln, die hatten Zeit und Geld und fuhren gern in die Stadt, die Frau sagte immer, unsere Laugensemmeln sind die besten auf der Welt. Und die beiden sind viel rumgekommen. Wir hatten eine schöne Wohnung in der Nähe, Altbau.«

Sie stockte. In ihrem Gesicht bewegte sich kein Muskel. »Dann fing das mit der Allergie bei meinem Mann an, ständig mußte der zum Arzt, und dann mußten wir einen Ruhetag einlegen. Das hätt's früher nicht gegeben. Die Allergie gegen bestimmte Getreidesorten und den Brotstaub wurde immer schlimmer. Er kriegte plötzlich keine Luft mehr, ein paarmal ist er bei der Arbeit umgekippt, lebensbedrohlich war das. Unsere Lehrlinge lebten in der ständigen Angst, daß der Chef tot umfällt. Montag Ruhetag. Dann auch am Sonntag. Die Kunden blieben weg, die merken sofort, wenn was nicht stimmt. Und auf einmal mußten wir anfangen zu rechnen, Urlaub fiel völlig flach, kein Südtirol mehr, von Venedig ganz zu schweigen. Eines Morgens wachen Sie auf und hören ein Knarzen in den Wänden, leise, aber Sie hören es genau, Sie wissen sofort, wenn Sie jetzt nicht haarscharf aufpassen und jeden Schritt genau planen, dann bricht alles über Ihnen zusammen. Dann stürzt das ganze Haus ein, und Sie haben morgen kein Dach mehr über dem Kopf. Da haben wir die Konsequenzen gezogen. Mein Mann hat Frührente beantragt, er hatte so viele Atteste, die hätten für mich auch noch gereicht. Wir haben dann das Geschäft zugesperrt, in dem mein Mann mit neunzehn als Lehrling angefangen und das er später übernommen hat. Raus aus dem schönen Altbau in der schönen Lage und ab nach Milbertshofen. Ein Kollege meines Mannes hat früher hier gewohnt. Wir zahlen wenig Miete und kommen über die Runden. Aber ihm genügt das nicht.«

Mit angehaltenem Atem sah sie zur Tür. Dann ruckte sie mit dem Kopf, die Haarfransen erzitterten, und sie blickte wieder starr zu Fischer. »Der wird die siebzehn Stunden nicht los, so sehe ich das. Er muß was tun, sonst kommt er sich überflüssig vor, wie früher, wo er ständig in der Backstube rumgetan hat, auch wenn unsere Lehrlinge allein zurechtgekommen wären. Der mußte immer alles im Auge haben. Und jetzt beobachtet er die Leute. Tag und Nacht. Oft steht er nachts am Fenster und schaut mit dem Fernglas raus. Als würde hier irgendwas passieren. Seit die Kamera vorn am Ring hängt, fühlt er sich erst recht bestätigt. Hat die Stadt zuviel Geld? Weiß der Oberbürgermeister nicht, wohin mit unseren Steuern? Was so eine Kamera kostet! Tag und Nacht in Betrieb. Wie mein Mann. Und von mir behauptet er, ich wär die ganze Zeit wach. Der spinnt doch. Der ist allen Ernstes überzeugt, er hat die Fäden in der Hand. Und dann merkt er nicht mal, wenn ich den Tachostand in seinem Auto ablese und seinen Notizblock kontrolliere. Ich weiß genau, wen er ausspioniert, wen er verdächtigt, was er mit seinen Freunden bespricht.«

Wieder hielt sie die Luft an und atmete dann wie erschöpft aus.

»Diese selbsternannten achtsamen Mitmenschen«, sagte sie. »Mein Mann meint, er hat eine Marktlücke entdeckt. Er trägt zur Entwicklung der modernen Gesellschaft bei. Manchmal frag ich mich, ob die Allergie einen Schaden in seinem Gehirn angerichtet hat. Wußten Sie, daß sein Vater Hauptmann bei der Stasi war? Oder er ist es immer noch, kann man nicht so genau wissen. Die beiden haben wenig Kontakt, mein Mann und er, aber das Spitzeln liegt bei der Familie anscheinend im Blut.«

Unvermittelt drehte sie sich zur Seite, sah zum Fenster und drückte den Kopf aufs Kissen. »Ich will jetzt schlafen. Verhören Sie meinen Mann, ich hab Ihnen genug verraten. Und ich werde auch weiterhin mein Leben persönlich nehmen, ob Ihnen das paßt oder nicht.«

»Wer ist der Tote, Frau Soltersbusch?«

Sie schwieg.

»Im Gegensatz zu Ihrem Mann wollen Sie mit den Leuten nichts zu tun haben«, sagte Fischer.

Sie reagierte nicht.

»Irreführung von Polizeibeamten«, sagte er. »Behinderung von Ermittlungsarbeit, für mehr als zwei Jahre werden Sie dafür nicht verurteilt werden. Und falls der Richter Sie härter bestrafen sollte, dürfte es Ihnen nichts ausmachen. Sie versäumen hier ja nichts.«

Unmerklich drehte sie den Kopf. Nach einem Moment sagte sie: »Sie können mich nicht einschüchtern.« Sie zögerte. »Und ich laß mich auch nicht unterwürfig behandeln, auch von Ihnen als Polizist nicht. Ich bin ein ganz normaler Mensch, und ich verlange, daß Sie so mit mir umgehen wie mit anderen normalen Menschen auch.«

Fischer kam um das Bett herum und stellte sich neben Anita Soltersbusch. »Das Menschsein müssen Sie aber noch ein wenig üben«, sagte er wie beiläufig.

Da er nur die eine Hälfte ihres Gesichts sehen konnte, bemerkte er die Veränderung erst, als Anita Soltersbusch sich mit einem Ruck wieder aufrecht hinsetzte. Aus ihren Wangen war die letzte Farbe gewichen, ihre Haut aschgrau geworden. Wie die Hände des Toten im Müllhäuschen, dachte Fischer. Und wie von einem großen Schrecken geweitet, leuchteten ihre Augen hinter den Haaren in durchdringendem, unwirklichem, kaltem Blau.

»Aber ... aber ...«, begann Anita Soltersbusch. »Aber er ist ... es nicht, ich hab doch ... Wegen dem Schock, ich kann Ihnen nicht erklären, wieso ich beim Anblick ... wieso mir auf einmal der Josef in den Sinn geschossen ist, der Josef.« Sie sah zur Wand. »Ich bin kein Unmensch. Ich behindere Ihre Arbeit nicht, ich hab mich gleich gemeldet. Eine halbe Stunde.«

Sie schob den Daumen der linken Hand wieder zwischen Zeige- und Mittelfinger. »Was glauben Sie denn, wie erschrokken ich war.« Sie hatte die Stimme gesenkt.

»Josef«, sagte Fischer.

Sie schloß die Augen und schüttelte den Kopf, bevor sie die Augen wieder öffnete. »Er war groß und kräftig, wie Sie.« Sie schaute Fischer nicht an. »Stattlich muß man sagen. Aber sagt man zu einem Kraftfahrzeugmeister stattlich? Josef war ein Anpacker, seine Werkstatt hat funktioniert, da hat keiner geschlampt. Der hatte seine Angestellten im Griff. Das muß man. Wir auch, mein Mann und ich. Aber dann ließ seine Frau sich scheiden, er suchte sich eine neue, die hat ihn ausgenutzt, und auf einmal hatte er Schulden. Sie hat ihm eine Eigentumswohnung aufgeschwatzt. Einige seiner spendablen Kunden zogen aus München weg oder sind nicht mehr gekommen, weil sie mit was unzufrieden waren, so was geht schnell. Eins kommt zum andern. Und eines Morgens bröckeln die Wände. So ist es immer. Er hat mir viel erzählt, im Vertrauen. Ist alles fast zwanzig Jahre her. Ich war Anfang dreißig. An ihn hab ich auf einmal denken müssen, und das hat mich gelähmt. Ich hab in der Küche gesessen und geheult.«

»Hat sich Ihr Mann den Toten auch angesehen?«

»Natürlich.«

»Das hat er der Polizei verschwiegen.«

»Ist das schlimm?«

»Hat er den Toten erkannt?«

»Er sagt, es ist nicht Josef.« Jetzt sah sie Fischer ins Gesicht. »Und er ist es auch nicht. Und ich bin kein Unmensch, und ich werd auch nicht verurteilt, weil ich eine falsche Aussage gemacht hab. Wenn ich gesagt hätte, das ist der Nest Josef, dann wär das eine falsche Aussage gewesen. Und Sie sind sehr brutal mit mir umgesprungen, und ich weiß noch nicht, ob ich nicht Anzeige gegen Sie erstatte.«

»Wegen was?« fragte Fischer.

»Das überleg ich mir noch.« Ihre Wangen überzog ein Hauch von Rosa.

»Ihr Schweigen war eine Lüge«, sagte Fischer.

Sie schwieg.

Fischer tastete in der Manteltasche nach seinem Handy. »Hatten Sie eine Beziehung mit Josef Nest? Damals?«

»Nein.«

»Ein Verhältnis?«

»Nein.« Sie drehte den Kopf weg. »Wir haben zweimal ... Wir waren zweimal ... zusammen. Er war ... Er hatte etwas ... Sind Sie jetzt glücklich? Klatschen Sie jetzt in die Hände, weil Sie mich mit Ihren Beleidigungen in die Enge getrieben haben?«

»Soll ich Ihnen die Nummer meines Vorgesetzten notieren?« fragte Fischer und zog das Handy aus der Tasche. Weil Anita Soltersbusch nicht antwortete, tippte er die Nummer seines Kollegen Walter Gabler, mit dem er ein Büro teilte, um ihn zu bitten, Informationen über den ehemaligen Werkstattbesitzer zusammenzutragen.

Anschließend rief Fischer Liz Sinkel an. Gemeinsam mit Hauptkommissarin Esther Barbarov befragte sie die Mieter in der Riesenfeldstraße, vor allem in dem Wohnblock, der direkt an das Müllhäuschen grenzte.

Zu diesem Zeitpunkt befanden sich die beiden Frauen im dritten Stock von Haus Nummer 61, vom mageren Ergebnis ihrer Ermittlungen enttäuscht, müde, hungrig und mit wenig Hoffnung auf eine Wendung.

Für ihre Ahnungslosigkeit und ihren blinden Blick würden sie sich bald bis in ihre Träume hinein schämen.

17

Hinschauen ist zuviel verlangt

Elf Stapel Papier lagen auf dem Eichenholztisch, sechs Männer und drei Frauen saßen sich gegenüber. Ihr Vorgesetzter hatte am Kopfende Platz genommen und telefonierte mit jemandem, dessen Stimme aus dem Lautsprecher durch die beiden Räume schallte, zwischen denen der Tisch stand.

»Sie haben die bräunlich-rötlichen Verfärbungen gesehen«, sagte Dr. Justus Dornkamm durchs Telefon. »Stumpfe Gewalt beim ersten Schlag, der zweite erfolgte mit noch größerer Wucht, fast an derselben Stelle, schwerste Schädelbasisfraktur. Nudis verbis: Der Mann ist frontal erschlagen worden, die Tatwaffe ist zweifelsfrei der Steinkrug, der einen Meter zwanzig groß war und ungefähr vier Kilo wog. Das Opfer hatte zwei Komma vier Promille Alkohol im Blut und litt offensichtlich unter chronischem Alkoholismus und Unterernährung. Nach meinen bisherigen Untersuchungen wäre der Mann auch bei geringerer Gewalteinwirkung nicht in der Lage gewesen, sich zu wehren. Unter uns und ohne Zeugen: Auch ohne den brutalen Angriff hätte das Opfer dieses Jahr nicht überlebt.«

Silvester Weningstedt, der Leiter der Mordkommission, blickte in die Runde. Nachdem niemand sich zu Wort meldete, beendete er das Telefongespräch. Wie seine Kollegen hatte er sich eine Unmenge von Namen und Daten notiert.

»Nach den Berechnungen von Dr. Dornkamm starb der Mann in der Nacht zu Montag zwischen Mitternacht und zwei Uhr. Fundort der Leiche ist der Tatort, das heißt, er wurde im Müllhaus erschlagen und die Leiche dann in einem der Container versteckt.«

»Warum?« fragte Liz Sinkel. Das war eines ihrer Hauptfragewörter.

»Warum ›warum‹?« Georg Ohnmus, der fünfundvierzigjährige Hauptkommissar, der neben ihr saß, drehte sein kleines Diktiergerät auf dem Tisch.

»Warum hat der Täter die Leiche im Container versteckt und nicht einfach liegen lassen? Hat er gedacht, niemand merkt was?«

»Warum nicht?« sagte Ohnmus.

»Und das Blut überall, und die Scherben?«

»Der Täter hat die Scherben unter die Container gekehrt«, sagte Oberkommissar Micha Schell.

»Paßt doch.« Ohnmus legte den Rekorder genau in die Mitte seines Papierstapels. »Zeit gewinnen. Ist ihm gelungen.« Manchmal neigte er dazu, in Stichworten zu sprechen. »Die Leiche wurde erst am übernächsten Tag entdeckt.«

»Wieso waren Täter und Opfer zur selben Zeit am selben Ort?« Weningstedt hielt seine grüne Tasse in beiden Händen und zwang sich, nicht auf seinen Herzschlag zu achten, dessen Rhythmus ihn wieder einmal beunruhigte. Zumindest bildete er sich ein, er hätte Grund zur Sorge. »Und zwar mitten in der Nacht.«

Nach einem Moment erhob sich Walter Gabler, der Älteste in der Runde, atmete tief ein und setzte sich wieder: Niemand achtete darauf.

»Und kein Nachbar hat den Mann je zuvor gesehen?« sagte Gabler zu Liz und Esther, die ihm gegenübersaßen, und zu Fischer neben ihm: »Außer deiner Frau Küppersbusch.«

»Soltersbusch«, sagte Fischer.

»Kein Nachbar«, sagte Esther. »Allerdings haben wir noch nicht alle Mieter angetroffen.«

Unauffällig streckte Weningstedt den Rücken. Fischer tat, als bemerkte er nichts.

»Ich weigere mich zu glauben, daß der Stadtstreicher zufällig in der Anhalter Straße unterwegs war«, sagte Hauptkommissar Neidhard Moll.

Gabler nahm ein handbeschriebenes Blatt aus seinem Ordner. »Ob der Tote mit dem Werkstattbesitzer identisch ist, den Frau Soltersbusch erwähnt hat, ist nach wie vor nicht klar. Von Josef Nest, den übrigens seine Freunde und seine zweite Ehefrau, mit der ich gesprochen habe, Jo nennen, fehlt jede Spur. In München ist er nicht gemeldet, im Umland auch nicht. Früher hatte er eine Wohnung in der Hohenwaldeckstraße in Obergiesing. Wann er dort ausgezogen und wohin er gegangen ist, weiß ich noch nicht. Das können wir später herausfinden, ich wollte die Zeit nutzen, um wenigstens kurz seine beiden Exfrauen zu befragen. Ich brauchte allein eine Stunde für die Namensrecherche. Der Standesbeamte verlangte eine schriftliche Bestätigung, daß ich tatsächlich von der Kripo bin, dann rief er zweimal im Präsidium an und wollte Dr. Linhard sprechen.«

Schnaufend lehnte er sich zurück.

»Mißtrauen ist gut«, sagte Ohnmus. »Leider sind die Leute zur falschen Zeit mißtrauisch.«

Esther nahm die Mineralwasserflasche und füllte Gablers leeres Glas und ihr eigenes.

»Seine erste Exfrau betreibt ein Trachtenmodengeschäft in Bad Wiessee.« Gabler tippte mit dem Zeigefinger auf das Blatt. »Sie ist wieder verheiratet und hat Josef Nest aus ihrem Gedächtnis gestrichen. Die zweite Exfrau, zehn Jahre jünger als er, also heute zweiundfünfzig, lebt in München, sie arbeitet als Sekretärin, übernimmt nebenher Schreibarbeiten. Sie lehnt es ab, in die Rechtsmedizin zu kommen und sich den Toten anzusehen. Von Josef Nest hat sie angeblich seit Jahren nichts mehr gehört.«

»Warum ›angeblich‹?« fragte Liz.

Der Neunundfünfzigjährige wandte sich an Fischer. »Sprich du noch mal mit ihr, P-F.«

Fast alle Kollegen, die Polonius Fischer duzten, benutzten das Kürzel.

»Sie muß sich den Toten ansehen«, sagte Weningstedt. »Wen hast du für die Videokassetten eingeteilt, P-F?«

»Gesa und Neidhard.«

Die beiden arbeiteten gemeinsam im dritten Stock, direkt neben Weningstedts zweigeteiltem Büro. »Wenn der Täter aus dem Viertel stammt«, sagte Gesa Mehling, »dann kennt er die Position der Kamera am Mittleren Ring. Und wenn der Innenhof zwischen der Anhalter Straße und der Riesenfeldstraße nicht gut zu sehen ist, wird eine Identifizierung praktisch unmöglich, noch dazu in der Nacht.«

»Die Kamera ist extra installiert worden, um die Gegend besser zu überwachen«, sagte Liz. »Und die Kollegen konnten damit auch schon einige Täter festnehmen, ich denk schon ...«

»Auf dem Oktoberfest haben wir zwölf Kameras«, unterbrach Micha Schell. »Und die haben uns für unsere Ermittlungen bisher null genutzt. Null. Taschendiebe sind drauf, Besoffene, die sich mit Maßkrügen duellieren, ein Fastvergewaltiger. Alles ausgezeichnet. Aber wo ist unser Mörder? Wir haben ihn nicht drauf. Wir können ihn nicht rausfiltern. Wir sind ...«

»Wir sind mit der Sichtung noch nicht durch«, sagte Liz.

»Zwölf Kameras, die sich um die eigene Achse drehen, und was nutzt uns das im Ernstfall? Wofür stellen wir die Dinger eigentlich da hin? Auf die Wiesn. Auf den Christkindlmarkt. Ostbahnhof. Stachus. Hauptbahnhof. Petuelring. Laß mich ausreden, Liz. Dreiundachtzig Kameras in der Allianz Arena. Dreiundachtzig, Liz. Und ich schwör dir, wenn da einer im Gewühl einen anderen absticht und wegtaucht, dann glotzen wir ins Leere. Ich bin noch nicht fertig. Wie viele Kameras gibt's im MVV-Bereich? Sechshundert. Straßenbahnen,

U-Bahnen, S-Bahnen, Busse, alles unter Kontrolle. Blöderweise keine einzige Kamera in den Waggons, das wollen die bei den Verkehrsbetrieben nicht, ist ihnen zuviel Überwachung. Kann ich verstehen. Jetzt hätt ich fast den Flughafen vergessen. Wie viele Kameras, Liz?«

»Was weiß ich, tausend. Warum bist du so ...«

Er ließ sie nicht ausreden und kümmerte sich auch nicht um das Räuspern seines Vorgesetzten. »Eintausendsechshundert. Schwenkbar in alle Richtungen, ist ja logisch. Wir sind dermaßen gesichert. Und vergiß nicht die Kameras vor den Banken und Juweliergeschäften und teuren Modeläden.«

»Wir müssen weitermachen, Micha«, sagte Weningstedt.

»Gleich.« Schell sah wieder Liz an, die ihm schräg gegenübersaß. »Die Kameras überall in der Stadt, in den Straßen, in den Tunnels, an allen Verkehrsknotenpunkten, auf den Plätzen, über die jeden Tag hunderttausend Leute drüberlaufen ... Diese Kameras sind bloß für deine Susi und für sonst nichts.«

»Bitte?« Liz blickte in die Runde. »Für meine Susi? Wer ist meine Susi?«

»Was meinst du damit?« Obwohl er Schells Ausbrüche kannte, irritierte Weningstedt diesmal der barsche, negative Ton.

»Deine Susi«, sagte Schell zu Liz. »Meine Susi, unsere Susi und ...« Er zeigte auf Fischer. »... deine Susi auch, als Mann des Glaubens. Die Susi ist unser aller subjektives Sicherheitsempfinden. Wenn sich das einstellt, dann sind wir glücklich. Der Bürger kuschelt sich und grüßt uns freundlich, weil er weiß: Wenn was passiert, ist er nicht allein, sondern da sind unsere elektronischen Augen, die sehen alles und immer.«

Er steckte die Hände in die Jackentaschen und streckte die Beine unter dem Tisch aus.

Alle blickten vor sich hin. Einige überdachten die Worte ihres Kollegen mit verschlossener Miene, andere schüttelten unmerklich den Kopf. Lautlos drehte Ohnmus mit dem Zeigefinger sein Diktiergerät. Der einzige, der scheinbar ungerührt dasaß, war Polonius Fischer. Sein Gesicht mit den hohen Wangenknochen und der gekrümmten Nase – »Geiernase«, wie manche Kommissare den Zinken nannten – verriet nicht die geringste Aufwallung. Seine Augen ruhten dunkel auf dem Tisch, die Arme hatte er vor der Brust verschränkt.

Als im Treppenhaus Schritte zu hören waren, sah Fischer als einziger nicht auf.

»Endlich«, sagte Weningstedt, wie erleichtert.

»Und was ist mit den Terroristen in London?« Liz redete abwechselnd zu Fischer und Schell. »Die wurden mit Hilfe der Überwachungskameras identifiziert. Innerhalb von drei Tagen. Und die beiden jungen Araber in Köln, die Sprengstoff in ihren Rucksäcken hatten – gestochen scharf auf den Bildern der Kameras. Und die Terroristen vom elften September sind auch fotografiert worden, die Attentate konnten nicht verhindert werden, aber die ganze Welt hat die Gesichter der Täter gesehen. In London läuft jeder Bürger hundertmal am Tag an einer Kamera vorbei, da hinken wir in Deutschland noch weit hinterher. Wir haben unsere Kriminalitätsschwerpunkte, aber das reicht nicht.«

Schell wedelte mit der Hand. »Du bist ja auch für totale Telefonüberwachung, und du hältst den biometrischen Paß für einen einzigen Segen. Begreifst du nicht, Liz? Wir stellen die Bürger damit ruhig, wir reden ihnen ein, daß wir auf sie aufpassen. Aber das tun wir nicht. Wir können es nicht.«

Er nickte zur Tür, wo Valerie Roland und Hauptkommissar Sigi Nick mit zwei vollen Plastiktüten aufgetaucht waren.

»Hat lange gedauert«, sagte Valerie. »Der Kartoffelsalat war aus, wir mußten auf frischen warten.«

»Wir sammeln Daten«, sagte Schell. »Und wir wissen nicht, wozu. Wir haben keine Zeit, die Daten auszuwerten. Deswegen bluffen wir damit. In der EU leben vierhundertdreiundneunzig Millionen Menschen, das ergibt pro Tag ungefähr fünfzehn Tera-Byte an Informationen. Hast du eine Vorstellung, wieviel das ist, Liz?«

»Nein.«

»Ich auch nicht. Im wahrsten Sinn des Wortes: eine Un-Menge. Eine Absurditätsmenge. Dem amerikanischen Geheimdienst lagen massenhaft Auskünfte über Verdächtige vor, sie haben Telefonate abgehört, sie haben Gespräche an öffentlichen Plätzen mitgeschnitten, sie hatten Fotos. Aber sie konnten nichts damit anfangen. Und wieso? Weil sie erst nach den Anschlägen kapiert haben, was sie eigentlich gesammelt hatten. Du mußt erst einen bestimmten Begriff eingeben, damit der Computer schnallt, was er ausspucken soll. Abgesehen davon verstößt diese Speichermanie gegen das Grundgesetz und die Europäische Grundrechte-Charta.«

»Ich behaupt doch nicht ...«

»Du hast überall Kameras, der ganze öffentliche Raum ist voll davon. Über jedem Bank- oder Postschalter hängt eine Kamera. Kriegt der Bankräuber, den's ja auch noch gibt, genau wie den Vergewaltiger oder Messerstecher oder Totschläger, kriegen die Angst? Nein, kriegen sie nicht. Sie töten trotzdem. Alles drauf auf dem Film. Da ist der Kerl. Da ist meine Frau in der Blutlache. Gestochen scharf ...«

»Wir wissen doch, was mit deiner Frau passiert ist«, sagte Liz und sah Fischer hilfesuchend an. Er reagierte nicht.

»Glaubst du«, fuhr Schell fort, »die Terroristen in London haben nicht gewußt, daß im Land fünf Millionen Kameras rumhängen? Du willst alles kontrollieren? Mach aus dem öffentlichen Raum ein Gefängnis. Zieh gläserne Mauern hoch. Stell Wachtürme auf, Halogenscheinwerfer, Infrarotkameras. Schreib Listen mit den Namen jedes Bewohners. Zapf ihre Handys an, jeder ist verdächtig. Und die Unsichtbarsten sind die Gefährlichsten. Laß niemand aus den Augen, wie im Fußballstadion. Digitalisiere, was du unter die Finger kriegst. Die Fußballweltmeisterschaft war ein idealer Anfang. Eine Viertelmillion Leute wurden überwacht, Bier- und Würstelverkäufer, Putzfrauen, die Spieler selber, Kellner, alle möglichen Angestellten. Und die Daten flossen direkt zum Verfassungsschutz, wo sie mit den vorhandenen Daten abgeglichen wurden. Niemand wußte davon. Und die Eintrittskarten waren digitalisiert, sie sendeten Funksignale, wie die Pässe. Man konnte also jeden Besitzer einer Karte zuordnen und ihn orten. Hätte er was angestellt, wär er nicht weit gekommen. Hast du eine Kundenkarte von einem Supermarkt oder einem Kaufhaus? Nein? Schade. Stehen wichtige Daten drauf. Ich hab Hunger.«

Valerie und Sigi Nick hatten Teller und Besteck verteilt und gelbe Servietten daneben gelegt. Für jeden gab es zwei Leberkässemmeln und eine kleine Portion Kartoffelsalat, wie so oft, wenn sie wenig Zeit zum Essen hatten, sich aber dennoch gemeinsam an einen Tisch setzen wollten.

Die Semmeln auf Fischers Teller waren noch in Alufolie verpackt.

»Vom Meyerling.« Mit einem erschöpften Seufzer ließ Valerie sich auf dem Stuhl am Kopfende gegenüber von Weningstedt nieder. »Und jetzt wird geschwiegen, und du liest uns was, bitte, P-F.«

Wortlos stand Fischer auf, nahm ein rotes Buch aus dem Regal neben dem Fenster und lehnte sich an Weningstedts Schreibtisch. Er schlug das Buch an der Stelle mit dem grünen Stoffbändchen auf und wartete, bis seine Kollegen begonnen hatten zu essen.

Es war ein Ritual aus alter Zeit.

»Ich wurde zu einer Zeit geboren«, las Polonius Fischer, »in der die Mehrheit der jungen Leute den Glauben an Gott aus dem gleichen Grund verloren hatte, aus welchem ihre Vorfahren ihn hatten – ohne zu wissen, warum ...«

Das ist überhaupt kein Bluff, dachte Liz Sinkel. Ich kenne keinen Polizisten, der so redet wie Micha. Ich versteh nicht, wieso er einen Überwachungsstaat heraufbeschwört, bloß, weil wir darüber reden, wie wir möglicherweise unser Überleben sichern können. Susi! Selber Susi!

»... Ich gehöre jedoch zu jener Art Menschen, die immer am Rande dessen stehen, wozu sie gehören, und nicht nur die Menschenmenge sehen, deren Teil sie sind, sondern auch die großen Räume daneben ...«

Und wenn wir noch so viele Gesichter mit dem Face-Finder-System abgleichen, dachte Micha Schell, und wenn wir mit Supersuchgeräten ausgestattete Drohnen über die Städte fliegen lassen, sitzt irgendwo in einer Nische ein Osama bin Laden und bastelt an seiner Bombe und lacht sich in den Bart über unsere gläsernen, rechtelosen Bürger.

»... Deshalb habe ich Gott nie so weitgehend aufgegeben wie sie und niemals die Menschheit als Ersatz akzeptiert ...«

Man muß im Wald pfeifen, das vermittelt ein Gefühl von Sicherheit, dachte Emanuel Feldkirch. Da hat Liz recht. Aber seltsam ist es schon, daß wir auf keiner der zwölf Oktoberfestkameras ein brauchbares Bild gefunden haben.

»Ich war der Ansicht, daß Gott, obgleich unbeweisbar, dennoch vorhanden sein und also auch angebetet werden könne ...«

Was bedeutet das? dachte Walter Gabler. Der Tote vom Oktoberfest wohnte in demselben Haus, vor dem der Stadtstreicher erschlagen wurde.

»... daß aber die Menschheit, da sie eine rein biologische Vorstellung ist und nichts anderes bedeutet als eine Gattung von Lebewesen, der Anbetung nicht würdiger sei als irgendeine andere Gattung von Lebewesen ...«

Ich weigere mich, an einen Zufall zu glauben, dachte Neidhard Moll. Diese Stadt ist zu klein für Zufälle.

»... Dieser Menschheitskult mit seinen Riten von Freiheit und Gleichheit erschien mir stets wie ein Wiederaufleben jener alten Kulte, in denen Tiere Götter waren oder die Götter Tierköpfe trugen ...«

Wir müssen, dachte Esther Barbarov, die Bewohner des Blocks noch einmal vernehmen, und zwar hier im Kommissariat, mit harten Bandagen.

»... Da ich also weder an Gott noch an eine Summe von Lebewesen glauben konnte ...«

Die Dinge, dachte Gesa Mehling, liegen direkt vor uns, wir sehen sie nur nicht, wir wissen etwas, aber wir begreifen es noch nicht.

»... verblieb ich wie andere Außenseiter in jener Distanz zu allem, die man gemeinhin Dekadenz nennt ...«

Ein Gehege von Lügnern, dachte Georg Ohnmus, und diese Bäckersfrau ist möglicherweise die Anführerin des Rudels.

»... Dekadenz bedeutet den vollständigen Verlust der Unbewußtheit ...«

Unsichtbare Mörder gibt es nicht, dachte Silvester Weningstedt, wir dürfen uns nicht auf elektronische Augen verlassen.«

»... Denn die Unbewußtheit ist das Fundament des Lebens. Wenn das Herz denken könnte, stünde es still.«

Valerie Roland, die aufmerksam zugehört hatte, zerknüllte ihre Serviette und stand auf.

Fischer senkte das Buch, verharrte, lächelte, legte das Stoffband zwischen die Seiten und stellte das Buch ins Regal zurück. Noch immer wunderte er sich ein wenig, wie andächtig seine Kollegen den Texten folgten – oder zumindest so taten –

und darüber, daß sie ihn gelegentlich geradezu zu einer Lesung aufforderten und ihre Ermittlungen für ein gemeinsames Mittagessen unterbrachen. Den Inhalt der Lesung bestimmte Fischer allein. Zudem hatten sie verabredet, hinterher keine Fragen zu stellen, sondern unverzüglich ihr Tagwerk fortzusetzen. Beinah so, dachte Fischer, wie damals im Kloster, wo er voller Zuversicht seine Pflichten erfüllt hatte – bis zu jener Nacht, in der ein Gefühl von maßloser Menschenlosigkeit ihm den Verstand geraubt und seinen Glauben zerschmettert hatte.

»Ich bringe die Exfrau des Toten in die Pathologie«, sagte er zu Gabler und nahm seine eingepackten Semmeln vom Teller.

Die anderen trugen ihr Geschirr in die Küche im zweiten Stock, wo außer einer Waschmaschine, die nie benutzt wurde, auch eine Spülmaschine stand.

»Entschuldige mal«, sagte Liz an der Tür zu Fischer. »Hast du dir etwa die Haare schwarz gefärbt?«

Auch Valerie, Esther, Gesa und Gabler nahmen Fischers Kopf unter die Lupe.

»Sieht wirklich so aus«, sagte Valerie.

»Gib's zu«, sagte Liz.

»Schont eure Augen für wichtigere Dinge«, sagte Fischer und machte sich auf den Weg in sein Büro.

18

Ein Baum im falschen Park

Mit ihrem roten Mantel und ihren hellblonden, welligen Haaren erschien sie in dem kahlen gekachelten Kellerraum des Rechtsmedizinischen Instituts wie ein Signal des Lebens. Eine Minute lang hatte sie durch ihre grüngeränderte Brille stumm und regungslos das Gesicht des Toten betrachtet.

Dann wandte sie sich mit einer ebenso entschieden wie trotzig wirkenden Bewegung ab. Erst draußen im Innenhof fand sie die Sprache wieder.

»Uralt sieht er aus, und krank. Und völlig anders«, sagte Senta Haffner. Sie zupfte an ihrer Nase und sah eine Weile zur Straße. »Aber es wär möglich, daß er es ist.«

Sie zog eine Packung Zigaretten aus der Manteltasche und zündete sich mit einem silbernen Feuerzeug eine an. »Wo lag er? In einem Müllcontainer?« Sie rauchte. »Wie ein Stück Abfall? Wer hat ihn da hingelegt?«

»Ich muß Sie noch einmal fragen«, sagte Polonius Fischer. »Erinnern Sie sich an ein bestimmtes Merkmal, ein Muttermal, eine Narbe, eine Verfärbung.«

Nachdem er sie am Telefon zur Rede gestellt und angekündigt hatte, er würde sie mit einem Streifenwagen abholen lassen, falls sie sich weiter weigern würde, eine konkrete Aussage zu machen, war sie mit dem eigenen Wagen gekommen. Auf seine Fragen hatte sie nur knapp und unwirsch geantwortet. Mitgefühl zeigte sie nicht.

Sie paffte die Zigarette und trat sie nach der Hälfte aus und scheuerte mit der Stiefelspitze über die Kippe. »Was schauen Sie so? Sind Sie Nichtraucher?«

»Da drüben steht ein Aschenbecher.«

»Hab ich nicht gesehen.«

Sie zupfte wieder an ihrer Nase, verzog den Mund, schüttelte den Kopf. »Kann mich nicht erinnern. Kann sein, ich täusch mich. Jo war ein kräftiger Kerl, zupackend, gesund. Und der da drin ... Menschen verändern sich. Anscheinend. Krass. Hatte er keinen Ausweis bei sich? Dumme Frage, dann wären wir jetzt nicht hier. Armer Hund.«

»Er hatte Schulden, als Sie ihn verlassen haben.«

»Ich hab ihn nicht wegen der Schulden verlassen, guter Mann. Denken Sie das ja nicht. Ich hab den Mann verlassen – und es steht immer noch nicht fest, ob wir von dem reden, der da drin liegt –, weil ich mich allein gefühlt habe. Weil der Mann sich nicht mehr um mich gekümmert hat. Er wollte nicht mehr ausgehen, er wollte nicht mehr ins Kino, er wollte nicht mehr ins Restaurant. Seine dämliche Werkstatt war ihm wichtiger.«

»Sie haben ihn überredet, eine Eigentumswohnung zu kaufen«, sagte Fischer.

»Ja. Auf so eine Idee wär der von selber nie gekommen. Er hat geschuftet und sein Geld dem Finanzamt vor die Tür gelegt. Immer alles ordentlich. Pünktlich Lohn bezahlt, Sozialabgaben abgeführt, Termine eingehalten, 1-A-Service. Und dann?« Sie schniefte.

»Und dann steht er in der Wohnung, die ich besorgt habe, das können Sie sich nicht vorstellen. Vierter Stock, renovierter Altbau, Westend, Blick auf den Westpark. Steht der auf dem Balkon und schaut auf die Uhr. Schaut auf die Uhr. Weil er noch irgendwelche Reifen auswuchten muß. Oder Zündkerzen wechseln. Oder mit jemandem eine Probefahrt machen. Probefahrten waren seine Spezialität. Service am Kunden, hieß das. Wissen Sie, wie lange wir dann in der Wohnung gelebt haben? Fünf Monate. Und in jeder Sekunde dieser fünf

Monate hab ich gespürt, daß er an nichts anderes denkt als daran, was die Wohnung gekostet hat. Und wie lang es dauern wird, bis er sie abbezahlt hat.« Sie griff nach den Zigaretten, steckte die Packung aber wieder ein.

»Ich hab wunderschöne gelbe Vorhänge aufgehängt«, sagte Senta Haffner. »Ein neues buntes Sofa gekauft, einen Schrank, den man auch als Bar benutzen kann, ein bißchen kitschig vielleicht, aber originell. Das war alles zuviel für ihn. Und für mich irgendwann auch. Ich hab die Scheidung eingereicht und bin weg, erst mal zu einer Freundin. Dann hab ich mir ein Appartment in Neuhausen gemietet, in der Nähe vom Rotkreuzplatz. Da wohn ich immer noch. Einmal haben wir uns noch vor Gericht gesehen, dann nie wieder.«

»Hatte er die Wohnung da schon verkauft?«

»Hab ich nicht gefragt.«

Nachdem sie sich eine Zigarette angezündet hatte, rauchte sie, streifte Fischer mit einem Blick und schüttelte wieder den Kopf. »Ich hab sein Leben so satt gehabt. Diesen trübsinnigen, ewig gleichen Alltag. Die Leute mit ihren dämlichen Autos, die es immer eilig haben und einen Mechaniker wie einen Leibeigenen behandeln. Öl und Dreck, Ersatzteile hier und Ersatzteile da, und alles muß billig sein für die Leute. Wenn ich irgendwo in der Stadt ein demoliertes Auto gesehen hab, dann dachte ich, das steht morgen hundertprozentig vor Jos Garage. Und ich hätt kotzen können.«

»Sie haben ihn geheiratet.«

»Fragen Sie mich ja nicht, wieso, guter Mann.«

»Wieso haben Sie ihn geheiratet, Frau Haffner?«

Nach zwei Zügen sah sie Fischer in die Augen und blies den Rauch an ihm vorbei. Sie ging zu dem mit Sand gefüllten Aschenbecher neben dem Eingang des Instituts, steckte die Zigarette hinein und kam zurück.

»Ich hab mich in den Mann verschaut gehabt, und er war

nett und hatte Zeit für mich. Und er hat viel erzählt, und er hat gut gerochen. Was weiß ich, warum sich alles verändert hat.«

Sie sah auf die Uhr.

Fischer dachte an den kräfigen Mann – »stattlich« hatte Anita Soltersbusch ihn genannt –, wie er auf dem Balkon steht und, anstatt die Aussicht zu genießen, ungeduldig auf die Uhr schaut und sich vielleicht vorkommt wie ein Baum im falschen Park.

»Danke, daß Sie sich doch noch Zeit genommen haben«, sagte Fischer.

»Ihre Bemerkung am Telefon hat mich ziemlich zornig gemacht«, sagte sie auf dem Weg zum Parkplatz an der Frauenlobstraße. »Und eigentlich hätte ich mich erst recht weigern sollen, Sie zu treffen. Weil ich so einen Ton nicht ausstehen kann.«

»Mein Ton war angemessen.«

Abrupt blieb Senta Haffner stehen. »Nur, weil ich zu Ihrem Kollegen vorher gesagt hab, ich hätte keine Zeit, was ja auch stimmt, brauchen Sie mir nicht in diesem drohenden Ton zu kommen.

»Ich habe Sie nicht bedroht.«

»Sie haben behauptet, ich hätte Jo nach dem Leben getrachtet. So, als wär ich eine leibhaftige Verbrecherin.«

»Sie haben ihm nach dem Leben getrachtet«, sagte Fischer. »Sie wollten ihm sein eigenes wegnehmen.«

Staksig, als käme ihr plötzlich das gewöhnliche Gehen abhanden, entfernte sie sich. Wie von innen her bestrahlt, fielen die blonden Haare auf das Rot ihres Mantels. Nach einigen Metern hielt sie inne, senkte den Kopf und wandte sich mit einer ähnlich harschen Bewegung wie im Institut um.

»Und jetzt denken Sie wahrscheinlich, ich bin schuld, daß sein Leben in einem Müllcontainer zu Ende gegangen ist.«

»Nein«, sagte Fischer, der stehengeblieben war. »Daran ist der Mörder schuld.«

Sie nickte erleichtert. »Genau. Ganz genau.«

»Aber«, sagte Fischer, »entlastet Sie das?«

19

Das ONW-Prinzip

In dem Gebäude aus dem sechzehnten Jahrhundert brannte jeden Tag bis nach Mitternacht Licht. Während nebenan die letzten Besucher eines Konzerts das mittelalterliche, ehemalige Zerwirkgebäude verließen und durch die Altstadt zur U-Bahn am Marienplatz eilten, saßen elf Kommissare und Kommissarinnen an ihren Schreibtischen, über Computerausdrucke, Fotos, Ermittlungsakten gebeugt, und verglichen die Spuren zweier Mordfälle.

Die Fahnder stellten Verbindungen her, die sie noch nicht beweisen konnten. Sie schüttelten den Kopf über widersprüchliche Zeugenaussagen und die unheimliche Gemeinsamkeit der Verbrechen: das große Schweigen im Umkreis der Opfer und – vor allem im Fall Fehring – die Abwesenheit echter Trauer.

Entweder stand – wie bei dem Toten aus dem Müllhäuschen – die Identität noch nicht eindeutig fest und die Tatsache, daß in einem Wohnblock mit mehreren hundert Mietern eine Leiche entdeckt worden war, schien niemanden zu erschüttern. Oder die Freunde – wie bei dem Erstochenen vom Oktoberfest – schoben ihre Erinnerungslücken auf den Alkohol und zuckten mit den Achseln, wenn sie nach ihrer Beziehung zu dem Toten gefragt wurden. Und dessen ehemalige Lebensgefährtin gab sich nicht weniger wortkarg.

Daß Fischer mit Clarissa Weberknecht nach dem Mord an Fehring bereits zum zweitenmal innerhalb von fünfzehn Monaten zu tun hatte, beschäftigte ihn ebenso stark wie die Aussagen von Fehrings Freunden, nach denen offenbar ein weiterer Mann im Spiel war. Er hieß Max, sie nannten ihn Maxe, und die Hobbyfußballer hatten ihn ein paarmal gesehen und mit ihm sogar ein Bier getrunken. Wie er jedoch mit Familiennamen hieß und welchen Beruf er ausübte oder wo er wohnte, wußten sie nicht. Er habe sich fast ausschließlich mit Fehring unterhalten und ansonsten wenig gesprochen.

Den Namen dieses Mannes, hatte Clarissa in der ersten Vernehmung nach dem Tod ihres Freundes ausgesagt, habe Hans ihr gegenüber nie erwähnt, sie hätte sich bestimmt daran erinnert. Warum würden Sie sich daran erinnern? hatte Fischer gefragt, und sie hatte erwidert: Weil Hans mir alles erzählt hat.

Max. Maxe.

Niemand konnte ihn brauchbar beschreiben. Schlank sei er, groß, mittelgroß. Haarfabe? Schwer zu sagen. Möglich, daß er gehinkt hat. Ja, eigentlich habe er auf die Wiesn mitkommen wollen, aber es sei ja klar gewesen, daß er nicht kommt. Warum war das klar? Weil's eben klar war, er hat ja auch nicht Fußball gespielt. Wenn er sich mit jemandem unterhalten habe, dann mit Hans. Worüber? Keine Ahnung.

Keine Ahnung.

Unzählige Male tauchte diese Formulierung in den Berichten auf, die Fischer und seine Kollegen wieder und wieder studierten.

Wie haben Fehring und Max sich kennengelernt?

Ich glaub, am Nockherberg, sagte einer.

Wann?

Keine Ahnung.

Irgendwelche Eigenschaften, Merkmale, Ticks, spezielle Ausdrucksweisen?

Keine Ahnung.

Zum fünftenmal lasen Fischer und Micha Schell ihre eigenen Vernehmungsprotokolle durch. Sie betrachteten die Skizzen auf der Papiertafel und mißtrauten mittlerweile jeder Zeichnung, jedem Pfeil, jedem Namen hinter oder vor einem Pfeil, jeder Uhrzeit.

Fünf Tage nach der Ermordung von Hans Fehring am Westhang des Oktoberfestes gelang dem Kommissariat 111 endlich die eindeutige Identifizierung des Toten aus Milbertshofen. Der Mann war ebenfalls vor fünf Tagen gestorben.

Ein meist unter der Wittelsbacher Brücke hausender Obdachloser bestätigte gegenüber den Hauptkommissaren Gesa Mehling und Neidhard Moll, daß Jo – wie er richtig hieß, interessierte niemanden – seinem alten Stadtviertel Milbertshofen einen Besuch abstatten wollte, aus Gründen, über die er nicht sprach. Zur gleichen Zeit machten Georg Ohnmus und Sigi Nick vier weitere Stadtstreicher ausfindig, die ihren Kumpel auf dem Foto eindeutig wiedererkannten und von seiner Vergangenheit als relativ wohlhabender Geschäftsmann wußten.

Über Nachbarn in der Hohenwaldeckstraße, die sich an Josef Nest erinnerten, stieß Walter Gabler auf zwei Zahnärzte, von denen einer noch Unterlagen über seinen ehemaligen Patienten besaß. Daraufhin konnte Dr. Dornkamm das Zahnschema des Toten aus dem Müllhäuschen zuordnen und seinen Bericht abschließen.

Demnach wurde in der Nacht zum Montag, dem vierundzwanzigsten September, der zweiundsechzigjährige Josef »Jo« Nest in der Wohnanlage zwischen Anhalter Straße und Riesenfeldstraße erschlagen. Und zwar in derselben Nacht, in der wenige Stunden zuvor der in der gleichen Anlage wohnende neunundfünfzigjährige Steuerberater Hans Fehring erstochen worden war.

Liz Sinkel und Esther Barbarov hatten inzwischen alle Mieter angetroffen und befragt – mit Ausnahme eines einzigen: des achtundsechzigjährigen Rentners und ehemaligen Detektivs Bertold Gregorian.

Nach Meinung der wenigen Nachbarn, die Gregorian überhaupt kannten oder wenigstens einmal mit ihm gesprochen hatten, war er eine verhuschte Gestalt ohne nennenswerte Eigenschaften. Rupert Soltersbusch gab zu, mit Gregorian manchmal im Marienstüberl über irgend etwas Alltägliches gesprochen zu haben, ansonsten hätten sie aber keinen Kontakt gehabt und beidseitig auch nicht gewünscht.

Für Maria Brenecke, die Wirtin des Stüberls, gehörte Gregorian zu jenen Gästen, die man am ehesten als Stammgäste gewinne, wenn man sie in Ruhe ließ und keine unnötigen Fragen stellte. Sie glaube, fügte sie hinzu, daß er Probleme mit einem Bein habe, mit welchem, könne sie beim besten Willen nicht sagen. Schließlich würde sie ihre Gäste nicht heimlich beobachten.

Seit der Nacht, in der Fehring und Nest gestorben waren, hatte niemand Bertold Gregorian gesehen. Das bedeutete einerseits nichts, weil ihn vorher schon kaum jemand zu Gesicht bekommen hatte. Andererseits *könnte* es etwas bedeuten, und nicht nur Neidhard Moll weigerte sich, an einen Zufall zu glauben.

Zum zweitenmal in dieser Nacht – Samstag, 30. September, 0.15 Uhr – kroch Polonius Fischer auf allen vieren durch sein Büro. Er schob die beschriebenen, bekritzelten, mit roten, blauen und schwarzen Stiften bemalten Blätter, die er auf dem Boden ausgebreitet hatte, hin und her, legte an einer Stelle drei aufeinander, an anderer Stelle zwei nebeneinander, fegte mit dem Arm Blätter zur Seite und lehnte sich schließlich – nachdem er zuerst einen Zettel herausgegriffen, dann einen anderen genommen und den ersten achtlos fallengelassen hatte – an seinen Schreibtisch und winkelte die Beine an.

Er warf den Kopf hin und her und bleckte die Zähne.

Die Ärmel seines ultramarinblauen Hemdes hatte er hochgekrempelt und seine Schuhe ausgezogen und den Knoten seiner bordeauxroten Krawatte gelockert.

Die Bürotür war geschlossen, Walter Gabler vor kurzem nach Hause gegangen.

Drüben besprachen Weningstedt und Schell das weitere Vorgehen in einer Sache, von der die Kommissare erst an diesem Nachmittag erfahren hatten und die ihren Ermittlungen möglicherweise neue Schubkraft verlieh, in eine vollkommen unerwartete Richtung.

Aus dem Wust seiner Aufzeichnungen hatte Fischer das im Querformat beschriebene Blatt mit den Stichpunkten zum altbewährten ONW-Prinzip herausgefischt.

O für offensichtlich: die Tatwaffen (Messer, bisher unbekannt – Steinvase), Verhalten des Täters nach der Tat (Verstecken der Leiche im Müllcontainer – Drapieren der Leiche als Alkoholleiche), keine Zeugen trotz Umfeld (Mieter – Oktoberfestbesucher), Tatzeit (dieselbe Nacht, innerhalb weniger Stunden), keine konkreten Hinweise auf den Täter.

N für naheliegend: Jo Nest im Affekt, im Streit oder dergleichen erschlagen, keine Indizien für ein geplantes Verbrechen – Hans Fehring nicht im Streit oder bei einem Raubüberfall erstochen, in seinem Geldbeutel steckten dreihundertfünfzig Euro, der Täter wäre nach einer Tat im Affekt geflüchtet und hätte die Leiche nicht sorgsam im Gras abgelegt.

W für wahrscheinlich: Täter und Opfer kannten sich, klare Mordqualifikation in beiden Fällen, Heimtücke und niedere Beweggründe, Ort und Zeit sprechen dafür, die Täter stammen aus der näheren Umgebung, verfolgen möglicherweise das Geschehen.

Und dann waren Emanuel Feldkirch und Gesa Mehling im Bekanntenkreis von Hans Fehring auf eine eigenartige Verbindung zwischen dem Opfer und einem Mann gestoßen, dessen Beschreibung plötzlich in einem anderen Umfeld ebenfalls auftauchte. Mika Petrov, der Türsteher im Club Dinah, hatte etwas gesagt.

Aufgesucht hatten sie ihn wegen Fehring, aber auch – ohne es ausdrücklich zu betonen –, um Clarissas Alibi zu überprüfen und sich nach ihren Lebensgewohnheiten zu erkundigen. Dabei erinnerte sich Petrov an einen älteren, blaß und krank aussehenden Mann. Der sei mit einem grauen Opel wiederholt auf den Parkplatz gefahren, kurz ausgestiegen und wieder weggefahren. Ein- oder zweimal habe der Mann zwar geklingelt, sei aber nicht reingelassen worden. Warum nicht? hatte Feldkirch gefragt. Und Petrov: Schlechte Erscheinung, Ärger im Blick, so was erkenn ich sofort.

Clarissa Weberknecht hatte auf die Frage, ob sie eine Vorstellung habe, um wen es sich handeln könne, gelangweilt reagiert: Daß alte Männer um ihr Haus herumstreunten, sei normal, einer der Nachbarn sitze jeden Abend mit einem Opernglas hinter der Gardine. Einmal habe sie ihn zufällig auf der Straße getroffen und ihn eingeladen, da sei er tatsächlich vor ihr davongelaufen, die Levelingstraße hinunter, wie ein Kind. Dabei sei er mindestens fünfundsiebzig.

Woher sie wisse, daß der Mann im grauen Opel alt sei. Das habe ihr Mika erzählt. Dann entschuldigte sie sich kühl bei den Kommissaren. Sie habe in letzter Zeit kaum geschlafen, der Tod ihres Mannes, mit dem sie zwar nicht verheiratet, der aber seit vielen Jahren ihr einziger Freund gewesen sei, quäle sie Tag und Nacht. Sie habe schon überlegt, den Club eine Weile zu schließen und über ihr Leben nachzudenken. Aber das, hatte sie mit gequältem Lächeln hinzugefügt, könne sie sich nicht leisten, die Geschäfte liefen nicht besonders gut.

Für Micha Schell stand fest, daß die Frau log, was den Mann im grauen Opel betraf.

Polonius Fischer mißtraute ihr seit dem tödlichen Unfall vor einem Jahr, und das hatte ihm nichts genützt – bisher.

So oberflächlich die von Liz und Esther in der Riesenfeldstraße zusammengetragenen Personenbeschreibungen auch waren, sie ähnelten den Aussagen anderer Zeugen. Und eingedenk der provozierenden Verkettung von Lebensumständen in beiden Mordfällen riskierte Fischer an diesem Freitagabend – vorerst nur im engsten Kreis – eine Vermutung: Der seit fünf Tagen unauffindbare Bertold Gregorian war mit dem Max oder Maxe genannten Freund des erstochenen Hans Fehring identisch. Das wiederum würde bedeuten, daß Clarissa Weberknecht log. Log mit ihrer Behauptung, sie kenne keinen Max und habe keine Ahnung, wer der Mann im grauen Auto gewesen war.

Außerdem wartete Fischer auf den Anruf eines Streifenpolizisten aus Milbertshofen.

Auf dem Boden hockend, füllte Fischer mit seiner ausufernden Schrift eine weitere Seite des karierten Blocks.

Wenn Clarissa Weberknecht gelogen hatte, hieß das im extremsten Fall: Sie kannte den Mörder ihres Lebensgefährten.

Warum deckte sie ihn?

Wenn Gregorian Hans Fehring erstochen hatte – aus welchem Grund? Und warum wußte niemand von der Bekanntschaft der beiden?

Eine wußte davon: Clarissa.

Wo war Gregorian jetzt? Warum nannte er sich Max?

Und der Tod des Stadtstreichers Josef Nest? Zwischen ihm und Fehring existierte nicht die kleinste Verbindung, ebenso wenig zwischen Nest und Clarissa.

Auf dem Foto hatte Mika Petrov den ehemaligen Werkstattbesitzer nicht erkannt und erklärt, er sei sicher, den Mann nie gesehen zu haben. Clarissa behauptete dasselbe.

Dann rief der Streifenpolizist aus Milbertshofen an.

In einer Parkbucht an der Riesenfeldstraße stehe ein grauer Opel Vectra mit dem Kennzeichen M-EK3027, der Wagen sei auf einen Bertold Gregorian zugelassen, an der Windschutzscheibe klemme seit drei Tagen ein Strafzettel. Fünfzig Euro.

Fischer bat den Polizisten, das Auto zu fotografieren und auf weitere Anweisungen zu warten.

Obwohl der Ermittlungsrichter von den Indizien, die Fischer, Weningstedt und Schell ihm gegen ein Uhr nachts vorlegten, nicht hundertprozentig überzeugt war, genehmigte er aufgrund der Schwere der beiden Verbrechen und der dubiosen Koinzidenzen eine Hausdurchsuchung.

Eine Stunde später öffnete ein Mitarbeiter des regelmäßig für die Kripo arbeitenden Schlüsseldienstes die Wohnungstür von Bertold Gregorian.

20

Ein kleines blaues Heft

Minutenlang sprach keiner der drei Männer ein Wort.

Einer hinter dem anderen gingen sie durch die Räume, die Hände in den Hosentaschen, sorgsam darauf bedacht, keinen Gegenstand aus Versehen umzustoßen oder die chaotische Anordnung der Dinge zu verändern.

Überall lagen Scherben von Gläsern und Geschirr, beide Wohnzimmersessel waren umgekippt, der Teppich war übersät von Zeitungen und Illustrierten. Der Tisch stand quer. Die Glastür des Schranks war zerborsten, die Splitter lagen im ganzen Zimmer.

Was die Kommissare sahen, waren die Spuren eines Kampfes, allerdings nur im Wohnzimmer, nicht im Schlaf- und nicht im Badezimmer, nicht in der Küche. Abgesehen von dem verwüsteten Raum befand sich die Wohnung in einem aufgeräumten Zustand.

Eine Weile betrachteten Fischer, Weningstedt und Schell wie auf ein geheimes Zeichen hin nur den Boden. Dann hoben sie gleichzeitig die Köpfe und richteten ihre Aufmerksamkeit zuerst auf eine, dann auf die beiden anderen Wände, bevor sie sich dem Fenster zuwandten.

Jedem von ihnen fiel dasselbe auf: Trotz der ins Auge springenden Anzeichen von Zerstörung fehlten jegliche Spuren von Blut oder andere Hinweise auf die beteiligten Personen. Nirgendwo ausgerissene Haare, Stoffetzen, eingetrocknete Körpersäfte.

Trotzdem würden die Spurensucher etwas finden.

Ihre Spezialität war das scheinbar Unsichtbare.

Weningstedt ermahnte die Kollegen in den Schutzanzügen zur Eile, als er sie an der Tür begrüßte.

In Fischers Sakkotasche ertönte die Melodie von »Bad Bad Leroy Brown«.

Inzwischen war es vier Uhr morgens, und sie hatten Georg Ohnmus, dem ein Streifenbeamter in Fischers Auftrag ein Foto aus Gregorians Wohnung vorbeibrachte, vor zwei Stunden aus dem Bett geklingelt.

Nach einem kurzen Gespräch am Handy ging Fischer in die Küche, wo seine Kollegen Notizbücher und Mappen mit verschiedenen Schriftstücken durchblätterten. Mit Hilfe des Fotos – Fischer hatte es aus einem Rahmen im Schlafzimmer genommen – hatte einer der Isarfußballer gegenüber Ohnmus den Mann zweifelsfrei als Max identifiziert, den Bekannten von Hans Fehring. Nicht hundert, aber immerhin neunzig Prozent sicher war sich auch der Türsteher Petrov: Der Mann auf dem Foto war der Fahrer des grauen Opel.

Auf ausdrücklichen Wunsch von Polonius Fischer hatte Ohnmus bei seinem Besuch vor dem Club Dinah – er war vor der Tür geblieben – Clarissa Weberknecht nicht befragt, auch wenn Petrov seine Chefin unbedingt dazuholen wollte.

Ausgebreitet auf dem Küchentisch lagen eine Handvoll Zettel, auf denen Gregorian Uhrzeiten und Treffpunkte aufgelistet hatte. Der letzte Eintrag in seinem Taschenkalender datierte vom vergangenen Sonntag, dem Tag, an dem Hans Fehring erstochen worden war. Ein Messer, das als Tatwaffe hätte in Frage kommen können, hatten die Kommissare in der Wohnung nicht entdeckt.

»Was ist hier passiert?« fragte Weningstedt. Er saß gebückt am Tisch, dunkle Ringe unter den Augen. Seine Stimme klang kraftlos.

»Ein Kampf«, sagte Schell. Er klopfte mit der Faust dreimal

auf seinen rechten Oberschenkel. »Niemand hat geschossen, niemand hat zugestochen, niemand hat was mitgekriegt.«

»Wir haben noch niemanden gefragt«, sagte Weningstedt müde.

»Hab ich vergessen: Man muß die Leute heutzutage ja erst fragen, bevor sie von sich aus zu uns kommen.«

»Micha, bitte.«

»Entschuldige.« Schell winkte ab, stand auf, sah zur Tür.

»Wenn ein Kampf stattfand«, sagte Fischer, »dann haben hinterher beide Kämpfenden das Haus verlassen. Oder einer war tot und der andere hat die Leiche beseitigt.«

Weningstedt rieb mit der flachen Hand über seine Brust. »Wissen wir, daß es nur zwei waren?«

»Wir wissen es nicht«, sagte Fischer.

»Wie hieß der Stadtstreicher?« fragte Schell.

»Nest«, sagte Fischer. »Aber er ist im Müllhaus erschlagen worden, nicht hier. Das heißt nicht, daß wir eine Beziehungstat ausschließen. Jedenfalls kann der Zeuge, dem Georg vorhin das Foto gezeigt hat, sich nicht erinnern, Gregorian am Sonntagabend im Bierzelt oder anderswo auf dem Oktoberfest bemerkt zu haben. Und ob eine Kamera ihn aufgenommen hat, wissen wir noch nicht, weil wir keine Aufnahmen von der Tat haben und bis jetzt nicht wußten, nach welchem Gesicht außer dem von Fehring wir suchen sollten. Wir müssen also die Aufzeichnungen noch einmal überprüfen. Ist es glaubhaft, daß Hans Fehring seiner Frau nichts von Gregorian beziehungsweise Max erzählt hat?«

»Nein«, sagte Schell.«

»Nein«, sagte Weningstedt, vertieft in ein unliniertes kleines blaues Heft.

»Warum war Gregorian beim Club Dinah?« fragte Fischer. »Um zu spannen? Und wieso dann ausgerechnet bei dem Club und nicht bei einem anderen?«

»Deshalb.« Weningstedt stieß einen kurzen trockenen Husten aus und reichte Fischer das kleine blaue Heft. »Er hat Clarissa Weberknecht verfolgt. Die Abkürzung CW taucht ständig auf, Straßennamen, Uhrzeiten. Er hat sie beschattet.«

»Und sie behauptet, sie kennt ihn nicht.« Schell lehnte am Türrahmen. Seine Lider flatterten. Nur mühsam schaffte er es, seine Erschöpfung zu unterdrücken. Er war fast zwölf Stunden im Dienst und rechnete nicht damit, an diesem Samstag seine Tochter zu sehen. Zum Glück durfte sie bei ihrer besten Freundin übernachten, wie schon oft in letzter Zeit.

»Warum hat er sie beschattet?« fragte Fischer.

»Nichtwissen«, sagte Weningstedt.

»Warum könnte er Fehring erstochen haben?«

Niemand gab eine Antwort.

»Warum könnte er Josef Nest erschlagen haben?«

Sie schwiegen.

Von drüben waren die Stimmen der Spurensucher und das Klirren ihrer Instrumente zu hören. Sie waren zu viert, drei Männer und eine Frau, und sie gingen ihrer Arbeit nach, als wäre es Nachmittag und nicht kurz vor fünf Uhr morgens.

Polonius Fischer war zum Fenster getreten. Er sah hinunter in den dunklen Innenhof und zum gegenüberliegenden Haus.

In diesem Moment schaltete jemand im zweiten Stock Licht an. Die Vorhänge wurden zur Seite gezogen, und eine Gestalt erschien hinter der Scheibe.

Auch auf die Entfernung erkannte Fischer die Frau sofort.

Clarissa Weberknecht.

Sie hatte ihn auch bemerkt und zeigte keine Reaktion. So verharrte sie, stumm hinter Glas im milchigen Licht, wie ausgestellt.

Als Fischer sich umdrehte, begann Clarissa zu lächeln. Und als es drüben dunkel wurde, lächelte sie immer noch. Und als es an ihrer Tür klingelte, legte sie die linke Hand flach an das eiskalte Fenster und lehnte sich mit der Stirn dagegen.

Und als es zum drittenmal klingelte, kehrte ihr Mut zurück.

Sie ging zum niedrigen Schrank und küßte das Foto, das dort stand, und strich mit dem Zeigefinger über das Gesicht ihrer Freundin Dinah.

Clarissa empfand tiefe Geborgenheit.

21

Die allgegenwärtige Nähe

»So sieht man sich wieder«, sagte sie.

»Sehen Sie mich?«

»Brauche ich einen Anwalt, weil Sie so mit mir reden?«

»Sie haben gelogen, Frau Weberknecht. Sie haben uns im Namen Ihres ermordeten Mannes angelogen.«

»Im Namen meines ermordeten Mannes? Was soll das denn heißen?«

»Sie haben seinen Tod für eine Lüge mißbraucht.«

»Ich habe seinen Tod mißbraucht? Versuchen Sie gerade, mich auf die moralische Tour zu beleidigen?«

»Nein«, sagte Polonius Fischer, »ich beleidige Sie nicht.«

Sie drehte sich um. »Wenn Sie noch länger an der Tür stehen bleiben wollen, bitte. Ich bin im Wohnzimmer.«

Fischer schloß die Tür hinter sich. Auf dem Weg durch den Flur achtete er auf nichts, er konzentrierte sich auf den toten Mann vom Oktoberfest. Später am Tag würde Fischer gemeinsam mit Schell die Wohnung genauer untersuchen und, wenn die Indizien ausreichten, auch mit den Kollegen der Spurensicherung.

Unaufgefordert setzte er sich im Wohnzimmer auf die Couch, die denselben grünen Bezug hatte wie der Sessel, in dem Clarissa Weberknecht saß, mit übereinander geschlagenen Beinen, zurückgelehnt. Sie trug einen schwarzen Hosenanzug mit unübersehbaren Falten und grauen Flecken. Ihre blonden, struppigen Haare hatte sie nachlässig hochgesteckt. Wenn sie sich bewegte, verströmte sie einen Geruch nach abgestandenem Rauch und parfümiertem Schweiß.

»Wollen Sie Ihren Mantel nicht ausziehen?« sagte sie.

»Erklären Sie mir den Grund Ihrer Lügen.«

»Deswegen sind Sie hier? Um halb sechs in der Früh?«

»Ja.«

»Haben Sie gedacht, ich laufe weg?«

»Wissen Sie, wo sich Bertold Gergorian aufhält?«

Sie beugte sich nach vorn. »Sie haben Ihre Haare gefärbt! Sie sind eitel. Aber die schwarzen Haare passen natürlich zu Ihrem Charakterkopf besser als die grauen. Sie sehen jünger aus, sehr ansprechend, muß ich sagen. Sie haben tatsächlich meinen Rat befolgt.« Sie lehnte sich zurück. »Ich habe keine Ahnung, wo Herr Gregorian sich aufhält.«

»Wieso soll ich Ihnen das glauben?«

»Weil es die Wahrheit ist.«

»Niemand lügt nur einmal.«

Mit einem Ausruf spöttischer Anerkennung ließ sie sich gegen die Lehne des Sessels fallen. Sie klopfte mit beiden Händen auf die Lehne.

Dunkler, härter, als Fischer sie in Erinnerung hatte, traten die Narben auf ihren Handrücken hervor.

»Wie weise: Niemand lügt nur einmal.« Sie zog die Augenbrauen hoch. »Glauben Sie wirklich, ich bin so dumm und versuche, Sie jetzt auszutricksen?«

»Zum Lügen ist niemand zu dumm.« Den Satz hatte Fischer schon oft gegenüber Zeugen oder Verdächtigen verwendet, und die Worte verfehlten selten ihre Wirkung.

»Hören Sie auf, mich zu beleidigen. Ich ruf gleich meinen Anwalt an, verflucht. Ich bin müde, ich war vierzehn Stunden in der Arbeit, ich muß schlafen, weil ich nämlich heute um siebzehn Uhr meinen Laden wieder aufsperre. Ich muß Geld verdienen. Im Gegensatz zu Ihnen bin ich kein Beamter, der jeden Monat pünktlich sein Gehalt überwiesen kriegt. Wenn Sie mit mir reden wollen, laden Sie mich vor, und dann bespreche ich die Sache mit meinem Anwalt. Gehen Sie jetzt. Sie sind widerrechtlich in meine Wohnung eingedrungen.«

»Weshalb haben Sie abgestritten, Bertold Gregorian zu kennen?« fragte Fischer gleichmütig.

»Was?« Sie holte Luft, um noch lauter zu sprechen. Dann besann sie sich, stieß Luft durch die Nase und blickte zum Foto auf dem Schrank. Sie lächelte. Innerhalb von Sekunden schien ihre Stimmung zu kippen.

»Ach was«, sagte sie beinah munter. »Ich hab Sie doch nicht extra angelogen.« Aus ihrem Gesicht war schlagartig alle Müdigkeit verschwunden.

Über diese Veränderung war Fischer so überrascht, daß er sich, wie sie, nach vorn beugte und, wie sie, die Arme auf die Oberschenkel legte und die Hände faltete.

»Ja, stimmt. Hans hat diesen Max erwähnt, und er hat irgendeine Bemerkung fallen lassen, da hab ich plötzlich gedacht, so, wie der Hans den Mann beschreibt, das klingt ganz nach dem alten Bert. Aber das hab ich dann wieder vergessen. Ich hab den ewig nicht mehr gesehen, acht, neun Jahre mindestens.«

»Acht, neun Jahre«, sagte Fischer. »Und nun wohnt er Ihnen gegenüber. Sie schauen doch aus dem Fenster, wie vorhin. Sie kennen Ihre Nachbarn, Sie haben Bertold Gregorian gesehen.«

»Nein.«

»Er hat Sie in Ihrem Club besucht.«

»Das wüßte ich aber.«

»Ihr Türsteher hat ihn gesehen.«

»Der alte Mann, von dem Mika erzählt hat? Das soll Gregorian gewesen sein?«

»Petrov ist sich sicher.«

»Wie denn?«

»Er hat Gregorian auf einem Foto wiedererkannt.«

»Deswegen war Ihr Kollege heut nacht bei uns und hat so geheimnisvoll getan.«

»Gregorian hat Sie verfolgt, er hat Sie beobachtet.«

»Wann denn?«

»Seit er hier eingezogen ist.«

»Und wieso tut er so was Dämliches?«

»Vielleicht begehrt er Sie.«

»Das tun viele Männer, aber dazu brauchen sie mich nicht zu verfolgen. Es genügt, wenn sie in meinen Club kommen.«

»Sie kennen Gregorian von früher, Frau Weberknecht, und ich will wissen, was zwischen Ihnen passiert ist.«

»Nichts.«

»Zu beweisen, daß Sie sich kennen, ist leicht«, sagte Fischer. »Morgen haben wir fünf Zeugen, die Ihre Bekanntschaft bestätigen werden. Was ist geschehen, daß Sie so reagieren? Versuchen Sie, mir eine Erklärung zu geben. So einfach oder so kompliziert, wie Sie möchten.«

Auch Fischer war fähig, einen unbeschwerten Ton zu simulieren und sich unversehens in eine leichte Laune zu versetzen. Sein Mißtrauen gegenüber Clarissa Weberknecht nahm allmählich – eigentlich gegen seinen Willen und seine Strategie – staatssicherheitsdienstliche Ausmaße an.

»In meinem Leben«, sagte Clarissa mit sanfter Stimme, »gab es immer wieder Männer, die die Grenze überschritten haben. Sie bildeten sich ein, Macht ausüben zu müssen. Vielleicht nicht Macht, eher eine feinere Form von Gewalt. Besitzansprüche. Diese Männer nahmen sich zuviel Nähe heraus. In unserem Beruf ist das normal, aber manche Männer können damit nicht umgehen, wenn wir sie zurechtweisen. Sie werden dann aufdringlich, tauchen jeden Tag auf, werfen mit Geld um sich, provozieren mit ihrem Verhalten andere Männer, ruinieren die Atmosphäre. Am Schlimmsten sind die Stillen.

Sie reden wenig, sind nur da, bezahlen ordentlich, fordern nichts, sitzen an ihrem Platz, gehen sogar nach Hause, wenn man sie dazu auffordert. Aber natürlich kommen sie wieder. Und manchmal nehmen sie deine Hand und schauen dir in die Augen und sagen Sachen wie: Ich warte auf dich, ich habe ein Haus für uns, wenn es soweit ist für dich, bin ich da, wir haben keine Eile. Wenn du Hilfe brauchst, bin ich zur Stelle. Schön. Sie wollen uns retten, sie halten die Welt, in der wir leben, für falsch, für ungesund, für verderblich. Warum kommen sie dann zu uns? Solche Männer, Herr Fischer, sind überheblich und ignorant, sie begreifen nicht, daß wir sie nur dulden, daß wir sie ertragen. Daß wir froh sind, wenn sie wieder weg sind.«

Sie seufzte und lächelte den Kommissar an. »Das klingt vielleicht undankbar. Auch diese Männer sind unser Publikum, wir arbeiten für sie, wie ziehen uns für sie an, wie wir uns anziehen. Wir treiben unsere Spiele zu ihrem Gefallen.«

»Gregorian«, sagte Fischer. »Er war einer der Stillen. Er wollte Ihnen helfen, er wollte Sie retten.«

»Ich hatte eine schwere Zeit, und er war zufällig da.«

»Die Zeit nach dem Tod Ihrer Freundin.«

»Daran erinnern Sie sich?«

»Ihre Geschichte steht in meinen Akten.«

»Die Geschichte, die ich Ihnen erzählt habe.«

»Wann haben Sie Gregorian zum letztenmal gesehen?«

»Das haben Sie mich schon gefragt. Vor ewigen Zeiten.«

»Vor acht oder neun Jahren?«

»Möglich.« Sie streckte den Rücken. Die Lockerheit, die sie vorübergehend zugelassen hatte, stimmte sie im nachhinein mürrisch. »Sind wir fertig?«

»Haben Sie ihm damals verboten, wieder in Ihren Club zu kommen?«

»Ja.«

»Hat er sich daran gehalten?«

»Ja.«

»Warum?«

»Bitte?«

»Warum hat er sich daran gehalten?«

Sie schlug mit einer schnellen, unerwarteten Geste durch die Luft.

»Weil er kapiert hat, daß es vorbei ist, ein für allemal.«

»Was war vorbei?«

»Sein Gastrecht.« Clarissa stand auf und nickte zur Tür hin.

Fischer blieb sitzen. »Aber für einige Zeit hatte er Gastrecht«, sagte er. »Er stand Ihnen nach dem Tod Ihrer Freundin zur Seite. Dann schickten Sie ihn weg, und er gehorchte. Doch er hielt es ohne Sie nicht aus und suchte wieder Ihre Nähe. Und jetzt ist er verschwunden. Er hat seine Wohnung nicht freiwillig verlassen. Er hat Ihnen nachspioniert, er hat Ihnen aufgelauert. Ich glaube nicht, daß er geschickt genug war, sich nicht zu verraten.«

»Ich habe nichts bemerkt, und ich kümmere mich auch nicht um andere Leute auf der Straße.«

»Ich vermute«, sagte Fischer, »Sie haben ihn bemerkt und zur Rede gestellt. Und ich vermute auch, Sie wissen, warum er sich nicht in seiner Wohnung aufhält.«

»Nein.«

»Morgen steht fest, ob Fingerabdrücke von Ihnen in der Wohnung sind.«

»Da können Sie lange suchen.« Sie ging in den Flur hinaus, wandte sich um, wartete einen Moment und riß dann die Wohnungstür auf.

Zu vieles von dem, was er gerade gehört hatte, verwirrte ihn, steigerte sein Mißtrauen weiter und blieb ihm rätselhaft. Einerseits versuchte sie ihn auszutricksen, das war offensichtlich.

Andererseits spielte sie vollkommen unverhüllt eine Rolle, die nicht zur abgeklärten Lügnerin paßte. Die Geschichte ihrer Augen, dachte Polonius Fischer, stimmte mit der Geschichte ihrer Hände nicht überein. Und ihr Lächeln verwandelte ihr Gesicht jedesmal in das Gesicht einer anderen, anmutigen, schutzlosen Frau.

Fischer schien es, falls es ihm nicht gelänge, diese zweite Frau zu enttarnen, dann würde seine Akte unvollständig und ohne gerichtsverwertbare Beweise bleiben.

An der Wohnungstür tat er etwas für ihn Ungewöhnliches.

Er schwieg eine Minute lang.

Clarissa starrte ihm ins Gesicht und wußte nicht, was er mit seinem stummen Dastehen bezweckte. Er sah sie mit verschlossener Miene an. Dann drehte er noch einmal den Kopf und betrachtete den Flur, ohne daß deutlich wurde, worauf genau er sein Augenmerk richtete. Schließlich wiegte er den Kopf hin und her und bleckte die Zähne. Beinah hätte Clarissa aufgelacht. Aber sie blies nur Luft durch die Nase und schüttelte den Kopf.

»Alles in Ordnung mit Ihnen?« sagte sie.

Da war sie wieder, dachte Fischer, die andere Frau. »Kennen Sie den Namen Josef Nest?«

Clarissa zögerte, bevor sie antwortete. »Nein.«

»So heißt der Tote, der in Ihrem Müllhaus gefunden wurde.«

»War er ein Freund von Gregorian?« Sie lächelte, wie vorhin.

»Sie haben ihn auf dem Foto, das Ihnen meine Kolleginnen neulich gezeigt haben, nicht wiedererkannt.«

»Nein.«

»Wann findet die Beerdigung Ihres Mannes statt?« fragte Fischer ohne Unterton, wie nebenbei.

»Was soll denn die Frage?« Sie hatte laut gesprochen und

senkte die Stimme im stillen Treppenhaus. »Sie sind doch schuld, daß ich ihn noch nicht beerdigen durfte. Er liegt in der Gerichtsmedizin, und Sie geben seine Leiche nicht frei.«

»Sie ist seit gestern freigegeben.«

»Und wieso sagt mir das keiner?« Wieder fegte sie mit der linken Hand durch die Luft. Im selben Moment ging das Licht im Treppenhaus aus. »Und wieso krieg ich keine Antwort?« blaffte Clarissa.

Fischer drückte auf den Knopf neben der Tür.

»Sie werden heute vormittag offiziell informiert.« In Wahrheit, dachte Fischer, hatte Valerie vergessen anzurufen.

Ohne ihn noch einmal anzusehen, drängte Clarissa sich an ihm vorbei in die Wohnung und schlug die Tür zu.

Als Polonius Fischer den ersten Stock erreichte, ertönte über ihm eine weiche, behutsam laute Stimme.

»Hey, hey.« Oben beugte Clarissa sich übers Geländer. Die Haare fielen ihr über die Schulter und leuchteten eigenartig im matten Licht. »Sie sollten Ihre Haare länger wachsen lassen. Und Sie müssen aufpassen, daß Sie nicht eine zu starke Tönung verwenden. Dann sehen Sie perfekt aus. Viel zu schön für Ihren Beruf.«

Sie lächelte, und Fischer bildete sich ein, er würde sie kaum wiedererkennen. Wortlos ging er weiter. Wenn er sich nicht täuschte, hatte sie den Arm gehoben und ihm hinterhergewinkt.

Es war ihr schwergefallen, ihn nicht anzurufen.

»Ist was passiert?« fragte Fischer.

Seit sie fast jede Nacht durch die Stadt fuhr, trieb ihn – manchmal schmerzhaft stark – die Sorge um, ihr könne etwas zustoßen.

»Nein«, sagte sie. »Ich wollte nur mit dir spechen. Zwei Stunden lang hatte ich keinen einzigen Fahrgast, nicht mal um den Bahnhof rum. Dann bin ich durchs Gärtnerplatzviertel gekurvt. Nichts, niemand. Und mit den Kollegen wollte ich nicht reden. Nur mit dir. Aber ich wollte nicht aufdringlich sein.«

»Du kannst gar nicht aufdringlich sein«, sagte Fischer. »Wo bist du gerade?«

»Auf dem Heimweg von der Zentrale.«

»Du sollst doch im Auto nicht mit dem Handy telefonieren. Wenn sie dich erwischen, kriegst du Punkte. Die jungen Kollegen sind spezialisiert aufs Lenkradtelefonieren.«

»Ist mir so was von egal«, sagte sie. »Ich hab nicht länger auf deine Stimme warten können.«

Manchmal, nachts, geißelte sie sich wegen ihrer sturen, zum berechnenden Gespräch mit Vorgesetzten gänzlich ungeeigneten Haltung, mit der sie damals ihre letzten Chancen als Journalistin verspielt hatte. Und sie dachte an ihr Alter und an die Rente, die sie freiwillig aus dem Fenster geworfen hatte.

Doch dann dachte sie wieder an ihre letzte große Reportage, die ihr Leben für alle Zeit verändert hatte, und zwar auf eine Weise, von der zu träumen ihren kieselhirnigen Chefredakteuren jede Phantasie fehlte. Und wenn sie den Monologen angetrunkener, zorniger, jämmerlicher oder von den eigenen Lebensausreden überzeugter Fahrgäste zuhörte, überkam sie ein Gefühl tiefer Versöhnung mit allem, was war, und mit allen ihren Entscheidungen.

Und eine Ahnung vom Glück hatte sie schon bei ihrer ersten Begegnung mit Polonius Fischer in dessen Büro gehabt, als sie ihm für ihre Reportage die erste Frage stellte: Ist es Ihnen nach neun Jahren im Kloster hier in der Mordkommission, wo ständig das Telefon klingelt und Leute rein und rauslaufen, nicht viel zu laut und wuselig? Und er hatte sich mit den Fingern durch die Haare gestrichen und seinen Blick auf ihr ruhen lassen.

Vielleicht hatte sie deshalb nie Angst, wenn sie nachts unterwegs war: weil sein erster Blick ihr bis heute wie eine Obhut erschien.

»Wir werden uns heute wieder nicht sehen können«, sagte er.

»Das macht nichts«, log sie.

»Hast du heute nacht Dienst?«

»So wie du.«

»Du kannst bei mir übernachten, wenn du möchtest.«

»Ohne dich?«

»Irgendwann am Vormittag bin ich da.«

»Verdammt, ich muß aufhören. Da vorn lauern deine jungen Kollegen.«

Abrupt brach die Verbindung ab.

Mit dem Handy am Ohr stand Polonius Fischer in seinem Büro und hörte durch das offene Fenster die Schläge einer Kirchturmuhr.

22

Tolle Frau, große Frau, starke Frau

Valerie Roland stellte eine Tasse mit schwarzem Kaffee auf den kleinen viereckigen Tisch unter dem Fenster und setzte sich an ihren Platz neben der Tür. Sie ließ ihre Finger flattern und begann, in den Laptop zu tippen. Zunächst notierte sie Datum und Uhrzeit – Sonntag, 29. September, 8 Uhr 10 –, anschließend Namen und Alter des Zeugen – Mika Petrov, einundvierzig – und den Namen des Sachbearbeiters, der die Vernehmung – das Gespräch, wie er es nannte – durchführte.

»Interessante Zelle«, sagte Petrov. Schlürfend trank er einen Schluck und sah sich um.

Unter seiner schwarzen Lederjacke trug er ein dotterfarbenes Hemd, dazu eine schwarze Hose aus Kunstleder und schwarzweißgestreifte Sportschuhe. Er hatte stoppelige Haare, schmale Augen, dünne, bleiche Lippen, ein eckiges Gesicht. Seine Hände waren kräftig, die Finger sehnig, die Fingernägel lang und teilweise abgekaut. Petrov bewegte sich langsam, auch wenn er saß, und vermittelte den Eindruck eines durchtrainierten Leibwächters, der blitzschnell reagieren und zuschlagen konnte. Seine Müdigkeit überspielte er mit ruckartigen Kopf- und Schulterbewegungen. Mehrmals rieb er sich mit der flachen Hand übers Gesicht.

»Möchten Sie noch mehr Kaffee?« fragte Polonius Fischer.

Petrov hatte die Tasse in drei Schlucken ausgetrunken. »Ich bin fit. Sie wollen wissen, ob die Chefin mit dem alten Mann befreundet ist, den Sie mir auf dem Foto gezeigt haben? Was soll ich dazu sagen? Ich kümmere mich nicht um ihre Freunde, ich bin ihr Angestellter, ich mach meine Arbeit.«

»Als was sind Sie angestellt?«

»Türsteher, rechte Hand, Organisator, Chauffeur. Alles.«

»Der Mann heißt Bertold Gregorian und war zu der Zeit, als Dinah Lustiger starb, einer der engsten Vertrauten Ihrer Chefin. Sie haben doch damals auch schon für sie gearbeitet.«

»Ist lang her. Sie hat mir einen Job gegeben, ich war in Schwierigkeiten, sie hat mich praktisch von der Straße geholt. Dafür bin ich dankbar.«

»Was hatten Sie für Schwierigkeiten?«

»Kleinkram. Schlägereien mit Landsleuten, Jugoslawen. Ich bin in München geboren, mein Vater war Serbe, deswegen kannte ich von Kindheit an viele Leute aus der Heimat meines Vaters. Er hatte ein Gasthaus in Sendling, und bestimmte Leute waren neidisch, weil er Erfolg hatte. Er ist leider gestorben, meine Mutter hat das Geschäft aufgegeben, sie bekommt wenig Rente, ich unterstütze sie.«

»Hätten Sie das Gasthaus nicht übernehmen können?«

»Wollte ich. Aber ich hab kein Talent, zuviel Bürokratie. Dauernd Ärger mit der Brauerei oder mit der Stadt. Entweder es geht um Parkplätze oder um Lärm oder um Hygienevorschriften. Zuviel Papier. Ich bin besser mit handfesten Sachen. Und außerdem: Jugoslawische Küche ist nicht mehr so beliebt wie früher, die Konkurrenz ist noch größer geworden. Clarissa hat mich gerettet. Tolle Frau, große Frau, starke Frau.«

»Kannten Sie Dinah Lustiger?«

»Nein, sie war krank. Clarissa hat von ihr erzählt, sie hat sich um sie gekümmert, jeden Tag, nachts, bis zu Dinahs Tod.«

»Und Bertold Gregorian hat sich um Clarissa Weberknecht gekümmert«, sagte Fischer.

»Möglich.« Petrov zuckte mit der Schulter. »Ist er tot oder wozu der Aufwand?«

»Er ist verschwunden. Er hat Ihrer Chefin nachgestellt, Sie haben ihn ja selber auf dem Parkplatz gesehen. Hat er in jüngster Zeit Kontakt zu Clarissa aufgenommen? Hat sie seinen Namen erwähnt? Wirkte sie beunruhigt?«

Zum erstenmal sah es aus, als würde Petrov lächeln. Aber Fischer war sich nicht sicher. Die Zuckungen im Gesicht des Zeugen konnten auch von Müdigkeit herrühren. »Clarissa war nie ruhiger. Sie ist sehr entspannt, sie arbeitet sechzehn Stunden durch und ist immer bester Laune. Und das merken natürlich die Mädchen, und die Gäste auch. Beunruhigt ist die Chefin bestimmt nicht.«

»Obwohl ihr Mann ermordet wurde und wir den Täter noch nicht kennen?«

Petrov holte mehrmals angestrengt Luft. »Klar. Hab ich vergessen. Wann ist eigentlich die Beerdigung? Wissen Sie das?«

»Vermutlich nächste Woche«, sagte Fischer. »Seit wann ist Ihre Chefin in einer so ausgelassenen Stimmung?«

»Seit wann? Seit ... keine Ahnung. Seit einer Woche ...«

Jetzt durfte Fischer keine Zeit mehr verlieren. »Seit einer Woche. Hatte sie Geburtstag?« Eine absurde Frage, da er wußte, an welchem Tag sie geboren war.

»Geburtstag? Nein. Glaub nicht. An ihrem Geburtstag feiern wir immer, der ist im Fasching. Im Februar.«

»Es würde uns sehr helfen«, sagte Fischer ohne Betonung, ohne Hast, »und das ist auch der Hauptgrund, weshalb ich Sie gebeten habe, so früh hierher zu kommen, wenn Sie sich erinnern könnten, wann genau Ihre Chefin Ihnen aufgetragen hat, sich um den alten Mann, um Bertold Gregorian, zu kümmern. Ihm ins Gewissen zu reden. Ihn zu bitten, mit den albernen Verfolgungen aufzuhören und Clarissa in Ruhe zu lassen. Wann war das?«

»Ich weiß gar nicht ...« Petrov fuhr sich übers Gesicht. Er bemühte sich, nicht wegzusehen. »Sie hat mir ... Sie hat nie so was von mir gewollt. Dafür bin ich nicht zuständig.«

»Sind Sie nicht für alles zuständig?«

»Schon. Ja. Aber für so was ... Auf unseren Parkplatz fahren dauernd irgendwelche Spanner, manchmal verscheuche ich sie. Höflich mach ich das, da gab's noch nie Beschwerden. Oder haben Sie eine Anzeige gegen mich vorliegen? Bestimmt nicht. Die Chefin würde nie verlangen, daß ich außerhalb des Clubs was für sie erledige. Sie ist da absolut korrekt. Mit dem alten Mann hab ich nichts zu tun, ich kenn den nur vom Sehen. Und wenn Clarissa Probleme mit dem hat, dann erledigt sie das selber. Ihre Männersachen erledigt sie immer selber.«

»So schätze ich sie ein«, sagte Fischer. »Sie hat sich also selbst um den alten Mann gekümmert.«

»Davon geh ich aus. Ich jedenfalls nicht.«

»Wissen Sie noch, wann Sie Ihrer Chefin von dem alten Mann erzählt haben?«

»Vor Monaten. Ich glaub, kurz nach ihrem Geburtstag. Aber das hat sie nicht besonders interessiert.«

»Wieso nicht?«

»Sie hat gesagt, der Alte verschwindet schon wieder.«

»Sie wußte, daß er hinter ihr her ist.«

»Denk schon. Aber das war ihr egal.«

»Der alte Mann ist aber nicht verschwunden.«

»Was weiß ich. Ich hab erst gar nicht gecheckt, daß der Alte, von dem ich ihr am Geburtstag erzählt hab, derselbe ist wie der im grauen Auto. Hat mich nicht interessiert, und Clarissa auch nicht.«

»Sie haben also nie mit dem alten Mann gesprochen?«

»No no never.« Petrov ruckte mit dem Oberkörper. »Was ist an dem eigentlich so wichtig? Wenn er verschwunden ist, ist er wahrscheinlich nicht der einzige in der Stadt. Und?«

»Wer, vermuten Sie, hat den Mann Ihrer Chefin ermordet?« fragte Fischer.

Petrov lachte. »Bestimmt nicht der alte Sack, der kann ja nicht mal gescheit Autofahren.«

»Wer, Herr Petrov?«

»Keine Ahnung.«

»Sie?«

Einen Moment lang starrte Petrov dem Kommissar ins Gesicht. Dann lachte er wieder, laut und kurz. »Ich? Ich? Sekunde.« Er drehte den Kopf zur Wand und hob die Schultern. »Der ist am letzten Sonntag erstochen worden, der Hans, stimmt's? Stimmt. Da hab ich ein Alibi, da war ich nämlich bei meiner Mutter in Moosach, und zwar von sechs Uhr abends bis ein Uhr früh. Wir haben gegessen und Karten gespielt. Ich hatte keinen Grund, den Hans zu erstechen. Wann ist die Beerdigung noch mal?«

23

Die Leere der Welt

Polonius Fischer lächelte Valerie in ihrem Büro zu. Sie nickte, und er schloß die Tür.

Manchmal nahm er das eintausendvierhundertfünfzig Seiten umfassende Buch mit den dünnen Seiten in seinen P-F-Raum mit und verwahrte es in der tiefen Schublade des viereckigen Tisches, bis er Zeit fand, es aufzuschlagen. Für sich allein. Wie früher, nach der Regel des Heiligen Benedikt, die für jeden Wochentag einen Psalm oder eine andere Bibelstelle vorsah. Am Samstag zum Beispiel das Lied des Moses aus dem Deuteronomium.

Doch Polonius Fischer wählte einen Absatz aus dem neunzehnten Kapitel, mehr aus Zufall, weil er beim Blättern darauf gestoßen war.

Er stellte sich unter das Fenster und las mit halblauter Stimme.

»Wenn jemand vor Gericht geht und als Zeuge einen anderen zu Unrecht der Anstiftung zum Aufruhr bezichtigt, wenn die beiden Parteien mit ihrem Rechtsstreit vor den Herrn hintreten, vor die Priester und Richter, die dann amtieren, wenn die Richter eine genaue Ermittlung anstellen und sich zeigt: Der Mann ist ein falscher Zeuge, er hat seinen Bruder fälschlich bezichtigt, dann sollt ihr mit ihm so verfahren, wie er mit seinem Bruder verfahren wollte. Du sollst das Böse aus deiner Mitte wegschaffen. Die übrigen sollen davon hören, damit sie sich fürchten und nicht noch einmal ein solches Verbrechen in deiner Mitte begehen. Und du sollst in dir kein Mitleid aufsteigen lassen …«

Er schlug das Buch zu, verharrte in der Stille und blickte zum Kruzifix über der Tür. Du sollst das Böse aus deiner Mitte wegschaffen, dachte er und sagte: »Ja. Aber dann würden wir uns selbst wegschaffen. Und das schaffen wir nicht.«

Jemand klopfte zweimal an die Tür. Fischer nahm seinen Block und den blauen Stabilostift und legte beides auf das rote Buch.

Im Flur wartete Micha Schell auf ihn.

»Wir haben ihn.«

»Gregorian?«

»Allerdings nicht leibhaftig«, sagte Schell. »Aber immerhin lebendig.«

Auf dem Computerbildschirm in Weningstedts Büro wuselten tausende Menschen, Farben schwammen ineinander. Wenn man länger als eine Minute hinsah, bekam man Sehnsucht nach einer weißen Wand.

Dann wurde das Bild grieseliger, unschärfer.

»Die Kollegen in der Ettstraße, die die Aufnahmen vom Oktoberfest sammeln, haben Standbilder herauskopiert«, sagte Schell. Er saß auf dem Stuhl seines Vorgesetzten, während dieser hinter ihm stand und im Kreis von Fischer, Liz Sinkel, Esther Barbarov, Walter Gabler und Georg Ohnmus unscharfe Vergrößerungen betrachtete. »Hier ist er von hinten, hier von der Seite und hier von vorn, wenn auch nur kurz. Als hätte der Typ sich absichtlich weggedreht. Das ist der Toilettenwagen, die Leute stehen Schlange. Und da kommt unser Mann wieder ins Bild.«

»Ich sehe nichts«, sagte Weningstedt.

Schell klopfte mit dem Zeigefinger auf den Bildschirm und betätigte mit der anderen Hand die Maus. »Jetzt siehst du ihn größer. Da. Und wieder weg. Hier ist eine bessere Auflösung. Eindeutig. Bertold Gregorian.«

»Schon schon«, sagte Liz. »Aber haben wir eine Aufnahme von der Begegnung zwischen ihm und Hans Fehring?«

»Nein«, sagte Schell.

»Nein«, wiederholte Liz.

»Nein.«

Fischer legte die Hand auf Schells Schulter. »Habe ich das gerade richtig erkannt bei der Zeitanzeige? Die Frontalaufnahme von Gregorian entstand nach der Tat, auf seinem Weg vom Oktoberfest weg.«

»Gutes Auge, P-F«, sagte Schell und spulte im Schnelldurchlauf vor. »Wir können beweisen, daß Gregorian in der Nähe war, zu der Zeit, als Fehring erstochen wurde. Die Tat ist nicht auf Band.«

Wie zum Hohn für die Kriminalisten hatte eine der zwölf Kameras den Moment eingefangen, als ein kleines Mädchen sich mit seiner Mutter über den scheinbar betrunkenen, bewegungslos im Gras liegenden Mann beugt. Andere Besucher kommen hinzu, die Mutter fuchtelt aufgeregt mit der Hand, kurz darauf tauchen vier unifomierte Polizisten auf, einer von ihnen telefoniert, zwei andere drängen die Menge beiseite.

»Solange wir kein Motiv finden«, sagte Weningstedt, »nutzen uns die Bilder nichts.«

»Warum?« sagte Liz. »Mit den Bildern können wir Clarissa Weberknecht endgültig festnageln. Als kaltschnäuzige Lügnerin.«

»Diese Frau«, sagte er. »Was bezweckt die, P-F?«

Fischer entfernte sich von der Gruppe. »Wir wissen immer noch zu wenig über sie. Sie führt ein kontrolliertes Leben. Sie läuft nicht davon. Zuerst möchte ich mehr über Gregorian erfahren, dann sehen wir, was die Spurensuche in der Wohnung ergeben hat, und dann laden wir Frau Weberknecht vor. Das Foto von Gregorian erscheint in den Sonntags- und in den

Montagszeitungen, also wird sich spätestens übermorgen ein neues Fenster für uns öffnen.«

»Und wenn alle Fenster offen sind, ist Weihnachten«, sagte Schell mürrisch, die Hand immer noch auf dem Mousepad, zum Bildschirm hin gebeugt.

»Wo bleiben die Bilder aus Milbertshofen?« fragte Liz.

Schell stieß sich vom Tisch ab und rollte mit dem Stuhl rückwärts, auf die Wand zu. »Kein Bild vom Tatort, Kollegin, kein Bild vom Täter, nicht mal ein Bild von einem Falschparker. Die Kollegen suchen weiter, aber die Chancen stehen schlecht. Dein allmächtiges Auge ist blind.«

»Ist es nicht.« Liz zeigte auf den Computer. »Vielleicht bist du blind. Dank der Aufnahmen sind wir gerade einen riesigen Schritt vorangekommen. Obwohl es am Anfang überhaupt nicht danach ausgesehen hat. Und wir werden auch in Milbertshofen was finden, das geht nämlich gar nicht anders. Kollege.«

Ohne sie zu beachten, stand Schell auf und ging zur Tür, vor der Fischer sich noch einmal umgedreht hatte.

»Mich beschäftigt was ganz anderes«, sagte Schell. Er eilte an Fischer vorbei zu einem der Büros auf der anderen Seite des Treppenhauses.

»Was denn?« rief Liz ihm hinterher, doch er war schon weg.

»Abgesehen von den Obdachlosen und den beiden Exfrauen …« Fischer hob beschwichtigend die Hand, weil Liz schon eine Beschwerde über Schells überhasteten Abgang ins Gesicht geschrieben stand. »… Wir kennen nur zwei Personen, die in jüngster Zeit etwas mit Josef Nest zu tun hatten. Das Ehepaar Soltersbusch. Die Frau hatte ein Verhältnis mit ihm, wovon ihr Mann nichts weiß. Das ist lange her, aber manche Geschichten hören nie ganz auf. Sie sollen beide herkommen, und ihr redet mit ihnen, Micha und du, mit jedem einzeln, im V-1, bei laufender Kamera. Und das teilt ihr den beiden auch mit. Sie sind Hauptzeugen in einem Mordfall, besonders die Frau. Und der Mann weiß möglicherweise etwas über Gregorian und Clarissa Weberknecht. Das Ehepaar geht hier nicht eher raus, bis sie für uns ein neues Fenster geöffnet haben.«

Er wandte sich an Weningstedt. »Wegen der Pressekonferenz um drei spechen wir noch. Und du, Esther, rufst die Mädchen an, die im Club Dinah arbeiten.«

»Hab ich doch schon getan.«

»Wann?«

»Gleich als du es mir aufgetragen hast«, sagte Esther Barbarov. »Heut früh kurz nach sieben.«

»Ehrlich?«

»Ich schwöre es bei deinem Gott.«

»Bist du sicher, daß er mir gehört?« sagte Fischer und strich sich durch die Haare.

»Ganz sicher. Vielleicht solltest du eine Stunde schlafen, P-F. Deine Augenringe hängen dir schon bis zum Kinn.«

»Wenn sie bis zu den Knien reichen, lege ich mich eine halbe Stunde hin«, sagte er. »Versprochen.«

Als Polonius Fischer in sein Büro kam, telefonierte Gabler mit einem ehemaligen Angestellten in der Werkstatt von Josef Nest. Schell tigerte vor der Wand auf und ab und begann sofort zu sprechen.

»Wir sollten den kompletten Block abriegeln. Die halten da alle zusammen, wie bei der Mafia. Zwei Tote, ein verschwundener Mann und wer weiß, was da noch geschieht, wovon wir keine Ahnung haben ...«

»Micha ...«

»Etwas leiser, bitte«, sagte Gabler mit dem Hörer am Ohr.

Schell winkte ab. »Und jetzt stell dir folgendes vor ...« Er warf Gabler einen Blick zu und sprach leiser. »... Es ginge nicht nur um zwei oder drei Morde, sondern auch um Entführung. Stell dir mal vor, der Fall Linda Gabriel würde auch in dieses Gehege mit all den Lügentieren führen, was sind wir dann? Dann sind wir Armleuchter. Dann können wir uns von den Angehörigen nach Hause leuchten lassen. Dann können wir uns so tief in Grund und Boden schämen, bis wir auf der anderen Seite der Erde wieder rauskommen. Stell dir das nur mal vor, P-F.«

»Wieso sollte das Verschwinden der Schülerin, das ein Dreivierteljahr her ist, etwas mit den beiden Morden aus Milbertshofen zu tun haben? Du hast dich in einem Konstrukt verfangen, Micha, du bist wütend, weil wir mit der Soko seit acht Monaten im Kreis ermitteln und bisher keine Spur entdeckt haben. Hör auf, dich mit Spekulationen lahmzulegen.«

»Der Luitpoldpark, wo das Mädchen verschwunden ist ...«

»Sie ist nicht im Park verschwunden«, sagte Fischer, »sondern in der Nähe, in der Hiltensperger oder einer anderen der Straßen dort. Die Zeugenaussagen sind widersprüchlich, du weißt das.«

Schell klopfte mit den Knöcheln seiner rechten Faust an die Wand. »Der Luitpoldpark, die ganze Gegend, die Schule, das liegt alles nicht weit entfernt von Milbertshofen, das ist alles im Umkreis. Ich weiß selber, daß das Spekulationen sind ...« Er hämmerte gegen die Wand.

Ungehalten schnippte Gabler mit den Fingern, doch Schell reagierte nicht. »Es gibt Orte, die das Verbrechen anziehen, wie Menschen, das haben wir schon erlebt. Kindesmißhandlung, fünf Fälle in einer Straße. Raubüberfälle in einem bestimmten Viertel. Täter, die im selben Block wohnen, sogar im selben Haus. Alles schon gehabt. Und wir kämmen die ganze Stadt durch. Die Fahndung nach Linda Gabriel läuft im Ausland, und in Wirklichkeit liegt ihr Leichnam vielleicht irgendwo in der Nähe, mitten in einem Viertel, das auch noch kameraüberwacht wird. Bravo.«

Entschuldigend, weil er wieder laut geworden war, hob er die Hand. »Stell dir das einfach mal vor, wir haben doch nichts zu verlieren. Wir befinden uns mit der Soko in einem Stadium brutaler Erfolglosigkeit.«

»Wir haben mit allen Bewohnern des Blocks gesprochen«, sagte Fischer. »Und auch mit vielen Anwohnern in der Umgebung. Keine Hinweise auf die entführte Schülerin. Außer du denkst, Gregorian habe sie verschleppt.«

»Warum nicht?«

Nach einem Moment sagte Fischer: »Du meinst, wir haben zwar nicht die kleinste Spur, aber wir sollten ihr trotzdem nachgehen.«

Schell breitete die Arme aus. »Das ist wie bei dir und deinem Herrgott. Er existiert nicht, aber du bist ihm trotzdem bis ins Kloster nachgerannt.«

Gabler legte den Hörer auf. »Wovon redet ihr eigentlich?«

»Erklär's ihm«, sagte Schell und lehnte sich, wie ausgelaugt, an die Wand.

Aber Fischer wollte jetzt nichts erklären. Er schickte Schell zu Liz in den zweiten Stock, damit sie die Vernehmung von Anita und Rupert Soltersbusch vorbereiteten, und begann mit der Rekonstruktion des Tages, an dem Bertold Gregorian zum letztenmal gesehen worden war. Vorausgesetzt, es gelang Fischer, diesen Tag anhand der Kalender und Aufzeichnungen überhaupt herauszufinden.

Bis zum Mittag blieb dieser Tag ein Schatten.

Ebenso wie Bertold Gregorian selbst.

Es gab Leute, die ihn kannten, soviel stand fest. Aber sie wußten nichts über ihn, zumindest nichts, was über den Raum, in dem sie ihm gelegentlich begegneten, hinausging.

Niemand sprach schlecht von Bertold Gregorian.

Niemand sprach gut von ihm.

Niemand wunderte sich über ihn.

Niemand gab seinem Namen einen eigenen Klang.

Niemand fragte nach Gregorians Befinden.

Im Lauf der vierzehn Jahre, in denen Polonius Fischer in der Mordkommission arbeitete, hatte er es immer wieder mit Menschen zu tun gehabt, die in einer eigentümlichen Form von Unsichtbarkeit existierten. Oft gingen sie einem gewöhnlichen Beruf nach, trafen sich hin und wieder sogar mit Kollegen und Bekannten zum Bowlen oder Fußballspielen oder zum Essen in einem Lokal. Sie hatten eine Familie, mit der sie in Urlaub fuhren und deren Fotos sie im Portemonnaie bei sich trugen. Manche galten als ausgesprochen leutselig oder wenigstens umgänglich. Andere waren Mitglieder in Vereinen oder engagierten sich ehrenamtlich in sozialen Organisationen.

Doch stieß ihnen etwas zu, wurden sie Opfer eines Verbrechens oder waren plötzlich aus unerklärlichen Gründen verschwunden, dann waren diese Menschen wie vom Erdboden verschluckt. Als wäre niemand, kein Mann, kein Mensch, in der Lage, auch nur eine halbwegs brauchbare Beschreibung zu liefern. Gerade so, als wüßte niemand, um wen es sich bei dem Gesuchten eigentlich handelte.

Unabhängig von den üblichen und nachvollziehbaren Schwierigkeiten, die jemand damit hatte, sich in Gegenwart eines drängenden Polizisten an spezielle äußere Merkmale eines Angehörigen erinnern zu müssen, erstaunte und erschütterte Fischer oft die Leere der Welt, in die er geraten war.

In dieser Leere fehlte einer, aber der – das mußte Fischer nach kurzer Zeit erkennen – hatte auch vor seinem Verschwinden nicht dazugehört. Er war bloß dagewesen, leibhaftig unsichtbar unter Blinden. Einer mit Namen, Adresse und

Beruf. Servus, sagten die anderen und hatten ihn vergessen. Seine Frau versteckte ihre ratlosen Blicke hinter einem Vorhang aus Tränen, sehr geschickt, wie Fischer fand.

Und der Rest der Menschheit in dieser Welt aus Leere stammelte Entsetzen und tauschte Spekulationen wie Kinder ihre Spielkarten auf dem Pausenhof.

Manche Menschen, wußte Fischer, wurden von ihren Hunden betrauert und von ihren Freunden nur beweint.

Manche Menschen winkten, aber niemand sah hin, sie streckten ihre Arme aus, aber die anderen waren in Selbstumarmungen verstrickt.

Sie riefen, aber ihre Stimmen reichten nicht aus.

Sie traten an die Rampe, aber die Scheinwerfer waren kaputt.

Und wenn sie Opfer eines Verbrechens wurden, bellte noch eine Weile ihr Schatten in der Nacht, und jemand rief: Ruhe! Dann wurde es ruhig, und der Morgen brach ungeniert an.

Bis dreizehn Uhr an diesem Samstag hatte Fischer mit acht Personen gesprochen. Übereinstimmend erklärten sie, Bertold Gregorian sei ein zurückhaltender, unauffälliger Mann, zuverlässig und vertrauenerweckend.

»Welches Vertrauen hat er erweckt?« wollte der Kommissar von Alfons Grandauer, dem Geschäftsführer der Galeria Kaufhof in der Fußgängerzone, wissen.

»Wie meinen Sie das?«

Zwei- bis dreimal in der Woche war Gregorian im Kaufhaus als Detektiv tätig. Er erhielt eine Pauschale von dreihundert Euro am Tag plus einer Prämie von fünfzig Euro, wenn er einen Dieb stellte, was häufig passierte, vor allem an Samstagen.

»Auf welche Weise wirkte er vertrauenerweckend?« wiederholte Fischer geduldig.

Grandauer hüstelte am Telefon. »Ich mein das nicht so wörtlich, entschuldigen Sie, wir haben heut Hochbetrieb, zwei wichtige Mitarbeiterinnen sind krank, und der Kollege von Herrn Gregorian ist auch nicht da. Ich beschäftige ausschließlich ältere Detektive, Männer mit Erfahrung, die nicht auffallen und Zeit haben und auf das Geld wirklich angewiesen sind. Jeder muß schauen, wie er mit seiner Rente die Kurve kriegt, und wir leisten da einen kleinen bescheidenen Beitrag. Herr Gregorian ist seit zwanzig Jahren bei uns, in diversen Filialen. Er hat einen guten Blick, er ist freundlich zu den Leuten, wenn er sie zur Rede stellt, nie aggressiv und nie vor vielen Zuschauern. Solche Detektive hatten wir leider auch schon, man kann den Mitarbeitern nicht unters Hemd sehen, sag ich immer, man muß ihnen vertrauen, daß sie sich gewaschen haben, Sie verstehen, was ich sagen will. Mit Herrn Gregorian lief alles immer bestens. Manche Diebe haben sich sogar bei ihm entschuldigt, weil er so ruhig und nett mit ihnen umgegangen ist. Ich hab immer ein gutes Gefühl, wenn er im Haus ist, und meine Kolleginnen und Kollegen auch. Er ist verschwunden? Sehr seltsam. Letzten Samstag, wie gesagt, hatte er frei, er war krank, ich hab selbst nicht mit ihm gesprochen, ich glaube, die Frau Lechner aus der Personalabteilung. Sie ist heut nicht da, aber ich kann sie am Montag fragen, kein Thema.«

»Was wissen Sie sonst über ihn?« fragte Fischer.

»Sonst?« Grandauer geriet ins Stocken. »Sonst ... Sie meinen, sonst privat oder so. Ja, nichts. Privat haben wir nie ein Wort gewechselt. Herr Gregorian macht mir nicht den Eindruck, als lege er viel Wert auf Kommunikation. Wenn's nicht sein muß, wie gesagt. Er spricht ja auch gegenüber den Kunden nur das Nötigste. Nein, sonst kann ich Ihnen da nicht weiterhelfen. Haben Sie schon mit seiner Frau gesprochen?«

»Er ist nicht verheiratet.«

»Sind Sie sicher?« Grandauer stieß ein Lachen aus. »War nur ein Scherz. Sie wissen natürlich mehr als ich. Ich hab nur gedacht, daß er verheiratet wäre, weil er, glaub ich, mal eine Frau erwähnt hat, und ich hab gedacht, er ist mit ihr verheiratet. Kann sein, daß ich mich verhört habe, ist auch schon eine Weile her.«

»In welchem Zusammenhang hat er die Frau erwähnt?«

»Zusammenhang? Ich glaub, die war hier, die hat bei uns eingekauft, und ich stand zufällig mit Herrn Gregorian zusammen, da hat er sie die Rolltreppe runterfahren sehen. Oder rauffahren? Nageln Sie mich nicht fest. Er hat jedenfalls recht freundlich von ihr gesprochen. Komisch, daß ich gedacht hab, sie wäre seine Frau.«

»Dann wäre er ihr vielleicht hinterhergegangen«, sagte Fischer.

»Vielleicht, ja. Vielleicht hat er sich nicht getraut, weil er ja im Dienst war und ich dabeistand. Er hat womöglich gedacht, ich würde denken, er geht im Dienst einer privaten Beschäftigung nach.«

»Schätzen Sie ihn so ein?«

»Ich weiß nicht. Schwer zu sagen. Wie schätzt man jemanden ein? Wie gesagt: Sie sehen sein Hemd und wissen nicht, was drunter ist.«

An das Aussehen der Frau konnte Alfons Grandauer sich nicht erinnern, auch nicht an den Tag. Er vermutete, es war in der Weihnachtszeit, an einem Nachmittag, »an dem die Hütte bis zum Anschlag voll war«. Wenn der Geschäftsführer sich nicht täuschte, dann habe Gregorian von der Frau »in den höchsten Tönen« gesprochen – einzelne Worte wußte er nicht mehr –, und es habe nicht so geklungen, als sei die Frau nur eine flüchtige Bekannte oder eine Schwärmerei.

Der einzige Frauenname, den Fischer in den Notizen des Detektivs fand, lautete Vera Roberts. Fischer hatte zunächst angenommen, er hätte etwas übersehen, woraufhin er die Hefte und Kalender noch einmal Seite für Seite überprüfte. Doch außer Vera entdeckte er keinen Hinweis auf eine weitere Frau, nicht einmal als Partnerin eines Mannes, dessen Adresse oder Telefonnummer in den Unterlagen auftauchte.

Vera Roberts war einundsiebzig und lebte in einem Seniorenheim in Sendling. Von Gregorian hatte sie anscheinend seit längerer Zeit nichts mehr gehört.

»Wenn ich ehrlich bin«, sagte sie mit leiser Stimme am Telefon, »habe ich befürchtet, daß er schon unter der Erde ist.«

»Ist er krank?« fragte Fischer.

»Im Gemüt.«

Im Hintergrund hörte Fischer Musik aus dem Radio und die Stimme einer Ansagerin, die Hörerwünsche erfüllte, nicht für Schlager oder Volksmusikstücke, sondern für Rock- und Popsongs.

»Er hat's nicht leicht gehabt, wissen Sie, Herr Dings ...«

»Fischer.«

»Fischer. Kennen Sie Fishermen's Friends? Die zum Lutschen? Ich nehm die gern, da bin ich die einzige hier. Die anderen Frauen behaupten, ihnen würde von den Pastillen das Gebiß schmelzen, na ja. Der Bert, er hat's nicht leicht gehabt, und er hat sich's nicht leicht gemacht. Ich glaube, er hat sich selbst gern angeklagt. Er hat nicht gejammert, damit Sie mich nicht mißverstehen, Herr Dings ... Fischer, er hat sich Vorwürfe gemacht, wegen früher. Wegen seiner Familie, seinem Vater halt.«

»Kannten Sie seinen Vater, Frau Roberts?«

»Nein. Er hat mir von ihm erzählt. Wenn er mal geredet hat. Der Vater war sehr streng mit ihm, einmal hat er ihm die Hand gebrochen, er hat so heftig zugeschlagen, daß der Knochen gesplittert ist. Was genau passiert ist, weiß ich nicht. Er hat immer nur Andeutungen gemacht. Wenn überhaupt. Wir haben uns aus den Augen verloren, schon lang. Er ist verschwunden, sagen Sie? Wundert mich nicht, wenn ich ehrlich sein darf. Er war sowieso nie richtig da. Schönes Lied. Der Mann hat eine Stimme.«

Fischer hörte die wuchtig orchestrierte Melodie einer Rockballade, den Sänger kannte er nicht. »Wo war er denn, wenn er nicht da war?«

»In sich, würde ich vermuten. Er war auch immer wahnsinnig dünn.« Offenbar lauschte sie der Musik. »Und er hinkte. Und trotzdem bewarb er sich bei einem Sicherheitsdienst und wurde Detektiv. Er hat sich halt was eingeredet, sein Leben lang.«

»Was hat er sich eingeredet?«

Nach ein paar Takten sagte Vera Roberts: »Wahrscheinlich hat er sich eingeredet, daß er jemand andres ist. Aber wer, das kann ich Ihnen beim besten Willen nicht sagen. Wie sind Sie denn auf mich gekommen? Bert und ich waren vor fünfunddreißig Jahren ein Paar, und auch nur ungefähr zwei Jahre. Brutto. Und danach haben wir uns höchstens einmal im Jahr getroffen, meistens ziemlich verkrampft. Vor allem von seiner Seite aus. Und mein Mann war auch nicht gerade von den Treffen begeistert, aber ich hab mir nie was dreinreden lassen.«

»Sie waren zwei Jahre brutto mit Bert zusammen«, sagte Fischer. »Was bedeutet das?«

»Brutto? Ist doch leicht: Wir waren nicht netto zwei Jahre zusammen. Weil er die meiste Zeit weg war. Auch wenn er da war, wie ich schon erklärt habe. Wußten Sie, daß Meat Loaf drei Oktaven singen kann?«

»Wer ist das?«

»Sie kennen Meat Loaf nicht?«

»Nein.«

»Das ist der Sänger, der gerade im Radio singt.«

»Die Musik gefällt mir.«

»Ich bin die einzige hier, die Rockmusik hört. Die anderen halten das für Krach und ungesund. Erinnert mich an meinen Vater, der hat das auch gedacht. Ist sonst noch was, Herr Dings ... Fischer. Ist ja leicht zu merken, der Name, eigentlich.«

»Ihr Name steht in Berts Adressbuch.«

»Das ist ja nett von ihm.«

»Haben Sie ihn damals verlassen?«

»Selbstverständlich.«

»Wie hat er reagiert?«

»Er hat es akzeptiert.«

»Er war nicht traurig oder wütend?«

»Da hätte er ja aus sich herausgehen müssen. Zuviel Aufwand.«

»Und Sie haben dann geheiratet«, sagte Fischer.

»Einen Vertreter für Pharmazeutika. Wir waren klassische sieben Jahre verheiratet, dann starb er an einem Herzinfarkt. Er war in Behandlung gewesen und nahm Medikamente, er saß ja an der Quelle. Ich bin allein geblieben, ich bin gelernte Schneiderin, damit habe ich mein Leben lang mein eigenes Geld verdient. Sie horchen mich aber ganz schön aus.«

»Das will ich nicht«, sagte Fischer. »Sie haben keine Vorstellung, wo Bert Gregorian sich aufhalten könnte? Hatten Sie früher gemeinsame Freunde? Hat er bei Ihrem letzten Treffen jemanden erwähnt, der ihm wichtig war?«

»Unser letztes Treffen, das ist ungefähr drei oder vier Jahre her. Ich kann mich an niemand erinnern. Doch. Ich hab ihn gefragt, ob er eine Frau hat, eine gute Bekannte halt, da hat er ja gesagt. Sonst nichts. Und ich hab nicht weiter nachgebohrt. Einen Namen hat er nicht genannt.«

»Waren Sie eifersüchtig?«

»Sie Witzbold.«

Im Radio begann ein neuer Song mit einer Sängerin, deren Stimme Fischer vage bekannt vorkam.

»Halten Sie Bert für selbstmordgefährdet?« sagte er.

Entweder Vera Roberts dachte intensiv nach, oder sie hörte der Musik zu. Mindestens eine Minute lang schwieg sie.

»Ja«, sagte sie dann. »Ja. Selbstmordgefährdet. Zu einem Mord an jemand anderem wäre er jedenfalls nicht fähig. Wenn überhaupt, dann zu einem Mord an sich selber.«

In der Pliganserstraße, wo Gregorian vor seinem Umzug nach Milbertshofen gewohnt hatte, bekam Fischer eine ehemalige Nachbarin ans Telefon.

Tanja Stuck hielt Gregorian für einen Psychopathen.

»Immer schon«, sagte sie. »Der Typ war mir vom ersten Moment an unheimlich. Dem trau ich keine zwei Meter übern Weg. Mordkommission sind Sie? Aber der Typ ist doch nicht ermordet worden? Oder hab ich da gerade was falsch verstanden?«

»Wir suchen ihn als Zeugen im Zusammenhang mit einem Verbrechen«, sagte Fischer.

»Warum ausgerechnet den?«

»Können Sie Bertold Gregorian beschreiben?« sagte Fischer. »Nicht, daß wir womöglich von zwei verschiedenen Männern sprechen.«

»Den kann man nicht verwechseln, den Wahnsinnigen.«

»Bitte beschreiben Sie ihn.«

»Ich kann den doch nicht beschreiben. Der ist seit zwei, drei Jahren hier weg. Sofort vergessen, den Typ. Der wollt aus dem Fenster springen. Der war durchgeknallt. Der ist durchs Treppenhaus geschlichen wie einer, der gleich seinen Mantel aufreißt und an seinem Ding rumschrubbt. Oder uns alle in die Luft sprengt. So einer ist das. Finden Sie den bloß, bevor noch ein Unglück passiert.«

»Wann war das, als er aus dem Fenster springen wollte?«

Fischer gab Micha Schell, der in der Tür wartete, ein Zeichen, sich auf den Stuhl vor dem Schreibtisch zu setzen.

»Kurz, bevor er hier weg ist«, sagte Tanja Stuck.

Aus den Unterlagen, die die Kommissare in der Wohnung gefunden hatten, ging eindeutig hervor, daß Gregorian am ersten Dezember vor zwei Jahren in die Riesenfeldstraße gezogen war.

»Aus welchem Grund wollte er aus dem Fenster springen?«

»Weil er irre ist. Der ist gefährlich. Wenn man den gegrüßt hat, hat er weggeschaut und sich blöde benommen.«

»Wissen Sie, welchen Beruf er ausübt?«

»Nein, das weiß ich nicht, und das ist mir auch schnurzegal. Hauptsache, der Typ zieht nie wieder hier ein.«

Nach dem Telefongespräch mit Tanja Stuck ordnete Fischer seine vollgeschriebenen Blätter und stützte den Kopf in die Hände. Er schloß die Augen, bleckte in Gedanken versunken die Zähne und wiegte den Kopf hin und her.

Schell und Gabler saßen reglos auf ihren Stühlen. Vom Flur her waren das Klingeln der Telefone und vereinzelt Stimmen zu hören. Wie immer standen alle Türen zum Treppenhaus offen. In jedem Büro brannte Licht.

Jetzt, mittags um zehn nach eins, befanden sich alle elf Kommissarinnen und Kommissare im Haus.

In ihrem Büro, das auch als Empfangs- und Warteraum diente, servierte Valerie Roland dem Ehepaar Soltersbusch sowie einer jungen, stark geschminkten und aufdringlich parfümierten Frau Kaffee und Spekulatiuskekse aus einer bunten, offenbar unerschöpflichen Blechdose.

Die junge Frau arbeitete im Club Dinah, und Anita Soltersbusch starrte sie ebenso an wie ihr Mann, vermutlich jedoch aus anderen Gründen. Die Barfrau würde erst nach den beiden drankommen, aber das wußte sie nicht.

Einen Stock höher war Fischer von seinem Schreibtisch aufgestanden. Er sah über Schell hinweg zur Tür. Der bizarre Gedanke, den sein Kollege ihm ins Hirn gepflanzt hatte, trieb ihn um und trieb ihn hinaus.

»Ich fahre noch einmal in den Wohnblock«, sagte er. »Bis in zwei Stunden bin ich zurück, dann entscheiden wir, wie wir mit Clarissa Weberknecht weitermachen.«

»Herbringen und zersägen, die Jungfrau«, sagte Schell.

Gabler erhob sich, schnaufte und setzte sich wieder. »Unsere Spurensucher haben Fingerabdrücke von ihr gefunden«, sagte er.

»Wo, in der Wohnung?« fragte Schell.

»Nicht in der Wohnung«, sagte Gabler. »Im Müllhäuschen.«

Beide Kommissare erwarteten von Fischer neue Anweisungen. Doch alles, was er zunächst veranlaßte, war die sofortige Observierung von Clarissa.

Bevor er weitere Schritte unternahm, mußte er erst die irre, den Weg seiner analytischen Gedanken vollständig blockierende Idee seines Kollegen Micha aus dem Kopf bekommen.

Und so kehrte er in jene Wohnung zurück, von der aus er acht Monate zuvor zum erstenmal einen Blick auf einen Innenhof geworfen hatte, der damals noch kein Verbrechensort gewesen war.

DRITTER TEIL

24

Aus weiter Ferne

Als erstes fielen ihm die Haare auf. Er sagte nichts. Er sah hin, während der andere den Kopf zum Fenster drehte, verbarg sein Staunen hinter einer Geste, indem er sich zweimal mit den Fingern durch die Haare fuhr. Und er hatte sein Lächeln rechtzeitig beendet.

»In diesem Sommer war ich ein paarmal auf dem Balkon«, sagte Walter Madaira. »Und beim Einkaufen war ich auch. Und schon zweimal wieder im Funkhaus.«

»Das ist großartig«, sagte Polonius Fischer.

»Möchten Sie sich nicht setzen?«

»Ich will Sie nicht stören.«

»Ich habe Sie hereingelassen.«

»Weil ich Polizist bin.«

»Das ist doch egal. Nehmen Sie den weißen Stuhl.«

Madaira setzte sich an den Schreibtisch vor der Wand mit dem Landschaftsposter. Er strich über die leere Tischplatte, bevor er sich auf dem Drehstuhl zu Fischer umwandte.

Eine Weile sahen sie sich schweigend an.

»Fällt Ihnen etwas auf?« fragte Madaira.

»Ihre Haare.«

Der Schauspieler gab einen eigentümlichen, kindlichen Laut von sich, seine Lippen zuckten, und er hob die Augenbrauen. »Sind wieder gewachsen«, sagte er. »Und ich schwitze weniger. Ich war der Großtranspirator von Milbertshofen. Zehnmal am Tag mußte ich mich waschen, hat nichts genützt. Und ich habe mich blutig gekratzt, so sehr hat es mich überall am Körper gejuckt. An den abseitigsten Stellen.« Nach einem Schweigen sagte er: »Warum erzähle ich Ihnen das? Oh.«

Um seinen Mund breitete sich ein spitzbübisches Lächeln aus.

»Hören Sie das?«

»Was?« sagte Fischer.

»Wie ich spreche. Ich kann sprechen. Mit Ihnen. Mit einem Fremden. Ich habe lange nicht so gesprochen. Wie automatisch. Sie klingeln bei mir, ich öffne Ihnen die Tür, und wir fangen eine Unterhaltung an.« Wieder zog er mehrmals hintereinander die Brauen hoch. Es sah beinah aus, dachte Fischer, wie eine ungelenke Art zu flirten. Aber wenn es so wäre, dann flirtete Madaira nicht mit ihm, sondern mit sich selbst. In den türkisfarbenen Augen des Schauspielers funkelte eine Freude, die mit jeder Minute größer zu werden schien. Zwischen den Sätzen spitzte er manchmal den Mund, wie zum Kuß. »Und warum? Vielleicht, weil ich es schön finde, daß Sie mich mal wieder besuchen.«

»Sie erinnern sich an mich?«

»Ihr Hut.« Madaira zeigte auf den grauen Stetson, den Fischer im Schoß hielt. »Ich habe einen ähnlichen, er ist blau und nicht so stilvoll wie Ihrer. Aber er sitzt fest und haut nicht beim kleinsten Wind ab.«

Er lächelte und nickte. »Das ist nur ein Scherz. Ihren Hut habe ich natürlich vergessen gehabt, Sie nicht. Sie haben mich verdächtigt. Haben Sie die junge Frau inzwischen gefunden?«

»Nein«, sagte Fischer. »Und es tut mir leid, daß wir Sie im Januar verdächtigt haben.«

»Im Januar? So lang ist das her?« Madaira rieb die Füße mit den weißen Socken aneinander. Dann zupfte er an seinen Haaren, an unterschiedlichen Stellen des Kopfes, und rieb anschließend beide Daumen an den Fingern. Offensichtlich beglückte ihn die Konsistenz seiner Haare. »Und Sie entschuldigen sich wirklich bei mir?«

»Ja.«

»Warum denn?«

»Es war nicht klug, was wir getan haben.«

»Das stimmt.« Wieder gab Madaira einen undefinierbaren Laut von sich, ein launiges Knurren. »Stellen Sie sich vor, man würde sich hinterher jedesmal entschuldigen, wenn man was Unkluges getan hat, dann wäre man bald ein einziger Tut-mir-leid-August. Glauben Sie nicht?«

»Möglich.« Fischer hob die Schultern und schloß für einen Moment die Augen. Reglos wartete Madaira auf dem Drehstuhl ab. »Wissen Sie, warum ich zu Ihnen gekommen bin?«

»Sie wollten mal wieder an die Osterseen, aber nicht gleich hinfahren.«

Lächelnd betrachtete Fischer das Panoramaposter an der Wand. Dann sah er zum Fenster.

»Ich wollte von Ihrer Wohnung aus einen Blick in den Innenhof werfen. Und ich muß mich schon wieder für diese Bitte entschuldigen. Halten Sie mich nicht für lächerlich.«

»Ich halte niemanden für lächerlich.« Auch Madaira blickte jetzt zum Fenster, und Fischer bemerkte, wie der Schauspieler seine Finger in die Oberschenkel krallte, in den abgewetzten Stoff der braunen Cordhose.

Beide standen gleichzeitig auf.

»Blöderweise geht mein Balkon zur Straße raus.«

»Ich möchte nur diesen Blick loswerden«, sagte Fischer.

»Ich kann Ihnen löslichen Cappuccino anbieten, ungesüßt, mit Schokoladenstreuseln oben drauf.«

»Nein danke.«

»Wasser?«

»Gar nichts.«

Madaira zog die Gardine beiseite. Fischer sah das fünfstöckige Haus gegenüber, das seit einer Stunde überwacht wurde, er sah die rostbraunen Balkone, farblose und ausgeblichene Vorhänge, hinter denen Menschen lebten, die nichts bemerkten, und eine Frau, deren Lügenpalast in Flammen stand. Unten im Hof sah er das rotblaue Klettergerüst, an dem kein Kind herumturnte. Er sah den Sandkasten in Kleeblattform und die vier in den Boden gerammten, verwitterten Holzpflöcke, auf denen niemand saß. Er sah die leere Tischtennisplatte und die verlassenen Sitzbänke. Er sah das Schild »Fußballspielen verboten« und die Haselnußsträucher dahinter. Und es kam ihm vor, als sähe er nichts als den Ausschnitt einer gewöhnlichen Welt, deren Gesetzmäßigkeiten er zwar verstand, deren Regeln ihm aber bis heute ein Rätsel geblieben waren.

»Was sehen Sie?« fragte Walter Madaira.

»Kennen Sie jemanden von den Leuten, die hier leben?«

»Nein. Den Herrn Soltersbusch und seine Frau vom Sehen. Ich bin kein geselliger Mensch. Möchten Sie vielleicht einen Butterkeks?«

»Nein. Sind Ihnen in letzter Zeit Personen aufgefallen, die Sie vorher in der Wohnanlage noch nie gesehen haben?« Mehr und mehr verspürte Fischer einen leichten Groll gegen seinen Kollegen Schell, dessen aus der Luft gezauberte Überlegungen ihn hierher getrieben und gezwungen hatten, die Nähe eines Mannes, der mit alldem nichts zu tun hatte, ein zweites Mal zu belagern.

»Ich war wenig draußen«, sagte Madaira. Nach einem ratlosen Blick zur Tür steckte er die Hände in die Hosentaschen. Aus seinem Blick war alles Heitere verschwunden. »Das ging nicht anders. Einmal habe ich in meiner Not sogar Frauen angesprochen.«

Froh darüber, daß Madaira ihn auf andere Gedanken brachte, verschränkte Fischer die Hände hinter dem Rücken und beugte sich ein wenig nach vorn. Madaira war mehr als einen Kopf kleiner als er.

»Nicht aus solcher Not, verstehen Sie richtig, bitte. Ich hätte auch einen Mann angesprochen. Es ging mir nur ums Sprechen, ich wollte meine Stimme hören. Schlimm war das. Die Frauen haben mich ausgelacht, immer wieder, vor der Haustür. Haben gelacht wie die Frau Soltersbusch neulich, die hat auch einen Mann ausgelacht. Ein schönes Lachen war das nicht, das habe ich bis auf meinen Balkon gehört.«

»Kannten Sie den Mann?«

Madaira schüttelte eine Weile den Kopf. Von seinen Schläfen rannen winzige Schweißtropfen. »Ich habe hingesehen, weil ich das Lachen gehört habe. Ich saß im Stuhl und spielte ein wenig Rentner. Frührentner. Ich bin ja erst dreiundfünfzig. In dem Stuhl saß früher immer meine Frau.« Er verstummte. Bevor er weitersprach, zuckten seine Lippen. »Der Mann war sehr dünn, und er hatte einen Rucksack, er wirkte gebrechlich, heruntergekommen. Die Frau Soltersbusch kannte ihn anscheinend.«

»Haben die beiden sich zufällig getroffen?«

»Ich glaube schon. Sie ist mit ihm weggegangen, die Anhalter Straße runter. Er hat gehinkt oder ist geschwankt.«

»Sah er aus wie ein Stadtstreicher?« fragte Fischer.

»Das wollte ich so nicht sagen.«

»Und Frau Soltersbusch kannte ihn.«

»Ja. Sie haben miteinander geredet, das heißt, sie hat geredet, er hat zugehört und seine Hand ausgestreckt. Sie hat sie aber nicht genommen, und er hielt die Hand ausgestreckt, bis sie gelacht hat.«

»Sie haben also schon vorher hinuntergesehen«, sagte Fischer. »Bevor Sie das Lachen hörten.«

»Stimmt wahrscheinlich.« Madaira verzog den Mund. »Aber nur kurz davor. Ja. Ich hab gesehen, wie der Mann die

Hand ausgestreckt hat, sie hat nämlich gezittert. Die Hand. Der ganze Arm. Der Mann wirkte wirklich kaputt, wenn ich das sagen darf.«

»Was die beiden gesprochen haben, konnten Sie nicht verstehen.«

»Nein. Und das wollte ich auch gar nicht. Ich hab auch Angst gehabt, daß Herr Soltersbusch plötzlich rauskommt, sein Balkon ist ja direkt neben meinem, und dann hätte er gedacht, ich spioniere.«

»Herr Soltersbusch stand nicht auf dem Balkon.«

»Nein.«

»Sind Sie sicher?«

»Nein.« Mit einer kantigen und abweisenden Bewegung drehte Madaira sich zum Schreibtisch um, als wolle er den Besucher aus seiner Gegenwart scheuchen.

Fischer stand in dem Zimmer mit der verbrauchten Luft und dachte an die Worte seines Kollegen Micha Schell. Vor ihm öffneten sich mehrere Fenster zur gleichen Zeit und er schaute von einem zum anderen und konnte nicht fassen, wie nachgiebig und unaufmerksam er gewesen war.

Da er immer noch gebeugt dastand, richtete er sich auf und machte einen Schritt auf den Schauspieler zu. Auf einmal fiel ihm ein, wie dieser ihn im Januar verabschiedet hatte. Und dieser Gedanke zügelte ruckartig seine Ungeduld.

»Würden Sie mir einen Gefallen tun, Herr Madaira?«

Verwirrt zupfte der Schauspieler wieder an seinen Haaren.

»Dürfte ich noch einen Song von Bob Dylan hören? Nur einen kurzen.«

»Warum?« fragte Madaira und streckte schon die Hand nach der Fernbedienung aus, die am Rand eines mit Videokassetten vollgestellten Bücherregals lag.

»Das weiß ich nicht«, sagte Fischer.

»Sehr gern.« Etwas in Madairas Augen begann wieder zu

funkeln. »Dann spiele ich Ihnen ein Lied vor, das nicht von ihm ist, aber er hat es einmal aufgenommen wie viele andere. Ich höre die CD zur Zeit oft.«

Nach den ersten Takten und Versen sagte Fischer: »Den Song kenne ich.«

»Wer nicht?« sagte Madaira.

Und weil Polonius Fischer mit geschlossenen Augen zuhörte ...

... *He said his name, Bojangles, then he danced a lick across the cell ...*

... bemerkte er erst, als er sich entschied zu gehen, was der andere tat.

In sich gekehrt, wie allein und frei in den eigenen Wänden, tänzelte Walter Madaira durchs Zimmer. Beschwingt streckte er die Arme aus, achtete mit gesenktem Kopf auf seine Schritte, bewegte sich im komplizierten Rhythmus des Liedes vor und zurück, seitwärts zum Fenster hin, drehte sich lautlos im Kreis und spitzte den Mund und ...

... *He clicked his heels, then he let go a laugh, shook back his clothes all around ...*

... hob beim Refrain die Schultern und bewegte sich geschmeidig an Fischer vorbei in den Flur, der Musik vollkommen ergeben. Er öffnete die Wohnungstür. Als Fischer ihm die Hand gab, sagte Madaira: »Ich glaube, jetzt geht mein Sprechen wieder.«

»Aber Sie waren doch schon im Funkhaus.«

»Stimmt. Aber nicht zum Arbeiten. Ich wollte nur die Studioluft atmen.«

Vor dem Haus sah Fischer hinauf in den ersten Stock. Auf dem Balkon, neben dem weißen Kunststoffstuhl, stand Walter Madaira in seiner braunen Hose, dem graukarierten Hemd und mit seinem dunkelblauen Hut und hatte den Arm gehoben.

Er winkte.

Als Fischer, was er sonst nie tat, seinen Stetson lüftete, verbeugte sich Madaira wie auf einer Bühne, verharrte einen Moment und verschwand, indem er mit schnellen trippelnden Schritten rückwärts ging, im Dunkel seiner Wohnung.

Noch bevor er in seinem Büro angekommen war und Weningstedt die neuen Informationen mitteilen konnte, überfielen ihn drei seiner Kollegen mit Erklärungen und Fragen.

»Die Frau behauptet, sie sei psychisch labil«, sagte Liz Sinkel. »Und wenn ich sie weiter vernehme, wär das Folter. Die meint das ernst. Außerdem ist ihr Parfüm unerträglich. Ich hab nicht lockergelassen, aber sie sagt, sie hat den Mann nie vorher gesehen. Was soll ich machen? Behalten wir sie hier?«

»Der Mann interessiert sich vor allem für unsere Videokameras«, sagte Micha Schell. »Der wollte mit mir darüber diskutieren, ob wir alle nicht in seinen Verein eintreten, in diese Spitzeltruppe AMM.«

»Die bespitzeln niemanden, die versuchen nur, ihrer Umgebung gegenüber aufmerksam zu sein«, sagte Liz.

Schell ging nicht darauf ein. »Er bleibt bei seinen Aussagen. Aber ich spür, daß er lügt, seine Lügen tropfen ihm aus der Nase. Wir sollten ihn über Nacht in Gewahrsam nehmen.«

»Mit welcher Begründung?« fragte Fischer.

»Gefahr im Verzug. Oder wir vernehmen ihn einfach die ganze Nacht. Dann kann er morgen früh gleich in die Kirche gehen und seine Sünden noch mal beichten. Nachdem er sie uns gebeichtet hat.«

»Und du, Esther?« sagte Fischer. »Hast du wenigstens konkrete Ergebnisse?«

»Zwei der drei Frauen, die für Clarissa Weberknecht arbeiten, schwören, daß sie Bertold Gregorian nicht kennen, nicht einmal seinen Namen.« Esther Barbarov warf einen Blick auf das Din-A-4-Blatt in ihrer Hand. »Die dritte, Eva Luchs, ist von Anfang an im Club Dinah, und sie erinnert sich an Gregorian, als er regelmäßig im Haus verkehrte. Kontakt hatte er ausschließlich zu ihrer Chefin, die Gregorians Namen, da ist Eva sich sicher, in jüngster Zeit ein paarmal erwähnt hat, meist in Gegenwart von Mika Petrov. Das wissen wir ja. Willst du mit Eva Luchs sprechen? Sie wartet unten bei Valerie.«

»Nein«, sagte Fischer. Den Hut hatte er schon an die Garderobe gehängt, jetzt zog er seinen Mantel aus und lockerte den Krawattenknoten. »Du kannst die Frau nach Hause schikken. Ich spreche mit dem Ehepaar Soltersbusch, und zwar mit beiden gleichzeitig. Sie kannten den ermordeten Josef Nest.«

»Woher weißt du das?« fragte Liz.

»Hab ich also recht gehabt mit den Orten, die das Verbrechen anziehen«, sagte Schell.

»Was für Orte ziehen das Verbrechen an?« fragte Esther Barbarov.

Im P-F-Raum standen ausnahmsweise zwei Stühle vor dem viereckigen Tisch unter dem Kruzifix. Auf die Aufforderung, ihre Mäntel im Sekretariat zu lassen, schüttelten Anita und Rupert Soltersbusch nur stumm den Kopf. Mit verschlossenen Mienen folgten sie Valerie über den Flur, setzten sich, ohne die Assistentin eines Blickes zu würdigen, vor das Fenster und reagierten auf die Frage, ob sie etwas zu trinken wünschten, mit Schweigen. Valerie holte den Laptop aus ihrem Büro, stellte ihn auf den Bistrotisch in der Ecke und öffnete die Datei mit den Vernehmungsprotokollen.

Vier Minuten vergingen bei offener Tür. Dann kam Polonius Fischer herein. Er schloß die Tür, legte seinen karierten Schreibblock und den blauen Stabilostift auf den Tisch und setzte sich dem Ehepaar gegenüber.

Den Knoten seiner bordeauxroten Krawatte hatte er wieder festgebunden und ein blauschwarzes Sakko angezogen.

Er betrachtete die Hände der dreiundfünfzigjährigen Frau, sie hatte sie im Schoß übereinandergelegt, genau wie ihr Mann. Beide trugen graue Mäntel, die sie nicht aufgeknöpft hatten. Von Liz und Schell wußte Fischer, daß sie die Mäntel auch im V-1, dem videoüberwachten Vernehmungsraum im dritten Stock, nicht abgelegt hatten.

Anita Soltersbusch hingen die dünnen weißen Haare wie Fransen über die Stirn, sie sah blaß und verhärmt aus. Im ovalen, nicht minder bleichen Gesicht ihres Mannes regte sich kein Muskel. Fischer kam es vor, als würden die beiden ihn zwar ansehen, aber nur unwesentlich wahrnehmen.

»Grüß Gott«, sagte er.

Keiner der beiden erwiderte seinen Gruß.

Valerie vermerkte auch das Schweigen.

»Wann haben Sie, Frau Soltersbusch, Herrn Nest zum erstenmal gesehen? Am vergangenen Wochenende oder schon früher?« Fischer beugte sich ein wenig vor. Die Zeugin starrte auf ihre Hände. »Und Sie, Herr Soltersbusch, wann und wo haben Sie Herrn Nest getroffen?«

Nach einer Zeitlang, während sogar das monotone Klakken der Computertastatur abbrach, klopfte Soltersbusch mit dem Zeigefinger auf den Holztisch. »Wir sind seit über drei Stunden hier. Sie reden mit uns wie mit Verdächtigen, aber wir sind nicht verdächtig, Herr Fischer. Und das habe ich Ihrem Kollegen da oben auch gesagt. Was Sie hier anstellen, ist polizeiliche Willkür, und das lassen wir uns nicht bieten, meine Frau und ich. Wir helfen Ihnen. Meine Frau und ich und meine Freunde und Mitarbeiter beim AMM, wir leisten das, was Sie von der Polizei schon lange nicht mehr leisten können oder wollen. Wenn ein Verbrechen passiert, tauchen Sie auf und stellen alles auf den Kopf. Wenn Sie in der Lage wären –

durch Achtsamkeit, durch Vorausschau, durch Einfühlungsvermögen, durch präzise Analysen von Gesellschaftsstrukturen, durch die gezielte Kontrolle des Internets –, Verbrechen zu verhindern oder die Zustände wenigstens so zu beeinflussen, daß wir alle einen echten Nutzen davon haben, dann hätte Ihr Beruf einen großen Sinn. Sie sind aber nur Verwalter, Beamte. Ich schätze Ihre Arbeit trotzdem. Und Sie werden dem AMM noch dankbar sein, das prophezeihe ich Ihnen, es wird der Tag kommen, da werden Sie uns anrufen, nicht wir Sie, und dann werden Sie auf unsere Hilfe, auf unsere Beobachtungen, auf unsere Kenntnisse angewiesen sein. Sie glauben das jetzt nicht.«

»Bitte beantworten Sie meine Frage«, sagte Fischer. Ihm entging nicht, daß Anita Soltersbusch angefangen hatte, sich unauffällig an den Händen zu kratzen.

»Wie oft muß ich das noch wiederholen?« sagte Soltersbusch. »Hat Ihr Kollege von oben Ihnen nicht die Aufzeichnungsbänder vorgespielt? Tolle Anlage übrigens, mit den im Tisch eingelassenen Mikrophonen. Den Mann habe ich zum erstenmal tot im Müllcontainer gesehen. Und ich hab ihn nicht erkannt. Und wenn Sie sagen, das ist der Jo Nest, dann sage ich Ihnen, daß ich das bezweifle. Den hab ich nämlich anders in Erinnerung, und zwar ganz anders.«

»Seine Identität ist bewiesen.«

»Da gratuliere ich. Und jetzt gehen wir endlich. Auf geht's, Anita.«

»Ihre Frau wird über Nacht hierbleiben«, sagte Fischer.

Für einen Moment stockte Valerie beim Tippen und hob verblüfft den Kopf.

»Sonst noch Wünsche?« sagte Soltersbusch und stand auf.

»Ihre Frau hat den Ermordeten getroffen, sie hat mit ihm gesprochen, sie hat ihn ausgelacht. Wir haben einen Zeugen. Möchten Sie dazu etwas aussagen, Frau Soltersbusch? Wenn nicht, müßte ich Sie belehren, daß Sie nicht länger Zeugin sind, sondern eine Verdächtige. Sie hätten dann das Recht, einen Anwalt hinzuzuziehen, die Aussage zu verweigern und Beweiserhebungen zu beantragen. Möchten Sie eine Aussage machen?«

Aus einem wie erloschen und erkaltet wirkenden Gesicht sah Soltersbusch auf seine Frau hinunter.

»Offensichtlich«, sagte Fischer, der im Augenblick alles, nur kein Schweigen ertragen konnte, »haben Sie sich hinter dem Rücken Ihres Mannes mit dem ehemaligen Werkstattbesitzer getroffen. Hat er Sie aufgesucht oder haben Sie Kontakt zu ihm aufgenommen? Und warum?«

»Und warum?« sagte Anita Soltersbusch. Wenn ihre Lippen sich nicht unmerklich bewegt hätten, dachte Fischer, hätte man meinen können, die Stimme käme von woanders her, so tonlos klang sie und wie aus weiter Ferne.

»Bitte setzen Sie sich, Herr Soltersbusch.«

Er kratzte sich mit dem Daumen im Schnurrbart, schüttelte beim Anblick seiner Frau den Kopf und nahm wieder Platz.

Als habe sie erst darauf warten wollen, bis ihr Mann wieder neben ihr saß, sagte sie: »Warum? Warum ist die Banane krumm und warum ist der Krapfen kein Apfel? Kontakt aufgenommen. Zu dem doch nicht. Nach all den Jahren.«

»Was redest du da?« sagte Soltersbusch.

»Sie wußten nicht, daß Ihre Frau Jo Nest näher kannte?« sagte Fischer.

»Wie näher?«

»Sie hatten ein Verhältnis.«

»Sie gemeiner Polizist«, sagte Anita Soltersbusch.

»Wann, Frau Soltersbusch, haben Sie Josef Nest getroffen? An welchem Tag?«

»Glauben Sie, ich führe Buch darüber?«

»Sie haben nichts bemerkt?« sagte Fischer, an Soltersbusch gewandt.

»Nein.«

»Warum nicht?«

»Bitte?«

»Sie behaupten, Sie wären informiert über das, was im Viertel passiert.«

»Ich bin ...«

Aber seine Frau ließ ihn nicht ausreden. »Das ist dreißig Jahre her, wen kümmert das? Er hatte seine Werkstatt, dann ist er pleite gegangen, dann ist er verschwunden. Wir haben unser Auto bei ihm richten lassen, auf Empfehlung von einem Kollegen meines Mannes, der hat uns später auch die Wohnung überlassen, wir sind ja eigentlich Altschwabinger.«

Soltersbusch griff nach dem Arm seiner Frau. »Wann war das? Wann hast du mit dem was gehabt? Und wieso weiß ich das nicht? Spinnst du? Wieso erfahr ich das hier, vor Zeugen? Ich laß mich doch nicht wie einen Gehörnten hinstellen. Spinnst du?«

»Sie sind kein Gehörnter«, sagte Fischer. »Sie sollten Ihre Frau ausreden lassen, das ist wichtig für unsere Ermittlungen.«

»Für Sie vielleicht ist das wichtig, für mich nicht. Für mich nicht.« Er drehte den Kopf zur Tür. »Das schreiben Sie aber nicht auf. Das sind Familienangelegenheiten.«

Valerie tippte jedes Wort mit.

»Aufhören, sag ich.«

Valerie tippte.

»Erzählen Sie weiter«, sagte Fischer. »Und erzählen Sie alles auch Ihrem Mann, ein für allemal.«

»Kann ich Sie mal allein sprechen, unter vier Augen?« Soltersbusch deutete mit dem Kopf verschwörerisch auf seine Frau.

»Nein«, sagte Fischer.

»Ist aber wichtig.«

»Hat es etwas mit dem Fall des ermordeten Josef Nest zu tun?«

»Nein.«

»Dann sprechen wir später.« Fischer nahm seinen blauen Stift. »Hat Herr Nest Sie angerufen, Frau Soltersbusch?«

»Ja, am Montag vor einer Woche.«

Fischer notierte das Datum. Das war der siebzehnte September, sechs Tage, bevor Nest erschlagen worden war.

»Was wollte er von Ihnen?«

»Ja, genau«, sagte Soltersbusch. »Was wollte der Penner?«

»Seine Stimme hab ich nicht gleich erkannt. Er hat dann gesagt, er kommt vorbei, er muß mich dringend sprechen, hat er gesagt. Ich hab ihm gesagt, das will ich nicht. Er hat gesagt, es geht um Leben und Tod. Ich hab zu ihm gesagt, dann soll er zur Polizei gehen, er meinte, ich würde ihn nicht verstehen. Da hab ich aufgelegt.«

»Wo war ich da?« sagte Soltersbusch.

»Warum haben Sie aufgelegt?« fragte Fischer.

»Er hat wieder angerufen«, sagte sie. »Und weil er sich nicht abwimmeln ließ, hab ich gesagt, wir treffen uns in der Stadt, auf dem Marienplatz, beim Brunnen.«

»Wie damals«, sagte Fischer. »In der Zeit, als Sie eine Weile zusammen waren.«

Ein blasses Rosa überzog ihre wächsernen Wangen. Doch ihre Stimme blieb unverändert kraftlos, farblos wie ihre ganze Erscheinung.

»Was wie ›damals‹?« blaffte ihr Mann.

»Und dann stand er auf einmal mitten auf der Straße. Mitten auf der Anhalter Straße. Als hätt er auf mich gewartet. In diesem alten, zerrissenen Mantel, dürr und gelb im Gesicht, schreckliche Gestalt. Ich bin so erschrocken, daß ich gelacht hab. Ich hab gelacht, weil ich nicht geglaubt hab, daß er es ist.

Der Jo. Der sah ja aus wie verkleidet, wie so ein Stadtstreicher, den der Madaira früher manchmal im Fernsehen gespielt hat. So sah der Jo jetzt aus. Und dann will er mich auch noch anlangen, da mußt ich gleich noch mal lachen. Er hat ja so gezittert. Sein Körper war ein einziges Schlottern, inklusive dem Mantel. Ein wandelnder Schüttelfrost stand da vor mir und sagt, er wollt mich noch mal sehen, weil er bald sterben wird. Deswegen sei er auch in die Gegend gekommen, weil er noch mal schauen wollt, wo er eine gute Zeit gehabt hat. Er wollt noch mal einen Blick in die gute Vergangenheit werfen. Das hat der tatsächlich gesagt. Einen Blick in die gute Vergangenheit werfen. Dann schau, hab ich gesagt, schau und schleich dich wieder. Fast hätt er angefangen zu heulen, mitten auf der Anhalter Straße, das geht doch nicht. Das kann man doch nicht machen.«

»Wann war das?« sagte Soltersbusch und ruckelte am Arm seiner Frau. Sie hielt ihre Hände nach wie vor im Schoß und hatte, wie in ihrem Schlafzimmer, die Daumen zwischen Zeige- und Mittelfinger gesteckt.

»Ja«, sagte Fischer, »wann war das? Wann haben Sie Josef Nest auf der Straße getroffen?«

»Am Mittwoch. Da wären wir verabredet gewesen.« Sie stockte. Dann redete sie in etwas aufgeregterem Ton weiter. »Ich war doch schon auf dem Weg zur U-Bahn. Steht der da und sagt: Erkennst mich noch? Erkennst mich noch? sagt er. Ich hab gelacht. Und weil ich meinem Mann gesagt hatte, daß ich in die Stadt fahr und wegen einem neuen Mantel schau, für den Winter, konnt ich schlecht wieder umdrehen. Also bin ich weiter zur U-Bahn gegangen, und er hinter mir her. Der hat kaum Luft gekriegt, dauernd mußte er husten.«

»Und ich? Was hab ich an dem Tag gemacht?«

»Du warst achtsam«, sagte Anita Soltersbusch so sachlich, wie sie alles andere erzählte. »Du hattest ein Treffen mit deinen Glupschaugen vom AMM. Von mir hast du nichts mitgekriegt. Wir sind zur U-Bahn, Jo und ich, und er hat wieder gesagt, er wird bald sterben, und dann wollt er mich wieder anlangen, ich hab's ihm nicht erlaubt. Aber die Hand hab ich ihm schon gegeben. An der U-Bahn-Treppe. Er wollte nicht mitkommen, er wollt im Viertel bleiben. Wegen der Vergangenheit. Das war alles, was passiert ist, und mehr war nicht. Ich hab ihn erst wiedergesehen, als er da lag. In dem Container. Wahrscheinlich hat er sich die ganzen nächsten Tage bei uns rumgetrieben, und dann hat die Vergangenheit ihn umgebracht. So was passiert.«

»Wie meinst du das?« sagte ihr Mann. »Wieso hat die Vergangenheit ihn umgebracht? Spinnst du? Und wieso weiß ich davon nichts? Wieso lügst du mich so an? Du sagst zu mir, da liegt ein Toter im Müllhaus, und ich renn raus und weiß nichts. Du läßt mich voll ins Leere rennen. Spinnst denn du?«

»Hat er gesagt, ob er noch jemanden treffen wollte?« Fischer notierte sich Stichpunkte.

»Nein, hat er nicht«, sagte Anita Soltersbusch und streifte die Hand ihres Mannes von ihrem Arm. »Er wollt sich von mir verabschieden, weil ich die einzig vernünftige Frau in seinem Leben gewesen wär, und wenn er bei mir geblieben wär, dann würd er jetzt noch nicht sterben. Ich hab ihn nicht daran erinnert, daß ich mich damals von ihm getrennt hab.« Sie riß den Kopf herum. »Wegen dir«, sagte sie ihrem Mann ins Gesicht und legte mit einer schnellen Bewegung die Hände auf den Tisch. Die Handrücken waren übersät von Kratzspuren. Auch ihr Mann sah hin.

»Warum wollten Sie das verschweigen? Warum haben Sie unsere Ermittlungsarbeit behindert und manipuliert? Sie haben sich strafbar gemacht, Frau Soltersbusch.«

»Wenn Sie meinen, Herr Kommissar.«

»Warum ...« begann Fischer.

»Ja, genau, warum?« sagte Soltersbusch heftig. »Warum? Genau, warum?«

»Er ist doch tot.« Ihre Stimme schien in ihr zu versickern.

Valerie legte den Kopf schief, um besser verstehen zu können.

»Er ist gekommen, um zu sterben. Wahrscheinlich hat er sich seinen Mörder selber ausgesucht. Das wär doch denkbar. Jo wollt sterben und ein anderer hat nur drauf gewartet, jemanden umbringen zu dürfen. Wenn zwei solche sich treffen, dann erfüllt sich das Schicksal. Dann ist alles, was geschieht, so bestimmt und richtig.«

Die Worte beunruhigten Fischer auf eine Weise, die über das, was Schells Gedanken in ihm ausgelöst hatten, noch hinausreichte.

»Außerdem«, sagte Anita Soltersbusch, und für einige Momente klang ihre Stimme weniger verzagt. »Ich mag es nicht, wenn jemand mich mit der Vergangenheit bedrängt und keine Zukunft für sich dabei hat. Ich leb jetzt, und das reicht mir bis in die Haut rein, und mehr verkraft ich nicht.«

In der Zeit, in der Anita Soltersbusch auf der Toilette war und Valerie Roland das Protokoll ausdruckte, saßen die beiden Männer allein im P-F-Raum. Der Bäckermeister hatte die Arme auf den Tisch gestützt und die Hände vors Gesicht geschlagen. Gelegentlich schüttelte er den Kopf oder schnalzte mit der Zunge.

»Der achtsame Mitmensch«, sagte Fischer, nachdem er den Mann, der ihm schräg gegenübersaß, eine Weile betrachtet hatte, »Sie haben uns vor acht Monaten in Ihrer Eigenschaft als Vorsitzender Ihres Vereins einen Hinweis auf einen möglichen Entführer der sechzehnjährigen Schülerin gegeben. Es war leider eine blinde Spur. Gibt es Menschen in Ihrer näheren Umgebung, die Sie beobachtet haben und die Ihnen aus welchen Gründen auch immer aufgefallen sind, denen Sie länger auf der Spur bleiben? Die zum Radius Ihrer Recherchen gehören? Alles bleibt vorerst unter uns.«

Soltersbusch schnalzte noch einmal mit der Zunge. »Wir tun unser Bestes.« Er hob den Kopf und stöhnte. »Aber da würde niemand passen. Wir besitzen ja auch keine festinstallierten Videokameras, wir sind auf unsere Augen angewiesen, da hat meine Frau recht. Uns bleibt letztendlich nur das Hinschauen. Wachsam, permanent, aber: nur schauen.«

»Kennen Sie jemanden, der sich in letzter Zeit zurückgezogen hat, der sich anders verhält als früher, der sich zum Fall der entführten Schülerin in besonderer Weise geäußert hat, leidenschaftlich, direkt, übertrieben.«

»Wir haben im Stüberl alle drüber diskutiert«, sagte Soltersbusch. »Ist ja klar. Die Maria, der Fallnik, der Gregorian, Big Bert, wie Fallnik ihn immer genannt hat. Den hab ich lang nicht mehr gesehen, fällt mir auf.«

»Gregorian?«

»Nein, den Fallnik. Das ist ein interessierter Mensch.«

»Inwiefern?«

»Beschäftigt sich mit der Wirklichkeit, der hat Ahnung davon, was getan werden muß, von uns aus, dem Bürger. Er ist gut informiert über die Möglichkeiten öffentlicher Kontrolle. Wacher Mann. Befürwortet das polizeiliche Durchsuchen von privaten Rechnern. Ich wollt ihn schon für unsere Gruppe gewinnen. Er zögert noch. Spricht auch wieder für ihn. Wir wollen ja keine Fanatiker in unseren Reihen. Der wohnt drüben in der Riesenfeldstraße, ist Verkäufer in einem Bekleidungsgeschäft. War lang nicht mehr da.«

»Und Gregorian?«

»Kennen Sie den? Mit dem kann man nicht mal halbert über Sicherheitsangelegenheiten reden. Obwohl der früher beim Wachdienst war. Schreckhafter Mann, meiner Meinung nach.

Irgendwas stimmt mit seiner rechten Hand nicht, die ist verkrüppelt, der denkt, man merkt das nicht, er versteckt sie hinter seinem Rücken. Und er hinkt. Hab ihn mal gefragt, warum. Keine Antwort. Der ist so. Was geht's mich an? Der wohnt noch nicht lang in der Gegend. Woher kennen Sie den?«

Fischer zog sein Handy aus der Sakkotasche und gab eine Nummer ein. »Esther? Sieh bitte in deinen Zeugenbefragungen nach, was du unter dem Namen Fallnik notiert hast.« Er ließ das Handy auf dem Tisch liegen.

»Wann haben Sie Gregorian zum letztenmal gesehen?«

»Kann ich mich nicht erinnern.«

»Und Fallnik?« fragte Fischer.

»Vor zwei Monaten mindestens. Verhuschter Typ irgendwie. Im Grunde ein Aufschneider, eine arme Sau, das erkennt man schnell.«

Die Melodie von *Bad Bad Leroy Brown* ertönte. Fischer griff nach seinem Telefon.

»Nichts Auffälliges«, sagte Esther Barbarov am anderen Ende. »Er kannte den Ermordeten nicht. Ich hab mir noch notiert, daß er gerade in einer Bibel gelesen hat, als wir bei ihm geklingelt haben. Er hielt sie noch in der Hand.«

»Wart ihr in der Wohnung?«

»Nein. Ich hab auch Liz gefragt, sie kann sich an nichts Auffälliges erinnern. Die Leute haben ja sowieso alle nichts gesehen und gehört.«

Fischer beendete das Gespräch und steckte das Handy in die Jackentasche. »Er scheint ein gläubiger Mensch zu sein.«

»Der?« sagte Soltersbusch. »Das glaub ich weniger. Ich glaub sogar, daß er mal gesagt hat, er ist aus der Kirche ausgetreten und wenn er den Papst bloß in der Zeitung sieht, wird ihm schlecht. So in der Art ist der drauf, wenn es um das Thema geht. Wie kommen Sie drauf, daß er gläubig sein soll?«

Jemand klopfte an der Tür.

»Herein«, rief Fischer.

Micha Schell streckte den Kopf ins Zimmer. »Kommst du kurz?«

Fischer ging in den Flur und schloß die Tür hinter sich.

»Ein Kollege vom Opferschutz hat gerade angerufen«, sagte Schell. »Bei ihm ist eine Frau, die vor längerer Zeit von einem Mann verprügelt wurde. Sein Name steht auf einer unserer Listen.«

»Woher wußte der Kollege, daß wir den Namen haben?«

»Er wußte es nicht. Die Frau hat eine bestimmte Vermutung geäußert. Du mußt mit ihr sprechen. Außerdem verläßt die Jungfrau ihre Kammer.«

»Die Kollegen sollen sie herbringen.« Fischer öffnete die Tür zu seinem Vernehmungsraum. Soltersbusch war aufgestanden.

»Und ich?« sagte der Bäcker irritiert. »Was ist mit mir?«

»Sie dürfen nach Hause gehen«, sagte Fischer. »Und vergessen Sie nicht, Ihre Frau mitzunehmen.«

25

Wem die Polizei glaubt

Die Frau hieß Regine Fink, sie war siebenundfünfzig Jahre alt und Verwaltungsangestellte bei den Stadtwerken. In den vergangenen elf Jahren, nach der Scheidung von ihrem Mann, hatte sie, wie sie im Kommissariat 314 aussagte, eine Reihe von Verhältnissen und Affären, »die ich mir hätt gleich schenken können.« Oft waren es Männer, die kaum ihren Lebensunterhalt verdienen konnten oder von Hartz IV lebten und hin und wieder schwarz arbeiteten, Männer, die am Anfang, wie Regine Fink sich ausdrückte, »ein durchaus nettes Wesen zeigten«, doch bald zu herrschsüchtigen, unberechenbaren, ausbeuterischen »Monsterkerlen« mutierten, denen, wenn sie getrunken hatten, jede Kontrolle und Form von Anstand abhanden kamen.

»Die haben mich behandelt wie einen Putzlumpen, und ich hab's mir gefallen lassen, weil ich auch besoffen war und überhaupt das Ganze nicht für möglich gehalten hab. Ich hab immer gedacht, das ist alles gar nicht wahr, so was passiert doch mir nicht, ich bin doch ein Mensch, ich bin eine Frau, die einen Beruf hat. Ich steh am Morgen um halb sieben auf, ich hab eine Anstellung und eine Verpflichtung. Und wieso laß ich mich dann verprügeln und geh mit Kerlen ins Bett, die man sonst bloß aus dem Fernsehen kennt? Aber ich bin kein Fernsehen, Frau Kommissarin. Mich gibt's in echt, bloß die Männer kapieren das nicht. Die tun so, als wär ich Spielzeug für die. Als könnt man mich schikanieren, weil ich in der Kneipe am Tresen sitz und meinen Spaß haben will und manchmal einen Kuß verteil und manchmal Lust auf noch was anderes hab. Und dann denken alle: Her mit der. Her mit der. denken die und nehmen mich mit. Und ich geh mit. Und kaum geht die Tür hinter mir zu und es sind keine Zeugen mehr da und die Vorhänge sind zu und alle Nachbarn haben Watte in den Ohren, da spür ich schon das Unheil, das gleich kommt, und ich seh mich schon wieder über den Boden kriechen wie ein Viech. Und ich riech, wie ich stink, und die Nacht hört ewig nicht auf. Hört ewig nicht auf. Warum mach ich das? Warum bin ich so wehrlos, Frau Kommissarin? Und so einer war der Herr Fallnik. Den Namen hab ich mir gemerkt, den wollt ich anzeigen, zum erstenmal wollt ich einen der Monsterkerle anzeigen.

Arthur Fallnik.

Im Lokal war er noch ganz zivilisiert, wie fast alle. Halten Sie mich nicht für dumm, ich weiß noch, was passiert, ich krieg die Dinge schon noch mit. Aber kontrollieren kann ich sie nicht mehr. Wieso nicht? Was glauben Sie, wie ich mich schminken muß hernach? In der Früh? Wenn mein Chef mich sehen würd, wie ich wirklich ausseh, der würd mich feuern auf der Stelle. Und meine Kolleginnen. Die sind alle verheiratet, jung, aber gut verheiratet. War ich ja auch. Er hat sich scheiden lassen, weil ich fremdgegangen bin. Sagt er. Hat er mir vorgeworfen. Und er? Er vielleicht nicht? Der Hund. Ich bin nicht fremdgegangen. Ist das Fremdgehen, wenn man zu Hause im eigenen Bett verhungert, während der Mann sich rumtreibt, und wenn man dann nicht mehr verhungern will? Nennen Sie das Fremdgehen? Ich nenn das Am-Leben-Bleiben. Ich bin doch keine Pappschachtel, die man mal rausholt, weil man mal schnell was einpacken will, so nach Lust und Pläsir. Ich bin keine Schachtel. Oder doch schon? In drei Jahren werd ich sechzig. Mein Gott. Wenn ich in dem Alter so aussehen würd wie die Senta Berger, das wär vielleicht was andres. Aber so möcht ich gar nicht aussehen. Ich möcht so aussehen wie ich. Wie ich und wie sonst keiner, und ich möcht mich nicht mehr jede Früh schminken müssen, damit man nicht merkt, daß ich eigentlich ausschau wie kaputtgetreten.«

»Würden Sie bitte, bevor wir allein weitersprechen, meinem Kollegen Fischer noch etwas über Arthur Fallnik erzählen?« sagte Hauptkommissarin Genoveva Lerchenmüller.

Sie leitete das Kommissariat für Verhaltensprävention und Opferschutz. Die Hunderte von Frauen, Jugendlichen und Süchtigen, die jedes Jahr Rat und Hilfe bei ihr suchten, hatten eines gemeinsam: Da war niemand draußen in der Welt, kein Mann, kein Mensch, der sie erkannte, sie waren bloß noch Esel für den Heiland ihres Alltags. Manchmal, wenn Genoveva Lerchenmüller spätabends das Polizeipräsidium in der Ettstraße verließ, wunderte sie sich über ihr furchtloses Gehen und ihren rachelosen Blick.

»Wegen dem Herrn Fallnik war ich fast bei der Polizei«, sagte Regine Fink. »Er hat mich aber dann angerufen, in der Arbeit. Woher er die Nummer gehabt hat, weiß ich nicht, von mir nicht, das schwör ich Ihnen. Er hat gesagt, es tut ihm leid, blabla, er hat gesagt, er hätte zuviel getrunken und ich hätt ihn so erregt, blabla, und da sei er ausgeflippt. Ich glaub, er hat eine halbe Stunde geredet, und ich hab zugehört. In der Arbeit. Wenn mein Chef reingekommen wär! Ich hatte aber Schmerzen am ganzen Körper, er hat mich geschlagen, er hat mich auf den Boden geschleudert, ich hab gedacht, jetzt sterb ich. Warum hab ich ihn nicht angezeigt? Dann hat er mir auch noch Blumen in die Arbeit geschickt. Ich hab mich umbiegen lassen. So war das, ich wollt ihn anzeigen, aber dann hat er geredet und geredet. Ich war so dumm. Ich hab's nicht anders verdient. Er hat auch noch gesagt, daß Frauen so behandelt werden wollen und daß er solche braucht, die parieren, andere interessieren ihn nicht. Parierende Frauen braucht der. Gott sei Dank hab ich ihn nie wiedergesehen.«

»Wollte er sich nicht wieder mit Ihnen treffen?« fragte Fischer.

»Doch. Das wollen die alle. Aber da bin ich ausnahmsweise mal stark geblieben. Ein Wunder. Ich hab den Mann nie wiedergesehen. Und jetzt bin ich hier, weil mir dasselbe schon wieder passiert ist. Und jetzt kann ich nicht mehr. Ich kann nicht mehr. Schauen Sie mich an, meine linke Backe, das Auge, alles geschwollen. Andere Stellen möcht ich Ihnen gar nicht zeigen. Nie wieder, nie wieder laß ich mir so was gefallen, und Sie müssen mir dabei helfen, Frau Kommissarin. Daß ich nicht rückfällig werd. Nämlich, wenn ich rückfällig werd, bring ich mich um, und dann ist Ruhe.«

Auf dem Weg vom Präsidium in die Burgstraße, vorbei am Dom und dem Rathaus, wo Tausende von Touristen nach der Rückkehr vom Oktoberfest weitersangen und ihre gestohlenen Maßkrüge schwangen, telefonierte Fischer mit Micha Schell. Sie beschlossen, erst einmal nur zu zweit nach Milbertshofen zu fahren, für alle Fälle aber ein Einsatzkommando in Bereitschaft zu halten.

Anschließend rief Fischer den Leiter der »Soko Linda«, Hauptkommissar Hofmann, an und erläuterte ihm die Umstände seines Besuchs bei Fallnik. Hofmann, frustriert von der monatelangen erfolglosen Suche nach der Schülerin, bestand auf einer Begleitmannschaft aus sechs Kommissaren. Eine Einzelaktion sei unter keinen Umständen zu rechtfertigen.

»Schell und ich gehen aber allein ins Haus«, sagte Polonius Fischer.

Und das taten sie dann auch.

Hoffmann und seine Kollegen warten in zwei Zivilfahrzeugen auf der Riesenfeldstraße.

Im dritten Stock stellten sich Fischer und Schell neben die

Tür mit dem Namensschild in der Mitte. Fischer drückte auf die Klingel. Im Gegensatz zu seinem Kollegen trug er weder eine Pistole noch ein Pfefferspray noch Handschellen bei sich.

In der Wohnung war es still.

Fischer klingelte erneut.

Inzwischen war es zwanzig Uhr fünfundzwanzig, Samstag abend.

Aus der Wohnung gegenüber, an deren Tür ein osteuropäischer Name hing, drang Kindergeschrei und Musik.

»Geht die Wohnung auf den Innenhof?« fragte Schell leise.

»Das weiß ich nicht«, flüsterte Fischer. Er klingelte noch einmal und klopfte an die Tür.

Schritte waren zu hören, schleppende Schritte, wenn Fischer sich nicht täuschte.

»Wer da?« sagte eine Stimme.

»Entschuldigen Sie die Störung, mein Name ist Polonius Fischer, ich bin von der Polizei, wir haben die Identität des Toten aus dem Müllhaus geklärt und haben noch ein paar Fragen an die Anwohner. Wären Sie so freundlich und würden mit uns sprechen, Herr Fallnik?«

Sekunden vergingen, in denen hinter der Tür kein Laut zu hören war.

Dann klirrte ein Schlüssel.

Die Tür wurde einen Spalt breit aufgezogen.

Schritte entfernten sich.

»Herr Fallnik?« rief Schell.

Drüben wurde die Musik lauter, das Kindergeschrei verstummte.

Schell zog seine Waffe aus dem Holster und entsicherte sie. Fischer stieß die Tür ein Stück auf und zog den Arm zurück. Sie warteten.

»Herr Fallnik?« sagte Fischer. »Würden Sie bitte vor die Tür kommen?«

Nach einer Weile rief Fallnik: »Treten Sie ruhig näher. Hier tut Ihnen niemand was. Nicht mal ich.« Und mit lauterer Stimme: »Stimmt's?«

Es war nicht klar, wen er meinte.

»Bitte kommen Sie vor die Tür«, wiederholte Fischer. Von irgendwoher glaubte er ein Plätschern zu hören. Und er roch den klebrigen Duft von Rasierwasser.

Dann klirrte ein Glas.

Dann war es still, bevor jemand laut stöhnte. »Ich komm schon, ich ergeb mich, gut Nacht«, brummte Fallnik und rammte den Ellbogen gegen die halb geöffnete Tür.

Er war barfuß. Er trug einen schwarzen Rollkragenpullover und Bluejeans und hatte ein leeres Weizenbierglas in der einen und eine leere Bierflasche in der anderen Hand. Sein Bauch wölbte sich wie eine Kugel unter dem Pullover. Im fahlen Licht des Treppenhauses sah sein Gesicht aufgedunsen und grau aus, die Haare standen ihm kreuz und quer vom Kopf. Seine ganze Erscheinung wirkte wie die eines vereinsamten Trinkers, der sich kaum auf den Beinen halten konnte.

»Herr Fallnik?« sagte Fischer.

»Wer sonst? Meinen Sie, ich hab meine Hütte untervermietet?« Nur mühsam unterdrückte er ein Lallen.

»Ist Linda Gabriel bei Ihnen?« fragte Fischer.

Fallnik betrachtete die Pistole in Schells Hand, dann sein leeres Glas. Er setzte es an den Mund, sog daran und drehte sich um. »Obacht, die Herren, Anstand! Die Dame nimmt grade ein Bad, vorher anklopfen, verstanden?« Er wankte in Richtung Küche, deutete mit ausgestrecktem Arm zum Ende des Flurs und prallte um ein Haar gegen den Türrahmen. Schell ging hinter ihm her.

»Haben Sie eine Waffe im Haus?« fragte der Oberkommissar.

»Ja, aber illegal«, sagte Fallnik, ließ die Flasche in einen Bierkasten knallen und riß die Kühlschranktür auf.

»Wo ist die Waffe?«

»Unterm Bett.«

»Sie bleiben hier in der Küche.«

»Logisch.« Mit einem Plastikfeuerzeug schnippte Fallnik den Deckel von der Bierflasche.

Im Schlafzimmer, in dem – abgesehen vom Flimmern des Fernsehers – als einziges Licht die Schirmlampe auf dem runden Glastisch brannte, kniete Schell sich auf den Boden, holte einen Kugelschreiber aus seiner Jacke und zog damit die Pistole unter dem Bett hervor. Er roch an ihr und ließ sie in eines der drei Plastiktütchen fallen, die er immer bei sich trug, und steckte sie in die Innentasche seiner Steppjacke.

Fischer näherte sich der geschlossenen Badezimmertür. Vorsichtig klopfte er dagegen.

»Linda? Mein Name ist Fischer, ich bin Polizist. Hören Sie mich?«

Wieder hörte er ein Plätschern, das Strampeln von Füßen im Wasser.

»Bin gleich fertig«, rief eine muntere Stimme.

Sie hatten nicht die Zeit und vielleicht auch nicht das Vermögen, ihr Staunen mit ihrer Irritation und Unsicherheit, ihrer Erleichterung und Fassungslosigkeit in Einklang zu bringen. Als Linda Gabriel die Tür des Badezimmers öffnete, in einer schwarzen Jeans, einem weißen Männerhemd, das sie über der Hose trug, und sich mit einem roten Handtuch die Haare trocknete, indem sie mit heftigen Bewegungen über ihren Kopf rieb, stürzte Micha Schell auf sie zu, ohne daran zu denken, daß er immer noch seine Heckler & Koch in der Hand hielt.

Erschrocken wich Linda zurück. »Nicht schießen. Nicht schießen.«

»Das ist mein Kolleger Micha Schell«, sagte Fischer in der Tür zum Wohnzimmer. »Wir sind Mitglieder der Sonderkommission, die seit acht Monaten nach Ihnen sucht.«

»Ich war hier.«

Mit beiden Händen weiterrubbelnd, zwängte sie sich in dem engen Flur an Schell und Fischer vorbei, betrat das Schlafzimmer, ohne Fallnik zu beachten, der breitbeinig auf der Couch saß und zu dem ohne Ton laufenden Fernseher starrte, ließ sich aufs Bett fallen und lehnte sich ans Kopfende des Metallgestells.

Aus einer Tüte neben dem Kissen nahm Linda eine Handvoll Kartoffelchips und schaute ebenfalls zum Fernseher. Die Chips in ihrem Mund krachten beim Kauen.

Fischer gab seinem Kollegen ein Zeichen. Bevor Fallnik reagieren konnte, packte Schell ihn im Nacken und zog ihn von der Couch hoch. In Sekundenschnelle drehte der Kommissar ihm die Arme auf den Rücken, band eine Plastikfessel um die Handgelenke und schob ihn in Richtung Flur.

»Sie sind festgenommen wegen Entführung und Freiheitsberaubung«, sagte Schell. »Sie können die Aussage verweigern und einen Anwalt anrufen. Haben Sie die Belehrung verstanden?«

»Ich bin freiwillig hier« sagte Linda und sah weiter wie fasziniert zum Fernseher. »Lassen Sie Arthur in Frieden, er hat nichts getan. Er hat mich nicht vergewaltigt, ich hab freiwillig mit ihm geschlafen. Aber nur zweimal. Sonst noch Fragen?« Als sie die Hand wieder nach der Chipstüte ausstreckte, rutschte ihr das Handtuch vom Kopf. »Was glotzen Sie so?« rief sie in Richtung Fischer und knabberte mit finsterer Miene an einem Chip.

»Auf den Fotos, die ich kenne, haben Sie lange blonde Haare.«

»Ich hab sie abgeschnitten und gefärbt, ist das verboten?«

Ihre Haare waren höchstens zwei Zentimeter lang und kohlrabenschwarz.

Zudem hatte Fischer den Eindruck, das Mädchen sei dicker als auf den Fotos.

»Arthur Fallnik hat Sie entführt«, sagte er. »Und er hat Sie eingesperrt.«

»Nur am Anfang«, erwiderte sie und beugte sich vor und beobachtete das Geschehen auf dem Bildschirm. Ein blonder, lockiger Sänger in bayerischer Tracht tänzelte durch Reihen schunkelnder Zuhörer. Fischer ging zum Fernseher und schaltete ihn ab.

»Sie sind das Opfer einer Entführung«, sagte er. »Ziehen Sie sich bitte an, Ihre Eltern warten auf Sie.« Zeitweise zweifelte Fischer an der Richtigkeit seines Tonfalls, er kam sich nachgiebig vor und empfand eine Art Mitgefühl für die junge Frau, das er für vollkommen unangebracht hielt.

Eigenartigerweise erschienen ihm ihr Verhalten und ihre Aussagen vom ersten Augenblick an glaubhaft. Er hatte das Mädchen nie zuvor gesehen, aber er hatte Jugendliche kennengelernt, die lässig versucht hatten, ihn auszutricksen, und er wußte, wie geschickt – oder verzweifelt – Kinder mit der Wahrheit umsprangen und welche Fähigkeiten sie entwickeln konnten, an ihrer eigenen, nur für sie selbst funktionierenden Wirklichkeit zu basteln und daran festzuhalten gegen alle Furcht und Vernunft.

Und Linda solidarisierte sich mit ihrem Entführer, weil sie hoffte, auf diese Weise ihre Angst zu besiegen oder wenigstens in Schach zu halten.

»Ich geh hier nicht weg«, sagte sie und sprang aus dem Bett. »Was machen Sie überhaupt hier? Ich hab Sie gesehen, unten im Hof, Sie sind unübersehbar, Sie suchen den Mörder von dem Mann im Müllhaus. Und wieso kommen Sie dann zu uns?«

»Ziehen Sie sich bitte an«, sagte Fischer.

»Ich hätt sie längst gehen lassen«, sagte Fallnik unvermittelt. Schell stand schräg hinter ihm, die Hand am Griff seiner Pistole. »Ich hab sie gefesselt und geknebelt, stimmt's? Ich hab sie klein gehalten, so klein.« Er drehte sich herum, hob seine gefesselten Arme und zeigte mit Daumen und Zeigefinger den Abstand. »Und sie konnte sich nicht wehren, zu schwach, das Mädchen. Tag für Tag.« Er ließ die Arme sinken und machte einen Schritt zur Tür. Er hob die rechte Schulter und rieb krampfhaft an seiner Wange. »Ich war ihr Herr, sie hat mir gefolgt. So wollt ich das. Deswegen hab ich sie hierher gebracht.«

»Sie können im Polizeipräsidium weiterreden«, sagte Schell, und zu Fischer: »Ich bring ihn weg, die Kollegen sollen das Mädchen holen.«

»Ich geh hier nicht weg«, wiederholte Linda. Mit zwei schnellen Schritten huschte sie an Fischer vorbei zur Couch, legte sich hin und drehte sich zur Rückenlehne.

»Die Kleine ist stur«, sagte Fallnik.

»Wer soll Ihnen das glauben, daß Sie sie freilassen wollten?« fragte Fischer.

Aber das Mädchen hatte ein Bad genommen, als sie klingelten. Nichts deutete auf eine Gefangenschaft hin.

»Bringen Sie sie dazu, die Wahrheit zu sagen.« Fallnik schaute sich um. Anders als Linda verbreitete er mit jeder Bewegung einen Geruch nach Alter und Selbstekel. »Wo ist das Buch? Ich muß das Buch mitnehmen.«

»Welches Buch?« fragte Fischer.

»Die Bibel, die ich gekauft hab. Wo ist die?«

»Für welchen Zweck haben Sie die Bibel gekauft?«

»Zum Beten natürlich. Auf dem Fensterbrett. Da hinten. Ich will sie mitnehmen.«

Die grünen Vorhänge waren zugezogen, allerdings nicht bis

zur Wand. Dort lag das kleine, in schwarzes Leder gebundene Buch. Mehrere Seiten waren rechts oben eingeknickt.

»Sind Sie ein gläubiger Mensch?« Fischer blätterte in der Bibel.

»War ich nie. Ich hab angefangen, in der Bibel zu lesen, weil ich nicht gewußt hab, was ich sonst tun soll. Linda hat gesagt, ich soll mir eine Bibel kaufen, dann find ich vielleicht wieder einen Sinn im Leben.«

»Hast aber keinen gefunden.« Für die Dauer dieses Satzes hatte Linda den Kopf gehoben, jetzt vergrub sie ihn wieder unter den Armen und zog die Beine eng an den Körper.

»Nein«, sagte Fallnik. »Weil da keiner ist.« Er ruckte mit der Schulter. »Ist aber spaßig, die Bibel. Mal reingeschaut?« Er sah die beiden Kommissare an, erwartete aber keine Antwort. »Zeitvertreib. Viel Gemetzel. Selig sind die Armen, denn ihnen gehört das Himmelreich. Darauf muß man erst mal kommen. Raffiniert. Damit kriegt man jeden rum. Ist ja auch eine erfolgreiche Religion geworden. Und der Gott, der alles überwacht. Wie der Soltersbusch. Bloß, daß der nichts mitkriegt. Wir wollten testen, ob der was spannt. Stimmt's, Linda? Wir wollten die AMM-Loge auf die Probe stellen. Kennen Sie die? Die treffen sich heimlich und karteln aus, wem sie als nächstes auflauern. Uns nicht. Wie lang bist du jetzt bei mir? Ein halbes Jahr?«

»Acht Monate«, sagte Linda leise.

»Die paßt auf, die Kleine, die zählt die Stunden, die weiß Bescheid. Acht Monate. Und hat der Soltersbusch Verdacht geschöpft? Ich steh mit dem im Stüberl, und er fragt mich aus und macht mir ein Angebot, und ich tu so, als würd ich drüber nachdenken. Volldepp. Das war eine Abmachung zwischen Linda und mir: Wir gegen den Soltersbuschgott. Und? Gewonnen. Haushoch. Lang nicht mehr gesehen, sagt er zu mir, sag ich: Viel zu tun. Ich arbeite beim Weinher in der Fußgängerzone, müssen Sie wissen, Herrenabteilung, vier Tage in der

Woche. Halbtags. Reicht schon. Außerdem trink ich neuerdings weniger, sag ich zu ihm, und das glaubt er glatt. Im Grund ist der schlicht. Armer Hund auch. Frührentner. Welchen Sinn hat ein Bäcker, der eine Mehlallergie hat? Gibt's da eine Erklärung in der Bibel? Gehört dem jetzt das Himmelreich? Was soll der tun den ganzen Tag? Zu Hause sitzen kann er nicht, weil er die Frau hat. Ich kenn die nur flüchtig, sie hat ihn mal im Stüberl abgeholt. Peinlich. Kommt die Alte und holt ihren Mann ab. Holt den ab. Läßt der sich abholen. Wie ein Bub am Schulhof, wenn die Mama kommt und schimpft. Deswegen heirate ich nicht.«

In diesem Moment fuhr Linda herum, setzte sich aufrecht hin und warf Fallnik einen herausfordernden Blick zu. »Mir hast du erzählt, du würdst mich heiraten, wenn ich achtzehn bin. Traust du dich nicht mehr?« Mit einem Ruck drehte sie den Kopf zu Fischer. »Er ist so feige. So feige. Er hat gedacht, er kann mich kleinkriegen, und als er gemerkt hat, daß er sich die Falsche ausgesucht hat, ist er eingeknickt, und er hat es nicht mal gecheckt.«

»Das denkst du«, rief Fallnik.

»Das denk ich nicht, das weiß ich. Er hat sich nicht mal getraut, mit mir zu schlafen. Dabei hat er vorher von nichts anderem geträumt. Ich bin nackt vor ihm gestanden, und er hat's nicht fertiggebracht. So klein, so klein war sein ...« Wie vorher Fallnik zeigte sie mit Daumen und Zeigefinger die Größe. »... Vergiß es. Ich hab zu ihm gesagt, ob er echt meint, jemand würde ihm glauben, wenn er behauptet, er hätte mich nicht vergewaltigt. Und wenn ich aussage, er hätte mich dreimal am Tag vergewaltigt. Wem glaubt die Polizei dann? Mir oder ihm? Dem Opfer oder dem Täter? Dem Mann oder dem Mädchen, das er gekidnappt hat? Das hat er dann eingesehen.«

»Stimmt.« Als könne er Linda nicht länger ins Gesicht sehen, redete er zum Boden hin. »Ich hätt sie umbringen und verbuddeln sollen, und niemand hätt was gemerkt. Und danach wär ich in Soltersbuschs Geheimloge eingetreten. Das wär wahrscheinlich das Vernünftigste gewesen. Was hab ich statt dessen getan? Hab ihr einen neuen Mantel gekauft, hundert Prozent Polyester, gefüttert, mit schicken Schulterklappen und Gürtel, wasserabweisend, in Schwarz, von Orwell, sehr gute Marke, hab natürlich Rabatt gekriegt. Paßt wie angegossen. Sie hat ihn angezogen, wenn wir ausgingen, nachts. Und? Ist sie weggelaufen? Hab ich dich angekettet?«

»Was passiert jetzt?« fragte Linda und sah niemanden dabei an.

»Wir bringen Sie beide ins Polizeipräsidium«, sagte Fischer. »Dort werden Sie von einem Arzt untersucht, Sie müssen einem Psychologen Fragen beantworten und anschließend unseren Kollegen aus der Sonderkommission. Und Ihre Eltern werden da sein. Und dann werden Sie mit unseren Kollegen den Umgang mit der Presse klären müssen. Und Herr Fallnik kommt in Untersuchungshaft.«

»Ich geh hier nicht weg«, sagte Linda wieder.

Sie sprang auf, lief zum Bett, schlug die Decke zurück und ließ sich hineinfallen. Sie zog die Decke über den Kopf und rollte sich zusammen, bis nichts mehr von ihr zu sehen war.

»Sie kriegt, was sie will«, sagte Fallnik.

»Sie auch.« Micha Schell packte den Mann an der Schulter und dirigierte ihn zur Wohnungstür.

Fischer zögerte.

»Ich schick die Kollegen rauf«, rief Schell, und zu Fallnik: »Ziehen Sie sich Schuhe an.«

»Ohne Socken?«

»Beeilen Sie sich.«

Nach einem Blick auf das Bett schloß Fischer die Augen, bleckte die Zähne und warf den Kopf hin und her.

Im Flur schlüpfte Fallnik umständlich in schwarze Slipper.

Im selben Moment, als Fischer die Augen öffnete und zur Tür gehen wollte, um seinem Kollegen etwas zu sagen, sprang Linda mit einem Satz aus dem Bett, rannte in den Flur, schob Schell zur Seite und baute sich vor Fallnik auf.

Er starrte sie an.

Mit sanfter Geste, mit den Kuppen ihrer langen, blassen Finger, strich sie Fallnik übers Gesicht, auf der einen Seite, auf der anderen, mit der rechten, mit der linken Hand. Behutsam neigte sie den Kopf vor und legte ihre Wange an seine und blieb so, sekundenlang, mit herabhängenden Armen, genau wie er. Ihr Atem war eine Vertrautheit. Und bevor sie den Kopf zurückzog, flüsterte Linda: »Danke, Arthur.«

Fallniks Blick kreiste durch den Flur, wie auf der Suche nach einem offenen Fenster.

26

Eine winkende Hand

»Jetzt hat er seine Bibel vergessen«, sagte Linda. »Die hilft ihm sowieso nichts mehr. Dem Arthur.«

»Ich werde meine Kollegen nicht länger vertrösten können«, sagte Polonius Fischer.

»Trösten Sie lieber mich.«

»Wie fühlen Sie sich, Linda? Soll ich einen Arzt kommen lassen?«

»Ich fühle mich überhaupt nicht. Bevor Sie da waren, habe ich mich noch gefühlt, jetzt nicht mehr.« Sie hockte auf dem Bett, ans Gestell gelehnt, die weiße Decke über den angewinkelten Beinen, das Kinn auf den Knien.

»Unser Gespräch ist inoffiziell, Sie werden alles, was Sie mir sagen, im Präsidium noch einmal erzählen müssen, und noch viel mehr. Ich bin für Ihre Vernehmung nicht zuständig.«

»Das macht doch nichts. Ich geh hier nicht weg, wieso verstehen Sie das nicht?«

»Weil ich es nicht kann«, sagte Fischer.

»Was?«

»Ich kann nicht verstehen, warum Sie hier nicht wegwollen.«

»Das ist doch leicht zu verstehen. Hier ist mein Zuhause. Ich lebe hier. Ich lerne aus Büchern. Meine Schulsachen liegen drüben im Wohnzimmer. Ich komme zurecht, Herr Kommissar.«

»Sie waren acht Monate lang eine Gefangene, Linda.«

Eine Zeitlang schwieg sie, rieb ihr Kinn auf der Bettdecke, wandte den Kopf ab. »Nur am Anfang«, sagte sie dann wieder. »Ich hab geahnt, daß er zurückkommen und mich holen würde.«

»Sie kannten den Mann?«

»Wir haben uns in der Silvesternacht im Luitpoldpark getroffen.«

Fischer mußte an Schells Worte denken und verlor für einen Moment die Konzentration. Er stand immer noch im Zimmer, die Hände in den Manteltaschen. Er sollte das Mädchen endlich mitnehmen, dachte er, raus aus dem Verlies, und sie zu ihren Eltern bringen.

Statt dessen setzte er sich auf die Bettkante.

»Ist Ihnen nicht zu warm?« sagte Linda.

»Nein.« Er hatte längst angefangen zu schwitzen. »Und wo haben Sie sich wiedergetroffen?«

»Am ersten Schultag. Er hat auf mich gewartet.«

»Hat er Ihnen das gesagt?«

»Er sagte, er war zu Besuch bei einem Freund, der in der Nähe wohnt und einen Unfall hatte. Aber das hab ich nicht geglaubt. Arthur ist ein lausiger Lügner. Spätestens, wenn er was getrunken hat, gibt er seine Geheimnisse alle preis.«

»Sind Sie in sein Auto gestiegen?«

Auch die vage Aussage einer alten Frau, die ihren Hund Gassi geführt hatte und in der Hiltenspergerstraße eine Schülerin beobachtet haben wollte, die in ein Auto gestiegen sei und auf die die Beschreibung eventuell passen könnte, hatte ihre Ermittlungen nicht vorangebracht. Und nun schienen die Fenster wie bei einem starken Windstoß wie von selber aufzugehen.

»Er hat mich gefesselt«, sagte Linda. »Und geschlagen. Er spielte den Entführer, er hatte alles vorbereitet. Er hat mir sogar den Mund verklebt, wie im Fernsehen. Dafür habe ich ihm später eine Ohrfeige gegeben. Volldepp, wie Arthur zu sagen pflegt.«

»Erinnern Sie sich an die erste Nacht in dieser Wohnung?«

»Ja.«

»Wollen Sie nicht darüber sprechen?«

»Nein.«

»Dann müssen Sie ein andermal darüber sprechen.«

»Bestimmt nicht.« Sie seufzte, und es klang nicht schwermütig, eher wie nach einem Kind, das einen schönen Gedanken hat.

»Meine Kollegen werden Ihnen nicht glauben, daß Sie freiwillig hiergeblieben sind.«

Wie ein Kind strahlte sie ihn an und klatschte in die Hände. »Aber das spielt doch gar keine Rolle. Mir glaubt seit hundert Jahren niemand. Die denken, was ich sage, das ist alles Görenmist. Was so eine eben so labert. Das sagen die Richtigen. Das sagen genau die, die nie in ihrem eigenen Leben ankommen werden, sondern ihr verkehrtes so lange weiterleben, bis sie ins Grab fallen, und dann ist sogar ihr Tod verkehrt. Weil es ja gar nicht ihr eigener ist. Und weil sie zu feige sind, sich rechtzeitig umzubringen, tricksen sie sich lieber aus und spielen ihre Rollen und nehmen sich wichtig.«

Mit großen Augen sah sie ihn an, mit geröteten Wangen und einem frohen Gesichtsausdruck.

»Es geht Ihnen also gut«, sagte Fischer.

»Mir geht es gar nicht, hören Sie mir nicht zu? Solange Sie hier sind, bin ich im Stillstand, ich tu nur so, als würde ich mit Ihnen reden. In Wirklichkeit bin ich stumm, das kriegen Sie nicht mit, ich hab Ihnen ja meine Stimme dagelassen. Aber ich bin nicht da. Ich lieg immer noch in der Badewanne und räkele mich und überlege mir, ob ich eine vegetarische Pizza oder doch besser eine Quattro stagioni auftauen soll, die schmeckt nach was und ist würzig. Arthur mag die auch lieber. Wir sind beide keine Gesundheitsfreaks. Möchten Sie einen Kartoffelchip? Sind nur mit Salz, kein Paprika.«

»Nein«, sagte Fischer. »Und später haben Sie freiwillig mit dem Mann geschlafen.«

»Sie dürfen ihn Arthur nennen. Ja, aus freien Stücken. Das hat ihn ziemlich geschlaucht, und es hat auch keinen Spaß gemacht. Er war ein echter Rüpel, das hab ich ihm auch ins Gesicht gesagt, mitten drin. Er hat sich dann bemüht. Wurde nicht viel besser. Irgendwann haben wir es noch einmal versucht, das war irgendwie lockerer, aber auch nicht prickelnd. Als er zu mir gesagt hat, er hätte sich schon gedacht, daß ich keine Jungfrau mehr wär, hat er mein Knie zu spüren gekriegt, da, wo's weh tut. Er hat geheult, der Arme. Tat mir dann wieder fast leid. Was der für ein verkehrtes Leben geführt hat all die Jahre. Und da wollte er raus. Deswegen haben wir uns in der Silvesternacht getroffen. Das war kein Zufall, das war Fügung. Sie glauben das nicht, denn Sie sind Polizist und Beamter und müssen immer alles beweisen und logisch zusammenbauen, damit Ihr Beruf einen Sinn ergibt. Aber wir haben uns entschieden, das verkehrte Leben ein für allemal loszuwerden, bei uns passieren andere Dinge, größere Dinge, das passiert alles in einem magischen Zusammenhang, und wir brauchen gar nichts weiter zu tun, als uns zu trauen. Trauen müssen wir uns, sonst wären wir ja dieselben Feiglinge wie früher. So funktioniert das, Herr Kommissar. Möchten Sie wirklich keine Chips?«

Sie griff in die Tüte. Dann zog sie die Hand leer wieder heraus. »Ich warte, bis Sie weg sind. Ihre Kollegen sind bestimmt schon voll ungeduldig.«

»Haben Sie Ihre Eltern nicht vermißt?« fragte Fischer. Die Antwort wußte er im voraus.

»Nein«, sagte sie.

»Und Ihre Freundinnen, Ihre Freunde? Ellen zum Beispiel.«

»Die kennen Sie? Ich habe niemanden vermißt.«

»Ellen hat dich schon vermißt.«

Er hatte sie aus Versehen geduzt, aber es schien ihr egal zu sein.

»Weil sie mich für jemand anderen hält.« Linda legte den Kopf schief und sah Fischer von unten herauf an.

»Für wen halten Sie Ihre Freunde?« fragte er.

»Für Linda, die Fügsame, Linda, die Gelehrsame, für Linda, die Lächelnde, Linda, die Versteherin, Linda, die Respektvolle, Linda, die Zuvorkommende, Linda, die Höfliche, Linda, die Rücksichtsvolle, Linda, die Sachliche, Linda, die Positive, Linda, die Konstruktive, Linda, die Pünktliche, Linda, die Zuverlässige, Linda, die Saubere, Linda, die Soziale, Linda, die Sportliche, Linda, die Suppenkasperin. Jetzt wissen Sie, für wen mich die anderen halten.«

»Du hast Linda, die Verlorene, vergessen«, sagte Fischer.

»Ich bin nicht verloren.«

»Du bist das verlorenste Mädchen, dem ich jemals begegnet bin.«

»Was wissen Sie denn vom Verlorensein? Sie sind Polizist.«

»Du hast sogar deinen Schatten verloren, Linda, du hast alles verloren, was du je hattest. Und deswegen willst du hierbleiben, hier findet dich niemand, hier bist du vollkommen für dich, hier kannst du dich in deiner Verlorenheit baden. Und hier brauchst du nicht einmal einen Schatten, weil in dieser Wohnung nie die Sonne scheint. Und wenn du nach draußen gehst, ist es Nacht. Aber jetzt bin ich da. Und sehe ich aus wie jemand, der Linda, die Verlorene, am Wegrand liegen läßt? Glaubst du, ich laß dich hier liegen? Glaubst du, ich sorge mich nicht um dich?«

»Warum denn? Wieso denn? Sie sind Polizist.«

»Ich bin Polizist und noch hundert andere. Ich bin Polonius, der Merkwürdige, Polonius, der Beter, ich bin Polonius, der Flucher, ich bin Polonius, der Geher, Polonius, der Sucher, Polonius, der Ungeduldige, ich bin Polonius, der Geduldige,

Polonius, der Schweigenhasser. Ich bin Polonius, der Lindafinder.«

»Der Lindafinder«, sagte sie leise. Unter der Bettdecke zitterten ihre Beine, sie umklammerte sie, so fest sie konnte, aber sie zitterten noch stärker.

»Und wenn ich dir verraten würde, wie ich dich gefunden habe, würdest du denken, ich rede wirr. Denn vielleicht habe ich dich gefunden, weil da eine Fügung war, die ich nicht verstehe. Aber du hast mir erklärt, daß man so etwas nicht verstehen muß, und darum bin ich eigentlich beruhigt. Merkwürdig ist es trotzdem.«

»Wie haben Sie mich denn gefunden?« Ihre Stimme verließ kaum ihren Mund.

»Das hängt mit dem Verbrechen zusammen, das unten im Hof geschehen ist«, sagte Fischer und wartete, bis sie ihn ansah. »Und wenn das Verbrechen nicht hier geschehen wäre, sondern anderswo, dann hätte ich dich vielleicht immer noch nicht gefunden. Über all das will ich bei Gelegenheit nachdenken. Was werden deine Eltern sagen?«

Linda streckte die Beine aus, schaute hin, zog sie wieder an den Körper und streckte sie noch einmal. Sie verschränkte die Arme vor der Brust und atmete mit halboffenem Mund. »Meine Eltern, die werden sagen: Da bist du ja wieder, als würden sie sich freuen, und mein Vater wird hundert Fotos von mir knipsen und sie an die Zeitungen verkaufen. Und Sie wird er auch knipsen, wenn Sie Pech haben, weil Sie ja mein Retter sind.«

»Ich laß mich nicht knipsen«, sagte Fischer.

»Sie kann man sowieso nur hochkant abdrucken, so groß wie Sie sind.« Sie lächelte nicht, sie schaute ihn nur an, aus hellen, unruhigen, fiebrigen Augen. Nach einem Schweigen, in dem sie, wie Fischer glaubte, nach Atem rang, sagte sie: »Da in der Nacht, nach Silvester, als ich begriffen hab, daß mein Leben so nicht weitergehen kann, waren lauter Sterne am Himmel. Ich hab hochgeschaut und bin erschrocken, weil die Sterne so nah waren, oder so riesig, oder so hell. So hell waren die, und die hingen da oben in ihrer magischen Ordnung, und ich hab gedacht, ich bin auch ein Stern und seit tausend Jahren erloschen, und alle bilden sich nur ein, mich zu sehen. Die können mich doch gar nicht mehr sehen, weil es mich nicht mehr gibt. Seit tausend und abertausend Jahren und vielleicht noch nie. Vielleicht, hab ich gedacht, bin ich noch gar nicht auf der Welt, das kommt erst noch, weißt du, ich bin erst im Entstehen, alles, was ich habe, ist ein Schatten, und den sehen die Leute und denken: Hey Linda, gut schaust aus, und ich schminke mich und zieh mir coole Klamotten an. Hey Linda, rufen die Leute, und Niko schenkt mir eine Zigarette und Ellen bringt mir im Jennerwein ein frisches Bier, und sie alle kapieren nicht, daß da ein Schatten sitzt. Merken die nicht. Ich trink mit ihnen und zieh mit ihnen um die Häuser und zu Hause setz ich mich zu meinen Eltern und erzähl was aus der Schule, und alle denken: Linda, die Strebsame, Linda, die Kommunikative. Aber ich bin nicht kommunikativ, ich sag auch keinen Ton, eine Stimme habe ich ja noch nicht, die kommt ja erst noch, in tausend Jahren oder abertausend. Bloß der Schatten ist schon da. Linda, die Richtige, die gibt's noch nicht. Die kann niemand sehen. Kein Mann, kein Mensch, kein Hund.«

»Ich sehe dich, Linda«, sagte Fischer.

»Das glaub ich nicht.«

Aber ihre Stimme war nicht überzeugt.

»Ich sehe dich, ich sehe dich, wie du wirklich bist.«

»Wie denn?«

»Ich kann dein Herz sehen.«

»Das kann niemand.«

»Dein Herz ist eine winkende Hand.«

»Mein Herz ist keine Hand, und die winkt auch nicht.«

»Dein Herz ist eine winkende Hand«, sagte Fischer.

»Nein.«

Schweigen für Sekunden.

»Nein«, rief Linda. »Du lügst. Du lügst.«

Sie keuchte mit offenem Mund, schniefte und kratzte sich mit beiden Händen am Kopf, blinzelte heftig, zuckte zornig mit den Beinen. »Du hast alles kaputtgemacht«, schrie sie.

Dann war es still.

Zehn Minuten lang sprach niemand ein Wort.

Allmählich atmete Linda ruhiger, die Zuckungen ihres Körpers ließen nach. Fischer legte die Hand auf die Bettdecke und spürte Lindas Beine darunter.

»Ich bin schuld, daß Arthur ins Gefängnis muß«, sagte sie und nickte.

»Diesen Satz möchte ich von Linda, der Wahrhaftigen, nie mehr hören«, sagte Fischer. »Hast du mich verstanden?«

Erst im Treppenhaus, eingehüllt in ihren nach Leder und Zigarettenrauch riechenden, fast bodenlangen Mantel und mit der schwarzen Wollmütze, die sie sich tief ins Gesicht gezogen hatte, murmelte sie, als Fischer sie ein drittes Mal fragte, etwas, das klang wie ein Ja.

Für Esther Barbarov und Liz Sinkel begann mit der Wendung der Ereignisse eine Finsternis weit über diese Nacht hinaus. In der ersten Stunde, nachdem die beiden Frauen von Micha Schell erfahren hatten, daß Linda Gabriel in eine Wohnung in der Riesenfeldstraße verschleppt worden war, wußten sie nicht, wohin mit ihrem Schrecken und ihrer Schuld. Unabhängig voneinander liefen sie von einem Stockwerk ins andere, standen wortlos in Valeries Büro, baten um ein persönliches Gespräch mit Silvester Weningstedt, das sie dann auf später verschoben, begegneten sich im Treppenhaus, unfähig, einen Satz zu wechseln, und konnten schließlich nur durch die strenge Ermahnung ihres Vorgesetzten zur Ruhe gebracht werden. Weningstedt schloß die Tür seines Büros, auch die des Raumes, in den der lange Besprechungstisch hinüberragte, und bot den Kommissarinnen Cognac an. Sie lehnten ab. Sie starrten die grüne Kaffeetasse auf dem Schreibtisch an, als wäre sie eine Monstranz. Mehrmals mußte der Erste Kriminalhauptkommissar seine Stimme erheben, bis er eine Antwort erhielt.

»Ich dulde in meiner Abteilung keine Selbstgeißelungen«, sagte er.

Er setzte sich, stutzte und stellte die Tasse hinter einen Aktenordner, so daß die Frauen sie nicht mehr sehen konnten. »Ihr wart auf Zeugensuche, ihr habt mit dem Mann gesprochen, und ihr hattet nicht den kleinsten Hinweis auf einen Zusammenhang zwischen dem Mord an dem Stadtstreicher und der Entführung der Schülerin. Und wenn es stimmt, daß das Mädchen die meiste Zeit freiwillig dort verbracht hat, dann braucht ihr euch erst recht keine Vorwürfe zu machen. Drücke ich mich verständlich aus, Kolleginnen?«

»Wir hätten was merken müssen«, sagte Esther Barbarov. »Wir wissen überhaupt noch nicht, was mit dem Mädchen los ist. Vielleicht leidet sie unter einem Trauma, sie ist noch nicht untersucht worden, wer weiß denn, ob das stimmt, was sie P-F erzählt hat? Wir haben versagt.«

»Versagt.« Liz wischte sich schon die ganze Zeit die feuchten Hände an ihrer Hose ab. Fassungslos blickte sie vor sich hin.

»Gemeinsam mit Hofmann werden wir eine Schilderung der Vorgänge ausarbeiten. Wir müssen offensiv vorgehen, wir dürfen nicht verschweigen, daß der Mann von uns befragt worden ist, wenn auch in einer anderen Sache. So etwas kann passieren.«

»So etwas kann nicht passieren«, sagte Esther. »Es ist ausgeschlossen. Solche Fehler sind unverzeihlich. Solche Fehler können Todesurteile sein.«

»Hör auf, dich reinzusteigern.« Es kam nicht oft vor, daß Weningstedt laut wurde, höchstens, wenn Schell seine Ausführungen über das Wesen des Alltagsmenschen zu weit trieb. »Niemand wußte zu diesem Zeitpunkt, daß sich die beiden Fälle überschneiden. Wir arbeiten an zwei Mordfällen, und wir arbeiten gut, die Hauptverdächtige sitzt drüben im Präsidium in einer Zelle, und ihr habt zügige und souveräne Ermittlungen durchgeführt. Und wenn ihr jetzt nach Hause gehen wollt, gebe ich euch frei. Es wäre mir sogar recht. Morgen früh um acht beginnt P-F mit der Vernehmung von Clarissa Weberknecht, und wir werten weiter unsere bisherigen Spuren aus, und da erwarte ich dieselbe Konzentration wie bisher. Die Besprechung ist beendet. Mit dem Pressetext befassen wir uns morgen um sieben, also seid pünktlich.«

»Wir hätten etwas bemerken müssen«, sagte Liz.

»Wie denn?« Weningstedt hatte fast gebrüllt. Unwillkürlich wichen die beiden Frauen mit dem Kopf zurück. »Entschuldigung. Wenn das Mädchen aus freien Stücken bei dem Mann war, begreift ihr das nicht, dann hat sie sich freiwillig vor euch versteckt, dann hättet ihr sie überhaupt nicht bemerken können.«

»Die war doch nicht freiwillig bei dem«, sagte Esther Barbarov.

»Niemals«, sagte Liz Sinkel.

Tage und Wochen und Monate später glaubten sie es immer noch nicht.

In dieser Nacht wünschte er, sie wäre nebenan und schliefe mit einem friedlichen Schnaufen, wie so oft, und er könnte vor ihrem Bett knien und sie betrachten, weil sie am Leben war. Aber Isabel übernachtete bei ihrer besten Freundin, und es war Wochenende und sie fühlte sich dort geborgen, und alles war gut.

Das dachte Micha Schell, als er die Tür des Kinderzimmers einen Spaltbreit öffnete, wozu, das wußte er nicht.

Alles ist gut, dachte er und schloß die Tür und ging in die Küche und nahm die Wodkaflasche aus dem Eisfach und trank ein volles Schnapsglas und noch ein zweites.

Isabel war sieben Jahre alt und er fünfunddreißig, und wenn er zu Hause trank, nicht viel, aber genug, dann trank er auf seine Frau, die nicht mehr am Leben war, weil ein Bankräuber sie erschossen hatte. Und er trank auf seine Tochter, weil sie nur noch selten nachts weinte. Und er trank, weil er sonst hätte kotzen müssen, und er wollte kein kotzender Vater sein. Sondern ein guter.

In dieser Nacht wünschte er, Isabel wäre nebenan.

27

Aber es schneite nicht

»Sie müssen mit mir sprechen«, sagte Clarissa Weberknecht. »Sonst werden wir uns beide zu Tode schweigen.«

»Sie haben das Recht dazu«, sagte Polonius Fischer.

»Ich habe das Recht, mich zu Tode zu schweigen? Ja?«

»Ja.«

Aufrecht saß sie vor ihm, wieder in einem schwarzen Hosenanzug, wie vor einem Jahr, als er in diesem Raum mit ihr über den toten Mann am Kreuz gesprochen hatte, wie gestern in ihrer Wohnung. Da sie ihre blonden Haare nach hinten gekämmt und mit einem Band zusammengebunden hatte, wirkte ihr Gesicht ungewöhnlich rund und streng. Fischer hatte den Eindruck, sie strecke ihren Busen absichtlich vor, vor allem dann, wenn sie die Hände in die Hüften stemmte und den Kopf in den Nacken legte, um ihn mit ihrem Schweigen zu provozieren.

Obwohl Fischer sich in diesen Dingen nicht auskannte, hielt er ihr Parfüm für eines der teuren Marken, und er ertappte sich dabei, wie er den Duft, der den P-F-Raum erfüllte, leise einsog. Und Clarissa ertappte ihn auch.

Nichts an ihr verriet, daß sie die Nacht in einer armseligen, noch aus dem frühen vorigen Jahrhundert stammenden Zelle im Polizeipräsidium verbracht hatte. Zur Begrüßung in der Burgstraße hatte sie Fischer stumm angelächelt. Und als sie den zweiten Stock erreichten, wo Valerie Roland schon bereitsaß, hatte sie um eine Tasse Kaffee gebeten.

»Möchten Sie noch mehr Kaffee?« fragte Fischer.

Sie schüttelte den Kopf, den Blick auf den Tisch gerichtet.

»Wußten Sie, daß Bertold Gregorian Ihren Lebensgefährten Fehring erstochen hatte, als Sie zu ihm gingen?«

Clarissa Weberknecht hob die Schultern. »Vorhin haben Sie mich ausführlich belehrt, daß ich verdächtigt werde, einen Stadtstreicher erschlagen zu haben. Was hat mein Mann damit zu tun?«

»Haben Sie den Obdachlosen erschlagen?«

»Nein.«

»Ihre Fingerabdrücke wurden in dem Müllhaus gefunden.«

»Ich hab Müll weggebracht.«

»Die Abdrücke wurden nicht irgendwo gefunden, sondern an der Kleidung und dem Rucksack des Opfers. Sie sind dem Mann begegnet.«

»Nein. Woher wissen Sie, daß es meine Fingerabdrücke sind?«

»Wir haben sie mit denen verglichen, die wir Ihnen vor einem Jahr abgenommen haben, wegen des Unfalls in Ihrem Club.«

»Und jetzt haben Sie meinen Club schon wieder zugesperrt. Aber nächstes Jahr feiern wir unser Zehnjähriges, und Sie werden mich nicht daran hindern, Herr Fischer, Sie nicht und niemand.«

»Ich werde Sie daran hindern«, sagte er.

»Träumen Sie schön weiter.«

»Ich träume nie, wenn ich in diesem Zimmer bin, und Sie sollten auch nicht träumen.«

»Das können Sie mir glauben: Eine Träumerin war ich nie.«

»Das glaube ich Ihnen. Und trotzdem sind Sie gescheitert.«

Im letzten Moment unterdrückte sie ein Lachen. Sekundenlang saß sie wie erstarrt. Dann schlug sie mit der rechten Hand durch die Luft, strich sich mit der Zunge über die Oberlippe, schüttelte den Kopf und schlug die Beine übereinander. Nachdem sie beide Hände auf ihren Oberschenkel gelegt hatte, zog sie die Augenbrauen hoch, sah Fischer eine Weile ins Gesicht und richtete ihre Aufmerksamkeit auf die Wand hinter ihm.

»Sehr katholisch hier«, sagte sie. »Ich wußte gar nicht, daß bei uns nicht nur in Schulen, sondern auch bei der Polizei Kreuze hängen müssen.«

»Niemand ist gezwungen, eines aufzuhängen.«

»Warum hängen die dann überall?«

»Stört Sie das Kruzifix?« sagte Fischer. »Soll ich es abnehmen?«

»Das würden Sie tun?«

»Natürlich.«

»Hing das im letzten Jahr auch schon da?«

»Ja.«

»Hab ich nicht bemerkt.«

»Soll ich es abhängen?«

»Nein«, sagte sie und wandte sich von dem Kreuz ab. »Mich stört doch so ein Ding nicht. Glauben Sie an Gott?«

»Und Sie?«

»Ich?« Sie lächelte und hörte mit einem harten Zucken damit auf. »Haben Sie schon einmal über folgendes nachgedacht, Herr Fischer: Angenommen, es gibt einen Gott, warum, Herr Fischer, gibt es dann Menschen? Und wenn es keinen Gott gibt, worüber machen wir uns dann andauernd Gedanken? Können Sie mir darauf eine Antwort geben? Nein. Das können Sie nicht.«

»Doch«, sagte er und dachte an die zweite Frau, die Clarissa Weberknecht so voller Trotz und unerschütterlicher Leidenschaft verbarg.

Noch mehr als gestern war Fischer überzeugt, diese andere Frau wäre die ungeschminkte und einzige Zeugin für das erbärmliche Erfrieren einer einstmals lodernden Prinzessin.

Und wieder fielen ihm die Narben auf.

»Wer hat Ihre Hände verletzt?« sagte Fischer.

»Sehen Sie: Sie wissen keine Antwort auf meine Fragen«, sagte sie.

»Wenn Gott existiert, ist es sein Wille, daß wir auch existieren.« Fischer legte die Hände auf den Tisch und faltete sie. Würde er seine Finger strecken, könnte er Clarissas Hand berühren.

»Das ist doch, was ich meine. Aber warum? Wie kann ein Gott Wesen wie uns wollen? Und ertragen? In der Schule hab ich gelernt, Gott ist gnädig und Jesus vergibt den Sündern und so weiter. Tut er nicht. Schauen Sie in die Welt. Nein. Wenn es einen Gott gäb, wären die Menschen überflüssig. Weil wir aber da sind, jedenfalls bilden wir uns das ein, kann dieser Gott, den Sie meinen, nur eine Täuschung sein, ein Spielzeug für Leute, die sich fürchten. Oder für Leute, die andere ihr Leben lang manipulieren wollen, das können Sie sich aussuchen, das macht keinen Unterschied.«

»Wie haben Sie dann Ihre Freundin Dinah getröstet, als sie im Sterben lag?« sagte Fischer.

Die Stille, die folgte, war wie ein Donner zwischen ihnen.

Valerie hörte auf zu schreiben und schüttelte ihre Hände aus.

Niemand hätte sagen können, wie viele Minuten vergingen. Rot und rissig traten die Narben hervor, während Clarissa die Fäuste ballte, fester, und ihre Fingernägel in die Haut krallte, noch fester, mit einem Ausdruck maßloser Verachtung im Gesicht.

»Niemand hat die Erlaubnis, mir so eine Frage zu stellen.« Ihre Stimme schwoll an wie die Adern an ihrem Hals, die Narben auf ihren Händen. »Versündigen Sie sich nicht, Herr Fischer, an einem Menschen, der wirklich gelebt hat, der immer da war und nie abwesend. Wie Ihr Gott da oben. Einen Menschen, der den Schnee erfunden hat, damit es heller ist in der Nacht. Was wissen Sie von so einem Menschen? Sie ziehen seinen Namen in den Schmutz und beleidigen mich und wollen mich zu etwas bekehren, das eine Lüge ist und immer eine Lüge war. Und Sie sperren mich in eine Zelle und wollen mich brechen. Aber Sie können mich nicht brechen. Und niemand hat meine Freundin Dinah gebrochen, obwohl so viele es versucht haben, so viele. Wie mich. Was wissen Sie von mir, Herr Fischer? Sie wissen, daß ich einen Nachtclub führe, ein Hurenhaus. Und Sie beschuldigen mich, einen Mann gekreuzigt zu haben, doch er hat sich selbst gekreuzigt, denn es war sein eigener Wille. So viele wollten uns brechen, Dinah und mich, und sie schlugen nach uns und sperrten uns ein. Sie sind nicht der erste, Herr Fischer, Sie sind ein hilfloser Knecht. In der Kälte in der Nacht sind wir gesessen und haben uns das Schreien und das Weinen verboten. Immer verboten. Und draußen liefen Leute vorbei und lachten und blieben stehen und schauten zu uns her. Sie haben uns nicht gesehen. Haben uns nicht gesehen. Da waren keine Fenster, nur Mauerwerk und alles undurchdringlich. Aber wir waren doch da. Und weil ich die Ältere war, hielt ich die Arme über sie, wenn ihr Vater sie schlug. Das ist alles bloß Alltag, das wissen Sie ja aus den Akten der ganzen Welt. Schlug und schlug, der Mann, mit Gürteln und Gerten, er war flexibel, der Herr Lustiger. Und drauf. Und ich hab meine Arme über sie gehalten, und sie hat nie geweint. Und ich hab nie geweint. Und er schlug und wunderte sich. Jahrelang, jahrhundertelang in der Nacht, in der Kälte. Da war kein Glück, Herr Fischer, von Anfang an, es geht auch so. Wenn man kein Glück hat, muß man weiterziehen und Vertrauen haben. In was? In was denn immer wieder? Bloß nicht in so was wie Gott. Wir nicht. Und er schlug zu, der Mann. Ein anderer Mann. Plötzlich ein anderer. Alles, was ich sage, können Sie gegen mich verwenden, Herr Fischer, jede Silbe, jedes Komma. Aber nichts, keinen Buchstaben, keinen Gedankenstrich gegen Dinah, sonst erschlage ich sie und weine nicht und weine nicht. Wollen Sie wissen, wie Herr Lustiger gestorben ist? Er ist im Sturm von einem Baum erschlagen worden. Auf der Straße im Orkan. Den Baum hat er nicht fallen hören. Der fiel vielleicht so leis wie Schnee, so leis. Wir haben nicht geweint. Herr Lustiger, der so gern geschlagen hat, ist selber erschlagen worden. Vielleicht hat er gesagt: Das tut aber weh. Das wär möglich, denn ich kenne einen Mann, der hat dasselbe gesagt im letzten Moment. Das tut weh, hat der Mann gesagt und die Hand gehoben, wie zum Schutz. Die Schutzhand hoch, der Tod kommt doch. Ich werd Ihnen aber nicht verraten, welchen Mann ich meine.«

»Bertold Gregorian«, sagte Fischer.

»Den kenn ich nicht. Dinah hat den Schnee erfunden, so war uns nie mehr finster. Und niemand konnte uns noch ein einziges Mal einsperren oder aufhalten. Niemand, nirgends, nichts. Im ›Lucy‹ fingen wir mit unserem neuen Leben an, und das hörte nie mehr auf. Bis heute nicht. Bis heut nicht, auch wenn Sie glauben, Sie können mich einsperren und kleinmachen in ihrer Zelle. Die Zelle ist nichts gegen das Verlies, aus dem ich herstamm. Und Dinah. Und wir zwei und so viele. Und wenn Dinah nicht gestorben wär. Und wenn Dinah nicht gestorben wär. Und wenn Dinah nicht gestorben wär.«

Sie sah zum Fenster hinauf und – wie von etwas genötigt, das ein unbegreifliches Entsetzen in ihr auslöste – zum Kruzifiz an der Wand daneben.

»Dieser Mann da oben …« Und sie brachte den Blick nicht von ihm los. »Der hat vielleicht wirklich gelebt und ist wirklich gekreuzigt worden. Aber er ist niemals auferstanden, das ist alles Lüge. Damit wir den Tod überhaupt aushalten, das ist der Trick. Darauf bin ich nie reingefallen, und auch Dinah nicht. Und auch Dinah nicht am Ende, als sie in ihrem Zimmer lag, in ihrem weißen Zimmer, unter meinen Armen, denn ich bin die Ältere. Das ist das Sterben, und das geht nicht schnell. Dinah, hab ich gesagt, Dinah, immer wieder in der Kälte, in der Nacht, aber es schneite nicht. Es hat verflucht und ewiglich verflucht nicht geschneit, und alles war umsonst. Und ich hab ihr schwören müssen, daß ich den Club trotzdem eröffne. Auch wenn sie nicht dabei sein kann. Ich hab zu ihr gesagt: Du wirst dabei sein. Und sie hat gesagt: Du sollst nicht lügen, das ist Sünde. Sünde? Wer bestimmt, was Sünde ist? Sie? Der Mann da oben? Ich weiß schon, daß ich gelogen hab. Ich hab gelogen, weil es nicht geschneit hat. Was verstehen Sie davon? Sie wollen bloß, daß ich sage, daß ich den Mann im Müllhaus erschlagen hab. Ja, ich hab den Mann im Müllhaus erschlagen, weil er meinen Weg gekreuzt hat, ich kenn den Mann nicht. Wen hat er geschlagen? Jetzt ist er selber erschlagen worden. Besser wär gewesen, er wär mir aus dem Weg gegangen. Und vielleicht, Herr Fischer, hätt ich ihn gar nicht bemerkt, wenn da nicht die Katze gewesen wär. Das Anhalterphantom. Plötzlich miaut die und hört nicht mehr auf und miaut in der Nacht und rennt mir gegen die Beine. Und da seh ich den alten Mann, und der alte Mann kommt näher, und ich sag: Hau ab. Und er fragt mich, was ich da mach und wer das ist, den ich da hinter mir herschlepp, und ich sag: Hau ab. Aber er klammert sich an mich und zerrt an mir rum. Ich muß den anderen alten Mann loslassen, der war ja schon tot, und schlag dem Besoffenen ins Gesicht. Der taumelt gleich. Und fragt mich, ob ich was zu trinken hab. Ich hab gedacht, ich hab mich verhört. Und er winselte und heulte und grabschte mir an den Busen. Ich hab ihn gepackt und ins Müllhaus geschleift und ihn mit irgendwas geschlagen. Und weil er immer weiter gewinselt hat, hab ich ihn in einen Container gestopft, und dann war Ruhe. Und als ich rauskam, hockte das Anhalterphantom da und glotzte mich an, und ich dachte, das Vieh hat Silber in den Augen. Den alten Mann, den ich im Hof abgelegt hatte, hab ich in meinen Mazda verfrachtet. Ich fuhr in den Perlacher Forst und verbuddelte ihn, und so wird er nie nie nie wieder versuchen, meinen Weg zu kreuzen und mich dran zu hindern, Dinahs Leben zu vollenden, das sie mit dreiunddreißig Jahren hat verlassen müssen. Und Sie sagen, da sitzt ein Gott und hat Gnade. Und Sie sagen, wie schön, daß Gott uns tätschelt, wenn wir weinen. Nein. Wir haben nicht geweint, weil wir wußten, was wußten wir? Da ist kein Tätscheler weit und breit. Der alte Herr Gregorian. Mit seiner verkrüppelten Hand und seinem verkrüppelten Bein und seiner ganzen verkrüppelten Gestalt geht er hin und ersticht meinen Mann. Das hat er noch gestanden, bevor er stammelte: Das tut weh, das tut weh. Ja, sie stammeln am Ende. Auch der Penner, den ich nicht kannte. Er wollte meine Handschuhe haben, er hat sie mir von den Händen gerissen, wer war der Kerl? Was hat der in der Nacht in unserem Innenhof zu suchen? Niemand stellt sich uns in den Weg. Haben Sie noch eine Frage, Herr Fischer, ich muß zurück in meinen Club.«

»Sie haben zwei Menschen getötet, Sie werden nie wieder in Ihrem Club arbeiten.«

»Aber das muß ich, das hab ich Dinah geschworen. Wollen Sie, daß ich mich gegen sie versündige?«

»Ist Ihnen bewußt, daß Sie gerade ein Geständnis abgelegt haben?« sagte Fischer.

Clarissa Weberknecht stemmte die Hände in die Hüften und streckte den Busen vor. »Das war doch kein Geständnis. Ich hab niemanden ermordet, ich hab die Luft gesäubert und die Straße gefegt.«

Zum vergitterten Fenster blickte sie erst, als das metallische Geräusch in ihren Ohren verklungen war. Während die Minuten vergingen und sie dastand, mit dem Rücken zur verriegelten Tür, vor dem schmalen Bett, das ihr sofort viel zu schmal, viel zu hart, viel zu schmuddelig vorkam, dachte sie an ihr Leben.

In der rechten Hand hielt sie ihren Waschbeutel, in der linken das graue Handtuch, das ihr die Vollzugsbeamtin gegeben hatte, deren Gesicht sie vollständig vergessen hatte. Zuvor hatte ein Mann namens X an ihrer Wohnungstür geklingelt, und als sie die Tür öffnete, wußte sie alles sofort. Sie hatte es von Anfang an gewußt, aber sie hatte beschlossen, es nicht wissen zu wollen.

So wie Dinah.

Alles so wie Dinah.

Keinen Meter bewegte Clarissa Weberknecht sich von der Stelle. In der Zelle des Polizeipräsidiums, wohin sie von den beiden Kommissaren gebracht worden war, roch es nach nichts. Darüber wunderte sie sich ein wenig.

Dann dachte sie an Mika, an Eva, Sonja und Nadine, die dieses Wochenende noch ohne sie schaffen würden, bevor die Presse über sie herfiel und sie vorübergehend arbeitslos wären.

Aber allzu lange dachte sie nicht an sie. Zwei, drei Minuten. Dann war es still.

In dieser Stille hörte der Haß in ihr auf. Den Seufzer, den sie ausstieß – lauter als je einen Seufzer –, hörte sie nicht einmal richtig. Sie hörte eine Stimme. Und das war, was sie vor allem wahrnahm: eine Stimme, die ihr bekannt vorkam. Wieder nur Sekunden.

Dann erneut Stille.

Und sie wußte: Für alle Zeit war der Haß aus ihr gewichen, der wie ein glühender Vogel in ihr geflogen war, seit dem Tag – und es war Tag gewesen, nicht Nacht, es regnete nicht, sondern die Sonne schien, und es schneite nicht –, an dem Dinah aus dem weißen Zimmer verschwunden war und sie mit all den Verträgen und Träumen allein gelassen hatte. Das war jetzt neun Jahre her, und im nächsten Jahr hätten sie Jubiläum gefeiert.

Das brauchte sie nun nicht mehr. Der Kreis hatte sich schon heute geschlossen.

Und als sie – zum erstenmal in dieser Zelle – zum vergitterten Fenster hinaufsah, zur Nacht dahinter, zum verlorenen Himmel, sah sie Dinah da oben winken, am Fenster des Krankenhauses, wo sie beide jeden Mittag in der Kantine saßen und über alles lästerten, was auf den Teller kam, über den lätscherten Leberkäs und die noch viel lätscherteren Semmeln und den dämlichen Senf aus den Plastiktütchen.

Und sie redeten über ihre Reise zum Roten Meer, die sie seit fünf Jahren planten. Sie würden schwimmen wie Delphine, obwohl sie nicht schwimmen konnten, jedenfalls nicht wie Delphine, höchstens wie Hunde.

Die Reise, die sie immer wieder hatten verschieben müssen, weil die Arbeit ihnen keine Zeit ließ oder sie sich gerade gestritten oder sogar beruflich getrennt hatten, weil Dinah die Kunden im *Lucy* nicht länger ertrug, ohne daß Clarissa herausgefunden hätte, warum eigentlich.

Die Reise, die ihr Ziel geblieben war und über die sie auch während ihrer Trennungsphasen sprachen, wenn auch mit weniger Übermut. Aber fliegen würden sie, das stand fest, eines Tages im Sommer, wenn zu Hause die Männer mit ihren eigenen Frauen auf Familie machten. Sie würden fliegen und aus dem Flieger steigen und beim Aussteigen in der flammenden Luft nach Atem ringen. Und sie würden in dem Club, den sie gebucht hatten, einen Tauchkurs absolvieren, und dann würden sie tauchen und sich an den Händen halten, und nichts und niemand, kein Mann, kein Mensch, würde ihnen je wieder ein

Leid antun. Und sie würden sich zuwinken unter Wasser, umzingelt von Weißfleckkugelfischen, Fähnchenfalterfischen, Pfauenkaiserfischen, Langnasenbüschelbarschen, Achtlinienlippfischen, Halbmondkaiserfischen, Kronenkugelfischen und Tausenden von leuchtenden, schwerelosen Weltbewohnern, deren Schönheit vielleicht ein wenig abfärbte, so daß nie wieder eine Nacht vollkommen häßlich sein würde.

In der Kantine des Krankenhauses saßen sie gebeugt über den magischen Prospekten und lasen sich gegenseitig die Namen der Fische vor, und um sie herum war alles still und ewiglich.

Und dann war die Zeit vorbei.

Zuviel Schnee in Dinah, der nicht schmolz.

Einmal ging Clarissa in den Liebfrauendom und zündete eine Kerze an.

Aber eine Kerze ist zu wenig, das hättest du doch wissen müssen, du dummer Fisch. Eine Kerze wärmt nicht einmal eine Katze.

Das alles ist vorbei, sagt Clarissa in der Zelle zum Fenster hinauf. Und Dinah erwidert: Gregorian war ein japanischer Kugelfisch, er hätte uns vergiftet. Ja, sagt Clarissa, und den Zeugen im Hof hab ich nicht bestellt, wer hat den bestellt? Gott, sagt Dinah und lacht. Und dann lacht auch Clarissa.

Sie lachte, und ihr Lachen hallte in der armseligen Zelle wider.

Als sie aufhörte zu lachen, war es, so schien ihr, noch stiller als zuvor.

Und sie stand immer noch da, mit dem Waschbeutel und dem Handtuch in den Händen, und betrachtete das Bett, die Pritsche mit der Matratze, und sie wußte, daß sich hinter der Tür neben ihr die Waschzelle befand, und sie wußte, sie würde sich schminken und ihr bestes Parfüm aufsprühen und in wenigen Stunden dem gutgekleideten Kommissar Fischer gegenübersitzen und ihm den Eindruck vermitteln, die Nacht in der Zelle habe ihren Willen gebrochen.

In Wahrheit – doch das würde Herr Fischer nie erfahren – ermöglichte die Zelle ihr überhaupt erst den Willen, alles auszusprechen, was sie im Angesicht von Fremden für aussprechenswert hielt. Vielleicht hätte sie sich, ohne eine Nacht lang eingesperrt worden zu sein, vor Herrn Fischer erniedrigt und gelogen wie die Männer, die in ihrer Welt verkehrten.

Das würde sie dem Kommissar niemals sagen und niemandem. Das war das Liebesein zwischen Dinah und ihr, und das war heilig und gottlos. Und wenn sie den Rest ihres Lebens in einer geschlossenen Zelle verbringen mußte, wäre sie jeden Tag geborgen in der Stille des Schnees.

Darüber zu sprechen wäre wie ein Verrat.

Und in ihrem schwarzen Hosenanzug legte sie sich auf das harte Bett, neben sich das Handtuch und den Waschbeutel, die Hände überkreuz auf dem Bauch, und sie dachte an das unscheinbare Haus in Berg am Laim. Das Licht, das dort brannte, tagsaus und nachtein – es war ein verwundetes Licht von Anfang an, dachte Clarissa, und jetzt war es aus.

»Mehr möchten Sie vorerst nicht aussagen?« fragte Polonius Fischer.

»Vorerst nicht und später nicht.«

»Sie haben Bertold Gregorian erwürgt.«

»Mit seinem eigenen Handtuch.«

»Wo ist das Handtuch?«

»Weggeworfen. Im Wald.«

»Sie werden uns die Stelle im Perlacher Forst zeigen, wo Sie Gregorians Leiche vergraben haben.«

»Nein.«

»Sie sollten es tun«, sagte Fischer. »Ihre Mithilfe wird sich auf die Bemessung Ihres Strafmaßes auswirken.«

»Das ist ein schöner Satz«, sagte Clarissa Weberknecht. »Ich werde mit meinem Anwalt darüber sprechen.«

»Wann?«

»Wenn ich ihn sehe.«

»Er ist im Haus«, sagte Fischer. »Sie haben das Recht, sofort mit ihm zu sprechen.«

Langsam wie jemand, der in Konzentration versinkt, neigte sie den Kopf und legte, nach vorn gebeugt, mit gestreckten Armen, die Hände auf den Tisch. So saß sie schweigend eine Weile da. Aus Valeries Blickwinkel sah es aus, als würde sich die Täterin vor dem Kommissar verbeugen, als gestehe sie mit dieser Gebärde, wie ein Tier, ihre Unterlegenheit ein.

Für ein paar Minuten verstummten vom Flur her die Stimmen und Geräusche.

Noch während sie die Schultern hob, fing sie an zu sprechen, an Fischer vorbei, zur Wand hin. »Halten Sie das für angemessen? Daß ich mich erst mit meinem Anwalt berate? Hat das Stil? Wirft das ein besseres Licht auf mich? Nein. Das Licht spielt keine Rolle mehr. Ich zeig Ihnen die Stelle, ich hoffe, ich find sie wieder. Ich glaub, die Schießstände sind nicht weit entfernt. Jägersteig, so heißt die Straße, die ich gefahren bin. Als Mädchen war ich da früher oft, mit meinen Eltern, wir haben in Unterhaching gewohnt. Ich weiß nicht, warum ich in dieser Nacht ausgerechnet an den Perlacher Forst gedacht hab.«

»Ihre Eltern leben immer noch in Unterhaching?« fragte Fischer.

»Ja, aber wir haben keinen Kontakt.«

»Wegen Ihres Berufs.«

»Wegen meines ganzen Lebens.«

»Ihre Eltern haben sich nicht gemeldet, als Sie wegen des Todes von Cornelius Mora vor Gericht standen?« sagte Fischer.

»Nein.« Sie seufzte und sah hinauf zum Fenster und lächelte, aber in sich hinein, unauffällig und eine ganze Weile.

Fischer erhob sich. »Haben Sie Hunger, Frau Weberknecht? Möchten Sie noch einen Kaffee?«

»Nein«, sagte sie sofort. »Lassen Sie uns aufbrechen.«

Zwei Tiere der Hundestaffel erschnüffelten innerhalb einer halben Stunde den vergrabenen Leichnam im Perlacher Forst südlich von München. Clarissa Weberknecht machte keine weiteren Aussagen. Bis zur erneuten Vernehmung, in der Polonius Fischer und Micha Schell im V-1 die genauen Umstände des Todes von Bertold Gregorian und Josef Nest klären wollten, wurde Clarissa ins Frauengefängnis am Neudeck gebracht. Dort kam sie in eine Einzelzelle. Ob sie zur Beerdigung ihres Lebensgefährten Hans Fehring Ausgang erhalte, fragte sie an der Zellentür.

»Vielleicht«, sagte Polonius Fischer.

»Danke«, sagte sie und wandte sich um.

28

Der Finsternis am allernächsten

»Ich wollte, daß du weggehst«, sagte sie zu niemandem. »Wieso hast du dich an mich geklammert wie ein Affe und an mir herumgezupft? Wieso wolltst du mich festhalten? Ich mag das nicht, wenn man mich festhalten will.

Hans, mein Herz, du hast sterben müssen, weil der Mörder sich nicht getraut hat, mich zu töten. So feige, so feig. Ich hab ihn bestraft. Bert. Bertold Niemand.

Und du, was treibst du dich nachts im falschen Hof herum? Du gehörst doch da gar nicht hin, du hast dich verlaufen. War das Vorsehung oder Schicksal? Ein Gast hat mir einmal erzählt, es gäbe da einen Unterschied, das hab ich mir gemerkt. Man kann sein Schicksal in die eigene Hand nehmen, nicht aber die Vorsehung, die steht von Anfang an fest. Wer kann das wissen?

Hans, mein Herz. Ich verrat dir was: Wenn du noch am Leben wärst, wär Bert Gregorian trotzdem tot. Er wollt nicht gehen, er hatte sich vorgenommen, mein Schicksal in seine Hände zu nehmen, wie konnte er sich so etwas anmaßen? Du hast das nie getan. Nie gewollt. Mein Anwalt sagt, unsere Strategie läuft auf ein Verbrechen aus Leidenschaft hinaus. Ich bin einverstanden. Ich hab Bert Gregorian leidenschaftlich erdrosselt. Aber den Trinker? Den Scheiternhaufen? Wer hat dieses Wort benutzt? Der Mann am Kreuz. Der arme Mann am Kreuz.«

Und Clarissa Weberknecht lehnte sich mit ausgebreiteten Armen an die Zellentür und blickte zum vergitterten Fenster, vor dem ein rostiger Sonntag verging. »Dieser Mann nannte sich einen Scheiternhaufen. Wieso? Ich habe es nie erfahren. Was wir alles nie erfahren ein Leben lang. Wie ahnungslos wir bleiben und wie scheu der unbegreiflichen Vorsehung gegenüber. Manchmal sind wir neugierig wie Langnasenbüschelbarsche und bestaunen die fremden Taucher, die in unsere Welt eindringen, mit dicken Brillen und Anzügen, in denen sie Fremde bleiben. Manchmal durchqueren wir einen Tag wie Großaugenbarsche. Schlängeln uns durch. Staunen uns satt. Der arme Mann am Kreuz. Er hätt nie zu uns kommen dürfen. Eine falsche Strömung hat ihn geleitet. Wie so viele. Wie dich, mein Hans. Wie den Trinker im Hof.

Ich hab Hunger. Ja, jetzt hätt ich eigentlich Hunger.«

Sie saßen an dem langen dunklen Holztisch und kauten trockenes Brot, jeder hatte einen Teller vor sich mit nichts darauf als zwei Scheiben Schwarzbrot. Daran knabberten sie und brachten kein Wort hervor. Es war Sonntag, dreißigster September, gegen halb zwei am Nachmittag. Nach den ersten Untersuchungen des Pathologen war Bertold Gregorian tatsächlich erdrosselt worden. Am Hals der Leiche wies Dr. Dornkamm Spuren von Baumwolle nach, das verfärbte, gedunsene Gesicht deutete ebenso auf Erdrosseln hin wie die Blutungen in den Augenlidern. Die Tatwaffe, das Handtuch, von dem Clarissa Weberknecht gesprochen hatte, war noch nicht gefunden worden. Im roten Mazda Coupé entdeckten die Spurensucher Haare des Ermordeten. Auf dessen Foto in den Sonntagszeitungen hin hatte sich bisher niemand gemeldet.

Esther Barbarov brach das lange Schweigen.

»Nach einer Nacht in der Zelle sind schon viele Täter zusammengebrochen«, sagte sie, nur um etwas zu sagen.

»Sie ist nicht zusammengebrochen«, sagte Fischer.

»Sie hat gestanden«, sagte Micha Schell. »Das nenn ich zusammenbrechen. Und Arthur Fallnik wird auch noch gestehen, daß er das Mädchen acht Monate lang in Gefangenschaft gehalten hat.«

Wieder setzte ein Schweigen ein.

»Wie konnten wir nur so blind sein?« sagte Liz Sinkel.

Weningstedt zeigte mit der Spitze seines Bleistifts auf seine junge Kollegin. »Wir hatten Glück, und das gestehen wir uns zu, basta.«

»Wir gehts dem Mädchen?« fragte Gesa Mehling.

»Sie ist bei ihren Eltern«, sagte Fischer. »Ich werde sie morgen besuchen.«

Schell zerbröselte das Brot auf seinem Teller. »Ich glaub ihr kein Wort.«

In die darauffolgende Stille hinein ertönte die Melodie von *Bad Bad Leroy Brown*. Fischer nahm sein Handy aus der Jakkentasche. Mit geschlossenen Augen hörte er dem Anrufer zu, dann legte er das Telefon auf den Tisch.

»Clarissa Weberknecht hat sich mit einem Handtuch in ihrer Zelle erhängt. Vorher hat sie den Wunsch geäußert, zwei Semmeln mit Leberkäs und einer bestimmten Sorte süßen Senf essen zu dürfen. Die Semmeln hat sie bekommen, allerdings mit einer anderen Sorte Senf. Kein Abschiedsbrief. Wir werden nichts mehr erfahren. Wir werden beweisen können, daß sie sowohl Bertold Gregorian als auch Josef Nest ermordet hat, aber die Beweise sind rein forensischer Natur.«

»Das genügt«, sagte Schell.

»Ja, das genügt.« Fischer faltetete die Hände auf dem Tisch. »Wir sprengen die Türen von Häusern, an denen die Fenster fehlen. Seltsam, daß die fehlenden Fenster niemandem vorher aufgefallen sind, weder denen, die sich achtsam nennen, noch uns mit unseren um dreihundertsechzig Grad schwenkbaren Superaugen und unseren sonstigen raffinierten Überwachungstechniken.«

»Moment mal ...«, sagte Liz.

Aber er wollte nicht weiter darüber sprechen. Er dachte an Clarissa Weberknecht.

Er stellte sich vor, wie sie, im schwarzen Hosenanzug, ihre Semmeln aß, allein in der Zelle und, da war er sich sicher, im Stehen. Er stellte sich vor, wie sie andächtig und sehr bestimmt und hungrig, aber vornehm kaute, Bissen um Bissen, und wie sie sich am Ende genußvoll die Lippen leckte und nach dem Handtuch griff. Und da war niemand, der es ihr aus den vernarbten Händen riß.

Er dachte an die Fragen, die sie ihm gestellt und auf die sie in Wahrheit keine Antworten von ihm erwartet hatte. *Wenn es einen Gott gibt, warum gibt es dann Menschen? Wenn es keinen Gott gibt, worüber machen wir uns dann Gedanken?*

Er dachte an sie, weil er nichts von ihr wußte, bloß das, was er beweisen konnte. Und das genügte ihm nicht.

Es genügte Polonius Fischer nicht, eine tote Selbstmörderin zweier Morde zu überführen.

Manchmal genügte es ihm nicht einmal, einen lebenden Täter zu überführen. Manchmal wollte er in das Haus mit den blinden Fenstern zurückkehren und eine Weile dort leben wie früher in seiner Zelle, der Finsternis am allernächsten.

29

Eine traurige Geschichte

»Wo gehst du hin?« fragte Anita Soltersbusch.

Er ließ sich Zeit, bevor er antwortete.

»Raus.«

Den Vormittag dieses Feiertagsmittwochs hatte sie im Bett verbracht, während ihr Mann die Zeitung von gestern las und mehrmals auf den Balkon hinausging, ohne daß ihr klar wurde, warum. Danach hatte sie ein Bad genommen. In dieser Zeit klingelte zweimal das Telefon, und sie hörte ihren Mann flüstern. Jetzt saß sie in der Küche, trank Kaffee und blätterte in einer Fernsehzeitschrift.

Rupert Soltersbusch hatte seinen grauen Ausgehmantel angezogen, darunter trug er ein frischgewaschenes, braunrotkariertes Hemd mit Bügelfalten. Er stand in der Tür und trat von einem Fuß auf den anderen.

»Dann geh halt endlich«, sagte Anita Soltersbusch. »Du bringst Unruhe rein.«

»Ich geh ins Stüberl«, sagte er.

Mit einem Kugelschreiber kreuzte sie eine bestimmte Sendung an. »Ich dachte, die Kneipe hat sonn- und feiertags geschlossen.«

»Nicht am Tag der Deutschen Einheit.«

»Warum denn nicht?«

»Frag die Maria.«

Nach einem Schweigen, in dem keiner von beiden – wie abgesprochen – sich von der Stelle rührte, sagte sie: »Ich komm vielleicht nach.«

Soltersbusch sah auf seine Uhr und dann zur Wohnungstür.

»Von mir aus«, sagte er und ging los. »Aber nicht, daß es wieder so ausschaut, als würdst du mich abholen. Zieh deinen Mantel in der Kneipe aus und verbreite keine Hektik.«

Sie hörte die Tür schlagen und blätterte um.

Im Treppenhaus zögerte Soltersbusch einen Moment. Dann stieg er ins Parterre hinunter, von wo aus er noch einmal nach oben blickte, bevor er auf die Straße trat.

Auf dem Bürgersteig gegenüber stand Walter Madaira, reglos dem Haus zugewandt, mit einer braunen Wildlederjacke, die er nicht zugeknöpft hatte, und einem dunkelblauen Hut.

Soltersbusch nickte ihm zu und überquerte die Anhalter Straße.

»Sehr freundlich, daß Sie vorhin zurückgerufen haben, Herr Madaira. Und ich hab auch noch mal mit meinem Stellvertreter beim AMM gesprochen. Wie geht's Ihnen?«

»Ihr Anruf gestern kam sehr überraschend.« Madairas Stimme klang, als habe er eine Erkältung. »Es geht mir wahrscheinlich gut, ich weiß nicht genau.«

Solche Antworten verkomplizierten die Sache für Soltersbusch unnötig. Mit launiger Geste zeigte er auf das Hemd seines Gegenübers. »Wir haben beide dasselbe Muster aus dem Schrank gezogen. Heut ist der Tag der Karierten. Ich wollte persönlich bei Ihnen um Nachsicht bitten, Herr Madaira.«

Soltersbusch warf einen schnellen Blick zum Balkon im ersten Stock. Aber seine Frau war nicht zu sehen. »Wir haben Sie damals beschuldigt, das heißt, beschuldigt haben wir Sie nicht, wir haben Sie einem Verdacht ausgesetzt ...«

»Sie haben mich fast denunziert«, sagte Madaira und steckte die Hände in die Jackentaschen. Etwas in ihm wog heute weniger schwer, etwas ermutigte ihn, mit offener Jacke durch den Tag zu schlendern.

»Dafür möchte ich im Namen des AMM um Nachsicht bitten. Das war übereilt und nicht gerecht, was wir getan haben.« Sein Gesicht blieb ausdruckslos und bleich, kein Zeichen von Erregung oder Anteilnahme. Dafür fixierte er Madaira mit forderndem Blick.

Der Schauspieler bewegte die Hände in den Taschen, holte tief Luft, zog die Stirn in Falten und lächelte ein paar Sekunden. »Das ist lange her«. sagte er. »Und die Begegnung mit dem Kommissar möchte ich nicht missen. Machen Sie sich keine Gedanken.«

»Das erleichtert mich sehr«, sagte Soltersbusch mit einem erneuten Blitzblick zum Balkon. »Ich würd Ihnen gern ein Bier ausgeben. Kommen Sie mit ins Marienstüberl? Das wär wirklich nett.«

»Nein, danke, ich trinke selten Bier.«

»Ausnahmsweise, aus besonderem Anlaß.«

»Vielleicht ein andermal. Ich danke Ihnen. Grüßen Sie bitte Ihre Frau von mir.«

»Sie können auch einen Schoppen Wein trinken.«

Madaira schüttelte den Kopf.

Soltersbusch wußte nicht, was er noch sagen sollte, also hob er die Hand, tappte zweimal in die Luft wie gegen eine Wand und nahm den Arm erst wieder herunter, als Madaira schon einige Meter von ihm weggegangen war.

»Das wär erledigt«, sagte er und stöhnte.

Vom Fenster aus beobachtete ihn seine Frau. Aber vor lauter Erleichterung über die Sache mit seinem Nachbarn bemerkte er sie nicht.

Die alte Frau zeigte mit ihrem Krückstock auf das eingeschossige Haus in der Levelingstraße. Dann stützte sie sich auf den Stock und verharrte. In ihrem Rücken, nur wenige Meter entfernt, stand eine andere Frau, erschrocken, daß sie nicht allein im Hinterhof war. Umkehren konnte sie nicht mehr. In dem Moment, als sie entschied, unauffällig zu verschwinden, drehte sich die alte Frau in dem grünen Lodenmantel zu ihr um. Nach einem kurzen Zögerm ging Karin Mora, die jüngere der beiden, auf die andere zu.

»Grüß Gott.«

»Grüß Gott«, sagte die achtzigjährige Trude Severin. Nachdem sie wieder eine Weile das Haus mit den heruntergelassenen Rollos betrachtet hatte, sagte sie: »Wir waren mal Nachbarn, beruflich, vor Urzeiten. In der Innenstadt. Kannten Sie Clarissa Weberknecht?«

»Nein.«

»Sind Sie eine Nachbarin?«

»Ja«, log Karin Mora.

»Clarissa und Dinah. Die beiden saßen oft bei mir in der Lederstubn, so hieß meine Bar, und haben geredet und geredet. Über das Leben, über die Männer, über was sonst. Ich hab dann zusperren müssen, die Herren aus der Stadtverwaltung wollten den Schmuddelschuppen loswerden. Clarissa und Dinah haben sich nicht unterkriegen lassen. Obwohl sie sich auch oft gestritten haben, wie ein Ehepaar, wie ein Liebespaar. Vielleicht waren sie eines, aber darüber soll man nicht sprechen. Ich war bei Clarissas Prozeß, sie kam vor Gericht, weil in ihrem Club ein Kunde gestorben ist. Erinnern Sie sich daran?«

»Nein«, sagte Karin Mora. Unmerklich trat sie einen Schritt zurück, weil sie nicht wollte, daß ihr die alte Frau in die Augen sah.

»Clarissa mußte nicht ins Gefängnis, es war ein Unfall. Ich glaube das auch, was sollte es sonst gewesen sein?«

»Warum machen Männer das?« fragte Karin Mora und wischte sich hastig über die Wange. »Warum betrügen Männer ihre Frauen und gehen in so Häuser wie dieses hier?«

Erst schien es, als habe Trude Severin nicht zugehört. Doch

dann zeigte sie wieder mit dem Stock auf das Haus. »Weil es ihrer Natur entspricht. Sie können nicht anders. Deswegen kommen sie hierher, immer wieder, wie fernbestimmt.«

»Sie meinen, man kann diese Männer nicht einmal verurteilen.«

Schneller, als Karin Mora es für möglich gehalten hätte, drehte die Alte den Kopf und sah ihr in die Augen.

»Verzeihen Sie«, sagte Trude Severin. »Wir kennen uns gar nicht. Bestimmt sind Sie glücklich verheiratet und malen sich jetzt ungute Dinge aus, nur weil ich so daherrede. Ich wollte Ihnen nicht zu nahe treten.«

»Alles in Ordnung. Alles in Ordnung.«

»Sind Sie verheiratet?«

»Ja.«

»Ich war es nie. Heute leb ich bei meiner Schwester in Pasing, schon viele Jahre. Einige Männer haben mir natürlich Anträge gemacht, die gleichen, die mir später das Geschäft geschlossen haben. Deswegen habe ich es auch nicht fertiggebracht, zur Eröffnung herzukommen. Clarissa hat mir eine Einladung geschickt, aber ich konnte einfach nicht. Ich kam mir so gescheitert vor. Das war sehr egoistisch von mir. Und auch dumm. Und es tut mir leid jetzt, wo sie tot ist. Ich habe die beiden immer bewundert, Clarissa und Dinah. Dann ist Dinah gestorben, und Clarissa war allein. Und sie hat sich durchgebissen. Und dann bringt sie zwei Menschen um, und niemand weiß genau, warum. Und dann erhängt sie sich, und alles ist vorbei. Ich dachte, heut am Feiertag mach ich mich mal auf den Weg, ich war noch nie hier.« Sie blickte zur Tür. Erst jetzt bemerkte Karin Mora den Strauß roter Rosen, der auf der Schwelle lag.

»Sie haben Blumen mitgebracht.«

»Wie Sie sehen, bin ich die einzige«, sagte Trude Severin. »Eine traurige Geschichte.«

Dann schwiegen sie. Dann bekreuzigte sich die alte Frau. Erstaunt hob Karin Mora den Kopf.

»Auf Wiedersehen«, sagte die Alte und berührte im Vorbeigehen mit ihrer Hand die der anderen Frau und humpelte über den Hinterhof und verschwand, ohne sich noch einmal umzudrehen, hinter der Tormauer. Das tockende Geräusch des Stocks verstummte allmählich.

Von jeglichem Willen beraubt, sank Karin Mora auf die Knie. Sie stützte sich mit den Fäusten auf dem kalten harten Parkplatz ab, legte sich auf die Seite, zog die Beine an den Körper, drückte die Stirn auf ihren Ellenbogen und weinte auf den Asphalt. Und weinte und weinte, und der Zug ihrer Tränen hörte nicht auf.

Denkt an das Wort, das ich euch gesagt habe: Der Sklave ist nicht größer als sein Herr. Wenn sie mich verfolgt haben, werden sie auch euch verfolgen ...

Er feuerte die Bibel, die er extra bestellt hatte, auf den Boden und empfand nichts als Ekel, wenn er an seine Feigheit dachte. Und er dachte dauernd daran. Er dachte, daß er zu feige gewesen war, das Mädchen umzubringen, er war sogar zu feige, mit ihr das zu tun, was er sich tagelang, nächtelang vorgenommen hatte.

Auf und ab schlurfend spuckte Arthur Fallnik in seiner Zelle aus, schlug gegen das Stockbett, in dem er allein schlief, und steigerte sich in einen Schwur hinein.

Nach seiner Freilassung würde er sie ein zweites Mal holen und dann.

Sie würden ihn freilassen müssen, er hatte ihr nichts angetan. Das war ja das Lächerliche. Sie hatte ihn lächerlich gemacht. In seinen eigenen vier Wänden. Das würde sie bereuen. Er würde sie ein zweites Mal in seine Wohnung bringen und dann.

Aber bevor er sie umbrachte, würde sie um Vergebung winseln. Diesmal würde er sich von ihr nicht zum Affen machen lassen. Nie wieder. Heulen würde sie und über den Boden kriechen wie die anderen Frauen, die dachten, sie könnten an ihm herumfummeln wie an einem Puffkunden.

Er bohrte mit dem kleinen Finger in sein Ohr und spuckte wieder aus. Wie lang hatte sich das Ding bei ihm eingenistet? Ein halbes Jahr? Länger. Und er hatte es geduldet. Er war in die Arbeit gegangen, viermal in der Woche, wie gewöhnlich, niemand hatte Verdacht geschöpft. Im Marienstüberl redeten die anderen über ihn, ohne zu wissen, daß sie ihn meinten. Und derweil hockt das Ding bei ihm und macht sich breit und behandelt ihn dreckig.

Am Tag seiner Freilassung, schwor er, würde er auf sie warten. Und dann.

Entscheidend war die Taktik. Reue mußte er zeigen, nicht zuviel, damit er sich im Gerichtssaal nicht vor Selbstverachtung übergeben mußte. Etwas Reue, und dazu brauchte er eine angemessene Stimme. Er mußte gelassener sprechen, nicht gleichgültig, herablassend, weniger direkt als üblich. Üblicherweise sprach er die Dinge direkt aus, das wußten alle, die ihn kannten.

Du mußt dich zügeln, dachte er, denk an das Ding und daran, was passieren wird.

Die Bibel, dachte er. Er würde einige Stellen auswendig lernen und sie bei Gelegenheit einfließen lassen. Unaufdringlich, nicht devot, auf keinen Fall kriecherisch und bigott. Das würde er schaffen.

Er trat gegen die Zellenwand. Und weil er gerade bei Laune war, noch ein zweites und drittes Mal.

Zwei, drei Monate, schätzte er, müßte er Geduld aufbringen, dann würde der Prozeß beginnen. Und das Ding würde gegen ihn aussagen, aber nur, was die Entführung betraf, die war nicht zu leugnen. Und wenn sie ansonsten bei der Wahrheit blieb, dann.

Er hob das kleine schwarze Buch vom Steinboden auf und setzte sich auf das untere Bett. In dem nach Waschpulver riechenden, frisch gewaschenen elastischen Blaumann fühlte Arthur Fallnik sich mit seinem Übergewicht besonders wohl.

Sie werden euch aus der Synagoge ausstoßen, las er, *ja, es kommt die Stunde, in der jeder, der euch tötet, meint, Gott einen heiligen Dienst zu leisten. Das werden sie tun, weil sie weder den Vater noch mich erkannt haben. Ich habe es euch gesagt, damit ihr, wenn deren Stunde kommt, euch an meine Worte erinnert …*

Lieber Lindafinder,
in der Zeitung habe ich gelesen, daß Sie ein ehemaliger Mönch sind. Jetzt wundere ich mich nicht mehr, daß Sie mich gefunden haben. Einsame Menschen haben einen Blick für andere einsame Menschen. Aber ich weiß gar nicht, ob ich wirklich einsam bin. Oder Sie. Vielleicht sind wir einfach nur am meisten am Leben, wenn wir für uns sind.

Meine Eltern fragen mich immer noch unaufhörlich aus, und was ich auch antworte, sie glauben mir nicht. Weil sie mich nicht verstehen. Das macht nichts. Gibt es Eltern, die ihre Kinder verstehen? Und ist das überhaupt notwendig?

Mit Ihnen würde ich mich gern noch einmal unterhalten, Sie haben versprochen, mich zu besuchen, und darüber würde ich mich freuen. Aber ich glaube, wir sollten uns nicht bei mir zu Hause treffen, da sind meine Eltern und mischen sich ein und schütten Sie mit Fragen zu und stehlen uns die Luft. Mit Ihnen wäre ich lieber woanders.

Wie wäre es, wenn Sie mal an einem Freitag oder Samstag in den Jennerwein kämen? Da könnten wir uns ans Fenster setzen und uns unterhalten. Oder nur dasitzen und schweigen, was noch schöner wäre. Natürlich würden Sie den Altersdurchschnitt ziemlich anheben, und die anderen werden Sie wahrscheinlich etwas seltsam anschauen. Nur am Anfang, das verspreche ich Ihnen, die Leute da sind nicht aufdringlich oder stellen dämliche Fragen. Hoffentlich ist Ihnen die Musik nicht zu laut, Ihr Musikgeschmack ist bestimmt komplett anders. Was halten Sie von der Idee?

Außerdem wollte ich Ihnen noch sagen, daß ich froh bin, daß Sie mich nicht am Wegrand liegen gelassen haben. Das wollte ich Ihnen schon vorgestern im Verhör in Ihrem Kommissariat sagen, aber da waren Ihre Kollegen dabei, und da habe ich mich nicht getraut. Wenn Sie nicht gekommen wären, würde ich immer noch bei Arthur wohnen, und das wäre dann auch richtig. Trotzdem fühle ich mich jetzt ichiger als vorher. Im eigenen Zimmer zu sein ist besser als in einem fremden.

Leider muß ich mein Zimmer dauernd verlassen, wegen meiner Eltern und wegen der Schule, in die ich ab nächster Woche wieder gehe. Das wird ein Geschrei geben. Ich werde allen Sprechverbot erteilen, vor allem Stefanie. Es müßte eine Regelung im Leben geben wie im Straßenverkehr: Wer zu oft falsch spricht, bekommt die Stimme entzogen wie einen Führerschein, und je nachdem, wie falsch das Falsche war, das er gesprochen hat, desto höher die Strafe, desto länger muß er die Stimme abgeben.

Ich weiß schon, jetzt lachen Sie mich aus. Lachen Sie überhaupt? Sie haben so etwas Ernstes, fast Feierliches in Ihrem Wesen, das kommt wahrscheinlich noch vom Kloster.

Lieber Herr Polonius, wenn Ihre Zeit und Ihre Funktion es erlauben, würde ich mich sehr freuen, wenn Sie in den Jennerwein kämen, um mit mir ein Bier zu trinken. Ich bin jeden Freitag- und Samstagabend dort, und damit Sie nicht erst einen Stadtplan suchen müssen: Das Lokal liegt an der Ecke Clemens- und Belgradstraße.

Ich erwarte nichts von Ihnen, ich möchte Sie nur gern treffen, weil Sie so unmaskiert mit mir gesprochen haben, Sie hätten auch etwas ganz anderes sagen oder mich beschimpfen oder verurteilen können. Vielleicht sind Sie der erste Mensch, der mich nicht verurteilt hat, bloß weil ich so bin.

Und noch etwas: Vorhin habe ich aus dem Fenster geschaut, weil ich die Sterne sehen wollte. Es waren keine da, aber ich habe sofort gedacht: Ich aber schon!

Ist das nicht eigenartig? Ich bin da, habe ich gedacht, und das war eigentlich ein Unding. Aber ich habe es mehrmals gedacht, vier- oder fünfmal hintereinander. Können Sie mir erklären, warum?

Es grüßt Sie sehr herzlich: Linda, Erdbewohnerin.

30

Auf offener Straße

»Bist du noch anwesend?« fragte Polonius Fischer. »Oder eher nicht mehr?«

Sein Vater hatte beide Hände um eine Bierflasche geklammert und sah hinüber zu dem rechteckigen Holztisch mit dem grünen Spielfeld aus Filz und den bemalten Fußballspielerfiguren aus Metall.

»Soll ich Ihnen ein Wasser holen?« sagte Ann-Kristin Seliger.

Leonhard Fischer verzog den Mund. »Acht zu vier«, murmelte er. »Der Argentinier ist untergegangen.«

»Das wissen wir schon, Papa.«

»Untergegangen. Acht zu vier.« Der Dreiundsiebzigjährige hob die Flasche an den Mund und blies hinein. Vor dem Besuch seines Sohnes und dessen Freundin hatte er mit seinem besten Freund Richard Hopf, dem die Pension am Tassiloplatz gehörte, in der er seit seinem sechzigsten Geburtstag lebte, die Begegnungen der letzten Fußballweltmeisterschaft fortgesetzt. Das war die Lieblingsbeschäftigung der beiden Männer. Stundenlang saßen sie am Tisch in Fischers Zimmer und spielten Tipp-Kick. Auf und in der aufklappbaren Bank lagen Stapel von Sportmagazinen mit Berichten über die Turniere der vergangenen dreißig Jahre. Manchmal spielten sie um Geld, meistens um Bier oder diffuse alkoholische oder halbalkoholische Getränke, die Hopf von seinen Besuchen in der Tankstelle gegenüber mitbrachte.

Und da Polonius Fischer sein Kommen am Nachmittag nicht angekündigt hatte, waren die alten Männer bereits in munterer Verfassung, als sie ihr Spiel notgedrungen und höflichkeitshalber unterbrechen mußten. Hopf hatte sich dann in seine über der Pension gelegene Wohnung zurückgezogen.

Sie hatten Kuchen mitgebracht, und Ann-Kristin hatte Kaffee gekocht, und es fiel ihr schwer, das Gespräch in Gang zu halten. Als Leonhard Fischer auf die Toilette ging, sagte sie: »Wir hätten vorher anrufen sollen. Wieso sind wir überhaupt hier? Du erzählst nichts und dein Vater denkt nur an sein blödes Kick-Tipp.«

»Tipp-Kick«, sagte Fischer.

»Trotzdem blöd.«

»Es ist sein Hobby.«

»Warum sind wir hergekommen?«

»Ich weiß nicht.«

Später, nach weiteren drei oder vier Flaschen Bier, fand der alte Mann seine Sprache wieder, und er erzählte von den Gästen in der Pension und bedauerte, daß kaum Frauen dabei seien, die sich etwas trauten.

»Was sollen sie sich trauen?« fragte Ann-Kristin.

»Zu blinzeln.«

»Bitte?«

»Die trauen sich nicht mal zu blinzeln, wenn sie mir auf dem Flur begegnen, die halten das schon für anmacherisch.«

»Das bilden Sie sich ein.«

»Das bilde ich mir nicht ein, das erkenne ich.«

Wenn man Leonhard Fischer widersprach, dauerte es nicht lange, bis er verstummte oder einfach aufstand, ein Fußballmagazin nahm und sich für eine halbe Stunde auf der Toilette einsperrte. Irgendwann wurde er müde, dann blieb er sitzen und tat nur noch so, als würde er zuhören.

Nachdem er in die Flasche gepustet hatte, ohne einen Ton zu erzeugen, sah er seinen Sohn an. »Wie war die Frau so, die vom Nachtclub? Hatte sie Grandezza?«

Die Frage verblüffte Ann-Kristin. Zwar hatten sie im Lauf des Nachmittags über den Fall, den Leonhard Fischer aus der Zeitung kannte, gesprochen, aber er hatte bisher nicht den Eindruck vermittelt, als würde er sich mehr für die Arbeit seines Sohnes interessieren als sonst. Und was sie vor allem irritierte, war, wie lange Polonius über die Frage nachdachte, bevor er mit ernster Miene und – wenn Ann-Kristin sich nicht verschaute – einem Schatten von Traurigkeit antwortete, eindringlicher, als sie erwartet hatte.

»Ja. Sie stellte sich nicht aus. Vielleicht wollte sie bewußt nicht zuviel von sich hermachen. Sie kannte ihre Wirkung, und sie legte Wert darauf, daß man ihre Figur und ihr Frausein schätzte, aber Übertreibungen duldete sie nicht.«

»Woher weißt du das?« Die Frage schnellte Ann-Kristin über die Lippen. Ihre Verwunderung wuchs mit jedem Wort, das die Männer wechselten.

»Ich vermute es.«

»Sie hat nicht versucht, dich einzuwickeln«, sagte Leonhard Fischer.

»In keinem Moment. Sie wußte, was sie getan hatte, und sie erwartete kein Verständnis, auch nicht für das Leben, das sie geführt hatte. Und trotzdem frage ich mich: Warum hat sie ausgerechnet diese zwei Semmeln bestellt?«

»Wahrscheinlich hatte sie Hunger«, sagte der alte Mann.

»Das glaube ich nicht«, sagte sein Sohn. »Ich glaube nicht, daß sie hungrig war. Es ging um etwas anderes.«

»Um was denn, wenn man zwei Semmeln bestellt?« fragte Ann-Kristin vorsichtig.

»Um das Ritual des Essens«, sagte Fischer. »Aber woran dachte sie bei diesem Ritual?« Er schloß die Augen, wog den Kopf hin und her und öffnete die Augen. »Wir kennen wieder nur einen winzigen Ausschnitt aus einem Leben, nämlich den, den wir beweisen können.«

Dann sprachen eine Zeitlang weder er noch sein Vater ein Wort, und sie griffen das Thema nicht wieder auf. Ann-Kristin kam sich plötzlich unsagbar fehl am Platz und ausgeschlossen vor.

Beim Abschied an der Tür sagte Leonhard Fischer: »Hat sie auch so gut gerochen?«

»Sehr gut, Papa.«

»Und hat *sie* dir geraten, deine Haare zu färben?«

Vielleicht täuschte sich Ann-Kristin. Aber sie hätte schwören können, daß Polonius errötete.

Ungefähr auf Höhe des italienischen Restaurants auf der anderen Seite der Welfenstraße blieb Ann-Kristin Seliger stehen.

»Warum ›auch‹? Warum hat dein Vater gefragt, ob Clarissa *auch* so gut gerochen hat. Wer noch?«

Fischer nahm ihre Hand, die sie ihm entzogen hatte. »Wie meine Mutter. Ich habe mit dir nie darüber gesprochen, in den dreizehn Jahren nicht, die wir zusammen sind. Weil mein Vater und ich das so wollten. Meine Mutter war nicht Krankenschwester von Beruf, sie arbeitete in einem Bordell, hier in der Stadt. Ich war zehn, wie du weißt, als sie ertrank, und natürlich wußte ich schon als Kind, was sie wirklich tat, im Gegensatz zu den meisten unserer Bekannten. Und es war der Wunsch meines Vaters, die Legende nach ihrem Tod aufrechtzuerhalten. Ich habe dich angelogen, und es tut mir leid. Ich habe für meinen Vater gelogen. Und jetzt hat Clarissa Weberknecht unsere Lüge beendet. Aber mein Vater schafft es nicht, offen darüber zu sprechen, obwohl ich überzeugt bin, daß er den ganzen Nachmittag an nichts anderes gedacht hat.«

»Und du?« sagte Ann-Kristin. »Wann hättest du mit mir darüber gesprochen?«

»Später, im Strandkorb. Und dann hätte ich dir auch endlich gesagt, daß Leonhard nicht mein Vater ist. Mein richtiger

Vater war ein früher Kunde meiner Mutter, sie kannte ihn lange, sie mochte ihn und vertraute ihm. Sie hat nicht aufgepaßt, oder er. Er lebt nicht mehr. Er hatte kein Geld, er war ein Wegelagerer. Meine Mutter nannte ihn so. Ich war zwei Jahre alt, als Leonhard auftauchte. Nach einer Woche machte er meiner Mutter einen Antrag, er, der Busfahrer, der für ein Reiseunternehmen ständig Urlauber, die nicht viel Geld hatten, nach Italien, Spanien und Griechenland kutschierte. Meine Mutter dachte einen Tag lang nach, dann sagte sie ja.«

Mit einer Kopfbewegung forderte Fischer, der Uneheliche, seine Freundin zum Weitergehen auf.

»Und immer«, sagte er, »immer und immer, wenn sie von ihm sprach, weil er wieder einmal für vier Wochen unterwegs war, ging ihr die Sprache über vor Sehnsucht und Zuneigung. Dann küßte sie mich anders als sonst. Und wenn mein Vater zurückkam, verschwanden sie im schönsten Zimmer des Bordells, in dem mit dem weißen Himmelbett und den Samtvorhängen und dem orientalischen Springbrunnen, und wenn sie wieder herauskamen, hob mein Vater mich auf seine Schultern, und meine Mutter verströmte einen Duft nach Lavendel, den ich noch heute riechen kann. Am Tag, als sie starb und ich in ihrem offenen Cabrio saß und wir zum Baggersee hinausfuhren, sagte sie …«

Mitten im Satz brach er ab und blickte über die Straße. »Ich würde jetzt gern ein Bier trinken.«

Mit fröstelnder Stimme sagte Ann-Kristin: »Ein Bier wird nicht reichen für das, was du mir alles erzählen mußt.«

»Da hinten gibt's eine Kneipe, den Miniwirt.«

»Hoffentlich stößt du dir dort nicht den Kopf.« Behutsam strich Ann-Kristin ihm über die Haare.

Dann hielt sie die Hand, mit der Polonius Nikolai Maria Fischer sie über die Straße führte, mit beiden Händen fest, wie ein Mädchen.

Es war dunkel, so konnte sie sein Lächeln nicht sehen.

Als sie den *Miniwirt* in der Senftlstraße erreichten, dachte er – wie seine Mutter damals im offenen Auto im Sommerlicht –, was für ein Glück er habe, daß ein Mensch seine Nähe bewohnte, an dessen Seite er nie verlorengehen würde, ganz gleich, ob es einen gnädigen Gott gab oder nicht.

Und bevor sie eintraten, sagte er es ihr.

»Well, I got up this morning, saw the rising sun return.
Sooner or later you, too, shall burn.«

BOB DYLAN, »ROLLIN' AND TUMBLIN'«